兴吴破楚

伍子胥的
复仇之路

余耀华 著

中国出版集团

现代出版社

图书在版编目（CIP）数据

兴吴破楚：伍子胥的复仇之路 / 余耀华著 . —— 北

京：现代出版社，2021.1

ISBN 978-7-5143-8967-8

Ⅰ . ①兴… Ⅱ . ①余… Ⅲ . ①故事—中国—当代

Ⅳ . ① I247.81

中国版本图书馆 CIP 数据核字 (2020) 第 255998 号

兴吴破楚：伍子胥的复仇之路

作　　者	余耀华	
责任编辑	姜　军　王志标	
出版发行	现代出版社	
地　　址	北京市安定门外安华里 504 号	
邮政编码	100011	
电　　话	010-64267325　64245264（传真）	
网　　址	www.1980xd.com	
电子邮箱	xiandai@vip.sina.com	
印　　刷	三河市宏盛印务有限公司	
开　　本	710mm×1000mm　1/16	
印　　张	22	
字　　数	383 千字	
版　　次	2021 年 1 月第 1 版　2021 年 1 月第 1 次印刷	
书　　号	ISBN 978-7-5143-8967-8	
定　　价	49.80 元	

目录 / Contents

导　言

中华民族上下五千年历史，官府修正史，民间有野史，后人写前人，文人写历史，该用一种什么样的态度？是戏说还是正传？是据野史演义？还是以正史为鉴？每一个作家都有自己选择的权利。其实，两种态度在司马迁写《史记》时便已并存。完全客观的历史学家不存在，完全客观的作家更是不存在。即便是治学严谨的太史公马迁写《史记》，也添加了大量的文学描写和大胆想象。

吴越争霸，是春秋末年最为精彩的一段历史、最后一场大戏。

戏中的主角，不论是阖闾、夫差、勾践，还是伍子胥、孙武、文种、范蠡，都是中国历史上出类拔萃的人物。他们中间，三个是最具野心的君王，四个是中国历史上最为杰出的政治家、军事家，大戏的时间虽然不长，但几位主角的表演都是精彩绝伦，可歌可泣，其中，伍子胥的结局，最让人叹息。

伍子胥是楚国人，因父亲伍奢遭奸佞陷害，惨遭灭门之祸，亡命天涯，从楚国逃往吴国，游刃于吴王僚与公子光之间，最终将公子光（吴王阖闾）扶上王位，让原本孱弱的吴国雄霸一方。其间发生许多脍炙人口的故事，成为世人津津乐道的千古美谈：

专诸刺王僚、要离刺庆忌、聂政刺韩傀、荆轲刺秦王，是中国春秋战国时期著名的四大刺杀案，其中，专诸、要离是伍子胥挖掘出来的人才，专诸刺王僚、要离刺庆忌，更是伍子胥谋划的杰作。

孙武是中国历史上著名的军事家，所著《孙子兵法》名扬中外，然而，正是由于伍子胥慧眼识珠，向吴王阖闾举荐了孙武，使孙武在战场上指挥千军万马，二人共同辅佐吴王阖闾，成就了吴国一代霸业。

关于伍子胥，有一段千古疑案——"掘墓鞭尸"。史籍最早明确记载伍子胥"掘墓鞭尸"的是《史记·伍子胥列传》：

及吴兵入郢，伍子胥求昭王，既不得，乃掘楚平王墓，出其尸，鞭之三百，然后已。

伍子胥在父兄被戮后，智过昭关，投奔吴国，导吴破郢，掘楚平王之墓，鞭尸三百，终泄心中积恨，是一段载诸史籍、传颂千古的历史佳话。

历来据此写成的演义式小说与戏曲传奇不胜枚举。人们饱蘸浓墨，将伍子胥塑造成一个忠肝义胆、忍耻雪恨、鞭挞昏君的大侠，通过这个鲜明的典型形象和故事，宣泄出对统治者强烈的反抗精神。

历史上是否确有"掘墓鞭尸"这一幕，还真的不一定。

最早记载这件事的是《吕氏春秋》。其《首时篇》记载：伍子胥"亲射入宫，鞭荆平之坟三百"。这里说的是"鞭坟"，而不是"鞭尸"。

《淮南子》与《穀梁传》成书均早于《史记》。

《淮南子·泰族训》记载："阖闾伐楚，五战入郢……鞭荆平王之墓，舍昭王之宫。"此处无"鞭尸"，只是"鞭墓"。

《穀梁传·定公四年》写吴军入楚后："坏宗庙、徙陈器、挞平王墓。"

两部典籍说的都是"鞭墓"，而不是"鞭尸"。

顾炎武对司马迁的"鞭尸"说持怀疑态度，专门写了一篇《子胥鞭平王之尸辨》的文章，对司马迁的"鞭尸"说质疑。认为《吕氏春秋》《淮南子》《穀梁传》都是以"鞭墓"的方式发泄仇恨，这在人们可接受的人伦底线内。毕竟，以阴谋手段上台且滥杀伍子胥父兄的楚平王并未占据道德高地。之后，当"鞭墓"发展为突破人伦底线内的所谓"鞭尸"，甚至"践腹""抉目"时，这一被推向极端的复仇行为，必不可免地对后世产生导向性的负面影响，从而催生出社会非理性的暴戾之气。中国历史上多次发生的掘墓辱尸的事件，有可能就是这一"掘墓鞭尸"的负面影响所致。

提出这个观点，旨在说明一个问题，完全客观的历史学家不存在，完全客观的作家更是不存在。

作家写历史，在遵从基本历史事实的基础上，做到大事不虚，小事不拘，写出自己心中的历史，有趣、有味，足矣！

第一章

英雄际遇

※ 以诚相待交侠士

楚国东部的古城棠邑，南邻吴国，北近齐鲁，是一个鸡鸣闻两国，犬吠震三疆的地方，因其优越的地理位置，使之成为方圆数十里的商品集散地，南来北往的行人商旅，大多选择在棠邑落脚，或洽谈生意，或贩买贩卖……

这一天，棠邑城郊外的大路上，一小队人马奔向棠邑，走在前面的是一匹枣红色骏马，马背上的武士身长一丈，腰阔十围，骏马配英雄，跑起来虎虎生风。随行之人也都是悬弓背箭，马鞍上挂满了野鸡、野兔，显然，这一队人马是狩猎归来。

棠邑城城楼上，手持铜戟的士兵来回走动；城门口，守城士兵盘查过往行人。

棠邑城城内，街道两边客栈、杂货店、小吃店，一家挨着一家，顾客盈门，大街上随处可见吹竽、鼓瑟、击筑、弹琴的艺人，吹、击、弹、唱，悠扬的乐声回荡在空中，吸引了不少围观者；斗鸡、杂耍、踢毽子、下棋，围观者一堆又一堆，叫好声、吆喝声，此起彼伏，热闹非凡。一位身长九尺的大汉，怀抱一柄古剑，古剑上插着草标，虽然衣着寒碜，眼中却透出一股锐气，只见他边走边喊："卖剑，卖剑！斩金断玉的宝剑。"

突然，一阵吆喝声吸引了人们的视线。

一队手持兵刃的楚兵，押着一辆槛车，从街尽头向城门走去，槛车内囚着一个矮壮的大汉，大汉被铁链锁住了手脚，头发蓬乱的脑袋卡在槛笼外，一双喷火的眼睛不停地四处张望。当他瞅见抱剑叫卖的汉子时，突然挣扎着大叫："我不去吴国，我要离宁做楚国鬼，不做吴国囚，你们杀了我吧！"无论大汉怎样疯狂地挣扎，就是挣不脱铁链的束缚。

正在这时，城外狩猎归来的那一小队人马，穿过城门，同迎面而来的槛车不期而遇，尽管槛车前有士兵开路，为首的武士却拍马走向槛车，押送的士兵并未阻拦。武士走近槛车，向囚在槛车中的人问道："你叫要离，是吴国人？"

"小人要离，齐国人，非吴国人。"

"他们为何要押送你去吴国？"

"齐人伐郑的时候，我父兄皆亡，我也逃到吴国，卖身为奴，因不堪邑主的欺凌，一怒之下杀了邑主，又逃亡到楚国。今吴人追缉，楚兵拘拿小人，欲送往吴国问罪，我不甘心前往吴国受戮啊！"

"杀人偿命，欠债还钱，此乃天经地义，吴人向你问罪索命，你并不冤枉。"

"差矣！"要离愤愤不平地说，"邑宰贪淫好色，欺男霸女，滥杀无辜而没有罪，我为求自保而杀邑宰，何罪之有？小人别无他求，只求速死。"

武士手握剑柄，仰天大笑："你诛孽自保，何罪之有？你等着，我会救你的。"武士转身对守城士兵叫道，"城领何在？"

"二爷！"一位身穿铠襦的将官跑过来，"下官城领郑七，谨听二爷吩咐。"

"郑城领！"武士吩咐，"立即关闭城门，不要让槛车出城，一切等我回来再说。"

"诺！"城领转身带领众士兵，向城门走去。

武士则扬鞭拍马，狂奔而去。

武士不是别人，正是棠邑宰伍尚之弟伍员，字子胥。伍尚、伍员是楚国太师伍奢之子，棠邑是伍氏的封邑。据《伍氏族谱》认为，伍氏封邑为伍邑。

伍子胥扬鞭驱马赶回伍府，纵身跳下马，将马鞭与马缰交给府中家奴，快步奔向伍尚的书房，进门就大声责问："大哥，你为何要将齐人要离遣送给吴国？"

伍尚放下手中书简，不紧不慢地说："要离是吴国罪人，吴人索归治罪，我为何要袒护他？"

"要离是齐国人，今羁押于楚国，吴国虽有法，却不能到楚国来治罪，如果将要离遣送回吴，将必死无疑。"

"吴国强悍，连年屡犯楚境。棠邑与吴国毗邻，我不想得罪吴国啊！"

伍子胥撩开袍衫，双膝跪下，拱手道："弟睹要离是一条好汉，不忍看着他死于吴人刀下，请大哥开恩，释放要离。"

"兄弟，快起来。"伍尚一把拉起伍子胥，"区区吴奴，为兄放了便是，何必行此大礼。"

"二爷！"要离拱手道，"大恩不言谢，从今以后，要离甘为家奴，为二爷执鞭坠镫。"

伍子胥大笑道："伍员我一不用你为奴，二不需你为我执鞭坠镫，我要请你为我府中壹士，相随左右，如何？"

要离不由一愣，双眼一湿，扑通一声跪下，咚咚咚磕了三个响头："从今以后，要离唯二爷马首是瞻。"

"果然是一个血性汉子！"伍子胥慌忙双手扶起要离，冲着家奴吩咐，"快置宴摆酒，今天我要与要离开怀畅饮。"

从此以后，伍子胥对要离以客礼待之，要离跟随在伍子胥身边，对伍子胥甚是谦恭。伍子胥知道要离是一位侠士，提出要与他较射。要离回答说："二爷，我只会使剑，箭术拿不上台面。"

"好！"伍子胥吩咐，"取剑，我们俩比画比画。"

"二爷以客礼待我，我实不敢以壮士居之，甘为二爷家奴，奴怎敢与主人较技？"

伍子胥见要离执意不从，也不强求，命家兵操剑与要离比试。要离并不执剑，随手取一根竹枝在手，吩咐二十名家兵一齐向他发起进攻。家兵们将要离团团围住，发一声喊，一齐挥剑攻向要离。只见要离闪避腾挪，手中竹枝戳戳点点，家兵们手中的长剑竟然接二连三地脱手落地。一阵叮当响后，地上散落了二十柄长剑，二十名家兵尽都捂住受伤的手腕，呆立当场。要离抛掉手中的竹枝，拱手一圈："各位，得罪，得罪了！"

伍子胥在一旁看得真切，要离的竹剑迅速准确地击中家兵们执剑的右腕，致使兵器脱手，不由从内心发出一声赞叹："神剑，神剑啊！"

一个身穿短袂攘裤、脚穿草鞋、腰悬长剑的大汉，行走在盘石山脚下的小道上，边走边歌：

呦呦鹿鸣，食野之苹。
我有嘉宾，鼓瑟吹笙。
吹笙鼓簧，承筐是将。
人之好我，示我周行。

呦呦鹿鸣，食野之蒿。
我有嘉宾，德音孔昭。
视民不恌，君子是则是效。
我有旨酒，嘉宾式燕以敖。

呦呦鹿鸣，食野之芩。
我有嘉宾，鼓瑟鼓琴。
鼓瑟鼓琴，和乐且湛。
我有旨酒，以燕乐嘉宾之心。

大汉一边唱着歌，一边朝山下湖边的小镇走去。

要离驾车缓缓而行，看了骑马的伍子胥一眼说："二爷，他是吴国人。我敢断言，这是一个吴国的谍人。甭瞅他穿着越国的短褂，我一眼就能认出来。"

伍子胥不解地问："你怎么知道他是吴国的谍人？他跑到楚国的东鄙，意欲何为？"

"吴王寿梦有四个儿子，长子诸樊、次子余祭，三子余昧，四子季札。寿梦去世之后，诸樊继位。不久，诸樊也死了，余祭和余昧也相继离世。依吴国王室规矩，当立季札。"

"现在的吴王却是僚，而不是季札，这又是怎么回事？"

"听说季札拒绝继承王位。"

"为什么？"伍子胥不解地问。

"季札是一个遵守礼法之人，他认为自己不能因为父子之间的私情而废掉从前帝王的礼制，因而拒绝继位。"

伍子胥："后来呢？"

"寿梦又将自己的想法告诉了长子诸樊。"

伍子胥："诸樊怎么说？"

"诸樊说，周王朝之所以能兴盛繁荣，是因为周太王古公亶父在了解了西伯昌的圣德后，毅然废弃了大儿子，而让小儿子西伯昌继位。如果父王想把国家交给季札治理，我绝对会无怨地在野外开荒种地。"

伍子胥道："诸樊算得上一位贤者。"

"寿梦去世后，诸樊以嫡长子的身份操办了丧事。脱下丧服后，诚恳地请季札继位，季札固辞不就，后来干脆搬到野外种地去了，诸樊这才不再强求季札，把季札封在延陵，人们称季札为'延陵季子'。不久，诸樊也死了，余祭和余昧也相继亡故。按吴国王室规定，当立季札。季札仍然不愿为王，逃回延陵去了。吴国人便拥余昧的儿子州于登上王位，号称吴王僚。诸樊的儿子公子姬光武功非凡，吴王僚用以为将。公子姬光心有不平，因为依吴王室的规矩，吴国的王位应由他继承。吴王僚强梁好勇，他的同母兄弟盖余和烛庸执掌兵权，儿子庆忌也是一位力大无穷的勇士。公子姬光势微力薄，难以与之抗衡。"

伍子胥叹道："早听说吴国王室纷争，原来是这么回事呀！"

"公子姬光不甘心，想谋杀吴王僚，但没有找到能与自己合谋的人，于是暗中派心腹四出列国，寻访豪杰勇士，图谋诛杀吴王僚，夺回王位。"

伍子胥淡淡一笑："肚子饿了，我们下山吧！"

　　盘石山下的小镇依山傍水，名为"士林"。士林镇上有七八百户人家，因处于齐、鲁、郑、楚、吴等国的交通要道上，南来北往的商旅多在此落脚，故而镇上居民多以商贾为业，酒馆、客栈随处可见。伍子胥和要离刚进入士林镇，见街上闹哄哄地围着一圈人，中间一个粗壮的大汉，抓住一个人的头发，挥拳正要打下去。这时从巷子口走出一位妇人，冲着大汉叫道："诸，不要打人，你给我回来。"

　　"诺！"大汉想也不想，放了那汉子，"算你走运，我老婆叫我回去，今天饶了你，下次再碰到你欺行霸市，我剥了你的皮。"

　　逃过一顿打的汉子狼狈地逃走了，粗壮大汉走到巷子口妇人的身边，温顺如羔羊一般，随妇人进入巷子深处。

　　伍子胥目睹刚才的情景，感慨地说："夫屈一人之下，必申万人之上，这个汉子不一般。"

　　"二爷既然欣赏这个人，不妨前往拜访，结交一番。"

　　"好！"伍子胥吩咐道，"你去把车马寄放起来，然后打听那个人姓甚名谁，家住何处。"

　　要离经打听，得知大街上打人的大汉名叫专诸，父母早逝，现与妻子刘氏相依为命，以砍薪卖柴、捕鱼打猎营生。

　　伍子胥吩咐要离买一些点心水果，自己则从车里拖出一只肥鹿扛在肩上，循着巷子寻找到专诸家里。

　　这是一座傍着高墙大宅搭起的土垣茅舍，十分简陋。伍子胥将肥鹿放在院门旁边，拍拍身上的袍衫，恭敬地叩响用竹片编成的门扉。不一会儿，从里面走出一个大汉，伍子胥隔着门扉，瞅见那位大汉虎背熊腰，袒胸露背，满脸络腮胡子，眉额突出，眼眶深陷，头发在顶上绾了个大髻，用一根竹枝别住。伍子胥不禁赞叹道："好一个壮汉猛夫！"

　　开门的壮汉正是专诸，他朝伍子胥、要离揖礼道："专诸怠慢贵客，请二位宽宥。"

　　"专诸兄千万不要歉疚，伍员搅扰了。"伍子胥拱手施礼后，转头冲着要离介绍说，"这是要离，我的朋友。"

　　要离忙向专诸施礼，专诸以礼相还，然后让到一侧，躬身道："家里太过寒碜，请两位哥哥高抬一步，进屋说话。"

　　专诸在旁引导，将伍子胥、要离让进屋里，三人重新施礼。

　　要离道："二爷刚才在大街上目睹专诸兄仗义惩恶，盛怒之下竟能听从妻子的召唤，甚是佩服，特地前来拜访。二爷乃当朝太师伍奢之子，棠邑宰伍尚胞弟。"

专诸表情木讷，并不言语，躬身给伍子胥、要离上茶后，慢腾腾地说："二位兄弟欲与专诸结交，专诸家贫如洗，一介莽夫，不敢应允，等问过妻子之后，再作定论。"说罢去了内室，不一刻，妻子刘氏随专诸出来。

伍子胥、要离上前施礼。

"既然是朋友，何不置酒款待？"刘氏说罢，转身去了厨房。

伍子胥叫要离去门外取鹿，交给专诸。专诸也不道谢，立即操刀剥皮，割下一大块后腿肉，提去厨房让刘氏炖煮。

专诸拉开小木桌，摆上餐具、酒具，再从墙角的小柜子里取出一坛未开封的老酒，拍开泥封，立即酒香四溢。

不一会儿，一大盆热气腾腾的鹿肉端上桌。专诸给三只碗斟上酒，端起来道："专诸是山野粗人，蒙二位兄弟高看，登门造访，不成敬意，请开怀畅饮。"

伍子胥、要离也不推迟，端起碗喝了一大口。伍子胥问道："刚才在集市上目睹专诸兄行侠仗义，盛怒之下，为何听见一个女人的叫唤，竟然立即息怒退下，难道有什么讲究吗？"

"你的话为何这样鄙陋呢？单看我的仪表，哪像愚蠢的人啊？那屈服于一人之下的人，一定能舒展于万人之上。"

伍子胥不由得对专诸的相貌仔细端详一番，发现他眉额凸出而眼眶深凹，虎背熊腰，凶猛而敢于冒险，知道他是一个勇士，有心结交，说道："专诸兄真豪杰也，能结识专诸兄，真是三生有幸，伍员愿与专诸兄手足相待。"

专诸见伍子胥所言至诚，十分感动。三人尽兴而饮，通宵达旦。次日，伍子胥、要离告辞。专诸以鹿皮包了两只鹿腿，交给伍子胥带回。伍子胥坚持不收。刘氏也上前劝说。伍子胥单膝着地说："伍员请专诸兄留肉佐酒，求嫂子留鹿皮做褥。这是伍员的一点心意，如果不受，伍员不起。"

专诸夫妻感激涕零，忙将伍子胥搀起，收下鹿皮鹿肉。伍子胥又取出黄金一镒，放在桌子上，这才与要离登车而去。

刘氏见客人走远了，对专诸说："你以为伍员如何？"

"伍子胥重义疏财，交友不分贵贱，当世豪杰啊！"

刘氏叹道："差矣！圣人有言，贫不役富，贵不临贱，疏不间亲。伍子胥是当朝太子太傅之子，棠邑君之弟，你只是一个捕鱼砍柴的山野之人，怎么配得上与伍子胥为友？伍子胥待你恩重，你怎么报答他？"

专诸半晌之后才回答："朋友相交，何计亏输？"

刘氏叹道："愚子不可教也！依我之言，你应与伍子胥断交，不然的话，异日你当以命相还。"

专诸看了刘氏一眼，什么也没有说。

※ 荒山野地遇孙武

楚平王熊居的长子熊建被立为太子，命太师伍奢为太傅，大夫费无忌为少傅，将军奋扬为东宫司马，共同辅佐太子熊建。

费无忌是一个奸佞小人，献媚楚平王，助纣为虐，纵王淫乐，太子熊建不齿费无忌的为人，对他并没有好脸色。费无忌担心太子熊建他日登基，自己没有好下场，处心积虑地想离间楚平王与太子之间的父子关系。

楚平王二年（前527），太子熊建十五岁，已经到了婚配的年龄。熊居认为秦为强国，有意与秦联姻，于是派费无忌入秦联姻。

熊建向来不喜欢费无忌，得知消息后，担心费无忌从中捣蛋，并将自己的担心告诉了太傅伍奢。伍奢也认为费无忌是一个奸佞小人，建议派次子伍员随费无忌去秦，以防不测。得到熊建以及楚平王熊居的允准。

伍子胥接到父亲的传书，告别兄长伍尚和妻子，取道郑国，日夜兼程赶往楚都郢城。这一天，因忙于赶路错过了宿处，傍晚时分，走到一处荒野之地，见前面半山腰树林之中有一茅舍，于是驱车前往，下马后立足喊道："有人吗？"喊了几声，无人应答，只得上前推门而入。茅屋内十分简陋，仅一榻、一灶、一水瓮、一桌、一凳、一柜而已。伍子胥抓瓢从水瓮里舀一瓢水，咕嘟咕嘟一饮而尽，放下瓢，扫视一遍茅屋，见木柜子里放有竹简，桌子上还有散开的竹简，出于好奇，走到桌边拿起竹简看了起来，越看越觉心惊，击掌叹道："兵家奇简，兵家奇简，著此简者，真是高人啊！"

"何人在舍内喧哗？"话音刚落，一位仙风道骨的中年人进了茅屋。

伍子胥知是茅屋的主人回来了，慌忙放下竹简，拱手施礼道："棠邑伍员告扰，请先生恕不请自入之罪。"

中年人还礼道："壮士可是棠邑君之弟子胥兄吗？"

"正是在下，请问先生名讳？"

中年人答道："我是齐人孙武。"

伍子胥惊问："先生是齐国名将田氏之后孙长卿吗？"

"长卿不才，有辱先人。"

"先生太谦虚了，先生桌子上的书简，子胥刚才拜读了，犹如苍穹霹雳，令人震惊，今日得识先生，三生有幸。"

伍子胥说罢，去车中取来肉干和清酒，孙武摆好桌子，两人坐下畅饮。酒过三巡，伍子胥问道："长卿兄是齐国人，为何隐居在郑国山野之中？"

孙武长叹一声道："我本齐国乐安人，自幼尚兵好武。先祖是陈国公子完，逃奔齐国，在齐桓公时期出任工正之职，后改姓田氏。延续到第四代，家祖须无已官至上大夫。祖父田书，字子占，齐国名将，因征战有功，齐景公赐姓孙，自此便与田氏分开，另立宗族。家父在我出生时因逢乱世，为我取名孙武，期望我能以武安邦定国。我自幼熟读兵书，期盼能为国效命，谁知却空有大志，不能为国君所用，故而周游列国，凭吊古战场，研究先人战术谋略，聊以自慰。"

孙武说到此处，满脸愁容。伍子胥见状，替孙武续了酒，岔开话题说："令尊为兄长取名，颇有深意。止戈为武，武者，实是禁暴、戢兵、保大、定功、安民、和众、丰财也。此乃武之七德！"

孙武听罢，精神为之一振，突然撩衣离座，伏地顿首道："子胥兄精通武道，孙武佩服，能得子胥兄为友，天赐孙武。"

伍子胥慌忙伏地顿首，二人相搀而起，执觞共饮。

孙武问道："子胥兄离开棠邑，此行何往？"

"楚王不辨贤愚，任用奸佞费无忌，戮杀令尹斗成然。家父为太子太傅，费无忌为太子少傅，二人不和。楚王使费无忌出使秦国，为太子建婚聘秦女。太子建担心费无忌使奸，奏请楚王，召我随费无忌出使秦国。此去福祸难料。"

孙武安慰地说："子胥兄不用担忧。观楚国大势，东有齐国，北有强晋，南有吴国连年侵扰，危若累卵。楚王与秦联姻，此乃借秦国之力自保。至于费无忌有什么阴谋，实难预卜。子胥兄此行，请凡事多谋，凡事预则立，不预则废。"

"承蒙长卿兄教诲，子胥牢记在心。不知兄长他日何为？"

"我虽立志从武，却苦无用兵。但愿今生将前人征战之术，研究整理著书，传示后人。此次来郑国，就是探究当年郑庄克段之战和郑卫制北之战。此后要去齐、鲁、虞、虢等地，探究齐鲁长勺之战、晋假途灭虢之战。还要实地考察宋楚泓水之战、晋楚城濮之战、秦晋崤之战、晋齐鞌之战。日后行程难料。"

伍子胥叹道："兄长任重道远，千万要保重。子胥记得鲁大夫穆叔曾说过，'太上有立德，其次有立功，其次有立言'，这是人生的三个最高标准。研讨兵法，著书立说，必将名垂青史。兄长身怀绝世之才，何患无用武之地。子胥他日如有机会，定当举荐兄长。"

孙武叹道："承蒙子胥兄不弃，视孙武为友，孙武心愿已足。入仕掌兵，一切随缘吧！"

当天晚上，伍子胥与孙武彻夜长谈，次日拂晓，告别孙武，临别时将车中肉干、清酒全部留下来，并赠孙武黄金两镒。孙武推辞不脱，只得接受，两人洒泪而别。

※ 伍子胥盟坛举鼎

伍子胥告别孙武，日夜兼程赶到郢城，进城之后，立即前往东宫拜见太子建及父亲伍奢。这才知道秦哀公已派使臣来楚国报聘，以长妹孟嬴嫁楚国太子熊建。楚平王居命费无忌为使，前往秦国迎娶太子妃。太子建见到伍子胥，说道："父王对费无忌格外恩宠，让我非常担心，此次费无忌前往秦国迎亲，我实在放心不下。你是楚国侠士，有你随行，可免去我的担忧。"

伍子胥稽道盟誓："请太子放心，臣一定不辱使命。"

伍子胥顶盔贯甲，随费无忌驱车出使秦国。途中晓行夜宿，历经数十天长途跋涉，进入秦境，得知秦哀公在小灵山行宫大会十八国诸侯，于是改道小灵山。抵达小灵山脚下，费无忌命车队停驻，洗刷车马。

第二天，费无忌命车马披红挂彩，直奔小灵山行宫。秦哀公正在小灵山盟坛宴饮诸侯，忽然听到一阵鼓乐声随风飘来，远远瞅见一队披红挂彩的车马向行宫行来。秦哀公笑问道："不知是哪国诸侯，竟然姗姗来迟。"

执事内官上前跪奏："禀报主公，楚国少傅奉楚王之命，前事迎亲。"

诸侯听说楚国迎娶秦女，纷纷向秦哀公道喜。

秦哀公心花怒放，吩咐："传寡人之命，请楚使登坛，随行人众，坛下置席款待。"

费无忌在内官的引领下登上盟坛，向秦哀公稽首："外臣费无忌叩见贤侯。"

"楚使一路辛苦，请一旁入席，赐酒。"

费无忌谢过秦哀公，在内官的引领下入席就座。

吴将盖余站在吴王僚身后，见费无忌身材矮小，鹰鼻猴腮，细眉鼠眼，讥讽地说："楚国无人啊！竟然派如此丑陋之人为使。"

吴王僚低声说："别乱说话。"

盖余低声说："王兄何不让公子庆忌献武，震慑诸侯，羞辱楚使。"

吴王僚知道儿子勇冠三军，正想让他显示武功取悦于秦哀公，听了盖余的建议，正中下怀，起身离座向秦哀公躬身及地道："贤侯前有小灵山盟会诸侯，后有秦楚联姻，双喜临门啊！何不让武士竞技，给诸侯助兴？"

"好！"秦哀公手指坛中巨鼎说，"此鼎重约千钧，何人能举起此鼎，寡人以千金为赏。"

吴王僚回头示意身后的庆忌。庆忌正欲出场，只见秦哀公身后一员虬髯猛将大步走出场，大叫："末将嬴颐，愿举此鼎，给各位助兴。"

"好！"秦哀公大呼。

嬴颐背阔腰圆，身长九尺，是秦国有名的大力士。只见他脱去盔甲，挽起袍袖，大步走向盟坛，围着巨鼎转三圈后，驻足立定，一个跨步蹲裆，双膀一较力，把巨鼎托到膝上，长吸一口气，大吼一声，把巨鼎举过头顶。

在座诸侯无不瞠目结舌。

"好！"秦哀公大叫一声。

嬴颐放下巨鼎，累得汗出如雨，气喘吁吁，步履蹒跚地来到秦哀公面前跪下，稽首候赏。

庆忌按捺不住，不待吴王僚发话，挺身而出，朝秦哀公拱手道："吴将庆忌，请求举鼎。"

秦哀公正欲赏赐嬴颐，见庆忌请求举鼎，颇为不悦，但也不便制止，示意嬴颐起身待立，朝庆忌一挥手："既然公子欲一显神威，请吧！"

庆忌大步走到坛中央，单手抓住巨鼎晃了几晃，然后伸出另一只手抓住鼎足，双膀较力，大吼一声，把巨鼎举过头顶。

"好！"吴王僚大叫一声。

诸侯纷纷喝彩。庆忌十分得意，竟然踉踉跄跄地举着鼎向前移动三步，这才抛下巨鼎。巨鼎落地，砸了一个大坑，一半陷进土里，众人都感觉到脚下的土地震动了一下。

秦哀公如梦初醒，情不自禁地叫一声："好！"

吴王僚十分得意，举觞遥敬秦哀公道："天下勇士，唯秦、吴两国。"

秦哀公心花怒放，举觞大笑。突然，坛下有人大声说："楚人伍子胥愿为诸侯举鼎助兴。"

吴王僚正为庆忌胜过嬴颐而扬扬得意，突然听到伍子胥的叫声，举目望去，只见一位身长一丈、腰阔十围的白袍小将，按剑迈步上了盟坛，于是低声问身后的盖余："这人是谁？"

盖余道："楚太师伍奢之次子，伍员、字子胥。"

伍子胥来到秦哀公座前，稽首参拜之后，转身走到坛中巨鼎旁边，单手提起巨鼎，扔到一边，然后撩起袍袖，双腿微蹲，双手抓住鼎足，沉身而立，轻轻将巨鼎举过头顶。坛上坛下数千人齐声叫好，声震四野。伍子胥举着巨鼎，绕坛走了一圈，然后轻轻将鼎放回坛中，面不改色，气定神凝。

庆忌见伍子胥盖了自己的风头，十分恼怒，按剑出列，朝秦哀公稽首道："吴将庆忌，愿与伍子胥一较高下。"

秦哀公笑道："寡人有言在先，今天是大喜的日子，不可动兵刃，将军一边听赏吧！"

秦哀公见庆忌、伍子胥先后胜了嬴颐，心里很不是滋味，碍于大庭广众之下不好发作，有意刁难伍子胥说："寡人听说楚人好勇少智，寡人有一谜语，将军如果能猜出来，方可领赏。"

伍子胥不卑不亢地说："请讲。"

"出兔口，入鸡肠，看为圆，写为方。"

秦哀公的谜底是一个"日"字，这要从干支计时去理解，兔是卯时，早上5—7时日出之时；鸡是酉时，是下午5—7时日落之时。所以说出兔口，入鸡肠。

伍子胥说："外臣也有一谜，可解大王之谜。"

"将军请讲。"

伍子胥道："东海有鱼，无头少尾，去脊去骨，囫囵入口。"伍子胥的谜底也是一个"日"字。

秦哀公听罢，哈哈大笑。

第二章

楚王好色

※ 公主与媵妾

小灵山会盟结束之后，诸侯各自踏上归途，秦哀公率众返回秦都雍城，费无忌率楚国迎亲队伍跟随秦哀公进入雍城，被安排在驿馆住下。

伍子胥得闲，独自出了驿馆，去雍城街上观景。闲逛之时，迎面走来一个怀抱一柄古剑的人，剑上插着草标，边走边喊："卖剑，卖剑！天下独一无二的宝剑，可斩金断玉，吹毫过刃，刃不沥血。"

伍子胥并不在意，仍然在街上漫不经心地闲逛，卖剑的壮士与伍子胥擦肩而过，竟然又返回来，在伍子胥身后若即若离，口中说道："楚人举鼎，只是逞匹夫之勇，不识宝刃，有眼无珠，可悲啊！"

伍子胥心中一惊，这人是骂自己吗？正要发作，猛然发现卖剑之人似曾相识，却又一时想不起来。怔神之际，卖剑之人已擦肩而过，兀自朝前叫卖。伍子胥见街边有一个少年乞丐，招手请他过来，将十枚环钱塞进他手里，说："你看见前面那个卖剑的人了吗？"

小乞丐说："看见了，听口音是吴国人，但他却是越人。"

"你怎么知道他不是吴人？"

小乞丐说："那人的文身是蛇，这是越人的标志，越人崇蛇，以蛇为神。"

伍子胥说："不管他是吴人还是越人，你替我盯紧他，看他住在什么地方，日落之前，我在这里等你，再给你十钱。"

小乞丐朝伍子胥深施一礼，尾随卖剑之人而去。

当天晚上，伍子胥得到小乞丐的报告，卖剑之人住在城南兴隆客栈。伍子胥也想起来了，卖剑之人就是在棠邑街上卖剑、盘石山遇到的踏歌之人。这人从楚国的棠邑来到秦国的雍城，又与自己不期而遇，言语指向自己，不能说与己无关。

为了弄清楚卖剑之人的真实身份和意图，当天晚上，伍子胥前往兴隆客栈，问清卖剑之人的房间，提剑在手，推门而入。那人仰卧在床上，毫无动静。伍子胥伸手抓住那人的胸衣，剑压喉咙，问道："你是什么人，受何人指使，为何要跟踪我？"

床上之人并未入睡，见伍子胥推门而入，早已操剑在手，只是没有发动。听了伍子胥的问话，一阵狂笑，说道："我是吴公子光的壶士椒丘，专为壮士而来。"

"为什么找我？"伍子胥并没有放松警惕。

"请子胥兄亮灯，坐下来说话。"

伍子胥见椒丘全无惧色，言语中听出也无歹意，便松了手，掏出火镰火石，擦燃火媒，晃出火苗，点着了油灯。借着灯光，伍子胥瞅见椒丘贴身那柄闪着幽光的宝剑，倒吸了一口凉气。

椒丘一边披衣起身，一边说："子胥兄刚才如果落剑，恐怕我们双双去了阴间了。"

伍子胥寻思自己刚才的唐突，还剑入鞘，躬身施礼道："刚才多有冒犯，请兄宽宥。"

"我早就料到子胥兄必来，等候多时了。"椒丘请伍子胥就座，点起火盆驱寒，接着又摆上酒肴，举觞相敬。

酒过三巡，椒丘才说："吴王僚谋夺了公子光的王位，且喜征好战，吴人怨声载道。吴王僚惧怕公子光夺回王位，让弟弟盖余、烛庸和儿子庆忌执掌兵权，早晚必将除掉公子光。公子光为求自保，命我走访列国，寻找当世奇士。我在棠邑就闻子胥兄是楚国的豪杰，只恨无缘相见。后来听说秦侯会盟诸侯，我又辗转来到秦国，竟然又与子胥兄不期而遇，这是天数啊！椒丘认为，贵国平王熊居不恤百姓，宠信奸佞，荒淫无度，并非良君。子胥兄如果弃楚从吴，辅佐公子光复位，公子光允诺与子胥兄共国，子胥兄以为如何？"

伍子胥道："椒丘兄与贵公子高看子胥了。但是，伍氏一族是楚国世卿。家父是太子建的太傅，家兄伍尚官居棠邑宰，我怎么能背楚事吴呢？请椒丘兄恕罪，子胥至死难从。"

椒丘见伍子胥态度坚决，更是由衷敬佩，双手一揖道："齐人管仲曾说，时不至，不可强谋。椒丘刚才所言，时候未到。"

伍子胥双手一揖："让椒丘兄失望了。"

"子胥兄大义不移，不愧为贤德之士。椒丘临行前，公子光曾嘱咐我，若逢贤士，当以沥镂相赠。"椒丘指着手中的剑说，"这把剑名为沥镂，是断金切玉的宝剑，子胥兄不为吴臣，不可不为公子光之友。"说罢，将沥镂剑举过头顶，跪伏于地。

伍子胥慌忙离座，双手将椒丘搀起，说道："公子光英勇善战，为当世之良将，子胥仰慕已久。子胥愧受公子光之剑，但有言在先，他日如果吴楚交兵，我与公子阵前相见，子胥不会徇私背国。"

"公子光所敬的贤士，就是你伍子胥。他日如果在战场上兵戎相见，各为其国，何怨之有。"

伍子胥接过椒丘递上的宝剑，在灯下细看，但见剑上透出幽幽青光，寒气逼人，果然是绝世宝物。椒丘指着宝剑说："这把剑是越人欧冶子所铸，唯子胥兄有资格佩此剑。"

伍子胥收下沥镂，从怀中取出一双玉璧，躬身呈给椒丘："子胥无以为赠，区区玉璧，是日前秦侯所赏，借花献佛，请椒丘兄转呈公子光。"

椒丘代公子光接收了玉璧。二人重新坐下，边喝酒边聊，畅谈至晓。椒丘拜辞，返回吴国。伍子胥返回驿馆。

费无忌的办事效率很高，短短的几天时间，便办妥了相关手续，带上公主孟赢踏上了回国之路。为表示对这次联姻的重视，秦哀公派公子浦沿途护送，嫁妆装了一百多车，外加几十个媵妾——陪嫁的使女。秦哀公还亲自将迎亲车队送出雍都。

公子浦与费无忌乘车在前面开道。伍子胥顶盔贯甲，手持长矛，乘轩车在队尾护卫。迎亲车队绵延数里，浩浩荡荡自秦国经晋、郑入楚。一路上，费无忌的心情十分复杂。他深知太子建对自己不满，奏请平王派伍子胥随行入秦，明为护卫，实际上是监督自己。伍子胥盟坛举鼎，威震列国，得到秦侯的赏赐。费无忌是又嫉妒又惧怕。自己虽然与伍奢同辅太子建，但熊建对伍奢格外亲近，对自己却是异常冷淡，想到这些，费无忌就感到恐惧。迎亲车队离楚国越来越近，恐惧的心理越来越强烈。

这一天黄昏，车队走到了郑国边境，明天将入楚境，费无忌命车队停下来，让大家下车休息。大家三三两两地散坐在草地上休息，孟赢公主也被媵妾们搀扶下车，坐到大树底下休息，虽然说坐车也很累，但踏上异国的土地，一切都感到很新鲜，姑娘们指指点点，眼里充满了好奇。

费无忌心里非常懊恼，他明白自己干了一件蠢事，替太子建迎娶秦女，又帮他拉秦国做靠山，对自己没有半点好处。相反，太子建娶秦女孟赢之后，地位更加稳固，日后继承王位，首先要除掉的恐怕就是自己，替太子建迎亲，实在是自掘坟墓。费无忌很无奈，却没有办法解脱。忽然，他的眼光落在山坡上一位俊俏媵妾身上。只见这位媵妾离开人群，独自走上山坡，随手采摘野菊花，虽貌不及孟赢公主，但也是娇躯婀娜，洋溢出一种清纯活泼之美。费无忌眼前一亮，突然有了主意。

费无忌装作若无其事地踱上山坡，向山坡上的媵妾靠近。媵妾见费无忌向自己走来，手持野菊花半遮面，冲费无忌嫣然一笑。费无忌微笑道："姑娘是秦国人吗？"

媵妾瞅了费无忌一眼，低头施礼道："妾名婉苹，齐国人氏。父亲在秦国为官，随父入秦，应召进宫，受秦侯之命，侍奉主子，从嫁楚太子。"

费无忌环顾四周无人，说道："我看你相貌不凡，哪像是个媵妾，倒像是太子妃。"

"大人开玩笑了，奴婢出身卑微，能侍奉公主，已是很有造化了。"

费无忌道："你可别自卑，你相貌虽稍逊于公主，但清丽中透出一股羞赧，也是百里挑一的美人坯子，只要你愿意，我可以助你，荣华富贵就在眼前。"

突然的变化，让婉苹无所适从。

"我说的是真的，只要你按我说的办，我奉你做太子妃。"费无忌看着婉苹笑着说，"摇头不算，点头算。"

婉苹听了费无忌之言，一双美目盯住费无忌，许久才回过神来，环视一下四周，羞赧地点点头，紧接着又摇摇头。

"到底是点头，还是摇头哇？"

婉苹略一沉思，终于还是点了点头。费无忌低声向婉苹吩咐一番，一个险恶的阴谋，悄然拉开了序幕。

※ 太子的未婚妻

楚国使者去秦国迎亲，堪称史上最诡异的旅程。费无忌与齐女有密约，伍子胥毫无觉察，从后来局势的发展来看，阴谋一旦发动，势不可当，起到了颠覆性的作用，不但改变了伍子胥的命运，甚至改写了楚国的历史。

这一天，迎亲车队抵达郢都城外，费无忌命令车队停下来，奉请孟嬴在驿馆歇息，自己趁夜进城，进宫觐见楚平王。

深夜，楚宫，烛光，斜影。

楚平王对于深夜把他从宠妃的温柔窝里拔出来的人向来没有好感，这个费无忌也知道，他竟然敢犯忌，可能是真有要紧的事情，于是忍着一肚子怒火，爬出被窝去接见费无忌，不高兴地问："什么事，不能等到明天再说吗？"

"秦国公主孟嬴已到，停驾三舍之外。"费无忌像一条牧羊犬一样跪在地上，谦卑地说。

"起来吧！"楚平王不耐烦地说，"就这事呀！你明天一早把人带来，不就行了吗？"

"大王！"费无忌从地上爬起来道，"臣有下情禀报。"

"有话快说。"

"臣阅人无数，从未见有孟嬴之貌美者。不仅楚国无可匹配，即使古今绝色如妲己、骊姬，恐怕也不及孟嬴之万一。"

"什么？"楚平王瞪大了眼睛，"寡人枉自为王，与绝世美人无缘啊！"

费无忌心中暗喜，献媚地说："请大王屏退左右，臣有话说。"

楚平王立即喝退左右，并让费无忌起来说话。

费无忌站起来，走近楚平王，悄声说："大王既然喜欢孟嬴，何不自取之。"

楚平王大惊失色地说："我是楚王，玩乱伦跟儿子抢女人，咱这老脸往哪儿搁？"

费无忌道："只要大王喜欢孟嬴，臣有办法，既能让大王称心如意，也能使太子抱得美人归。"

"什么办法？"

"臣以为，孟嬴与太子只是订婚，孟嬴并未进入东宫。大王将她迎进宫，谁敢说半个'不'字？"

楚平王以为费无忌有什么妙策，听后苦笑道："寡人可以摆平天下人，可太子的脑袋也没有被门夹着，我抢了他的女人，到时他对寡人使绊子，可不是闹着玩的。这事儿断不可行。"

费无忌又说："只要大王想要孟嬴，我自有办法。"

"什么办法？"

"秦国陪嫁的媵妾中有一个名叫婉苹的齐女，才貌虽然稍逊孟嬴，但也是百里挑一的大美人。到时咱们可以先把孟嬴弄进宫，再把齐女配给太子。太子没有见过孟嬴，只要齐女知道太子妃的身份比媵妾高贵，她就不会把这个秘密说出去。即使孟嬴不愿意，生米做成了熟饭，她也只能认命。"

"好！太好了！"楚平王命令，"你立即出城，明天依计行事。"

天亮了，迎亲车队进入郢都。太子非常兴奋，迫不及待地想见见自己的新娘子。令尹子常、太傅伍奢以及相关人员都忙开了，搞接待、筹办婚礼、装点洞房等都需要人手，整个郢都忙成了一锅粥。

谁也没去注意费无忌，可就是这个没被注意的费无忌，悄然掀起了巨浪。他正在和秦国的公子浦说悄悄话："公子，楚国的规矩与别国不同，新媳妇进门之前，须先进宫拜见姑舅，然后才能成婚办事。"

公子浦沉吟片刻，说："入乡随俗，这个没有问题，请少傅按习俗行之便是。只是秦国的规矩，你们也得尊重。"

"秦国有什么规矩？"费无忌心中一惊。

公子浦笑道："送亲的娘家人，得收个大红包，我的红包要超大。"

费无忌哈哈大笑："当然、当然，楚国也有此习俗。"

费无忌搞定了公子浦，接着请伍子胥先进东宫禀报太子，冠冕堂皇地支走了伍子胥。接着，费无忌命随从将孟嬴及一干媵女接进宫去。随后不久，媵女婉苹被打扮成公主送出宫，送往东宫与太子建洞房花烛，真正的公主孟嬴则留在宫中。

孟嬴不知费无忌使了偷梁换柱之计，把齐女婉苹送往东宫与太子成婚，自己却留在王宫。在宫人的侍奉下，吃了晚饭，稍事休息后便香汤沐浴，宫人取来一领薄如蝉翼的睡袍，侍奉孟嬴穿上。孟嬴不解地问："还没有与太子举行婚礼，怎么就穿上睡衣了？"

宫人说："大王说，主子旅途劳顿，无须赘礼，命奴婢侍奉主子在王宫休息。"

孟嬴大吃一惊："这里不是太子东宫吗？我嫁的是太子，大王为何让我在宫中歇息？"

宫人自知失言，吓得跪下磕头，不敢再说一句话，爬起来倒行退出，留下孟嬴一个人坐在屋内发怔。

孟嬴无声地哭泣，感到无助的恐惧。王兄把她嫁给楚太子，她唯命是从。今晚与她共衾的男人将主宰她一生的命运。让她吃惊的是，这里竟然不是东宫，而是楚王的内宫，心里多了几分恐惧。许久，宫人进来剔烛，孟嬴大声指使宫人："拿酒来，我要喝酒。"

不一会儿，宫人取来酒肴，孟嬴斥退宫人，把觞独饮，直至大醉。楚平王熊居进来的时候，孟嬴已伏案昏睡。平王喝退宫人，亲自抱孟嬴入榻。孟嬴喃喃自语道："太子，太子，妾不可侍寝，还没有与太子成礼啊！"

孟嬴清醒后听到了鸡鸣声，随之又传来梆子声。孟嬴从小在宫中长大，知道是内宫在敲竹梆，通知值夜的宫人天将晓。果然，从寝室那一边宫人值夜的侧室传来一阵溪吟般的磬声。孟嬴知道是值夜宫人在敲击玉石，传讯与熟睡的君王和嫔妃，天色已晓。

孟嬴瞅瞅酣睡在身旁的楚平王，年逾半百，肌肤松弛，难道这就是楚国的太子吗？孟嬴还不知道，她已经成了楚王的嫔妃，与太子成婚的人却是她的媵妾婉苹。

太子建没有见过公主孟嬴，他以为婉苹就是从秦国来的孟嬴公主，见婉苹美貌娇艳，心里非常高兴。大礼过后，双双进入洞房，相拥而眠，十分恩爱。

第二天，太子建携假公主婉苹乘车进宫见父王，不料被门官给挡在宫外不让进。接着，费无忌又传楚王口谕，说楚王身体有恙，不见太子。

太傅伍奢虽然隐隐约约感到楚平王不准太子进宫这件事有点不对劲儿，但此后也没有发生其他异常之事，也就没有在意。

孟嬴听说太子求见，心里产生疑惑，趁宫内无人，斥问随行的媵女，这才知道晚上跟自己睡觉的男人是楚王，而非太子，痛哭流涕。

楚平王熊居见孟嬴哭得伤心，知道她已知道事情的底细，心中有愧，对孟嬴是加倍宠爱。此后不久，孟嬴给楚平王熊居生了个儿子，取名熊轸，婉苹给太子建生了个儿子，取名熊胜。两个女人心里都很明白，一个暗中涕泣，欲哭无泪，一个揣着明白装糊涂，心中窃笑。

父亲老牛吃嫩草，悠哉，乐哉，逍遥快活。唯独太子建一个人被蒙在鼓里。

如果日子就这样过下去，什么事情可能都不会发生，偏偏霸占了太子妃的楚平王熊居见新纳的嫩妃整天愁眉不展，有心抚慰，却又苦无良策。还有一个唯恐天下不乱的小人费无忌，事情就变得越来越复杂了。

※ 东宫之位是铁打的吗

费无忌是一个有野心的人，调包计只是他阴谋的第一步，他的最终目的是要搞垮太子熊建。

这一天，太子熊建突然接到诏令：离开郢都，镇守城父（今湖北襄阳附近），理由是：城父是楚国争霸中原的兵家重地，必须由得力的人驻守。

太子熊建去了城父，太子太傅伍奢没理由不跟着去。将军奋扬也受命率兵车百乘开往城父，出任城父负责军事的司马。

伍奢见事发突然，料知这件事情不简单，离郢都时便派人前往棠邑送信，命儿子伍尚赶往城父，共同辅佐太子熊建。

太子熊建抵达城父，伍奢便建议修筑城壕，集草囤粮。于是，太子熊建命司马奋扬率兵筑城。

伍尚到了城父，见到太子后，直接说出了他的担忧——太子出京，不是好兆头。

太子熊建不解地问："什么意思？"

伍尚道："太子是否认为，你的东宫之位是铁打的？"

"这……"

伍尚道："既然不是铁打的，随时有可能被废掉。"

"如果真是这样，该如何是好？"

伍奢说："这只是推测，我们要派心腹之人前往郢城探听虚实，再见机行事。"

伍子胥建议说："我府中的壶士要离，可以充当此任。"

伍奢于是让伍子胥立即修书一封，派人星夜送往棠邑，派要离潜入郢城打探消息。

不一日，要离风尘仆仆地赶到城父，见到伍氏父子，大叫道："怪事，怪事，世上竟有如此怪事，真的是匪夷所思啊！"

伍子胥丈二和尚摸不着头脑："什么怪事嘛！说清楚点好不好？"

"太子妃并非秦公主孟嬴，而是媵妾婉苹。"

伍奢大吃一惊，追问："孟嬴呢？她在哪里？"

"孟嬴在宫里，她现在是大王的嫔妃，还给大王生了一个儿子，取名轸，大王正宠着她呢！"

"怎么会这样？"伍子胥吃惊地说。

"都是费无忌捣的鬼。"要离说，"费无忌谄媚大王，以李代桃，把孟嬴献给大王为妃，把齐女婉苹假扮成公主，嫁给太子。"

伍尚道："这就好解释了。大王命太子镇守城父，是早有预谋，将太子逐出郢都，只是阴谋的第一步。"

"那下一步呢？"伍子胥问。

"接下来便是废太子熊建，改立熊轸为太子了。"

伍子胥说："这是费无忌从中捣蛋，不如派人进郢都，杀了此奸佞。"

伍奢想了想说："平王夺媳为妃，父子仇怨已深，诛一费无忌，无济于事。当务之急，要图自保。孟嬴之事，最好暂时瞒住太子。"

伍子胥说："城父兵马仅百乘，而且还掌握在奋扬手里。欲图自保，必须另寻出路。以我之见，不妨向齐、晋两国示好。"

伍奢觉得这个办法可行，于是劝谏太子熊建出访齐、晋，会盟交好，以图他日真有事，能助一臂之力。

太子熊建出访齐、晋不是一件小事，消息很快传到郢都。费无忌寝食不安。太子熊建借助齐、晋外力，巩固自己的地位，他日继位之后，必然祸及自己，他连夜进宫求见楚平王，说太子私自与齐、晋通好，有谋反之意。

"太子素来心慈面软，他有这个胆量吗？"

费无忌见楚平王不信，又说："大王与太子有夺妻之恨，太子去城父后，在伍氏父子的唆使下，筑城掘壕，招兵买马，臣担心要不了多长时间，他们将兵临郢都城下了。"

楚平王似乎被费无忌说动了，沉思片刻后说："寡人早有废太子之意，只是太子掌兵在外，又有伍氏父子辅佐，若诏令废太子立轸儿，恐怕是逼他造反了。"

"太子柔懦寡断，伍奢父子才是主谋，只要先剪除太子的羽翼，然后兵发城父，祸患可除。"

楚平王称善，于是一纸诏书发到城父，命伍奢立即回郢都。

郢都与城父两地的政治气氛十分微妙，在这个时候，双方任何一个动作，都有可能引起楚国剧烈的政治动荡，各方政治势力都在静观其变以选择站队。当所有人都以为伍奢一定会找借口拒绝回郢城时，伍奢却做出了一个让所有人意想不到的决定：单枪匹马回到郢都，费无忌利用伍奢的愚忠，成功地把伍奢骗回了郢城。

伍奢回到郢都，立即去见楚平王，不料楚平王的第一句话就让伍奢目瞪口呆："伍奢，太子建要造反，你知道吗？"

伍奢脱口而出："你抢儿子的老婆就很过分了！现在又听信谗言，怀疑亲生骨肉造反，于心何忍？"

楚平王确实被震惊了，自尊与情感受到难以弥补的伤害，不由怒发冲冠，当即喝令左右将伍奢拿下，送入大牢关押。

费无忌兴奋得手舞足蹈，正要摆酒庆祝的时候，楚平王派人来召他进宫，说有要事相商。费无忌当然知道所为何事，进宫之后，不待楚平王发问，走近楚平王，悄悄地说："大王纳秦公主孟嬴为嫔妃之事已经挑明，太子建对大王一定是恨之入骨，今天又囚禁太子太傅，太子建会善罢甘休吗？如果齐、晋发兵相助，事情就麻烦了。"

"寡人正担心这件事，召你来就是商量对策。"楚平王沉思片刻后说，"寡人准备派人前往城父诛杀太子，你认为何人可往？"

费无忌阴险地说："假如从郢都派人去，太子建一定会拼死反抗，也跟城父方面没法交代。不如密谕司马奋扬，他控制了城父的兵权，再加上伍奢在我们手里，伍尚、伍员投鼠忌器，不敢轻举妄动，一旦动起手来，太子建便成了光杆司令，只有等死的份儿。"

当天晚上，楚平王派人三百里加急飞奔城父，密谕奋扬，内容很明确："杀太子，有厚赏；放太子，当死。"

奋扬与伍子胥的关系不错，接到密诏后，立即派心腹请来伍子胥，直接将密诏交给他看。伍子胥大吃一惊，问道："此事该怎么办？"

"子胥兄！"奋扬说，"你迅速保护太子逃奔他国。"

"奋扬兄这不是违抗王命吗？"

奋扬说："违命当斩，大丈夫恩怨分明，何惧于死。子胥兄不要管我，速保护太子逃走吧！"

伍子胥告别奋扬，迅速赶回宫中，叫醒太子建，告之实情。太子建听罢慌作一团。伍子胥命内官备好马车，扶太子建及婉苹、熊胜登车。

正在这时，要离来报，说司马奋扬将自己绑起来，坐上囚车，命人将他押送到郢都去了。伍子胥命要离护卫太子熊建，连夜逃往宋国，自己则和兄长伍尚留守城父，防止平王派人追杀。

第三章

伍子胥走国

※ 兄弟永别

郢都，楚宫，寒气逼人，透出一股杀气。

一身五花大绑的奋扬，跪在殿前，对着高高在上的楚平王大喊："大王，太子建逃跑了。"

楚平王大怒："你真当我傻吗？在城父，除了你，还有谁能放跑太子建？"

"没错，太子建是我放走的。"奋扬并不隐瞒。

"奋扬，你为什么要抗命？"

"当年大王命我去城父，亲口对我说，'你要像侍奉寡人一样侍奉太子，否则回来，看寡人怎么收拾你'。我谨守大王之命，不敢有二心，放跑太子，是遵王命。"

"既然放跑了太子，怎么又敢回郢都来？"

奋扬冷静地说："奋扬不执行密令，是抗王命，知道自己有罪却要逃避，岂不是罪上加罪。我知道太子没有反叛之心，杀之无名，今我使太子不死，大王有太子得生。我遵王命在先，抗王命在后，虽死无憾。"

楚平王听出奋扬之言暗含讥讽之意，心里惭愧，叹口气说："奋扬虽然违抗了君命，其忠可嘉啊！"

楚平王做出决定，无罪释放奋扬。接着下了一连串的诏令：废太子熊建，改立孟嬴之子熊轸为太子；诏命费无忌为新太子太傅。

费无忌如愿以偿，扳倒伍奢，坐上太子太傅的交椅。尽管如此，他还是心有不安，斩草不除根，春风吹又生，于是向楚平王进谗言："听说伍奢有两个儿子，长子伍尚，为棠邑宰，为人仁厚。次子伍员，字子胥，勇冠三军，前次出使秦国，小灵山举鼎，威震诸侯。太子熊建已逃，伍尚、伍员还在，如果他们弃楚，为他国所用，必将成为楚国之大患。"

楚平王问道："你认为该怎么办？"

费无忌道："以伍奢为人质，召伍尚、伍员来郢都而杀之，以绝后患。"

伍奢被押进宫，楚平王道："你身为太傅，纵太子谋反，其罪当诛。寡人念伍氏三代忠良，有功于先王，不忍加罪。你可将两个儿子召来郢都，就可免你一死。"

伍奢坦然地说："我有两个儿子，大儿子叫尚，二儿子叫子胥。尚为人善良温和，仁爱诚实，如果知道是我召见，立刻就会来郢都；子胥为人，少时学文，长大后学武，文能治国，武能安邦，是一个很有远见的贤士，不是说召就能召得来的。"

费无忌不待楚平王发话，瞪着眼睛说："大王赦你不死，你敢抗王命吗？大王让你召，你就召，召之不来，大王不怪罪你。"

伍奢长叹一声，濡墨执笔，给两个儿子写了一封信。写完后，掷笔于地，仰天大笑道："大王假赦伍奢，我儿收信，伍尚来之日，便是我父子死期，可惜啊！子胥一定不会来。"

左司马沈尹戍奉楚平王之命，带着伍奢的信、官印及绶带到城父。见到伍氏兄弟，双手一揖道："沈某给棠邑君、二公子道喜了。"

伍尚道："家父得罪了大王，身陷囹圄，何喜之有？"

沈尹戍谎称："大王误信费无忌谗言，囚禁了太傅。今群臣保奏，大王也深感愧疚，欲封令尊为宰相，封二位为侯。赐封伍尚为鸿都侯，赐封伍子胥为封盖侯。两地相距三百里，不是很远。令尊被囚禁很长一段时间了，非常挂念两位，所以派我送来印绶。"

伍尚手拿父亲的亲笔信，手在发抖；伍子胥却很平静。

伍尚沉默片刻，苦笑道："父亲被囚禁在郢都，我忧心如焚，食不甘味，睡不安宁，只求父亲能平安无事，哪敢奢望当官啊！"

沈尹戍说："令尊囚禁郢都，现在被大王赦免，大王没有什么可以赏赐，便封二位公子为王侯。"

伍尚对伍子胥说："父亲被免于一死，我们也被封侯，你有什么话说？"

伍子胥想都不想，说道："大王对亲生儿子都那么绝情，怎么会对我们心慈手软，一定是奸佞费无忌耍花招，诱我们兄弟进京，然后一网打尽。"

伍尚抖了抖手中的信函说："这是父亲的亲笔信函，怎么会有诈？"

"父亲愚忠，他知道我们日后一定要报仇，故来书召我们，父子同死，以绝楚国之患。"

伍尚虽然心存疑虑，还是叹道："弟弟之言也是猜测，如果父亲之言非虚，你我将成为不忠不孝之人。"

"兄长所言差矣！君欺臣，臣不说，怎么能说不忠？父欺子，子不依，怎么能说不孝？"

伍尚说："如果真是这样，事情就更糟了。父亲一定是危在旦夕。父恩如山，我只要能与父亲见上一面，死而无憾。"

伍子胥大声说："你怎么这样愚昧？昏王惧我们兄弟在外，不敢把父亲怎么样，你我全去，全家必死无疑。"

伍尚仰天长叹："我意已决，愿与父同死，以尽人子之孝。"

"兄长与父同死，于事无补。兄长执意去郢都，弟不从，此别就是永别了。"

伍尚问道："弟弟将往哪国？"

"谁能助我复仇，我就去哪国。"

伍尚道："你的才能胜我十倍，我去你走，我死你生，我仇你报，不再多言。"

兄弟二人抱头痛哭一场。

伍子胥跪下，向伍尚拜了四拜，以当永诀。

伍尚跟随来使回到郢都，几天之后，便与父亲伍奢及全家三百余口全都被斩。当天，没有六月飞雪，只有伍奢临刑前似诅咒般的嘶喊："子胥未到，楚国必将大祸临头，战争将搞得楚国的君臣困苦不堪，不得安宁。"

※ 漫漫逃亡路

楚平王没有给伍子胥留下擦干眼泪的时间，命奋扬追杀伍子胥，命大夫武朌奔棠邑查抄伍府。奋扬疾行三百里，在一处荒无人烟的山地赶上伍子胥，挥刀大叫："子胥不要走，奋扬奉大王之命，请你随我回郢都见大王。"

伍子胥停车回首，并不搭话，拽弓搭箭，朝奋扬射去。奋扬躲闪不及，箭中头盔。伍子胥大叫："前一箭射友，后一箭射敌，奋扬兄小心了。"

奋扬不待伍子胥开弓，弃车钻进道旁树林里。伍子胥见状，收住弓箭，策马就跑。奋扬从树林中跳出来，冲着伍子胥的身影大叫："子胥兄不可去棠邑，武朌率兵在棠邑等你。"

伍子胥回头一抱拳，转身在马屁股上狠抽一鞭，绝尘而去。

伍子胥驱车走进盘石山，想到好友专诸就住山脚下的士林镇，意欲先策马驱车直奔镇上。突然，从道旁树林中跃出一人，挡在路中央大叫："我是专诸的朋友，奉专诸兄之嘱，在此等候伍二爷。"那人也不待伍子胥搭话，抓住马嚼，将马车拉进道旁树林里，对伍子胥说："专诸的妻子刘氏听说伍二爷家门遭变，让专诸前去助二爷。刘氏担心专诸对自己的恩爱与依赖，不忍远行，找借口支开专诸，自缢而亡。专诸安葬刘氏之后，赶赴棠邑，正逢武朌率兵在伍府抄家，专诸冒死冲进去，夺得二爷的公子伍俍，越墙而逃。"

伍子胥听说伍氏满门数百余人惨遭杀戮，擂胸痛哭。那人担心路人听见，劝说道："伍二爷请节哀，路旁有耳啊！"

伍子胥止住哭声，问道："专诸兄与我儿，现在哪里？"

"不知何往。"

伍子胥向那人深施一礼："请问兄长尊姓大名？"

"山野村夫，小名仇狗儿。同专诸是穿破裆裤的朋友，情同手足。"仇狗儿说道，"请伍二爷在树林暂避，借你的车马一用，去镇中探听消息。"

仇狗儿也不待伍子胥答应，便登车鞭马，奔向士林镇。伍子胥在树林里等了一个时辰，还不见车马回来，正自烦恼之际，只见仇狗儿身背一个包袱，缩头缩脑地徒步而来。伍子胥惊问："我的车马呢？"

"车马都卖了。"仇狗儿见伍子胥面露愠色，接着说，"前面道路上到处都有士兵盘查，你乘车过得去吗？"仇狗儿说罢，把肩上的包袱放在地上，卖车马的钱尽在里面，还有一大堆酒肉食物，"卖得太急，没有卖个好价钱，就这么多，顺带买了些酒肉食物，路上用。"

伍子胥见仇狗儿想得如此周全，十分感激，取出一金递给仇狗儿。仇狗儿推辞道："我尽朋友之义，怎能要你的钱，就此别过，他日有缘，或许还能相见。"

伍子胥向仇狗儿顿首，仇狗儿扭身不受，挥挥手，径直沿着山路前行。伍子胥目送仇狗儿的身影消失在山坡拐弯处，才背起包袱，避开大道，择荒僻小路昼伏夜出，径奔宋都商丘与太子熊建会合。

这一天，伍子胥行走在山沟处，见前方一队人马迎面而来，立即躲进道旁树林中，当车队走近时，探头向外偷看，发现车上之人竟是好友申包胥，高兴得一下子从树林里跳出来，挡在路中央，招手大叫："停车、停车。"

驾车之人吓了一跳，急忙勒紧缰绳，见拦路人的剑插在背后没有抽出来，松了一口气，大声吼叫："找死呀！"

"申包胥，下车。"伍子胥大叫，"我是伍子胥。"

申包胥见是好友伍子胥，大吃一惊，下车施礼道："子胥何故如此狼狈，你这是要到哪里去？"

"楚王杀了我伍氏满门，我要到外国去借兵，杀回楚国，把楚平王与费无忌的头割下来当夜壶。"伍子胥说罢，失声痛哭。

"兄弟，怎么说呢？"申包胥说，"我如果助你灭楚复仇，那就是不忠，如果劝你不要报仇，又陷你于不孝。你还是走吧！我无话可说。"

"父兄之仇，不共戴天，我一定要杀回楚国，杀了昏君与佞臣，洗刷父兄所受的耻辱。"

申包胥回答说:"你能灭楚,我能存楚,你能危楚;我能安楚。"

"人各有志,我怎么能怪你。申兄,我们就此别过。"伍子胥一拱手,扭身就走。

"等一等。"

"申兄难道要抓我回楚吗?"

申包胥命从人取来一身衣裳,外加一大包肉干、食物及金钱,说道:"子胥此去,前途莫测,你带上这些东西,路上用吧!"

伍子胥拜受,纳入囊中,择小路进入树林。申包胥瞅着伍子胥的身影消失在树林中,叹道:"从此以后,楚无宁日啊!"

经过长途跋涉,伍子胥抵达商丘城下,正准备进城,突然从城墙脚下跑出一人,一把拉住伍子胥。伍子胥见来人竟是要离,惊问:"是你?"

"二爷,不要多说话,快随我来。"

伍子胥随要离穿过僻街陋巷,拐弯抹角,走进一处简陋的客栈,要离低声说:"太子就住在这里。"

伍子胥大吃一惊:"太子怎么住在这样的破地方,为何不去见宋公?"

"宋国发生内乱,楚王派使者知会宋国,不得收留太子与二爷。故而太子不敢去见宋公,隐居在这里。"

要离引伍子胥走进客栈后面一处小宅院。院子里一位妇人正在井边捶衣,见有人进来,慌忙起身躲避。伍子胥知是太子妃婉苹,心里打了一个寒战。走进屋内,见一位蓬头垢面之人蜷缩在火盆边,伍子胥认出是太子熊建,急步上前,伏地顿首道:"太子,子胥来迟了。"

熊建见到伍子胥,仿佛失散的小孩儿遇到亲人,抱住伍子胥失声痛哭。伍子胥也跟着流眼泪。

原来,熊建逃到宋国,正逢宋国内乱,不敢去见宋公,寄住在下等客栈,身上的钱财耗尽,吃了上餐愁下顿,日子过得非常凄惨。且还听说楚国已告诫宋国,不得收留楚太子熊建。熊建担心有人来抓他,不敢露面,成天担惊受怕,惶惶不可终日。

伍子胥得知宋国难留,决定投奔郑国。于是和要离一起,保护太子、太子妃及熊胜,逃往郑都新郑。在馆驿安顿下来后,伍子胥亲自前往郑宫。

郑定公得知楚太子熊建及伍子胥到了郑国,开始不相信,因为郑国同楚国结怨颇深。仔细一想恍然大悟，楚太子来郑国，一定是想借助郑国的力量对付楚国，于是决定接见他们。大夫游坤似乎也明白，建议郑君唆使楚太子去晋国借兵，郑国只须坐山观虎斗。

郑定公接见了熊建和伍子胥。

熊建向郑定公哭诉冤情，表达了向郑国借兵的请求。郑定公显得爱莫能助，回答说："郑国地处中原要冲，楚来齐往，屡受侵扰，国贫民贫，寡人也想帮你们，可心有余而力不足啊！"

熊建听了一脸茫然。

郑定公暗叹一声惭愧，接着说："伍将军可去晋国求助，晋与楚有世仇，他们一定会帮你们。"

伍子胥见郑定公推诿，起身愤然离去。

熊建命伍子胥、要离与儿子熊胜留在郑国，自己与太子妃前往绛城见晋顷公。

晋顷公对楚太子的到来高度重视，安排他在馆舍住下，随之召晋大夫荀寅商议。荀寅道："郑定公朝晋暮楚，是一个有奶便是娘的人，楚太子向郑国借兵，他却唆使他求晋，这人太阴险了。"

"这事该如何处理？"

荀寅道："郑君让楚太子到晋国借兵，没安好心。他不仁，我不义，不如让楚太子返回郑国做我们的内应，主公出兵灭郑，把郑国封给楚太子，然后徐图伐楚。"

晋顷公是一个没有主见的人，立即密召熊建，转达了荀寅的建议。

熊建返回郑国，将晋侯的意见转告伍子胥。伍子胥大吃一惊，说道："郑侯虽然不同意借兵，但对我们待之以礼，十分客气。你却在背后捅刀子，似乎是恩将仇报。如果败露，我们连栖息之地也没有。"

"我已答应晋侯，怎么能食言呢？"

伍子胥耐心地劝道："我们是丧家之犬，求助于人，徐图复仇，要以信义为本，太子不为晋谋，尚且不失信义，如果从晋谋郑，则信义全无，到时谁敢帮你。"

熊建听不进伍子胥的劝告，利用晋顷公的资助，在城外购买一处私宅作为据点，暗自招募死士，集聚在秘密据点里，伺机作乱。又贿赂郑定公身边的下人，刺探宫中消息。晋顷公也派人秘密进入郑国，与熊建密谋举事日期。

伍子胥对熊建的行动有所觉察，预感大祸将至，命要离携熊胜移居城外，自己密切注意宫中动静，随时做好逃走的准备。

果然，熊建因处事不密，阴谋暴露。郑定公极为震怒：好一个忘恩负义之徒，避难到郑国，我给你好吃好住，你竟然背后捅刀子，简直猪狗不如。于是在宫中宴请熊建，送熊建上了黄泉路。

郑定公没有邀请伍子胥，明摆是有意放伍子胥一条生路。

伍子胥很快得到熊建被杀的消息，立即铺上竹简，提笔写下留言：

外臣伍员百拜郑侯，太子熊建从晋祸郑，罪不容赦，但其行未张，诛之已过。古之贤君，不趁人之危而赶尽杀绝。子胥请郑君网开一面，当有后报。

伍子胥驾车来到城外，接上熊胜和要离，逃往陈国。

郑定公命甲士抄了熊建在城外的秘密据点，将藏匿在里面的死士一网打尽。接着又命甲士捉拿伍子胥。没有抓到伍子胥，看到了伍子胥留下的竹简。郑定公感叹地说："伍子胥真豪杰也。"

游坤认为伍子胥跑不远，建议派精骑追杀。

郑定公道："既然有意放伍子胥一条生路，何必赶尽杀绝呢？"

游坤着急地说："今天不杀伍子胥，郑国必有后患。"

"楚王杀伍氏满门，伍子胥立志复仇灭楚，何必做仇者快的事情呢？"

伍子胥命要离抱着熊胜卧在车内，亲自驾车一路狂奔百余里才停车。伍子胥令要离与熊胜下车，拔出沥镂剑，杀了马匹，将马尸与马车推下悬崖，冲要离大叫："你背负公子前行，我断后，走僻静山路。"

"后无追兵，为何要弃车？"

伍子胥说："此前没有追兵，不等于后面没有追兵。"

三人刚进入山脚树林，便听到后面传来人喧，要离回头一看，见后面尘土飞扬，惊叹道："二爷料事如神，果然追兵到了。"

伍子胥躲藏在树林里，见前方跑来一队兵车，为首之人正是郑大夫游坤。游坤见地上一摊鲜血，下令停车察看，见山崖下的死马和破车，认为伍子胥车毁人亡，议论一番后，立即上车返回新郑，向郑定公报告去了。

伍子胥、要离携熊胜千辛万苦逃到陈国边境，却被陈国守关将士挡在关外。伍子胥不解地问："为何不让我过关？"

守关士兵无奈地说："不是我们不收留伍将军，是楚国早有照会，谁收留楚太子与伍子胥，就是与楚国为敌，陈国弱小，哪敢得罪楚国啊！"

伍子胥仰天长叹："天下之大，难道就没有我伍子胥的容身之地吗？"

要离看到伍子胥手中的沥镂剑，灵光一现，指剑说道："剑，吴国，我们去吴国。"

伍子胥猛然想起吴人椒丘在雍城赠剑时的情景，笑道："天无绝人之路，我们投奔吴国。"突然，他又想起要离宁死也不去吴国之事，问道，"你随我去吴国，不怕吴人责罪于你吗？"

"要离愿为二爷而死，何惧之有？"

"其实没有必要，吴公子光欲与吴王僚争位，密派亲信椒丘去列国寻访贤人侠士。公子光正有用得着我们的地方，欢迎都来不及，怎么会与我们过不去呢？"伍子胥不敢逗留，绕开陈国，往南投奔吴国，数日后又进入楚国地界，被昭关挡住了去路。

※ 白发过昭关

昭关位于小岘山之西（今安徽省含山县西北），两座巨峰陡直如削，直插云汉，关隘建在两峰之间，只要城门一关，鸟也休想飞过。

楚大将武赟驻守关城，对过往行人盘查极为仔细。

这一天，武赟正在饮酒，侦探前来报告，说郑定公杀了太子熊建，伍子胥与壶士要离携熊建之子熊胜逃出郑国，遭郑大夫游坤率兵追杀，车毁人亡。

武赟仰天大笑："伍子胥一死，除了心腹之患，再无后顾之忧了。"

侦探报告完消息刚退下，又有一侦探接踵而来，报告说伍子胥一行三人出现在陈国边境，陈国拒绝他们入境，他们已转道昭关。

武赟大吃一惊，吩咐守关将士打起十二分精神，并在城门和交通要道张贴伍子胥画像，严查过往行人。

伍子胥带着要离、公子胜三人来到昭关，才知道昭关严如密罐，偷渡比登天还难。他们躲进路旁密林中，一筹莫展。正当他们焦虑不安时，丛林中突然出现一位老者，只见他鹤发童颜，宽袍大袖，年纪在七十开外，手里拿着一束野草，像是个采药草的郎中。伍子胥想隐避已是不及。老者仔细打量眼前这位壮士，似曾相识，一时又记不起在何处见过。突然，他惊疑地问："这不是伍子胥，伍将军吗？"

伍子胥倒吸一口冷气，在昭关附近被人发现，岂不大祸临头，忙拱手道："老丈认错人了，在下不姓伍。"

老者也不争辩，自我介绍："老朽东皋公，当年师从扁鹊，行医一生，如今年迈，不再四处奔波，医者仁心，并无杀人之心。日前昭关上守将偶感风寒，请我前往诊治，进城时见过关上挂的伍子胥图像。请不要见外，老朽有事要与将军相商。"

东皋公是楚国名医，周游天下，德高望重，闻名遐迩，伍子胥早有耳闻，见他并无歹意，于是施礼，问道："先生有何见教？"

"将军的画像挂在关上，贸然过关，无异于自投罗网。此非说话之地，将军如果信得过老朽，不妨到寒舍从长计议，敝舍就在山后。"

伍子胥拱手道："请先生在前引路。"

东皋公引领伍子胥一行，走了三四里路，来到一座不大的庄院，院内草房数幢，清静幽雅，瓜棚豆架，翠绿可爱。东皋公领他们绕过一带竹篱笆，穿过一个小竹园，进了一间小屋，室内有书案、竹床、茶几，陈设简单而整齐。

东皋公大声呼唤："乐然，来客人了，快去弄些吃的来。"

一位十二三岁的孩子从屋里跑出来，看了一眼新来的客人："好嘞，做南瓜面疙瘩，如何？"

"你看着办，越快越好。"东皋公扭头对伍子胥说，"这是我的药童，名叫乐然，请稍候片刻，先解决肚子问题。"

伍子胥感激地看了东皋公一眼。

不一会儿，乐然用托盘托着三大碗热气腾腾的南瓜面疙瘩，放在桌子上，笑着说："快吃，锅里还有，吃完了再添。"

伍子胥也不客气，先请公子熊胜坐到桌边，将一碗南瓜面疙瘩移到他的面前说："公子快吃，饿坏了吧？"

熊胜虽然从来没有吃过这样的粗饭，但饥不择食，坐下就吃。伍子胥和要离也各坐一方，各自端起碗，狼吞虎咽起来。

饭饱之后，东皋公让乐然沏茶，问道："子胥，你们是要去吴国吗？"

"是，去吴国借兵，杀了楚平王，报伍氏灭门之仇。"

"关门悬挂着你的画像，守兵盘查严格，你过不了昭关，也去不了吴国。"

"那该怎么办？"伍子胥显得很着急。

"我这里很是背静，无人来往，你们尽可放心在此住几日，待老朽想出妥善办法，再送你们过关。"

"你老人家有办法啦？"

"现在不好说，你们先住下，生活上有我徒儿乐然照顾你们，尽可放心。

千万不要外出，免得节外生枝。我出去找个人，很快就回来。"

伍子胥无可奈何，只好与要离、公子熊胜住下，生活上有乐然照顾，倒是不用操心。等待是一种折磨，也是一种煎熬，时间一晃过去了六七天，东皋公还没有回来，伍子胥身如芒刺在背，彻夜绕室而走，时而愁肠百结，时而激情狂怒……

第七天清晨，东皋公终于回来了，还带回好友皇甫讷。他敲开门，见到伍子胥，吓得目瞪口呆，惊叫："子胥，你怎么啦？"

"什么怎么啦？"

"你的头发、胡须，怎么全白啦？"

伍子胥不信，转身取来铜镜，见镜子里的自己须发、眉毛全都白如霜雪，掷镜于地，号啕大哭："大仇未报，须发已白，苍天不佑我呀！"

东皋公是名医，给伍子胥诊过脉，检查一番，放心地说："将军无病，亦非衰老。此乃忧愁所致，无碍于健康，倒是应向将军道喜。"

"头发都白了，何喜之有？"

"楚平王与费无忌欲捉拿你，全国各地关卡、交通要道，都张贴了你的画像，路人尽识你的相貌。如今你须发全白，与画像判若两人，易于过关。老夫出山七天，为的是寻找一位与你相貌相似之人，装扮成你，助你过关。"

"有这种事？"

东皋公击掌三声，皇甫讷应声而入，东皋公介绍说："这人是我的好友皇甫讷，你看如何？"

伍子胥一怔，皇甫讷也是一怔。两人犹如双胞胎，不同的只是眼神。

东皋公问道："子胥，你看皇甫贤弟的相貌如何？"

"简直就是双胞胎呀！"伍子胥接着说，"只是让皇甫兄扮着我，万一被士兵捉拿，子胥难安啊！"

东皋公说："这不妨事，我有办法救他。"

商量既定，抓紧乔装打扮。伍子胥把自己的衣服换给皇甫讷穿上，用东皋公配的药水洗过脸，肤色明显变黑，再穿上当地百姓的服装，真像个山野村夫了。要离装扮成樵夫，公子胜打扮成村童。装扮完毕，连夜赶往昭关。

临出门时，伍子胥率公子熊胜、要离跪拜东皋公："日后如有出头之日，一定报此大恩大德。"

东皋公笑道："老夫痛恨昏君与费无忌残杀忠良，让你伍氏一门含冤，故此相助，不图有报。子胥此后复仇，可要记住老夫之言，楚国百姓与你无仇。"

伍子胥无言，朝东皋公拜了四拜，起身随皇甫讷前往昭关。

伍子胥等人走到关口，正好天明开关门。守关士兵盘查得很仔细，验看证件，对照画影图形。关门内外聚了好多人等待过关，闹闹嚷嚷，一片混乱。内中有一个人慌里慌张，躲躲闪闪，意图溜出关。一个下级军官模样的人发现了这个形迹可疑的人，条件反射地与图像对照，从身架、脸形、胡须和衣着打扮上，认定这个慌张躲闪者是"伍子胥"，一个高蹿扑将过去，一把拽住他。高声喝道："'伍子胥'，你往哪里逃跑！"拉着就去见他们的守关将军。

人群中有人呼喊："捉住'伍子胥'了，捉住'伍子胥'了！"

听到喊言，很多人都围过来看热闹。

兵丁们只顾擒捉"伍子胥"，谁还顾得再把关？再说，"伍子胥"已捉拿在手，还把什么关？伍子胥趁乱领着要离、公子胜，随着拥挤的人流混过了昭关。

第四章

号歌梅里

※ 芦中人与渔丈人

皇甫讷被押解到昭关守将武钧面前。武钧对照画像说："'伍子胥'，总算抓住你了。"

"我是龙山人，名叫皇甫讷，与友人东皋公有约，今天一同出关东游，在关前等候老友，被守兵当成伍子胥抓了起来。将军如果不信，可传里正到场查对便是。"

武钧近前察看，初看极像伍子胥，细看貌似神离，叹道："我早年见过伍子胥，其人双目如电，声若洪钟。此人声音细小，貌似神不似。"

武钧正自狐疑，兵士前来报告，说东皋公求见。

武钧一惊，刚才此人说与东皋公相约东游，难道是真的？对于东皋公，武钧并不陌生，前不久，还请他给自己看过病。于是手一挥："请他进来。"

东皋公拄着拐杖进来，人尚未入门，声先到："老夫正欲出关东游，听说守关士兵抓到伍子胥，特地前来向将军道贺。"

武钧揖礼道："多谢先生致贺，但此人却说自己是龙山人皇甫讷，不是伍子胥，我正在为难呢！"

"皇甫讷？"东皋公一步跨进来，"他在哪里？"

"东皋兄！"皇甫讷听到东皋公的声音，大叫，"为何这时才来呀！"

东皋公哈哈大笑："皇甫贤弟，我在关上左等右等，就是不见你的人影，原来你跑到这里来了呀？"

"你说我愿意吗？"皇甫讷说，"我在关前等你，被他们莫名其妙地抓来，硬逼我承认是什么'乌子须'，我是秀才遇到兵，有理说不清啊！"

"将军抓错人了，这是老夫的朋友皇甫讷，我们相约今天出关游玩，他怎么会是伍子胥呢？"东皋公随手掏出过关文牒递给武钧，"这是过关文牒，你看看便知真假。"

武钧接过文牒一看，果然是历阳邑宰出具的东皋公、皇甫讷二人出关东游的关券。武钧将关券归还给东皋公，拱手道："先生贵友貌似伍子胥，士兵们一时弄错了，请二位海涵！"

武钧亲自给皇甫讷松绑，揖礼道："武某不识皇甫先生，多有冒犯，恳请不要见怪。"

皇甫讷咧咧嘴，揖礼道："撞到鬼了啊！几根老骨头快要被捆断了。"

武豹感怀东皋公曾治好自己的疾病，对皇甫讷遭受误拿拷打过意不去，命士兵取来金帛，助二人游资。东皋公、皇甫讷笑纳谢过，告辞出关。

武豹见守关小头目一旁发愣，怒问道："还有人守关吗？"

"刚才以为抓到了伍子胥，关门已开放多时了。"

"关门不禁，伍子胥早已逃出关外了。"武豹突觉一阵晕眩，心中热血沸腾，喉咙一热，一口鲜血狂喷而出。

小头目连忙上前扶住武豹。

"天灭武豹啊！"武豹仰面长号，说道，"我杀伍氏一门数百余口，伍子胥能饶我吗？楚王有令，纵伍子胥出逃者，灭族。大王得知伍子胥逃出昭关，能饶我吗？我不死于疾病，日后也要死于楚王或伍子胥之手啊！"说罢，口喷鲜血，倒地身亡。

伍子胥过了昭关，同要离轮流背着公子熊胜，一路向西北逃亡，太阳偏西之时，一条大江挡住去路。伍子胥陷入了绝望，前有大江阻道，后有追兵将至，难道天要灭我伍子胥吗？

要离指着江面说："二爷，有船！"

伍子胥放眼江面，果然看见江中有一渔翁坐在船上逆流而上，于是冲着江面大呼："渔翁，渡我过江！渔翁，渡我过江！"

渔翁闻声将渔船摇了过来，正要渡他们过江，突然看见不远的大道上车尘滚滚，伍子胥面露惊慌之色，于是唱道：

天太亮，
日落后，
和你相约芦苇岸。

伍子胥会意，立即与要离、公子熊胜躲进岸边的芦苇丛中。太阳下山后，追兵已去，渔翁唱着歌来了，这次唱道：

心中悲，
我已见，
要过江你出来见。

伍子胥应声从芦苇中钻出来，问道："呼我过江吗？"

渔翁道："然也，请上船。"

"还有二人，要一同过江。"伍子胥随之唤出要离和熊胜，对渔翁说，"请渡我们三人过江，我会多给酬金的。"

"金钱虽好，无奈船太小。"渔翁指着要离与公子熊胜说，"这二人身材矮小，可同乘一船。渡他们二人，就不能渡你，渡你，就容不下他们二人。"

伍子胥道："请丈人先渡他们二人过江吧！"

"官兵沿岸搜捕私渡之人，渡他们二人，你留下来，不怕死吗？"

"拜托丈人，先将他们二人送过江，我死而无憾。"伍子胥说罢，命要离背公子熊胜上船。

要离推辞，让伍子胥先上船。伍子胥拉过要离，附耳嘱咐："你带小主人先渡，过江之后不要等我，直奔吴国，我随后到吴国找你们。"

要离背上公子熊胜，洒泪登船。伍子胥见小船离岸数丈，奋力将装有金帛和马肉的皮囊掷到船中。要离接住皮囊，哭着说："二爷，你一点不留，如何活命？"

渔翁一边摇楫，一边说："他是将死之人，要财物何用？"

要离大怒，拔剑要杀渔翁。伍子胥惊呼："要离不可乱来，不要伤恩人！"

渔翁见要离还剑入鞘，一阵大笑，冲着伍子胥大声说："你在芦丛中等候，我再过来渡你。"

渔翁载着要离、公子熊胜，划船破浪而去，小船吃不住重压，浪涛拍打着船帮。伍子胥心想，老渔翁没有诓他，小船确实不能承载三人过江。

伍子胥在芦苇丛中坐下来，耐心等待渔翁返回来。江宽水急，小船往返再快也要两个时辰。伍子胥等着等着便觉得饥饿难忍。原来，自早上在东皋公家吃过早饭之后，已经整整一天没有进食了。伸手一摸，想掏一点马肉充饥，这才想起刚才将皮囊扔给要离了。伍子胥苦笑一声，左右察看，实在没有什么可以充饥的东西，随手拔起几根芦根，洗净之后大嚼起来，这才觉得有了点力气。他直起身来，突然觉得一阵晕眩，一头栽倒在地，晕厥过去了。

芦中人，

快出来，

我划船渡你过江。

伍子胥被渔翁的叫声惊醒，艰难地爬起来，挂着剑，朝江边踉跄奔去。也不知是怎么上船的，躺在船中，只听到船橹上的皮索咬叫声和浪涛拍击船帮的声音，昏昏沉沉地睡着了。

渔翁将船摇到南岸，寻一处僻静的芦苇滩边停泊。他见伍子胥昏睡不醒，料他是饥肠劳累所致，轻声叫道："芦中人，你醒醒，在船中不要动，我去给你弄点吃的来。"

伍子胥似乎听到了渔翁的话，没有回话，睁开眼睛，头略微动了动。渔翁知道这是虚脱的迹象，黑暗中寻到陶壶，上岸去了。伍子胥感觉到船轻微的摇荡。渔翁上岸后，把陶壶放在地上，将小船系在岸边的树上。

伍子胥心里清醒，只是四肢绵软，不听使唤，脑颅昏晕，口干舌燥，心里像火一样烧，他明白自己病了，等待渔翁给他送来吃的、喝的。大约等了一个时辰，还不见渔翁回来，心中起疑，竟然从船中跳下来，挂剑登岸，躲进芦苇丛中。

渔翁摸黑来到村头，正好碰到甲兵挨家挨户搜查。

原来，守境将军得到侦探报告，说伍子胥逃出昭关，命令士兵沿江缉捕。渔翁躲在村口柴垛里，等士兵走后才进村，取来一盘米饭，一壶白开水，几条咸鱼干来到船上，却不见伍子胥，转身朝岸边芦苇丛低声呼唤：

芦中人，

快出来，

走投无路别饿坏。

像这样唱了两遍，伍子胥才从芦苇丛中走出来。渔翁说："我见你面露饥色，所以才去为你拿吃的，为何要猜疑我？"

伍子胥见渔翁说得至诚，心有惭愧，从芦苇丛中走出来，揖礼道："我是楚王缉捕的罪臣伍子胥，虽说命由天定，但我今天的性命全在你老人家的手里，哪敢有什么猜疑呢？"

渔翁道："我早就认出你了，二爷请上船，吃完了再说。"

伍子胥谢过渔翁，登船进食，吃完之后，拱手问道："敢问老人家，如何认识我伍子胥？"

渔翁笑道："二爷的画像到处都有张贴，楚国妇孺皆知。"

伍子胥听罢，垂头叹气。

"楚人敬重伍氏三代忠良，不齿费无忌谗言惑君。我知道二爷他日必图灭楚复仇，我有一言，不知当讲不当讲？"

"老人家请讲!"

"楚国百姓与二爷无仇。"

"抚我则恩,虐我则仇,楚国百姓有恩于我,仇我者,昏君与佞臣。"伍子胥说罢,递上随身宝剑说,"老丈救命之恩,伍子胥没齿不忘,无以为报,此剑价值百金,今奉呈老丈,聊表寸心,请你收下。"

渔翁回答说:"楚王的五百石粮和大夫的爵位,我都不稀罕,我会贪图你这价值百金的宝剑?"

"请问老人家尊姓大名?"

"放走楚国罪犯的是我,想要向楚国报仇的是你。我们两人都是不仁之人,何必问姓名呢?我呼你'芦中人',你唤我'渔丈人'。以后发达了,记得我就行。"

"那是当然。"

伍子胥临走的时候,告诫渔翁:"渔丈人,把茶饭碗筷收拾好,别泄露了痕迹。"

"芦中人,放心吧!"渔翁说罢,想了想,站起来,跨开双腿,蹬在两边船帮上,用力摇晃,掀翻了小船,用匕首自刎,死在江水中。

伍子胥回头再看,渔船底朝天翻在江中,渔丈人不知所踪。他心里明白,渔翁以此来证明这件事绝不会泄露,后悔不该再次叮嘱,怀着愧疚的心情,面向江面跪下,恭恭敬敬地拜了四拜,然后站起身,继续朝东南方向逃亡。

※ 濑溪边的浣纱女

经过数天跋涉,伍子胥进入溧阳地界,再往南走三五天,便进入吴国。此时的他身无分文,又不敢进村庄乞讨,沿途只得挖野菜充饥。一路行来,常听到村庄集镇传出锣梆之声,边境守兵巡逻如梭,更是格外小心,昼伏夜行,远僻人烟。

这一天,伍子胥来到牙山,见天色已晓,便避进密林中歇息。伍子胥已七天粒米未进,饥饿难耐,不等到天黑,便下山觅食,刚走下山,恰巧有一队巡逻兵从山下经过,慌忙拐入小道,向密林深处逃跑,响声惊动了巡逻兵。

"野人!野人!"一名士兵吓得大叫。

伍子胥一头白发沾满了灰尘,衣裳破烂不堪,肮脏得已辨不清颜色,被视为野人不足为奇。一名士兵本能地朝伍子胥的背影射了一箭。恰巧伍子胥被脚下一块石头绊倒,痛晕过去。箭镞贴着头顶飞过,钉在对面的树上,发出嗡嗡之声。

士兵们见野人失去踪影，担心遭到野人袭击，不敢追赶，稍微停顿一会儿，继续巡逻去了。

伍子胥醒来时，已是下午时分，疼痛加饥饿，实在是受不了，只得爬起来，砍一根树枝做拐杖，一瘸一跛地摸下山。山下有条小河，名叫濑溪，伍子胥一跛一跛地行走在溪水边，见一女子在溪水边浣纱，走上前去，有气无力地说："夫人，可以给我一点吃的东西吗？"

浣纱女一抬头，陡见眼前站着一位怪人——银白色的头发蓬蓬乱乱，银白色的胡须挂着几根草梢，破烂不堪的衣裳沾满了灰尘，辨不出是什么颜色，吓了一跳。但从眼神可以看出，这个怪人并无恶意，似乎还充满了乞求，总算没有叫出声来，定了定神，环视四周一眼，问道："你是与我说话吗？"

"饿……痛……救……"伍子胥话未说完，扑通一声摔倒在地。

"你怎么啦？你怎么啦？"

浣纱女大吃一惊，站在伍子胥身边，不知该怎么办。正在这时，不远处，一位老妇人走出茅屋，冲着溪边叫唤："兰儿，回来吃饭。"

"娘，快来，你快来啊！"

"乖女儿，怎么啦？发生了什么事？"老妇人一边问，一边跑向溪边。

"野人，野人，死了！"

老妇人过来了，到底是年纪大了，见识得多，伸手一探鼻息："别乱说，还有气呢！"

"饿……饿……"伍子胥眼睛没有睁开，断断续续地说。

老妇人说："这汉子是饿晕了。"

浣纱女手足无措，不知该怎么办。老妇人想扶起伍子胥，无奈力微，没有扶起来，对浣纱女说："来，搭把手。"

"这……男女授受不亲啊！"浣纱女显然很为难。

"救人要紧，事急从权嘛！"

浣纱女无奈，只得上前帮母亲扶起伍子胥。

"坐下。"

浣纱女犹豫了一下，终于还是在伍子胥身边坐下。老妇人顺手将伍子胥斜靠在浣纱女身上："你等着，我回去拿点吃的来。"老妇人也不等女儿回话，起身回茅屋去了。

老妇人取得米饭，伍子胥已经醒了，挣脱浣纱女的怀抱，坐起来。浣纱女满脸绯红，羞涩地低下头。

"饿坏了吧？快吃饭。"老妇人递上一大碗米饭。

伍子胥接过饭碗，狼吞虎咽地吃了起来。老妇人看伍子胥不像坏人，看了女儿一眼，起身回茅屋去了。

伍子胥风卷残云般吃光了米饭，浣纱女随手递过水壶道："喝口水吧！"

伍子胥接过水壶，一饮而尽，吃饱了，喝足了，精力也恢复了，翻身跪下，感激地说："谢姑娘救命之恩，无以为报……"

浣纱女害羞地让到一边："快起来，别这样嘛！"

"十年之后，伍子胥必当前来报姑娘的救命之恩。"

浣纱女害羞地说："一饭而已，谁要你报恩！谁要你报恩嘛！"

"请问姑娘，尊姓大名？"

"羞死了，羞死了，还留什么姓名，咱就是濑溪边的浣纱女，随便打听，没有人不知道的。"

"濑溪边的浣纱女！"伍子胥口里念叨着，站起来，拍拍身上的尘土，拄着树枝，一瘸一跛地重新上路，临走时对浣纱女说，"浣纱女，把饭碗水壶收好，不要暴露了我的行踪。"

浣纱女的心碎了，叹息一声说："唉！我独自和母亲住在一起，三十岁了还没嫁人，保持贞节，不会随意送饭给男人吃啊！今天不但送饭给你吃，而且还有了肌肤之亲，你却还不相信我，你走吧！"

伍子胥没有想到他的话深深地刺伤了浣纱女的心，向浣纱女鞠了一躬，转身离去。

浣纱女见伍子胥去远了，抱起一块大石头，跳进溪水，水面泛起一阵涟漪。

※ 悲歌行乞

要离携公子熊胜过江之后，遵从伍子胥的叮嘱，径直南逃，没有遇到什么麻烦，平安抵达吴国都城梅里，在城外客栈租下房舍，安顿熊胜住下。为了节约开支，要离亲自下厨，与公子熊胜自炊自食。

这一天，要离上街采买食品，瞅见一个卖肉的屠夫有些眼熟，近前细看，惊叫道："专诸，真的是你吗？我还以为看错了呢！"

专诸抬头一看，嘭的一声，将砍刀剁在案板上，大呼："要离，你怎么到梅里来了，二爷呢？他在哪里？"

"一言难尽，这里不是说话的地方。"

专诸立即收了肉摊，将要离拉进一家酒馆，要了酒菜，边吃边聊。专诸听要离叙说了经过，得知伍子胥还没有逃脱楚兵的追捕，急得捶胸顿足。

"专诸兄不要为二爷担心。二爷是当世豪杰，一定可以化险为夷，早晚会来梅里与我们会合。"要离问道，"专诸兄为何干起屠猪卖肉的行当？"

专诸叹口气说："我听说武鲅查抄伍府，冲进伍府救出伍俍。妻子已逝，了无牵挂，便带着伍俍逃到梅里，靠二爷以前所赠金钱维持生活。但总不能坐吃山空吧，于是在城外购了房舍，干起屠夫的营生。"

二人且说且饮，心情慢慢放松下来。正在这时，店外走进一位跛脚大汉，站在门前看看，见店内座无虚席，瞅见专诸、要离二人独占一桌，走过来揖礼道："二位兄弟，能否委屈一下，让我在旁拼座。"

专诸有些不高兴，正要拒绝。要离见大汉身背皮囊，腰悬长剑，一手拄着拐杖，又是齐国口音，知是远游侠士，拱手道："同是天涯沦落人，何须客气，兄台请坐吧！"

大汉放下行囊，道谢入座。专诸见要离相邀，不好再说。要离替大汉斟酒，问道："兄台家居齐国哪个地方？"

大汉一惊："你怎么知道我是齐国人？"

"乡音难忘，我也是齐国人啊！"

大汉起身施礼道："鄙人乐安孙氏，名武。"

"齐国将门之后孙长卿？"专诸、要离连忙起身还礼。

要离道："长卿兄请坐。"

三人重新归座，专诸叫店小二加了酒菜，酒过三巡，要离说："我听二爷伍子胥说过，他曾在郑国与长卿兄相会，长卿兄为何也到了吴国？"

孙武叹道："我自秦、晋归来，听说伍氏一门遇害，唯有伍子胥幸免于难。料他必奔吴国，思念心切，想来碰碰运气。"

要离便将随伍子胥如何逃出郑国，由东皋公、皇甫讷相助混出昭关，楚江夜渡等情由简略叙说，孙武、专诸听罢，感叹不已。要离又将专诸介绍给孙武，二人相互敬酒，甚是高兴。

专诸说："长卿兄想必还没有落脚处，我在城外置有陋室数间，如果不嫌弃，屈驾同住如何？"

"这样最好。"要离说，"二爷之子伍俍住在专诸兄家里，虽然有奴仆照顾生活，但无人教导文武，长卿兄可为伍俍之师了。"

孙武拱手道："那就叨扰专诸兄了。"

三人大喜，开怀畅饮，尽兴方休。临走时，三人商定，孙武教导伍偘，专诸守着肉摊，要离四处转悠打听消息，等待伍子胥到来。

此后一段时间，要离都在梅里的大街小巷里转悠，总不见伍子胥的身影，于是前往专诸的家里找孙武。孙武得知要离的来意后说："梅里虽然不是很大，但要找一个人也不是容易的事。你想想，子胥兄来吴国，可能会去找谁？"

要离想了想说："我曾听二爷说，二爷随费无忌出使秦国的时候，曾与吴公子光的壶士椒丘有过交往。"

孙武说："子胥来吴，是想借吴国之力图谋伐楚复仇，你可去公子光府上附近守候，说不定可见到他。"

孙武说得不错，伍子胥到了梅里后，寻找到公子光府第求见椒丘，不料门官告诉他，椒丘回越国探母，意外死亡。伍子胥闻言大惊。椒丘已死，他又不愿执沥镂剑直接去见公子光，可自己身无分文，投靠无门，要离、专诸又不知在哪里，一文钱逼倒英雄汉，无奈之下，只好沿街乞讨。伍子胥是英雄，他不能像一般的叫花子那样拿着一只破碗向人乞讨，于是手抚沥镂剑，击铗唱道：

楚人，伍子胥！跋涉宋郑身无依，千辛万苦逃吴都！父仇未报，何以为生？
楚人，伍子胥！昭关一夜愁白头，千惊万恐奔吴都！兄仇未报，何以为生？
楚人，伍子胥！芦花渡口溧阳溪，千生万死投吴都！身仇未报，何以为生？

楚人伍子胥击铗乞讨之事，在梅里引起了轰动，朝野都有人议论这件事情。公子光曾派壶士椒丘周游列国寻访贤者，在雍都邀请伍子胥未果，将沥镂剑赠给了伍子胥。椒丘意外身亡后，另一位壶士被离接替椒丘的工作，负责为公子光搜寻贤士。伍子胥击铗梅里，引起了被离的注意，尾随伍子胥走街串巷，一探究竟。

这一天，伍子胥行乞到梅里奴市，见一群人围在一起闹哄哄的，近前观看，瞅见一个胖子拨开一位男奴的嘴巴，像验牲口一样查看牙齿："牙口还行，饭量如何？"

"一天能吃三升黍米。"

胖子拍拍男奴肩膀，不屑地说："看你鸡胸蛇腰，能吃未必能干，不是我要的那一款。"

胖子扭转身，一眼瞧见伍子胥，惊叫道："此人牛高马大，肩宽臂阔，是一个干活的料，可惜须发全白，老了，人老不中用啊！"

伍子胥一股无名之火猛然上蹿，正要发作，胖子却像没事人一样，又跑到一位女奴面前，伸手揪住女奴的脸，涎着脸说："小娓水灵灵的，没开苞吧？"

女奴拨开那人的手，骂道："臭流氓，滚开！"

"贱货，给脸你不要脸。"胖子随手一巴掌甩过去，不料手被人抓住，举在空中落不下来。回头一看，见是伍子胥抓住了自己的手，骂道，"死乞丐，你找死！"

伍子胥实在忍不住，一巴掌拍过去。

胖子应声倒地，三颗门牙掉落在地，满嘴都是血，痛得咬牙切齿，忍痛从地上爬起来，指着伍子胥，一边走，一边说："死乞丐，你有种就等着，看我怎么收拾你。"

伍子胥知道他是去搬救兵，拍剑笑道："去吧！我等你。"

胖子刚走，一队甲兵从城门口走过来，为首一名武士骑着高头大马，显得非常威武，伍子胥觉得面熟，但记不起在哪里见过。被伍子胥救的女奴一把拉住伍子胥的手说："恩人，这里不可久留，快随我走。"

伍子胥的手被女奴拉着，只得跟着她走。两人沿着城墙西行二三里路程才停住脚步。贴着城墙根是一片"人"字形趴地窝棚，都是以竹木为梁，用稻草披在上面遮风避雨。

女奴领着伍子胥来到一个窝棚前，掀开草帘，躬身请伍子胥进去。伍子胥低头进入，见窝棚内一边搁置草铺草席，上面放着的粗布棉被虽然补丁摞补丁，但却洗得非常干净，摆放得也很整齐。另一边置有泥灶、炊饮器皿。伍子胥见状，知道这个女奴是一个过日子的女人。

女奴请伍子胥坐在床铺上，从水缸里舀一钵水递给伍子胥："恩人，请喝一碗凉水吧！"

伍子胥双手接过，咕嘟咕嘟一饮而尽。

"听口音，恩人也是楚人吧？"见伍子胥点头，女奴高兴地说，"我们是老乡啊！"

"请问姑娘怎么称呼？为何来到吴国，又为何插标卖身为奴？"

"我叫秋菊，父母双亡，随姐妹们逃奔吴国，无以为生，故而卖身为奴。"秋菊见伍子胥说话和蔼，大胆地问，"恩人怎么称呼，为何也到吴国来？"

伍子胥长叹一声，正要回答，突然从外面传来嘈杂之声。秋菊掀开门帘钻出去观看，半响后惊慌地返回，说："我给恩人闯祸了，刚才在奴市撒野的胖子纠合一群无赖，到处寻找恩人报仇。天快黑了，恩人不可乱走，就在这里休息。"

"那你呢？"

秋菊说："我有个朋友名叫冬梅，在屠夫专诸家为奴，我去她那里借宿。"

伍子胥听到专诸的名字，猛然站起来，头碰到横梁，整个窝棚都动了，顾不上头痛，急切地问："专诸？是楚国人吗？"

"专诸是楚国棠邑人，为救伍子胥的儿子伍很，逃到吴国来了。"

"我就是伍子胥，快带我去见专诸。"

秋菊大吃一惊："你就是伍二爷？"

"对，我就是伍子胥，快带我去见专诸。"

秋菊问道："外面那伙人怎么办？"

"没事！"伍子胥拉着秋菊的手，走出窝棚。

秋菊在前面引路，二人沿着城墙西行，走了三四里路程，来到一座宅院门前，秋菊直接跑进去，大叫："专诸大哥，你快来，看谁来了！"

"秋菊，咋咋呼呼的，怎么啦？"专诸从屋内走出来，见到秋菊身后的伍子胥，一愣，冲上前，抱住伍子胥，哭着说，"二爷，你来了，想你想得好苦啊！"

伍子胥也在流泪，拍着专诸的肩膀说："我来了，没事了。"

"嗯！嗯！"专诸放开伍子胥，朝屋内大呼："伍很，快过来，你爹来了。"

伍很从屋内跑出来，扑向伍子胥，抱住伍子胥的双腿，号啕大哭。伍子胥蹲下身，抱着儿子，父子俩泣不成声。

孙武听到外面的嘈杂声，不知发生了什么事，从内屋走出来察看，见是伍子胥，张臂大呼："子胥！子胥！"

伍子胥闻声抬头，见是孙武，放下伍很，迎上前去，相抱大哭。专诸、秋菊和冬梅也站在一旁陪着流泪。

专诸刚要请伍子胥进屋，院外一人边哭边叫道："二爷，二爷，你可来了，要离等你等得好苦啊！"上前抱着伍子胥大哭。

"别哭了，别哭了！"孙武说，"这是喜事，应该喝酒庆祝才是。"

专诸、要离破涕为笑，众星捧月般簇拥着伍子胥进屋。秋菊、冬梅立即进厨房，一阵忙碌，摆下酒席，侍奉伍子胥、孙武、要离、专诸喝酒畅谈。伍子胥叙说了渔丈人仗义偷渡、溧阳浣纱女舍饭等情形，众人嗟叹不已。

接下来，大家说起以后何去何从，孙武建议伍子胥投奔公子光，以图大计。

"有点难。"伍子胥分析说，"椒丘已死，无人引见，如果执剑投奔，倒让他小看我了。何况吴国大政都在吴王僚的掌控之中。公子光虽然骁勇善战，图谋夺位，但朝中都是吴王僚的党羽，独木难支，也无力助我复仇，如果贸然投奔公子光，将会无端卷进吴宫纷争之中，于我无益，能助我复仇者，只有吴王僚。"

孙武问道："子胥兄准备投奔吴王僚吗？"

"如果我投奔吴王僚，他一定会接纳我，这样又得罪了公子光，也非万全之策。"

孙武说："子胥兄一定是胸有良谋了。"

"当年赴雍城迎聘太子妃，曾与吴王僚之子庆忌同场举鼎较技，吴王僚也在场，他肯定记得我，我明天继续在梅里叫唱，一定会惊动吴王僚。"

"好计谋，好计谋！"孙武击案说道，"物离乡贵，人离乡贱，让吴王僚来请你，上策也！"

众人听说大喜，饮至夜半方休。要离牵挂公子熊胜，准备回归。伍子胥欲见少主人，携伍恨随要离上车，孙武也想同去。

专诸叫道："长卿不能走，你走了，谁帮我拽猪腿啊！"

专诸的话，逗得众人大笑。

伍子胥瞅了秋菊一眼，说："秋菊，你也不要再去奴市了，随我去，侍候少主人如何？"

秋菊早已被伍子胥的丰姿所倾倒，正愁以后该怎么办，突然听到伍子胥要她同往，高兴地连声说："好！好！好！"

伍子胥问道："欲讨身价几何？"

"只要有栖息之地，何图身价。"

孙武看了伍子胥、秋菊二人一眼，一语双关地说："秋菊，你随二爷去，保准没错。"

秋菊朝专诸、孙武施礼，又与冬梅作别，然后随伍子胥、要离而去。

第五章

公子光谋僚

※ 争夺人才

楚人伍子胥逃到梅里的消息已经传进吴王宫。伍子胥行乞于奴市，替秋菊打抱不平之时，正被自城外归来、坐在车中的盖余看得一清二楚。

当他见到伍子胥在挥手之间，便把胖子打趴下，赞道："好神力！"

驭者问道："将军，你知道这个人是谁吗？"

"你知道他是谁？"

"楚人伍子胥，已经在这里转悠十多天，梅里无人不晓。"

"伍子胥？"盖余大惊，"真的是伍子胥？"

"将军认识他？"

"快！"盖余命令道，"速去王宫。"

吴王僚见盖余神色有异，问道："王弟，匆匆进宫，有什么事吗？"

盖余道："楚人伍子胥，已来梅里。"

"伍子胥行乞街头，寡人早有耳闻，何必大惊小怪？"

"当年伍子胥在雍城小灵山举鼎，力压嬴颐、庆忌两大猛士，王兄你也是亲睹，难道不记得啦？"

"记得又怎么样？"

"听说楚平王亲近佞臣费无忌，诛杀伍子胥满门，伍子胥誓与楚平王不共戴天。近年吴、楚两国连年交战，互有胜负，谁也奈何不了谁。今伍子胥奔吴，是想借助吴国之力为他复仇。王兄何不将伍子胥收为己用，为灭楚增添一个强援。"

"好！好！好！"吴王僚吩咐道，"你派人去召伍子胥进宫，寡人亲自与他谈谈。"

盖余扭身欲走，吴王僚又吩咐："这事须秘密进行，不要张扬，更不要让姬光知道。"

这一天，伍子胥行乞到梅里东门外，边击铗边唱歌，不紧不慢地一路行走，同迎面而来的被离不期而遇。被离上前搭讪道："将军是当世豪杰，却行乞于梅里，怎么混得如此地步啊？"

伍子胥苦笑道："落难的凤凰不如鸡，不行乞难以续命，见笑了。"

被离邀请说："请到前面桥头酒家一坐，有事请教，可以吗？"

"我只是一个野夫穷丐，先生何必讥我？"

"那就是答应了！"被离指着桥头酒馆，躬身说，"请！"

伍子胥估摸，此人不是公子光的壹士，便是吴王僚的密探，不再推辞，随被离身后走进酒馆，二人选择一临窗空桌入座。

"这家酒馆的菜肴还行，河蟹、鲈鲅、红烧肉，都不错，将军的口味如何？"

伍子胥笑道："我只是一个乞丐，饥不择食，果腹即可。"

"那我就不客气了。"被离召唤，"店小二，点菜。"

店小二早就跟过来了："客官好，我这里有……"

被离一挥手："黄酒一坛，菜选拿手的、时鲜的，尽管上，要快。"

店小二道："客官请稍候，马上就到。"

不一会儿，菜就陆续上来了。酒过三巡，被离开门见山地说："听说伍将军在雍城曾受赠一柄沥镂宝剑，可有此事？"

"嗯！"伍子胥说，"那是一个名叫椒丘的朋友所赠，到梅里之后，曾打听过此人，听说他意外身亡，投靠无门，只得行乞街头了。"

被离心里有底了，伍子胥既然打听椒丘的下落，说明他有心投靠公子光，只是没有引见之人，于是说道："实不相瞒，我是公子光府中的壹士，受公子之托，特地前来寻访伍将军。"

伍子胥知道自己猜对了，问道："先生有何话说？"

"公子光派壹士椒丘携沥镂宝剑游访天下勇士，有幸结识伍将军，公子光听闻伍将军到了梅里，特命我前来迎请将军入府。"

伍子胥听了被离一番话，正在思考怎么回答，突然，店门外一队士兵把酒馆围了起来。伍子胥、被离不知发生了什么事，一时不知所措。门外走进一人，顶盔贯甲，手按剑柄四顾。被离低声说："此人名叫盖余，吴王僚的弟弟。"

伍子胥想起来了，他们曾在小灵山见过面，叹道："瞅他有些面熟，原来是他。"

盖余也看见了伍子胥，上前抱拳施礼道："将军确实是楚人伍子胥吗？"

伍子胥离座施礼道："你是盖余将军，小灵山我们有过一面之缘。"

盖余大笑："伍将军小灵山举鼎，气吞山河，盖余佩服。大王得知将军到了梅里，特命末将前来迎请。"

伍子胥见吴王僚派盖余前来迎请，心里暗自高兴，心中暗自盘算，公子光虽然贤勇过人，却无兵权，很难助自己复仇，借兵伐楚，只有依附于吴王僚。但他也不想得罪公子光，朝被离拱拱手，低声说："请兄代子胥转达公子光，公子之情，子胥他日定当厚报。"

盖余在场，被离也不好多说，朝伍子胥点点头，示之以笑。伍子胥辞别被离，随盖余登车而去。

次日，吴王僚召见伍子胥。这次见面，彼此有试探的意思。吴王僚是主，占绝对主动，说道："寡人在小灵山见过将军的神勇，将军乃当世豪杰，寡人仰慕已久。"

伍子胥低沉地说："落难之人，何以言勇。"

"听闻伍氏在楚国是三代忠良，为何落得如此下场？"

伍子胥咬牙切齿地说："楚王荒诞，霸媳陷子，奸佞当道，陷害忠良。父兄愚忠，竟然甘愿受死，伍子胥迫于无奈，只得逃亡国外。"

"将军小灵山举鼎，威震诸侯，猜谜语思路敏捷，是一个文武全才，寡人有事不明白，将军肯赐教吗？"

伍子胥拱手道："大王过奖，亡臣不敢言教，但可知无不言。"

"吴国是小国，偏居东南，欲图自保，将军有何高见？"

伍子胥显然是有备而来，回答说："亡臣观天下大势，吴国北仇齐、鲁，南敌新越，这些都是祸患。但最大的仇敌，应该是楚国。"

"何以见得？"

"楚国地广人多，国富兵强，晋、齐、鲁各国多次伐楚而不胜。大王及先王与楚国争战多达数十次，雌雄未决。楚国是一只老虎，吴国与虎为邻，如果不能降伏老虎，势必被老虎吃掉。"

吴王僚大笑道："听说伍子胥投奔吴国，是想借寡人之手，替你伐楚复仇，有这回事吗？"

"不错！楚王灭我满门，此仇不报，子胥誓不为人。子胥投奔吴国，也是因为吴与楚互为仇敌，可以助子胥复仇。"伍子胥说罢，伏地痛哭。

吴王僚离座，扶起伍子胥，安慰道："子胥不要悲伤，起来说话。"

伍子胥站起来，重新入座，接着说："伍子胥当然想请大王出师伐楚，替亡臣报灭门之仇。但仅凭伍子胥的请求，吴国就出兵伐楚，这不是大王的性格。"

吴王僚听了伍子胥之言，心里并不觉得难受，说道："寡人会慎重考虑这件事，然后再做决定。"

伍子胥拱手道："大王有何吩咐尽管说，伍子胥愿效犬马之劳。"

吴王僚设宴款待伍子胥，席间谈及军国大事，伍子胥见解独到，让吴王僚十分佩服。人才难得啊！他当然不会放走伍子胥这样的人才。而留住人才最有效的办法，就是封官。对于君王，缺的就是人才，最不缺的就是官位，于是乎，吴王僚拜伍子胥为吴国上大夫。

公子光素闻伍子胥智勇双全，一心想收为己用，得知他被吴王僚接进王宫，封为上大夫，作为交换条件，吴王僚欲助伍子胥报仇而兴师伐楚。公子光心中不安，也十分恼火。因为他的目标是搞垮吴王僚，取而代之，伍子胥是一个不可多得的人才，依附吴王僚，必将妨碍自己的宏图大业。于是与壶士被离商议，决定巧施离间计，拆散伍子胥与吴王僚的联盟。

※ 挖墙脚

公子光入朝拜见吴王，奏道："听说楚国亡臣伍子胥来奔我国，王兄认为这个人怎么样？"

吴王僚答道："且贤且孝。"

"何以见之？"

吴王僚解释说："伍子胥勇冠三军，寡人与他连续交谈了三天，发现他是一个文武全才，堪称大贤，国人无出其右。"

"伍子胥投奔吴国，有什么目的吗？"

吴王僚说："伍子胥为报父兄之仇，投奔吴国，请求寡人出师相助，这是大孝之为。"

公子光迫不及待地问："王兄答应替他复仇吗？"

"寡人同情他，允诺择期出兵伐楚，有什么不妥吗？"

公子光心里想，出兵伐楚如果付诸实施，伍子胥必将得到吴王僚的重用，如此一来，自己复位之念恐怕更是困难重重。他强压心头怒火，冷静地说："万乘之主，不为匹夫兴师。今吴、楚擒兵已久，未见大胜，如果为伍子胥兴师，是匹夫之恨重于国耻。胜则彼快其愤，败则我亦受其辱，万万使不得！"

吴王僚认为公子光言之有理。

公子姬光告退之后，吴王僚立即召见伍子胥，推说吴国甲兵未修，国库空虚，暂时不议伐楚之事。

伍子胥知道是公子光从中捣蛋，心中恼火，但又不便发作，知趣地说："我也听说诸侯不为平民百姓兴师动众而与邻国开战。"

吴王僚疑惑地问："你为什么这样说？"

"诸侯处理军国大事，不能凭一时之冲动，除非万不得已，不会擅起兵戈。大王的君位很稳固，如果为一介平民而起兵，道理上说不过去。"

"将军如此善解人意，让寡人刮目相看了。"

伍子胥顿首道："伍子胥乃一介武夫，不足为大王所用，请求辞职归田。"

吴王僚知道伍子胥有想法，心存内疚，说道："准了，寡人赐你金百斤，阳山良田百亩，你可自耕自食，他日寡人图楚，一定请你领兵出征。"

梅里西郊的阳山脚下，新盖起一处宅院，主人便是伍子胥。伍子胥给新宅起了一个很高雅的名字——阳山庄园。

伍子胥让要离将公子熊胜、儿子伍俍接来阳山庄园同住，让秋菊负责他们的生活起居。又将孙武接过来，让他一边研究孙氏兵法，一边教导熊胜、伍俍读书。

专诸仍然住在城西，以屠为业，由冬梅照料他的生活起居。

伍子胥又让要离去奴市买来数名壮仆，由要离带领负责耕种百亩良田。

这一天，公子光与被离带上厚礼，乘坐一辆全封闭的车来到阳山庄园，专程拜访伍子胥。伍子胥对公子光谏吴王疏远自己心怀不满，对他的态度甚为冷淡，秋菊上茶退下之后，两人相对而坐，大眼对小眼，没有什么话说，场面显得有些尴尬。还是被离打破僵局，对伍子胥说："公子知道伍将军辞去上大夫之职，归隐阳山庄园，特地带来米粟布帛，看望将军。"

伍子胥不卑不亢地说："我是楚国亡臣，不敢受公子厚赠。如今生存都很困难，没有能力报答公子之情。"

"伍将军一定对我恨之入骨了。"姬光说，"是我劝谏吴王疏远将军，不要兴师伐楚，助将军报父兄之仇，雪灭家之恨。"

"这个……"伍子胥见姬光单刀直入，直接把话挑明了，一时倒不知如何回答。

公子光见伍子胥无言以对，解释道："其实，我是不忍心看着将军明珠暗投，希望成灰……"

伍子胥不解地问："子胥愚钝，不解公子此话何意。"

公子光欲言又止，迟疑片刻，终于说道："吴王生性贪婪多忌，非将军托付之人，从中阻拦，实在是为将军好。"

伍子胥叹道："公子昔年命椒丘赠我宝剑，我常将此剑佩带在身，不敢忘公子之情。投奔吴王僚，并没有背叛公子之意，是想借兵伐楚复仇。公子劝止吴王僚罢兵，致使我大仇不得报。我身背血海深仇，寝食不安，公子知道吗？"

"将军的心情，我何尝不知。我的处境，将军恐怕不知道。"

伍子胥道："椒丘曾对我说过，略知一二，知不甚详。"

"我的父亲诸樊，是先王寿梦的长子，次子余祭、三子余眛、四子季札。父王率兵伐楚，被楚将巢牛射杀身亡。王叔余祭继位，不久身亡，三叔余眛继位，不久也亡。四叔季札不受王位，逃居延陵。按序当我继承王位。吴王僚只是一位窃国者。我离间将军与吴王僚，不是害将军，而是想结纳将军，图将军助我复位。将军如果能助我，事成之后，愿与将军共国，若有失信，人神共诛。"

公子光说罢，跪地痛哭。伍子胥慌忙跪下相搀，开诚布公地说："只要你答应将来为我兵发楚国，我可以帮助你顺利夺取王位。"

姬光破泣为笑："楚国与我也有杀父之仇，我岂能不报？"

两人相互搀扶起身，重新坐下，有了一番推心置腹的交谈。

孙武从田间归来，正好碰到姬光上车离去，仓促之间看了姬光一眼，见姬光相貌非凡，十分诧异，进屋之后问伍子胥："刚才离去之人是谁？"

"公子光，怎么啦？"

孙武道："此人长得燕颔虎头，王侯之相，贵不可言。"

伍子胥大喜，从此与公子光秘密往来，姬光也经常派人送上金帛粮食接济伍子胥，二人遂成刎颈之交，决定先联手共废吴王，然后兴师伐楚。

※ 姬光的野心

伍子胥经常去看望专诸，见专诸与冬梅性情相投，便为他们为媒主婚，使二人结为夫妻。伍子胥将孙武、要离、熊胜与秋菊都接过来，给专诸和冬梅办了一场热闹的婚礼。

伍子胥有心撮合要离与秋菊结成一对，遭到秋菊的拒绝。

秋菊跪下说："二爷是主，我是奴，奴不能违抗主命。二爷命我嫁给要离，我心里虽然不愿意，但也不敢不从。"

伍子胥连忙双手虚托，道："快起来说话，强扭的瓜不甜，如果你实在不愿意，我也不会强迫于你。"

"我父母双亡，流落梅里，自从结识了二爷，才觉得自己活得像个人样，二爷不把我当奴看待，我敬重二爷，心里也只有二爷，容不下其他人，今生只求跟在二爷身边，为仆为奴。二爷如果硬逼我嫁给要离，我不得不从，但也是身嫁心不嫁。"

伍子胥被秋菊的诉说感动，却又十分为难，因为他与溧阳濑溪边的浣纱女有十年之约，十年之后报浣纱女"救命之恩"。今天欲撮合秋菊与要离两人，想不到引出了秋菊的坦诚表白。沉思良久，才对秋菊说："不是因为主仆身份，也不是因为我看不起你，实在是另有隐情啊！"于是，伍子胥把溧阳浣纱女的事情对秋菊简单说了一遍。

秋菊哭着说："我敬重那位救你的浣纱女，待二爷与浣纱女成婚之后，秋菊我甘愿侍奉二爷夫妻一生一世。"

秋菊说罢，转身跑出门，恰巧与迎面而来的要离撞在一起。

要离将伍子胥与秋菊的一番对话听得一清二楚，既感激伍子胥对他的关照，也为秋菊的痴情感动。

第二天，要离不辞而别，偷偷去了楚国溧阳，欲接浣纱女与她的母亲来与伍子胥团聚。到了溧阳才知道，浣纱女送伍子胥逃走之后，投溧水而亡，寻找浣纱女的母亲，不见踪迹。

伍子胥为要离的不辞而别感到郁闷，这一天，正在与孙武、专诸一边喝酒，一边谈论要离的事情，秋菊站在一旁侍酒。

要离回来了，还带回了一个后来成为他妻子的女人。伍傪正在外面玩耍，瞧见要离回来了，连忙跑进草舍报信："父亲，要离叔叔回来了，还带回一个女人。"

伍子胥、孙武、专诸三人同时站起来，正欲出门迎接，要离已经进门。伍子胥见要离衣衫褴褛，头发蓬乱，显得非常疲乏，上前抱住要离说："兄弟，你到哪里去了，也不告知一声，让我好担心啊！"

要离挣脱伍子胥，哭着说："二爷，我去了溧阳，没有接回浣纱女。浣纱女助你逃走之后，投河自尽了，她的母亲也不知所踪。"

伍子胥听罢，顿觉天昏地暗，幸亏孙武及时扶住，才没有昏倒。伍傪抱住父亲双腿大哭，舍内一片混乱。

这一天，阳山庄园来了一位不速之客，自我介绍姓柯，名泽，是楚夫人（原太子熊建的母亲）的仆人。柯泽向伍子胥哭诉，说费无忌向楚平王进谗言，欲诛杀楚夫人，楚夫人派他来梅里，请求伍子胥想办法接楚夫人来梅里避难。

伍子胥秘密前往公子府拜访姬光，请姬光出手相助。姬光沉思良久，叹道："吴国兵权掌握在盖余、烛庸、庆忌三人手中，我调不动一兵一卒。"

伍子胥显得很失望。姬光安慰道："不要失望，可以想其他办法。"

"什么办法?"

"你不是认识太子庆忌吗?"

伍子胥回答:"在雍都与庆忌同场较技,有过一面之缘。"

"你技高一筹,力压庆忌,是吧?"

伍子胥微微一笑,算是回答。

"你可以去找庆忌。"

"找庆忌?"伍子胥疑惑地问,"能行吗?"

"庆忌虽然恃勇骄狂,但却服勇士。如果由我向王僚进言出兵营救楚夫人,王僚必有猜疑。庆忌进言,一定会成功。"

第二天,伍子胥前往庆忌府上拜访庆忌。庆忌有些意外,拱手施礼,开玩笑地说:"伍将军是来找我较力的吗?"

伍子胥也笑道:"当年雍城较技,承蒙公子相让,今特来谢罪!"

两人大笑,庆忌吩咐仆人上茶,然后问:"伍将军此来,有什么事吗?"

"异国亡臣,仰慕公子已久,冒昧前来造访,想与公子交个朋友。"

庆忌显得很高兴,立即吩咐设宴摆酒款待伍子胥。酒过三觞,庆忌问道:"听说父王封你为上大夫,将军为何辞职归田?"

伍子胥叹道:"大王原本同意出兵伐楚,替我复仇,因公子光从中劝谏而作罢。我不想让大王为难,故而辞职归田。"

庆忌立即说道:"姬光恃勇忌能,将军千万不要与他有来往,有什么为难之事,尽管找我,我一定尽力而为。"

伍子胥暗自好笑,庆忌果然全无心计,故作欲言又止之状,端起酒斛道:"喝酒,喝酒。"

"将军一定有什么为难之处,说吧,我们既然是朋友,有话就直说。"

伍子胥苦笑地说:"真有一件事,想请公子帮忙。"

"说吧,什么事?"

"已故楚太子熊建的母亲现居郧城,楚王听信费无忌之言,欲除之而后快。近日楚夫人派人来梅里,命我请救兵接她来梅里避难。"伍子胥说到这里,故意停了下来。

"这得出兵嘛!"庆忌沉思片刻说,"给我一个理由。"

伍子胥觉得有戏,说道:"他日子胥伐楚,当立公子熊胜为王,楚、吴永世相亲,不交兵戈。"

"这个理由有诱惑力，但不足以让父王出兵。"庆忌问道，"还有吗？"

"自从宋国大夫向戌倡导弭兵会盟后，中原诸侯列国之间出现了相对和平的局面。晋、楚、齐、秦四强由于国内矛盾激化，国势趋于衰弱，被迫放慢了对外扩张、争霸中原的步伐。这可是吴国乘势崛起的大好机会。"

庆忌击案而起："起兵伐楚？"

伍子胥离席倒身下拜："我与楚王不共戴天，誓杀昏君与费无忌，吴国助我，也是助吴国崛起。"

庆忌慌忙扶起伍子胥："将军不必多礼，我即刻进宫面见父王，请兵伐楚。"

庆忌进宫觐见王僚，奏道："伍子胥携楚公子熊胜避难梅里，今又欲借兵接楚夫人入吴，以图他日立楚公子熊胜为王，将不忘吴国之恩。请父王出兵伐楚。"

王僚不满地问："替伍子胥做说客？"

庆忌道："是，也不全是。"

"说出你的理由。"

"晋、楚、齐、秦四强国势渐衰，天下重心由黄河流域已逐步向长江淮河流域转移，战争的重心也从中原诸侯国转移到了楚、吴、越诸国。楚国内乱不止，后继乏力，这正是吴国崛起的大好时机。"

王僚摇摇头，不相信地说："这不是你的主意，你没有这样的眼光，受哪位高人指点？"

"伍子胥。"庆忌脱口而出。

王僚叹道："伍子胥，人才啊！"

"父王认为可以出兵吗？"

王僚沉思片刻，说："吴、楚迟早会有一战，时机的把握，带兵人选……"

庆忌抢着说："儿臣愿统兵出征。"

王僚说："让你堂叔姬光上吧！"

"为什么呀？"

王僚道："楚强我弱，这仗不好打，姬光不是很能打吗？打赢了，我们得利，打输了，看我怎么收拾他。"

"我怎么回复伍子胥？"

王僚沉思片刻："让他随姬光出征吧！"

　　吴王僚命公子光为帅，率兵攻打楚国在淮河流域的战略要地州来。

　　楚平王得知吴军进攻州来，拜令尹阳匄为帅，司马蒍越为副，率楚、顿、胡、沈、蔡、陈、许七国之兵，赶赴州来驰援。

　　公子光见楚联军力量强盛，撤去州来的包围，移师钟离（今江苏宿迁市东北），暂避敌锋，伺机行动。突然，公子光接到侦探报告，说楚军统帅阳匄突发疾病，猝死军中。楚军失去主帅，士气低落。司马蒍越被迫回师鸡父（今河南省固始县东南），拟稍事休整，再决定下一步的行动。

　　鸡父位于淮河上游要冲，楚国驻守鸡父，进可攻，退可守，并由此制衡淮颍地区诸小国。

　　公子光听说楚军统帅阳匄身亡，楚联军不战而退，认定这是破敌良机。他是这样分析的：楚国联军虽多，但都是一些小国，且大多都是受胁迫而来。小国各有弱点：胡、沈两国国君年幼浮躁，陈国大夫夏啮强硬但却固执，顿、许、蔡等国一直憎恨楚国，同楚国不同心。楚国内部情况也很糟糕，主帅阳匄病死军中，司马蒍越资历浅，难以服众。楚军士气低落，貌似强大，实则虚弱得很。结论：七国联军同役不同心，兵力虽多，可击破。

　　公子光针对敌情，制订出具体周密的作战计划：迅速向楚联军逼近，定于在到达鸡父战场后的次日，即发起攻击，利用当天"晦日"的特殊时间，趁敌不备，突然袭击。（七月最后一天，称之"晦日"，古代有"晦日"不打仗的说法。）在兵力部署上，先以一部分兵力攻打胡、沈、陈的军队，战而胜之，打乱联军的部署，再集中兵力攻击楚军。

　　一切准备就绪，"晦日"这一天，吴军突然出现在鸡父战场。公子光命三千罪囚攀崖杀入楚军右营。楚军右营是胡、沈、陈三国之师，兵士正在酣睡，突遭三千亡命之徒的偷袭砍杀，哭喊之声震天撼地。吴军趁机从三面出击，杀败胡、沈、陈三国军队，斩杀胡、沈国君和陈国大夫夏啮。然后纵三国残兵逃回。这些士兵侥幸逃得性命，一路狂呼："我们的国君死了，我们的大夫死了。"

　　许、蔡、顿三国军队见状，军心动摇，在吴军的强势冲击下，不战而溃。楚军尚未及列阵，便被溃退下来的联军冲乱阵脚，已无回天之力，迅速陷于溃败。吴军大获全胜，并乘胜攻占了州来。

　　鸡父之战结束之后，公子光亲率一队快骑，连夜赶往郧阳，偷偷将楚太子熊建的母亲蔡女接回。这让伍子胥对公子光另眼相看：姬光是一个有远见和政治抱负的政治家。

何以见得？

楚国地大物博，附属者众，吴国虽获鸡父之胜，但依然是势单力薄，长远来看在吴楚之争中仍处于劣势。接来太子熊建的母亲蔡女，一来可以分裂楚平王与陈、蔡等中原诸国的关系，二来可以借机笼络原楚国太子派系的人心。

伍子胥的心理天平也开始向公子光倾斜，由于王僚是君，公子光也是在夹缝中求生存，大局尚未明朗之前，他只能不显山，不露水，静候时局变化。

第六章

专诸刺王僚

※ 太湖密谋

鸡父之战后，王僚尝到了甜头，隔三岔五便有人在吴、楚边境上闹事。在吴国人刻意挑衅下，吴、楚边境擦枪走火的冲突时有发生。鸡父之战的第二年，吴楚边境发生了一件大事，终于引发双方大规模的军事冲突。

楚国边城卑梁纺织业发达，出产的丝绸名满天下。

吴国的女同胞见邻国的女人养蚕致富，眼红了，一窝蜂地都去养蚕，可没有谁想到要先发展养蚕的上游产业——栽桑树，养蚕业上去了，桑叶却供不应求。蚕没吃的不长个，更别谈吐丝了。可往西边看，楚国那边桑树成林，到处都是绿油油的一片。吴国妇女便集体越境，跑到楚国那边去抢摘桑叶。楚国百姓当然不会听之任之，对吴国妇女的偷窃行为予以打击。

一来二往，事情就闹大了。

王僚知道了这件事，热血沸腾。鸡父之战后，王僚兴奋起来，如此一来，边民之间因桑叶的纷争，演变成吴、楚两国之间的战争。

没有想到的是，吴国军队还没有出发，楚国先动了手。

鸡父之战，楚国令尹阳匄猝死军中，楚平王熊居接受费无忌的建议，用囊瓦为令尹，接替阳匄之位。

囊瓦上任后，奏请熊居同意，将国都郢都扩建为三个城池，旧城更名为纪南城，新城称郢都和麦城，三城成"品"字形，互为犄角。

在此期间，熊居正在驱使十万之众给自己修活人墓，他见囊瓦驱役筑城，说道："城高万丈，挡得住伍子胥之戟，令尹与其筑城拒敌，不如治军耀武，以雪鸡父之耻。"

囊瓦遵熊居之命，率楚国水师顺江东下，直逼吴国边境，摆出一副决战的架势。吴、楚两国边境笼罩着强烈的战争气氛。

吴公子光奉命再次率兵出征，迅速赶到卑梁，排兵布阵，准备与楚兵一较高下。

等了一天，楚军没来。

等了两天，楚军没来。

等了三天，楚军还是没来。

公子光沉不住气了，派出侦探打听楚军的动向。傍晚，侦探回来报告，说楚军撤退了。

原来，楚军搞的是军事演习，不是真打，演习完了，自然要回家。

公子光发怒了，感觉到自己的尊严遭到戏弄。说来就来，说走就走，这不是小孩过家家吗？好不容易领兵出征，有了一次表现的机会，岂能两手空空便打马回府。于是，趁楚兵班师回朝的空档，公子光率领吴军像鸡父之战一样，再玩了一次偷袭，接连拿下居巢、钟离两城，直逼楚国腹地。本来还想继续前进，吴王僚的命令到，下令撤军，于是凯旋。

庆忌进宫谒见吴王僚，不满地说："父王，你知道外面怎么说吗？"

"说什么？"

"姬光连打了两次胜仗，出尽了风头，成了国人心目中的大英雄。"

吴王僚叹道："我也没有想到会出现这样的情况嘛！"

"当初，我要领兵出战，父王不允，结果怎么样，便宜了姬光吧！"

吴王僚道："后悔也来不及了呀！"

公子光在湖边垂钓，两眼凝视远方，鱼上钩了也没有察觉。

一旁陪钓的被离提醒道："鱼上钩了！"

公子光一甩钓鱼竿，一条大鲤鱼被提了上来。他一边取鱼，一边问被离："领兵出征，连打胜仗，这样替王僚卖命，值得吗？"

被离问道："万一吃了败仗呢？会是什么结果？"

公子光不由打了一个冷战，越想越害怕，两眼望着湖面，陷入沉思，刚取下钩的鱼一甩尾巴，挣脱姬光的手，一蹦两蹦，跳入河里去了。

公子光看着鱼跳入水中激起的水花，拿起身边的鱼饵，一边挂钩一边说："是我的就是我的，跑不掉，跑了我也要重拿回来。"

一大早，伍子胥在院子里教儿子伍很剑法，要离从外面进来，走到伍子胥身边说："二爷，有客人来了！"

伍子胥正要问是何人，被离已经进来了，冲着伍子胥施礼道："被离给二爷请安！"

伍子胥还礼，对秋菊说："快把早餐端上来，我们边吃边聊。"

被离见伍子胥已经吩咐下去，也不推辞。伍子胥请被离、要离落座，问被离："先生一早便来，有何吩咐？"

"二爷客气了，我只是一名壶士，替公子光跑腿传讯，怎敢吩咐二爷？"被离接着低声说，"公子光让我来请二爷，有要事相商。"

伍子胥也不多问，吃罢早餐，即随被离登车离开阳山庄园。车上了大道，奔西郊而去。伍子胥也不多问，半躺在车里闭目养神。许久，车停了，被离低声说："请二爷下车，上船。"

伍子胥撩开车帏，见车子停在太湖边，一望无际的湖水在阳光的照射下眩目生晕。他跳下车，随被离走到湖边上船。小篷船如箭一般驶向湖心。大约半个时辰，前面出现一片绿洲，芦苇丛中钻出一只篷船，两船贴近。被离道："请二爷过船。"

船夫冲着伍子胥微笑颔首，伍子胥也不在意，跳过船，被离掉转船头，向湖边划去。伍子胥见小船内无人，小桌子上排放着数碟佳肴，一坛黄酒，两套餐具，正在纳闷，只见船夫钻进船舱，朝伍子胥拱手道："将军久候，姬光失礼了。"

伍子胥见船夫摘去竹笠，才认出是公子光，慌忙起身施礼，因身高原因，头撞到篷顶，小船剧荡。公子光道："船小舱窄，二爷不必多礼，请入座共饮。"

伍子胥与公子光各自盘腿坐在舱板上。公子光为伍子胥斟酒，然后自己斟上，三巡之后，公子光这才说话："请将军船上说话，是为了避开王僚的耳目。王僚一直视我为眼中钉，欲除之而后快。将军足智多谋，请将军助我，他日若登王位，誓与将军共国，失信者人神共诛。"

伍子胥被公子光单刀直入的坦诚惊得一时无语，沉思片刻，回答说："公子昔年派椒丘赠我沥镂剑，我铭刻在心，投奔吴国，实际是冲公子而来。无奈报仇心切，不得不阴弃公子，欲借吴王之兵伐楚。王僚失信，只得辞爵归田。鸡父之战，公子助我将楚夫人接来梅里，子胥感激不尽。不料王僚将楚夫人与熊胜接往宫中，名曰保护，实则是充当人质。王僚是一个不守信用的奸诈小人，手握重兵，诛公子如探囊取物，公子想避祸，那是避无可避。"

姬光叹道："我乃一勇之夫，不如将军武可定国，文能安邦。今天密约将军船上相谈，就是想请教将军，我该怎么办？"

"公子想避祸，最有效的办法，就是除掉王僚，夺回属于你自己的王位。"

姬光两手一摊："庆忌、盖余、烛庸勇冠三军，谁人能敌？"

"闹市隐圣贤，山野藏麒麟。"伍子胥说，"我有一个朋友，名专诸，堪称当世勇士。"

公子光道："庆忌铁骨铜筋万夫莫当；盖余手抓飞鸟，迅速如兽；烛庸力大无穷，擒龙搏虎。将军所说的专诸，可胜三人之一吗？"

伍子胥道："专诸可力敌二牛，非庆忌等人所能敌。况且，公子欲诛除王僚，只可智取，不可力敌。"

"何为智取？"

"以最小的代价，达到我们最终的目的。"

公子光身子前倾："说说你的计划。"

伍子胥右手做了个砍的架势："斩首！"

"斩首？"

"对！"伍子胥说，"除掉王僚。"

公子光问："平常人根本近不了王僚的身，怎么刺杀？"

"投其所好！"

公子光问："何为投其所好！"

"王僚有什么爱好？"

公子光想了想说："王僚喜欢美味佳肴，尤其是烤鱼。"

伍子胥道："公子不要担忧，我一定会想出办法来。"

公子光从肋下摘下一柄短剑放在桌子上，说道："这柄短剑名叫'鱼肠'，与赠你的那柄沥镂剑，都是越国铸剑名匠欧冶子所铸。"

伍子胥取过来，抽出剑，只见青光四射，惊叫："好剑！"

"到时候，就用这柄剑送王僚上路。"

伍子胥与公子光尽兴而饮，一直到日落湖西，才摇船靠岸，各自离去。

※ 烤鱼的味道

伍子胥与专诸对饮，似乎有话要说，话到嘴边又咽了回去。专诸见状问道："二爷有什么话要说吗？"

伍子胥终于还是开口了："我投奔吴国，不是为了保命，而是想借吴王之兵伐楚复仇。这个你是知道的。"

"二爷有什么想法？"

"对王僚不抱什么希望了，只有助公子光谋夺王位，才能报仇雪恨。"

"二爷想怎么做？"

伍子胥看了专诸一眼，道："杀掉王僚。"

"杀王僚？"

伍子胥说："请你出马。"

"我？"专诸指着自己的鼻子。

"是！"

"我只杀猪，杀人不是我的专业，再说，即使想杀他，也近不了身。"

"智取。"伍子胥说，"听说王僚好吃鱼，尤其是烤鱼。"

"烤鱼？什么玩意儿？"

伍子胥说："用鱼做出的一道菜，味道特别鲜美。"

"吴人的嘴巴真刁，也真会吃啊！"

伍子胥说："我想请贤弟去太湖找太和公，学会烹饪烤鱼。"

"我只杀猪，不开餐馆，学做烤鱼干吗？"

伍子胥说："接近王僚，杀掉他。"

专诸听罢，面露愠色，摇摇头说："不是我不为，是我觉得此举不义。公子光欲得王位，可以劝谏王僚让贤，也可以公开与王僚叫板，何必雇我当杀手呢？"

"王僚贪而恃力，知进而不知退，恃勇而不仁，恃尊而不恤民，恃骄而不纳谏，嗜利而无义，群臣畏其残暴而不敢言。公子光劝他退位，那不是自寻死路？王僚有公子庆忌、盖余、烛庸三人掌控兵权，姬光势单力薄，公开叫板，岂不是飞蛾扑火？因此，我给公子光出主意，只可智取，不可力敌。我助公子光刺杀王僚夺位，实为筹谋他日起兵伐楚之谋。"

专诸一阵沉默。

"贤弟如果不愿为之，子胥也不能强求。"伍子胥说罢，泪如雨下，起身离去。

伍子胥与专诸的谈话，冬梅在隔壁听得清清楚楚，她见伍子胥悲伤而去，出来对专诸说："我听说为人子，当至孝，为人友，当至义。二爷欲刺杀王僚，助公子光复位，图谋伐楚复仇，这是孝义之举。你是二爷的挚友，对于他的请求你却拒人于千里之外，是大不义。我嫁给你，就是因为你有侠义心肠，没有想到，你竟然是一个贪生怕死之人。"

专诸叹道："不是我贪生怕死，也不是我不仁不义。如果我答应去刺杀王僚，无论成败，都难逃一死，我死了，你怎么办？"

"大丈夫当视死如归，何必儿女情长。"冬梅说罢，亲自给专诸斟上酒，然后给自己斟了一觞，举觞敬专诸："夫君不必因我而负友，我以此觞，为夫君成义！"

冬梅与专诸对饮一觞之后，向专诸行跪礼，然后躬身退出。专诸已有八分醉意，没有察觉到冬梅的举止有异，又独饮几觞，不见妻子出来，站起来，踉跄走进寝室探视，只见冬梅已悬梁自缢，立即上前抱下冬梅，伸手一探，已经没有一点儿气息。专诸号啕大哭。

伍子胥从专诸那里不欢而散，回到阳山庄园后，显得心神不定，忐忑不安，他将与专诸不欢而散的事情说给秋菊听。秋菊道："专诸与冬梅结婚三年，尚无子嗣，专诸不是贪生怕死，而是不舍其妻冬梅。"

伍子胥认为秋菊的话合情合理，感觉到自己误会了专诸，愧疚地说："是我错怪了专诸，我去他家赔罪。"

"你与专诸是生死之交，何怨之有？如果登门谢罪，倒显得生分了。不如我办一桌菜，你让人请专诸、冬梅过来一聚，无言胜过道歉。"

伍子胥觉得有理，于是派要离去请专诸夫妻。要离驱车赶到专诸的家，拍叩了半天门，开门的却是一个陌生人，问道："先生找谁？"

"找我的好友专诸。"

陌生人说："这家原来的主人是专诸，他已经卖给我了，我是这里的主人。"

要离大吃一惊，问道："他为什么要卖房子，发生了什么事吗？他现在住在哪里？"

陌生人道："听人说他新近丧妻，所以才卖房子，搬到哪里去了，我也不知道。"

伍子胥听了要离的报告，寝食不安，哀叹不已。秋菊安慰道："你不吃不喝也于事无补，不如派人去梅里周边寻找，专诸救伍佷逃来吴国，绝不会弃二爷而去。"

"专诸是个血性汉子，我也料他不会不辞而别。也知道他一定是去学做烤鱼去了，不久一定会回来。"

伍子胥深知专诸一定会回来，但还是派人四处寻找，在太湖边找到了冬梅的墓地。专诸与冬梅无子，伍子胥便命儿子伍佷为冬梅披麻戴孝，以尽人子之道。

一晃数月已过，恰逢鬼节，伍子胥命伍佷带上祭品，前往冬梅的坟上祭奠。伍佷自亲娘去世后，被专诸救来吴国，一直被专诸、冬梅照顾，冬梅与他情同母子。伍佷跪在冬梅的坟前，想起自己的生母，却是印象模糊，倒是冬梅慈爱温馨的笑容在心目中印象深刻，挥之不去，想到冬梅竟然埋在面前土丘之下，不由放声大哭。

一个身穿葛衣，头戴竹笠的大汉站在不远处的树下，将这一切看在眼里，待伍佷走后，他才从树林里走出来，来到冬梅的坟前，摘去竹笠，露出真容，正是专诸。

专诸站立坟前，泪流满面，对着坟墓说："阿梅，我已经学会了做烤鱼的方法，将会去执行二爷的计划。你说得有理，士为知己者死。专诸只是一个山野村夫，蒙二爷不弃，以兄弟待我，二爷的大恩，专诸无以为报，唯有以命相酬。前些时我不允，是不忍心将你一个人留在世上。你为了成全我的孝义，竟然自行赴死。专诸如果再偷生惜命，他日九泉之下，还有什么面目见你。你等着，要不了多长时间，我们九泉之下再相会。"

专诸朝冬梅的坟墓叩首，捧起一抔土撒在坟上，围着坟墓转了三圈，然后转身离去。

伍子胥见专诸从太湖学会烤鱼归来，非常高兴，吩咐要离买来几尾大鱼，请专诸下厨房做烤鱼。专诸下厨后，先将鱼剖洗干净，用几种作料调和的酱汁腌制一个时辰，捞出晾至半干，锅中放油烧热，鱼入锅炸至两面金黄，然后倒入酱汁烹煮，至酱汁将干时起锅装盘，再于汤汁中加入作料，生粉勾芡，浇在烤鱼上，一道烤鱼就做成了。端放在桌子上，满屋飘香。伍子胥拿筷子夹一块放入口中，慢慢品味，惊叹道："好鲜的味道啊！"

大家听说，纷纷拿起筷子，夹鱼品尝，也都是赞不绝口。

伍子胥直奔公子府，告诉公子光专诸学会烤鱼归来的消息。公子光道："学做烤鱼是第一步，如何接近王僚，却是一个难题。"

伍子胥说："王僚之所以不能接近，是因为他身边有庆忌、盖余和烛庸三个人，要诛王僚，必须先除掉或支开这三个人，否则，一事无成。"

公子光沉思片刻，说道："将军且回阳山，我慢慢想办法。"

要离、专诸等人都下田劳作去了，伍子胥思及诛王僚之事，苦无良策，闲步来到厨房，见秋菊正指挥几个女仆蒸米酿酒。秋菊自馏口处接一瓢清酒，递给伍子胥道："二爷，尝尝这头泡酒。"

伍子胥接过来，吸一口酒入口，细细品味。

"怎么样？"

"甘醇爽口，好酒，好酒。"

秋菊等人听了，乐不可支。伍子胥立即让秋菊装一坛酒，抱起来亲自送到孙武的房间。

孙武正在执笔书简，头也不抬，边写边说："子胥请坐，马上就收尾了。"

伍子胥放下酒坛，顺手取来竹简观看，尽是一些兵法精论，仔细阅读，计有战、谋略、形、势、虚实、地形、行军等，共有八十二篇。

伍子胥深深地被孙武的精论所折服，抬头看孙武，依然凝神执笔书简，摇头叹息，想让他停笔休息，又不忍出声，看了一眼刚抱来的酒坛，计上心来。他轻轻开启坛盖，顿时酒香四溢，满屋弥漫着酒香。

孙武打了个喷嚏，停笔问道："哪来的酒香？"见伍子胥窃笑，愠声道，"子胥，你是在诱我的酒虫吗？"

孙武放下笔，起身抱起酒坛，口套口猛喝了几口，咂嘴赞道："好酒！好酒！"接着又说，"子胥，你来得好，我的兵论刚好杀青，尚无名目，你给书简取个名目吧！"

伍子胥想了想说："通篇讲的都是兵法，不如叫'兵法内经'，或'孙子兵法内经'吧！二者，你自己定。"

孙武沉思片刻，濡笔在竹简首处写了"孙子兵法"四字。写罢弃笔于地，手抚酒坛道："你亲自到我这里来，不是专程给我送酒的吧？"

"不愧是兵家，果然料事如神。长卿兄可知道我有什么事找你？"

孙武道："我不是神仙，猜不出来，也不想猜，有什么事，你就说吧！"

伍子胥只得开口说："我欲助公子光谋刺王僚，无奈有庆忌、盖余、烛庸不离王僚左右，苦于没有下手机会，如果动手太慢，又恐王僚先下手除了姬光，我正在为此事烦恼。"

孙武说："兵法说，攻人以谋不为力，用兵斗智不斗勇。又说，时不至不可强求。我想公子光是先君诸樊之子，又有季札在外，王僚一时还不敢杀公子光。你既然想助公子光夺位，宜静不宜动，静观时变。"

伍子胥叹道："当局者迷，旁观者清啊！"

※ 鱼肠剑

这一天，突然从楚国传来消息，楚平王熊居归天了。楚平王临终前，召命费无忌辅佐太子熊轸主丧登基。

太子熊轸即位，为楚昭王。

囊瓦仍为令尹，伯郤宛为左尹，鄢将师为右尹，与费无忌共同执掌国政。

吴王僚得到楚平王去世的消息，欲趁楚平王去世之机出兵伐楚，召集盖余、烛庸、庆忌、姬光四人商议。

盖余认为不妥，说乘人之危，伐之不义，此时出兵，必为天下诸侯所不齿。

庆忌认为，楚昭王虽然年幼，但有费无忌辅政，囊瓦、伯郤宛、鄢将师一班重臣辅佐，国势并未受损，也不赞成出兵伐楚。

烛庸认为，楚国新丧，人心必齐，此时贸然出兵，并没有必胜的把握。

"你意下如何？"吴王僚征询姬光的意见。

姬光道："让我考虑考虑，行吗？"

吴王僚见一时商议不出结果，宣布改日再议。

公子光出了王宫，即命被离驾车直奔阳山庄园。告诉伍子胥楚平王已死，楚昭王熊轸即位之事。伍子胥听闻熊居已死，擂胸顿足，大哭不止。

姬光惊诧地问："楚平王不是你的仇人吗？他死了你应该高兴才是，为何大哭呢？"

伍子胥说道："我不是哭熊居，而是哭不能亲手宰了这个昏君，以雪灭门之恨。"

公子光道："原来如此。"

伍子胥道："公子欲图大业，这是千载难逢的机会呀！"

公子光精神为之一振，问道："愿闻其详。"

"楚国新君登基，国政未稳，公子何不奏请吴王举兵伐楚，以便乘机图谋大业。"

公子光笑道："吴王本想举兵，无奈庆忌、盖余、烛庸三人认为伐丧不义，因此议而未决。"

"此时不动手，更待何时？"

公子光无奈地说："伐楚之事已经罢议，我怎么又能重提呢？"

"公子明天奏请吴王，就说趁楚乱而伐之，可以图霸。吴王必然动心，倾吴国之兵伐楚，公子可趁梅里空虚，以图王位。"

公子光沉思片刻，道："此计虽妙，如果王兄派我带兵出征，如之奈何？"

伍子胥笑道："这事好办，你可想办法把自己弄出一点毛病来，吴王还会让你带兵出征吗？"

"然后呢？"

"然后你就给吴王献计，使盖余、烛庸二人率一路兵伐楚；再使庆忌联合郑国、卫国之兵伐楚。吴王若用此计，身边就无猛将了。"

"然后呢？"

伍子胥笑道："前次听公子说吴王好味，尤其爱吃烤鱼。我派力士专诸前往太湖学成烤鱼。吴王的死期到了。"

公子光不住点头，不无担忧地说："此计虽好，但王叔季札尚在，他能容忍我篡位吗？"

"公子可进谏吴王，就说晋国久欲图楚，让季札出使晋国，借以观察诸侯的反应。吴王性格狂傲而疏于细，一定不会想那么多。如果季札出使晋国，等他归来之时，公子已登王位，生米煮成了熟饭，他能再议废立吗？"

公子光大叫一声好，伏地感谢道："天怜姬光，让我得到子胥！"

公子光回到宫中，取一根木棒狠敲自己的右脚踝，致使筋肉俱伤。

第二天，姬光进宫觐见吴王，车子抵达宫门，下车的时候，故意装着站立不稳，跌倒在地伤了右脚，大叫："好痛，好痛，痛煞我也！"

门官入内报告吴王，说姬光在宫门外跌落车下，伤了脚。王僚大惊，立即命宫内卫士去宫外搀扶公子光上朝。公子光被扶到朝堂，王僚亲自上前察看，见姬光的脚肿得厉害，关心地说："王弟伤了脚，寡人让卫士送你回家。"

公子光忙奏道："脚伤是小事，臣有事要奏。"

王僚命人搬来锦墩，扶姬光坐下。

公子光侧身坐下，奏道："昨天大王问臣伐楚之事，臣想了一夜，认为还是出兵为好。"

"理由？"

姬光道："出兵伐楚，有三利。"

"请讲。"

姬光道："一是楚平王熊居生前穷兵黩武，周边诸侯屡被遣用，怨恨极深；二是晋、齐早有伐楚之心，如果吴国出兵，齐、晋一定会坐山观虎斗，大王一举克楚，霸业可成；三是吴军两次击败楚军，楚军闻之丧胆。楚令尹囊瓦狂傲而才疏，又与左、右尹伯郤宛、鄢将师不睦。楚王熊轸年幼，费无忌执掌国政，臣民相背。楚国上有朝臣不和，下有民心不稳，此为伐楚之良机。"

吴王僚俯身问道："以你之见，如何举兵为好？"

姬光说出了伍子胥的主意："大王当以两路出兵，一路出使为上策。"

"具体些？"

"派盖余、烛庸二人率一路兵入楚；再使庆忌率一师联合郑、卫二国之兵，从另一路入楚。派王叔季札出使晋国，告知晋侯吴兵伐楚，并留意晋国的动向。大王如用此计，定可获胜。只是臣弟脚伤，不能率兵冲锋陷阵。"

吴王僚兴奋不已，依计而行，命盖余、烛庸率兵入楚，命季札出使晋国，庆忌却没有派任务。

盖余、烛庸率二万水陆之师伐楚，一路乘船溯江而上，一路沿江边走陆路，直奔楚邑灊城。灊城守将司马鄢焘坚守不出，并派人飞骑去郢城求援。

楚王熊轸年幼无知，费无忌不知兵，得知吴军围困灊城，昏君佞臣吓得手足无措，立即召集群臣商议。

公子熊申献计：派右尹鄢将师将陆军二万驰援灊城，派左尹伯郤宛率水师二万，沿淮河东下，截断吴军后路。吴军腹背受敌，必败无疑。

熊轸依计而行，派伯郤宛、鄢将师各率水陆之师分道迎敌。

灊城城高壕宽，水深丈许，易守难攻，司马鄢焘率楚军严防死守，盖余、烛庸二人无计可施，商议后决定，既然楚兵闭门不战，那我就困死你。于是，楚军不战，吴军也不攻，你在城内坚守，我在城外喝酒，彼此干耗着。

楚国百姓见吴军安营扎寨，这么多人住在这里，要吃饭，要消费，这可是一个巨大的商机，于是便有人在军营前搭起棚子，做起了小买卖，有的开餐馆，有的开杂货店，甚至有的还开起了妓院，形成了一个新的闹市。

这一天，鄢将师率兵驰援灊城，在距灊城五十里时，得侦探报告，吴军军纪涣散，都在军营外喝酒嫖娼。鄢将师正准备命部队安营扎寨，得报之后，立即下令拔寨起行，全速前进，杀向灊城。围困灊城外的吴军见楚军杀来，毫无防备，一时无力抵抗，被杀得丢盔卸甲，弃阵而逃。鄢将师夺得吴军大营，命楚军驻扎，守在城外。灊城守将见援军杀到，下令拉起吊桥，开闸启门，迎接鄢将师进城。鄢将师进城后，仍然命守军坚守不战。

盖余与烛庸正在帐中喝酒，得知楚军已夺取吴军西门外大营，大惊失色，喝退歌伎，亲自出帐巡视。见东门外兵营周围尽是酒肆妓院，烛庸大怒，喝令将士将那些临时搭起的草棚尽数推倒，驱赶那些商人与妓女。盖余下令，凡嫖娼饮酒者，立斩。

侦探又来报告，说楚左尹伯郤宛率水师沿淮河东下，堵塞了进入长江的水道。盖余、烛庸大惊失色。二人商议，由盖余率水师扎营江口，防备伯郤宛西进，烛庸则令围城的吴军后退三十里扎营，与城内楚军对峙。并派人回梅里求援。

吴王僚得知吴军深入楚境腹背受敌，紧急召见公子光。公子光建议："可派庆忌率兵，征派郑、卫二国之兵攻楚，可解盖余、烛庸二人之危。"

吴王僚依计而行，命庆忌率兵一万，前往征调郑、卫二国之兵联合攻楚，以解盖余、烛庸之危。

公子光轻车简从，秘密前往阳山庄园见伍子胥，告诉他庆忌即将率兵伐楚，王僚身边再无可惧之人。

伍子胥大喜，立即吩咐秋菊："传我的话，让厨房为公子做烤鱼。"

秋菊会意，也不多言，抠衣退出。不一会儿，秋菊亲自端上一盘烤鱼，还有其他佳肴也陆续端上来。伍子胥给公子光斟酒，请他品尝烤鱼。公子光夹一块鱼塞进嘴里，细细品尝。

伍子胥问："味道怎么样?"

"鲜！鲜！太鲜了，出自谁之手，可否一见?"

伍子胥击掌三声，专诸从门外进来，垂首站立一旁。

姬光细看专诸，惊赞道："真神人也!"

伍子胥笑道："这是我的义弟专诸，烤鱼出自他手。"接着对专诸说，"这是公子光，专诸兄过来见礼。"

专诸立即伏地跪拜。姬光慌忙离席，倒身跪拜还礼。伍子胥哈哈大笑，起身将二人扶起道："今天朋友相聚，不拘君臣礼节，请入座喝酒。"

伍子胥正要给专诸斟酒，公子光不让，亲自给专诸斟酒，双手捧觞，跪敬专诸道："壮士请饮这觞酒。"

专诸慌忙离席跪下，推辞道："君臣有别，不可悖礼，专诸不敢受。"

公子光哭着说："王僚夺我王位，诛我之心不死，蒙子胥兄相荐，请壮士为我诛杀王僚，救姬光于危难之中。壮士如果不受，我将跪地不起。"

专诸十分为难，扭头看伍子胥。伍子胥拈须沉思，脸色平静如水。专诸见姬光奉觞欲泣，其情至哀，说道："我饮，公子请起。"

专诸从公子光手中接过金觞，单手扶起姬光，道："古人有言，士为知己者死。我专诸乃山野村夫，蒙二爷不弃，以兄弟相待。二爷逃亡吴国，欲借吴兵伐楚复仇。专诸愿为公子溅血王僚，公子异日得位，须助二爷出兵伐楚。公子如果不答应，此酒专诸不饮。"

公子光起身奉觞道："姬光对天发誓，异日不助子胥伐楚复仇，不得善终。"誓罢，双手捧觞，遥敬专诸。

伍子胥作陪，三人开怀畅饮，席间不再说刺王僚之事。

酒酣尽兴，公子光告辞回宫，伍子胥向专诸点头示意，专诸站起来与伍子胥行礼作别，然后随公子光登车而去，再不回头。伍子胥默默目送二人离去，想到专诸此别，也许再难相见，不由悲愤泪下。

伍子胥彻夜难眠，对刺杀王僚之事很不放心。王僚身边虽然没有了盖余、烛庸、庆忌三人，但他对姬光心存戒心，左右时刻不离甲士。万一谋刺不成，非但枉送了专诸的性命，公子光的性命也不保，自己借兵伐楚复仇也将成为泡影。他想与孙武、要离商议一下，思前想后还是作罢。

第二天，伍子胥装扮成伐薪之人，与要离装载一车柴草，送往公子光府上。公子光见伍子胥来了，又惊又喜，慌忙迎入地下室与专诸相见。

伍子胥落座之后，询问公子光谋刺之事进展如何。姬光道："明天，我请王僚来府上吃鱼，专诸送鱼，趁机动手。"

伍子胥沉思半晌，说道："王僚对公子戒备甚深，前来赴宴，一定会带上卫士。专诸兄送鱼，卫士必定要搜身。手无兵刃，如何行刺？再说，如果王僚身穿铠甲，专诸兄即使有利刃，也难一击致命。"

公子光闻言一笑，扭身从墙上摘下一柄短剑，对伍子胥、专诸二人说："此剑名叫鱼肠，与将军所佩沥镂剑同为越国铸剑师欧冶子所铸。"边说边抽剑出鞘，只见青光一闪，满室寒气侵人。伍子胥、专诸惊得叫出声来。

公子光挥剑劈向案几上一个金觞，剑落无声，金觞一分为二，铿锵落地。公子光道："不要小看这柄短剑，可藏在鱼腹之中。其利，可穿世间任何宝甲。"

伍子胥问道："利刃有了，善后如何处理？"

"厅后有一个地下室，可以藏数十人。席间我以脚痛为由避开，专诸趁机献鱼行刺。我命伏兵从地下室杀出，援助专诸。"

伍子胥想了想说："我今晚不走了，留在公子府，明天亲率甲士行动。"

公子光、专诸见伍子胥亲自参加行动，非常高兴。公子光命仆人置筵，三人尽兴而饮。当天晚上，公子光专程进宫请王僚赴宴，说请了一个高级厨师，烤鱼做得鲜美绝伦。王僚欣然应允。

王僚把到公子光府上赴宴的事情告诉了母亲。王僚的母亲说："姬光的情绪不稳定，时常有因羞愧而怨恨的脸色，还是谨慎一些为好。"

第二天一大早，王僚在锦袍之内穿了三层铠甲，派全副武装的卫兵，从王宫大门一直排到公子光家门，日近中午，率数百名卫兵前往公子光府上赴宴。公子光亲到门前迎候，将王僚请入大厅落座。王僚带来的卫兵，将公子光的府邸团团包围，从门口到大厅，分列两队，个个顶盔贯甲，手持兵刃，如临大敌。

公子光在大厅置筵席，仆人送菜，刚至门口，便被卫兵喝止，搜身之后，才允许进入大厅送菜。

公子光侧身站在席案左边，双手捧壶，躬身给王僚斟酒。王僚的近臣站在右边，手拿筷子尝菜。

正当酒喝得痛快时，公子光假装脚痛得厉害，到侧室包脚，并吩咐下去，让厨房把烤鱼呈上来，然后一跛一跛地去了厅后，悄悄潜入地下室。伍子胥顶盔贯甲，手持长戟，数十名私兵手持戟戈，站在他的身后待命。伍子胥见公子光进来，轻声问："昏王在喝酒吗?"

"刚刚开始,已命专诸献烤鱼了。"

伍子胥将公子光让到身后,纵步跃至门边,招手示意甲士们紧跟。

专诸在厨房早将鱼肠剑藏在鱼腹之中,把烤鱼装进一个大盘子里,托起大盘出了厨房,走到宫门,专诸停下来,脱下身上的衣服,只穿一条短裤衩,托着盘子膝行到王僚席前。

王僚两眼盯着盘中的烤鱼,馋涎欲滴,专诸一手托着盘子献上,另一只手迅速从鱼腹中抽出短剑,刺向王僚。王僚躲闪不及,鱼肠剑刺透王僚身上的铠甲,透背而出。

王僚发出一声惨叫,与此同时,身边的侍卫纷纷挥刀,砍向专诸。专诸的胸骨砍断了,胸膛也被刺开,王僚当场死了,专诸也被众甲士砍成了肉泥。

伍子胥听到惨叫声,率甲士冲出地下室,杀到前厅。王僚带来的卫士见王僚气绝,锐气已减,伍子胥见专诸倒在血泊之中,悲痛万分,挥戟力杀十数人。大厅里的甲士被伍子胥与公子光的私兵砍杀大半,活着的纷纷夺门而逃。伍子胥丢掉兵刃,抱住专诸的尸体痛哭。公子光朝专诸跪下,痛哭流涕。

被离一旁劝道："公子、将军,请节哀,王僚已死,还有很多事情要办,不然就误了大事。"

姬光拭泪起身,命家兵收殓王僚、专诸二人尸体。伍子胥也抹去眼泪,换去染血的衣裳,随公子光赶往王宫,召集群臣议事。

第七章

城头变换大王旗

※ 姬光篡位

姬光谋杀了王僚，本想立即称王，伍子胥认为不是时候。

"为什么？诛杀王僚，要的不就是这个结果吗？"

伍子胥道："现在称王，这王位就是抢来的，说不定有人也会拿刀砍你。如果是别人拱手相让，那就不一样了，合情合理合法，谁砍你谁没理。"

"王僚已经死了，总不能找一个鬼魂来让位吧？"

伍子胥道："王僚不行，有一个人可以，他平生最爱好的一件事就是给人让座。"

姬光惊问："你是说王叔季札？"

"除了他，还能有谁？"

姬光依计召集群臣开会，对他们说，自己诛杀王僚，并非篡位。王僚违背先王之约，自立为王，是吴国的罪人，诛王僚以正国法，天经地义。王僚既死，国不可一日无君，称自己暂掌国政，等王叔季札归国之后，奉王叔为王。

群臣见王僚已死，姬光又说是代掌国政，将奉季札为王，也都无话可说。

公子光按王礼殡葬王僚，让王僚之母仍然住在后宫，一切供奉如旧，并吩咐厚葬专诸。

伍子胥将专诸的尸体装棺运到太湖边，亲自披麻戴孝，率儿子伍佷按楚国之礼，亲挽柩车，孙武、要离、秋菊也参加了葬礼。伍子胥在专诸、冬梅墓前，拜请孙武、要离为证，将伍佷更名为专毅，继承专氏香火。

公子姬光带着被离，赶来参加专诸的葬礼，只是迟来了一步，没有见到伍子胥将伍佷更姓更名过继给专诸的一幕，扶着专诸的墓碑，号啕大哭，突然，他发现墓碑上刻着"不孝子专毅泣立"一行字，吃惊地问："专诸有儿子吗？"

要离回答："专诸无子，二爷将儿子伍佷易名专毅，承嗣专氏香火。"

"伍将军不是只有一个儿子吗？"

要离道："专诸刺僚，一则是为公子图位，实则是为二爷酬义。二爷念专诸之义，无以为报，故将独子过继给专氏门下。"

公子光大为震撼，感叹地说："棠邑多义士，愧煞吴人啊！伍子胥无愧当世豪杰。"于是再次跪在专诸、冬梅墓前拜了三拜。

这一天，探子来报，季札出使晋国载誉归来，公子光亲率百官出梅里西门迎接，从上午一直等到下午，不见季札的踪影，公子光一头雾水，以为消息不准。有人小声嘀咕，或许是没走西门吧！公子光疑惑地问："王叔从晋国归来，不走西门，难道要绕道走不成？"

被离搔首道："莫非去了别的地方？"

"东山，王僚的墓地，一定去了那里。"公子光迅速跳上车，命被离驭车，驰奔王僚墓地。

季札手捧一抔黄土撒向王僚的坟墓，叹道："姬僚，你太好权喜威，贪享富贵了！"

公子光乘车靠近王僚墓地，挑开车帏，见季札站在王僚墓前，急令停车，跳下车，蹑手蹑脚走近季札，稽首道："罪臣姬光，叩请王叔。"

季札站在那里纹丝不动，一言不发。

公子光知道季札在听，接着说："王僚多行不义，前天被人杀了。国不可一日无君，今王叔归来，恳请王叔执掌国政，登基为王。此乃吴国臣民的愿望。"

季札冷冷地说："你蓄谋已久，得之不易，何言相让？这王位我都已让了两次，也不在乎再让一次。"

季札说罢，俯身捡起倚靠在墓碑上的宝剑，一脸茫然地离开王僚墓地。姬光膝行呼叫："王叔，王叔，你去哪里？"

季札稍停，叹道："我不愿见到为王位而兄弟相互残杀的悲剧，这是吴国的耻辱。我将老死延陵，终生不回梅里。"

姬光哭道："王叔，你不能走，吴国不能没有你。"

季札总算停住了脚步，回头说："自古至今，国无废祀，民无废主，你要善待你的臣民，治理好吴国，季札尊你为君。"说罢，头也不回地往西北方向走了。

公子光名正言顺地继承了季札让出的王位，史称吴王阖闾。

被离被封为大夫，伍子胥却迟迟没有消息。被离觉得这样有些不近人情，忍不住还是向阖闾说出了自己的想法："伍子胥有拥立之功，竟然没有得到封赏，这是怎么回事？"

阖闾道："子胥是寡人的朋友，投奔吴国，别无所求，就是要借吴国之兵伐楚复仇。如果封他一个爵职，恐授人以柄啊！"

"秦穆公爵虞人百里奚，齐桓公爵卫人甯戚，都是外臣，大王爵伍子胥，怎么就授人以柄了呢？"

阖闾看了被离一眼，说道："那就封子胥为'行人'吧！"

行人是个什么官：顾问。有事就咨询你，无事就在家里喝茶，其实是一个虚职。

被离跪地不起。阖闾知道被离的意思，挥手道："起来吧，子胥虽为行人，寡人立国，不设宰相，子胥代行宰相之职。"

被离见话说到这个地步，也不好再说什么了。

吴国表面上洋溢着新王登基的喜庆气氛，实则内忧外患，危机四伏。王僚的两个弟弟盖余、烛庸拥兵在外，王僚的儿子庆忌在郑、卫两国招募勇士，随时都有反攻倒算，杀回吴国的可能。

阖闾深深地感觉到这种危机，每天睡觉都会梦见庆忌在追杀他，睁开眼，仿佛又看见王僚站在床前盯着自己。消除危险的最好办法，就是铲除危机的根源。阖闾召来伍子胥，说出了他的担心。

伍子胥道："大王不用忧心啊！"

"我连做梦都在想这件事情，你还叫我不用忧心？"

伍子胥道："盖余、烛庸二人兵困灊城，灊城守将鄢煮、右尹鄢将师断不能放他们逃脱。庆忌所率之师，也遭到伯郤宛的堵截，以我之见，其师不日便不战而溃。"

阖闾转忧为喜："有子胥在，寡人无忧了。"

"无忧在于排忧。"

阖闾喜道："想必将军已胸有良策了。"

伍子胥道："请大王命被离与梅里守将椒勇分别镇守梅里西门、北门，确保梅里安全。大王亲率雄师讨伐庆忌。"

四月的南方，淫雨连绵，庆忌率吴、卫、郑三国之兵，被楚将伯郤宛率师堵截在江口，进不得，退不得，军中粮草眼看就要耗尽，士兵先是以马料为食，后来干脆杀马当粮。郑、卫之兵见危思退，各自撤军回国，只留下庆忌所率一万多名吴军坚守大营。

这一天，雨稍停，庆忌命人四处打探，何处有粮，准备派兵打粮，突然接到侦探报告，遥见前方泥泞之中，数百兵车滚滚而来，车上插的是吴国旗帜。

庆忌闻报大喜，亲自驱车前往迎接，接近奔驰而来的兵车，正要上前喊话，突见阖闾出现在一乘大车上，张弓搭箭，射向庆忌。庆忌大惊，回车便走。阖闾命士兵驾车紧追不舍。

庆忌情知不妙，驱车朝江滩奔跑，江边石多无路，车行不便，只得弃车步行。

阖闾见车难行走，挥剑割断套马绳索，飞身跃上马背，策马追杀庆忌。庆忌弃戟执剑，在乱石滩上疾行如飞，阖闾眼见追不上，挥手命江堤上的士兵放箭。庆忌挥剑拨打箭矢，纵身跃入江中，顺流而去。

阖闾见庆忌顷刻之间无了踪影，下令回军，收拾庆忌的部分残兵。正在这时，被离奉伍子胥之命，率数千人马赶来增援，并转告伍子胥的建议，攻打庆忌，逐之即胜，切不可攻灅城。

阖闾问道："这是什么意思？"

被离道："子胥说，如果逼得太急，盖余、烛庸降楚。"

"后面怎么办？"

"陈兵吴、楚边境，迫使楚军攻打盖余、烛庸，大王可坐收渔人之利。"

阖闾依计而行，命大军退守吴、楚边境驻扎。

盖余、烛庸得知王僚已死，庆忌溃逃，现在是有国难投，有家难归，二人痛哭一场，丢下部队，装扮成士兵，烛庸往北逃往徐国，烛庸往东北投奔钟吾国。

鄢将师、伯郤宛兵不血刃，接收了吴军营寨。两人商议，决定乘胜伐吴，一雪前耻，合兵一处，向吴国边境进发。大兵开到楚吴边境，见吴军在边境连营数十里，旗帜飘扬，中军大营竖立一杆大旗，上书"阖闾"二字。

伯郤宛驱车到鄢将师车前道："听闻吴公子光弑王僚自立，自号阖闾，亲率大军压境，显然是有备而来。"

鄢将师命楚军后退十里扎营，亲自出营观阵，见吴军兵营连绵数十里，营棚错落有致，军容整肃，不禁叹道："久闻姬光骁勇，果然名不虚传。"

伯郤宛道："据说伍子胥助姬光夺得王位，不知伍子胥是否也在军中。"

鄢将师听到伍子胥的名字，倒吸一口凉气，好半天才说："吴军有伍子胥相助，如虎添翼，如果开战，我军毫无胜算。"

伯郤宛道："右尹是想退兵吗？"

鄢将师不悦地说："王僚趁楚先王新丧，伐楚不义，今趁王僚新丧而伐吴，与王僚何异？将军身为左尹，是进是退，还是你说了算。"

伯郤宛也觉得再打下去，没有胜算，见好就收，于是下令收兵回都。

※ 杀人者被杀

伯郤宛回到郢都，将缴获的珍宝送到宫中献给楚昭王熊轸。熊轸年少无知，见到这么多珍宝，欣喜若狂，命费无忌搬锦墩给伯郤宛赐座。伯郤宛与费无忌向来不和，见楚昭王让费无忌搬锦墩，脸上挂满了笑容。费无忌虽然心里不高兴，却又不敢抗旨，正在迟疑之际。伯郤宛讥笑道："大王让太师搬墩，太师是要抗旨吗？"

费无忌无奈，极不情愿地去搬墩，由于锦墩笨重，忙乱之际搬翻了锦墩，砸了自己的脚。费无忌痛得龇牙咧嘴，样子显得很滑稽。熊轸小儿心性，见状大笑不止。伯郤宛忍不住也是开怀大笑。费无忌羞愧万分。

费无忌是一个睚眦必报之人，当然咽不下这口气。

次日早朝，楚昭王熊轸重赏左尹伯郤宛，对右尹鄢将师的战功却只字未提。费无忌见鄢将师面有愠色，知道他对伯郤宛不满，下朝后凑近鄢将师道："听闻右尹大破吴军盖余、烛庸二营，此次驰援灊城，右尹当为首功，左尹伯郤宛不过是趁吴王阖闾击溃庆忌时捡了个便宜。"

鄢将师向来瞧不起费无忌，反讥道："既然你都知道了，为何不向大王进言？"

费无忌见鄢将师已被激怒，暗自高兴，解释道："不是我不说，是不便说，昨天夜里，伯郤宛进宫给大王献了一车珍宝，大王赐酒又赐座，伯郤宛得意忘形，竟然命我搬墩，我的脚就是搬墩砸伤的，至今还一跛一跛的。"

鄢将师见费无忌走路的姿势，知道他没有说假话，更加厌恶伯郤宛，对费无忌有了几分同情，歉意地说："刚才说的是气话，太师不要见怪。"

费无忌微笑地说："老夫与右尹同殿为臣，何必见外。将军今天心情不好，到老夫家去喝一杯，能赏光吗？"

鄢将师心里正自烦恼，见费无忌诚意相邀，没有拒绝，便与费无忌同车去了费府。

费无忌摆盛宴款待鄢将师，让鄢将师颇有受宠若惊之感。费无忌用筷子指着桌子上的一道菜说："这道清蒸鲋鱼，出自棠邑龙池之鱼。"

"太师食棠邑之鱼，是不忘伍子胥吗？"

费无忌道："知我者，右尹也。听说伍子胥与友人专诸以烤鱼为饵，诱杀了吴王僚。"

鄢将师大惊："太师以鲋为饵，意欲何为？"

费无忌见鄢将师误会，大笑道："右尹多疑了，老夫将以伯郤宛为诱饵，让囊瓦去干这件事。"说罢，附在鄢将师耳边低语。

鄢将师听罢，这才释怀，二人重新把酒言欢。

这一天，费无忌见到令尹囊瓦，讨好地说："左尹伯郤宛家最近请了一位吴国厨师，烹饪技艺高超，他欲请令尹赴家宴，托老夫询问令尹，是否肯赏脸？"

囊瓦听说有好吃的，口流馋涎，说道："伯郤宛设家宴相邀，我岂有不赴之理？"

费无忌听了囊瓦的话，回头又去伯府对伯郤宛说："令尹对我说，想到左尹家喝一杯，托老夫探询，左尹不是一个吝啬之人吧？"

伯郤宛得到楚昭王的赏赐，正在得意之时，得知令尹要到府上来喝酒，以为囊瓦无功自愧，有意巴结自己，笑道："我本来就是令尹的下属，如果他枉驾屈就，是我的荣幸，烦太师致意令尹，明日府上草酌恭候。"

费无忌见伯郤宛上钩，心中暗喜，悄悄问道："左尹宴请令尹，不知有何物致敬？"

"令尹有什么爱好，请太师指点。"

"据老夫所知，令尹爱好兵器，大王赏赐了将军那么多战利品，其中不乏好兵器，令尹到将军家赴宴，可以挑一些坚甲利刃，让他见识一下。"

伯郤宛笑道："这好办，我将这些坚甲利刃摆出来，让他随便挑。"

"不妨给他一个惊喜。"

"怎么做？"

"将军可以在厅堂设帷，将坚甲利刃摆在里面，待酒兴正浓时，突然拉开帷帘，你说会是一个什么状况？"

伯郤宛便将楚平王赏赐、家藏的珍器尽数拿出来，费无忌各挑选了五十件，道："够了，将这些摆放在厅后帏帐，令尹来了必问，你则将这些展示给他看。他喜欢什么，让他随便挑。"

伯郤宛信以为真，将坚甲利刃摆放在帷帐之内，请费无忌邀请囊瓦赴宴。

费无忌见一切安排就绪，急匆匆赶到令尹府，告诉囊瓦："左尹在家恭候令尹赴宴，让我前来恭请。"

囊瓦欣然登车，准备出发之时，突然赶来一人，将费无忌拉到一边，显得很神秘地说着悄悄话。

一会儿，费无忌回到囊瓦身边，叹道："知人知面不知心啊！幸亏我留了一手，不然，令尹大人就陷入万劫不复之地了。"

囊瓦诧异地问："怎么回事？"

费无忌指着来人说："这是我的一位心腹，他有一位侄子在伯郤宛府上做杂役，我让他找侄子了解伯府的情况，他的侄子说，伯郤宛家堂后帷帐之内藏有大量兵器，看情况是要谋害令尹。"

囊瓦大吃一惊，嘀咕道："我与伯郤宛无怨无仇，他为什么要害我？"

费无忌道："令尹是一个善良的人，哪能料到恶人之心。伯郤宛自恃此番征战有功，楚王又宠着他，欲诛令尹，取而代之嘛！听说伯郤宛私通吴国，此次救潜之役，右尹鄢将师欲乘胜伐吴，却被伯郤宛阻拦。他如果不是收受贿赂，怎么会放弃这么好的机会呢？"

囊瓦将信将疑，派心腹前往伯郤宛府上探视，心腹回来报告，说伯郤宛在帷帐后果然伏有甲兵。囊瓦又惊又怒，派人请来右尹鄢将师，告知伯郤宛设宴谋杀之事。

鄢将师知费无忌离间之计已见成效，故作惊讶地说："真有这回事吗？早就听说伯郤宛欲诛令尹，取而代之，我还不相信呢！"

囊瓦一拳击垮了案几："伯郤宛匹夫，竟敢作乱，我当手刃此贼。"

于是奏报楚王，令鄢将师率兵包围了伯府。

伯郤宛设盛宴款待囊瓦，久候不至，正自烦躁，儿子伯嚭来了，见帷后摆放许多兵械，惊问："父亲宴请令尹，为何暗藏这么多兵器？"

伯郤宛道："太师说令尹爱好兵甲，故而摆放在这里，供令尹观赏。"

伯嚭顿足道："父亲中费无忌老贼奸计，请令尹赴宴，帷后藏着兵器，这唱的是哪一出啊！"

正在这时，家丁慌里慌张跑过来报告："不好了，不好了，令尹率兵朝咱家来了。"

伯郤宛惊出一身冷汗，顿足道："怎么办，老贼为何害我？"

伯嚭道："悔之已晚，快逃吧！再迟就来不及了。"

"费无忌设计陷害我，我还有生还机会吗？你快逃，去吴国投奔伍子胥，他日为我复仇。"

伯嚭见父亲不肯出逃，从帷后随手抓了一柄剑，刚从后门逃出，囊瓦便率兵包围了伯府。伯郤宛仰天长叹："楚国奸臣当道，忠臣受诛，前有伍氏惨遭灭门，后有伯家再遭横祸，亡国不远矣！"言罢，拔剑自刎而亡。

整个郢都都被惊动了，围观的人越来越多，人群中不知谁说："世人莫学伯郤宛，忠臣遭诛，奸人猖狂，楚国无君啊！"

鄢将师大怒，手按剑柄大喝："谁敢再胡言乱语，老子宰了他。"

囊瓦大笑道："你们都说伯郤宛是忠臣，我就让你们看看忠臣的下场。"说罢下令士兵放火烧毁伯府。

囊瓦见众人站着不动，大喝道："你们如果不烧伯府，便是伯郤宛的同党，杀无赦。"

众人知道伯郤宛是个贤臣，谁也不想动手，被囊瓦这一逼，只得取来柴薪，丢在伯府四周。囊瓦率亲信围住伯府，放一把火，将伯府付之一炬，连伯郤宛的尸体，也被烧毁无存。

朝野议论纷纷，都说伯郤宛遭奸贼陷害，死得冤枉。

这一天，囊瓦心情烦躁，趁月色登上城楼，听到从闹市传来一阵歌声：

莫学郤大夫，忠而见诛，身既死，骨无余。
楚国无君，唯费与鄢，令尹木偶，为人作茧。天若有知，报应立显。

囊瓦大怒，命人去把歌者抓来，已了无踪影。囊瓦游兴全无，信步走下城垣，沿着城墙信步前行，见拐角处一处草棚之内，人影绰绰。近前一看，许多男女老少进进出出，再近前一看，棚子里供奉三尊泥像。泥像两旧一新，香火正旺。囊瓦挤进细看，见两尊旧像是伍奢、伍尚，再看那尊刚用泥捏成的新像，竟然就是刚死的伯郤宛。

囊瓦退出草棚，询问一老者："你们祭的是何方神圣？"

老者道："我们为楚国忠臣伍奢、伍尚、伯郤宛上诉天神。"

囊瓦问道："为何上诉？"

"人世奸忠颠倒，有钱无法，滥杀无辜，无处可诉，我们祈告天神，惩罚那些奸臣。"

囊瓦听罢，一股气血直冲头顶，头一晕，险些跌倒。卫士大惊，连忙扶囊瓦回府。

囊瓦回府之后，一直心神不定，仔细回想当时的情景，疑窦顿生，自己与伯郤宛关系一般，为何突然请自己赴家宴，赴宴之时，突然又冒出一个费无忌的心腹，还有他的侄子，一环套一环，似乎事先安排好。难道是……囊瓦越想越烦躁，推说有病，没去上朝。

公子熊申驱车前往令尹府探望，见到囊瓦后，关心地问："听闻令尹身体有恙，特来探视，怎么样，好些了吗？"

囊瓦摇摇头，唉声叹气。

熊申道："心病还要心药治，解铃还须系铃人。"

"此话怎讲？"

熊申道："被别人当枪使了吧?"

"真的是这样吗?"

熊申道："我派人调查过了，伯郤宛并无害人之意，费无忌、鄢将师二人狼狈为奸，设谋陷害，玩了一招借刀杀人之计。"

"老夫误杀忠良，我有罪啊!"

熊申道："令尹既然知道了事情真相，我这趟就没有白来。"

囊瓦越想越觉得危机四伏，前有伍奢、伍尚灭门，后有伯郤宛遭祸，都是费无忌的杰作，说不定下一个目标就是自己，想到这里，囊瓦不寒而栗。苦思良久，想起心腹爱将司马鄢焘，于是命家臣星夜赶往灊城，召鄢焘秘密回郢都。

鄢焘与伯郤宛交厚，对伯氏灭门惨案尤为关注，回到郢都便四下打探，将费无忌与鄢将师谋害伯氏一案查得水落石出，前往令尹府见囊瓦。责备囊瓦不辨真伪，诛杀忠良。

囊瓦跪地谢罪："蒙司马赐教，囊瓦知罪，请将军助我一臂之力，诛除费无忌、鄢将师二贼。"

鄢焘慌忙扶起囊瓦，说道："费无忌、鄢将师二贼陷害忠良，此乃国贼，人人得而诛之。"

当天晚上，鄢焘奉囊瓦之命，率一万甲士包围了费无忌、鄢将师二人府邸，将二人拖出斩首。

国人不待令尹下令，放火将费无忌、鄢将师两家府邸烧为灰烬。

※ 伍子胥筑城

阖闾大捷归来，亲自前往阳山庄园探望伍子胥，家人告诉他，伍子胥湖边钓鱼去了，于是驱车去了湖边。

伍子胥正在湖边垂钓，浮标动了、沉入水里，浮起，再沉入水里，一挥钓竿，一条二三斤重的草鱼钓上来了。

阖闾拍手上前："先生好雅兴，出手不空。"

伍子胥将鱼从鱼钩上取下来后，起身道："大王不也是出师告捷吗?"

阖闾也没有摆架子，随意坐在湖边草地上，招呼伍子胥："坐下，坐下，我们聊聊。"

伍子胥看了阖闾一眼，也坐在草地上。

阖闾道："寡人欲强国图霸，请先生赐教。"

伍子胥低沉地说："我是楚国亡臣，父兄含冤，骸骨不葬，蒙垢受辱，才来投奔大王，不敢当如此称呼，更不敢参与谋划国家大事。"

阖闾问道："如果没有先生，寡人不免屈人之下，幸蒙一言之教，才得有今天，现以国事相询，怎么又打退堂鼓了呢？难道先生以为寡人不足交吗？"

伍子胥道："我并不是说大王不可交，但我听说'疏不间亲，远不间近'，我怎么能以一个外人的身份，居于吴国谋士之上呢？况且我大仇未报，我连自己的事情都搞不定，又有什么资格筹谋国事呢？"

"吴国谋臣，无人能及先生，请不要推辞，等国事安定之后，寡人一定会为你报仇。"

伍子胥道："大王想咨询什么？请讲。"

阖闾道："吴国地处东南，地势险恶，交通阻塞，还有长江、大海之水患。国防设施薄弱，仓储不足，土地荒芜，经济凋敝，民生危艰，这些都让寡人头疼。寡人该怎么办？请先生教我。"

伍子胥两眼看着湖面，沉默不语，许久后才说："据我所知，治理国家之上策，莫过于国家安定，民众安居乐业。"

"要使国家安定，民众安居乐业，该采取什么方法呢？"

伍子胥道："霸王之业，从近制远，先筑城郭，设置守备，充实粮仓，加强军备。使内有可守，而外可以应敌，这些就是方法啊。"

"梅里不是城吗？"

伍子胥回答说："梅里城太小、太烂，欲图霸业，格调太低。"

"可以改造嘛！"

伍子胥道："改造不如新建。"

"再造一座新城？"

伍子胥道："重新选址，再建一座新城。"

"让寡人想想。"

伍子胥抓起钓竿，笑着说："大王尽管想，我钓鱼去了。"

"慢！"阖闾似乎有了主意，移动身子靠近伍子胥，"寡人想把筑城的事交给你，你愿意吗？"

"子胥不才，愿为大王修筑新城。"

阖闾听伍子胥答应筑城，高兴得忘了身份，乐得翻身跪拜。伍子胥惊得立即跪下回拜，二人头颅相触，相拥大笑。

阖闾笑道："新城城址选在哪里，想必先生早有所谋吧？"

"前些时我游览了姑苏山，发现姑苏山东北三十里那片土地，区域广阔，地势平坦，是一块建城的宝地。"

阖闾问道："先生想怎么做？"

"精心规划，建一座规模宏大的新城。城内挖掘人工河，纵横交错，利于行舟，民居依河而建，人在船中，船在水中，水在画中。"

阖闾赞道："这是一幅多么美好的风景画啊！"

伍子胥仿佛进入了设计状态："仿照上天，效法大地，建造大城——新城周长四十七里。以像天之八风，在陆地上设八座城门；以像地之八卦，在水路上建八座城门。城内又建小城，城墙周长十里。陆地设三个城门，不设东门，以此阻挡来自越国的阳气。详细规划，还有待完善。"

阖闾兴奋地说："先生设计的新城，犹如仙境啊！"

"大王以为可行？"

阖闾连声说："先生说行就行，寡人拜先生为筑城使，请付诸实施！"

第八章

干将铸剑

※ 姑苏新城

伍子胥派人前往姑苏山东北三十里的地区，考察土地，探测水文，很快就圈定了新城城址，并设计出新城建设图纸。阖闾亲自主持了开工典礼。

筑城工程正式上马，进展神速，不到半年时间，便完成了一半工程。

伍子胥主持筑城只是一个临时差事，行人则是他的正式职务，在筑城期间，他向齐、鲁、楚等诸侯国派出使臣，展开外交攻势。

这一天，苏鹏出使齐、鲁归来，向吴王阖闾报告，说齐侯欲与吴联姻，嫁女与吴公子姬山。阖闾闻言大喜，询问派何人赴齐迎亲为宜。

苏鹏道："行人伍子胥。"

阖闾不解地问："为何是他？"

"臣出使齐都临淄，负责接待的是鲍牧大夫，在谈及吴国之事，他对伍子胥颇为关注，有仰慕之情。"

阖闾问："鲍牧是何人物？"

"鲍牧是鲍叔牙后人，齐侯的宠臣，在临淄有举足轻重的地位。"

阖闾道："子胥主持筑城，离不开啊！"

被离一旁插话："新城工程近半，只须依图建造，派得力人手监工就行。大王派子胥出使齐国，臣愿代为监工。"

阖闾大喜，命被离暂代伍子胥监工筑新城，命伍子胥为使，前往齐国迎接齐女婧姜。

伍子胥受命，带领一个车队出使齐国，一路上他想了很多，得出一个结论：虽然楚国昏君已亡，奸佞被诛，这并没有改变他复仇的初衷，推翻楚昭王熊轸，拥立公子熊胜为楚王，是他的人生目标，而要实现这一目标，自己就得倾心帮助吴国，使吴国富强起来，只有吴国强大，吴王才会出兵伐楚。

经过长途跋涉，使团进入齐境，在离临淄城半里之外，远远看见一簇车马列于道旁，伍子胥忙下车，步行前进，对面人群中一位长者也以步当车迎了上来，相遇于中途。齐国长者抢先拱手行礼道："老夫鲍牧，在此恭候齐使子胥先生！"

伍子胥拱手施礼："齐使伍子胥，在此拜见鲍大夫。"

鲍牧笑着说："久闻子胥乃当世豪杰，今日得见，三生有幸。"

彼此礼过之后，二人同乘一车进城。当晚，鲍牧设宴欢迎齐国使团。

第二天，齐侯又在宫中宴请伍子胥一行。

伍子胥率使团在临淄停留了十余天，鲍牧全程作陪，两人情趣相合，成为知己，彼此以兄弟相称。伍子胥择吉日迎齐女婧姜返吴，鲍牧亲自送使团出境，临别时，伍子胥对鲍牧的盛情招待表示谢意。鲍牧拉着伍子胥的手，恋恋不舍地说："此一别，不知何日再见，他日如有什么需要，不要忘了临淄有我鲍牧。"

伍子胥被鲍牧的诚意感动得泪流满面，两人洒泪而别。

伍子胥回到梅里时，新城建设已基本竣工。伍子胥率众巡视新城，对新城四面八门逐个命名。

城东二门，将东北方向的城门命名为"娄门"；南边方向的城门命名为"匠门"。

城南二门，东边的城门正对着越国，越人崇尚蛇，视蛇为神，伍子胥命匠人雕刻一条木蛇悬挂在门上，蛇首向内，喻意越国臣服于吴国，并将此门命名为"蛇门"；西边那座城门有水道可行船，命名为"盘门"。

城北二门，伍子胥将靠西的城门命名为"平门"，行走到另一门的时候，见一女子沿阶而上，登上城墙，向北远眺，走近一看，正是他刚从齐国迎接回来的太子妃婧姜。

太子妃向伍子胥施礼道："妾思念家乡，登城远眺，让伍大人见笑了。"

伍子胥想到自己也是异乡人，从北门城头远眺，正是故乡棠邑所在的方向，触景生情，对婧姜的思乡之情产生共鸣，当即吩咐随行的司空，在城北建一座能蔽风雨的城楼，并将城楼命名为"望齐楼"。

太子妃见伍子胥特地为她建城楼望乡，又命该城门为"望齐门"，感动得热泪盈眶，抠衣朝伍子胥一躬及地。

伍子胥行至西城，站在城墙上远眺，拈须沉思，缓缓地说："此门向西，他日我灭楚兴吴，此门当纳阊阖之气，就叫'阊门'吧！"

陆地八门，已命名七门，伍子胥正要对最后一座城门命名，忽然从城下传来吴王阖闾的声音："最后一门的名字，留给寡人来命。"

伍子胥见阖闾登上城墙，连忙上前施礼。阖闾还礼，拉着伍子胥站在城墙上远眺，说道："这最后一座城门，就命名'胥门'吧！"

伍子胥听了甚为感动，伏地顿首谢恩。

阖闾俯身挽起，道："太子妃思念故乡，先生建望齐门楼，寡人甚是感动，也很内疚，但寡人没有忘记对先生的承诺，一旦时机成熟，一定会如先生所愿。将此门命名为'胥门'，是对先生筑城之功的些许褒奖，微不足道。新城城名，先生想过没有？"

"新城傍姑苏山而建，就叫'姑苏'吧，大王以为如何？"

"姑苏？"阖闾道，"这个名字好，就叫姑苏城。"

姑苏城刚建好，阖闾迫不及待地把吴国的行政中心从梅里整体搬迁到姑苏。姑苏城依古制：前朝后市，左祖右社，仓廪府库，无所不备。

随之又在凤凰山南面再筑一城，以防备越国，取名"南武城"。

※ 干将与莫邪

新城筑成了，仓库也准备好了，伍子胥似乎没有急于要阖闾兑现承诺，原因是阖闾继位不久，吴国无论是政治、经济或军备，都处在发展期，特别是军备，兵器不足，战斗力不强，此时出兵，无必胜把握。伍子胥并没有赴姑苏当值，仍然在阳山庄园过着半隐居的生活，与孙武一起研讨兵法，与仆役一起下地干活。

阖闾不是一个失信之人，只是为何时出兵而犹豫不决。这一天，他在清理藏物的时候，见到了鱼肠剑，不禁黯然失色。公子夫概劝道："大王睹物思人，不如将这柄剑赐给臣吧！"

"此剑名为鱼肠，昔年越王赠送给先王，你王叔死于此剑，专诸也因此剑而亡，此剑乃不祥之物。"阖闾将鱼肠剑装进一个石匣子里，交给夫概，吩咐道，"在城外海涌山下找一处地方，将此剑埋了，你亲自去，不要让任何人知道。"

夫概接过石匣，转身欲走，阖闾道："慢！"

"大王还有什么要交代？"

阖闾问道："牛首山兵械厂现在是一个什么样的情况？"

"很兴旺，工匠们夜以继日锻造兵器。"

"可惜没有精品。听说铸剑大师干将在吴国，你让被离留意一下，就说是我说的。"

"大王是说欧冶子的徒弟干将？"

阖闾道："正是此人。"

公子夫概答应一声，告辞而去。

被离经多方打探，竟然在梅里找到了干将、莫邪夫妻，花重金请他们到牛首山铸剑。被离率三千士兵围山守卫。

干将与莫邪在山中找到上等铁矿石，召来三百多名童男童女装炭鼓风。

干将很勤劳，莫邪很温柔，干将炉前铸剑，莫邪为干将扇风擦汗。三个月过去了，炉中的矿石完好如初，没有一点变化。

莫邪说道："吴王让你铸剑，是因为你的名声在外，都已经三个月了，怎么一点变化也没有，是什么状况？"

干将百思不得其解："我也弄不清其中缘故啊！"

莫邪道："据说要让矿石熔化成液体，然后铸成神奇的剑，必须有人加入才能成功，夫君铸剑，是不是也要得到人的帮助才行呢？"

"从前师傅欧冶子之所以能炼成宝物，就是他们夫妻俩一起跳进冶炼炉中，才使矿石熔化。直到今天，人们去山中冶炼，总是要披麻戴孝，然后才敢在山中冶炼。我们铸剑，难道也是这种情况？"干将说罢，叹了一口气。

莫邪流出了眼泪，她知道干将为什么叹气，因为炉中采自五山六合的金铁之精无法熔化，铁英不化，剑就无法铸成。

干将也知道莫邪为什么流泪，因为剑铸不成，自己就得被吴王杀死。

干将依旧在叹气，莫邪依旧在流泪。

一天晚上，莫邪突然笑了，看到莫邪的笑，干将心里顿生惧意，因为他知道莫邪为什么笑。干将对莫邪说："莫邪，你千万不要做傻事。"

莫邪没说什么，只是笑。

干将醒来的时候，发现莫邪不在身边，他知道莫邪在哪儿。

莫邪站在高耸的铸剑炉壁上，裙裾飘飞，宛如仙女。莫邪看到干将的身影在熹微的晨光中从远处急急奔来。莫邪笑了，也听到干将嘶哑的喊叫："莫邪……"

莫邪依然在笑，泪水同时也流了下来。

干将也流下了眼泪，模糊之中，他看到莫邪剪断了头发，剪光了指甲，然后飘然坠下，跳进炉中。

莫邪留下最后一句话："干将，我没有死，我们还会在一起……"

干将大哭，扑了上去。

突然，炉中烈焰升腾，雷鸣之声随之停止，一股铁流从炉口喷泻而出。干将忍着巨大的悲痛，取来炭勺，接满铁水，浇注进模具，铸成两个剑坯。

干将对被离道："剑坯已成，还要经过冷却程序，才能成剑。"

"冷却？"

干将道："三分洪炉，七分冷却，而'淬火'冷却是最重要的一环，请告诉吴王，寻找千年不竭的甘泉为此剑'淬火'，才能使剑成为天下利器。"

被离将干将的要求转奏阖闾，阖闾派人四处寻找甘泉，一无所获。

伍子胥得知寻甘泉铸剑之事后，告诉阖闾，说他在姑苏城选址的时候，曾四处勘察，知道城外海涌山有一眼妙泉，隐藏在山隙之间，不为人知。阖闾大喜，请伍子胥为向导，引干将前往察看。

伍子胥、被离引导干将来到海涌山，寻到一块巨石旁，伍子胥命士兵挖去浮土碎石，露出一石缝，可容一人匍匐而入。石缝之内有一个石窟，丈许见方，可以容纳两三个人，窟中有一条石槽，泉水从石缝中流进石槽，居然长注不满，也不知水渗到哪里去了，三人大呼奇怪。当时正是八月天气，水温不冷不热，干将掬一捧水看颜色，清澈透亮，喝一口品尝，甘甜无比，于是请伍子胥、被离二人饮水。

伍子胥掬一捧泉水，饮后顿觉神清气爽，惊叫道：“神泉哪！”接着问干将，“此泉是先生所说的铸造神剑的甘泉吗？”

干将道：“我的师傅欧冶子在越国铸剑，用龙泉之水淬火，才使所铸之剑名扬天下，今将军为我寻找到海涌之泉，其剑将天下无敌。”

伍子胥命被离率士兵包围了海涌山，日夜守卫，又派人在神泉旁边的山崖旁搭建数间茅庐，派奴仆厨师数人，专门照顾干将的生活。临别之时，伍子胥对干将说：“先生有什么要求，请对我讲，我一定满足你。”

干将道：“将军赐干将神泉，干将已别无所求，请将军遣散这些人，我一个人在这里就可以了。”

“你一个人？这怎么可以。”

干将道：“请将军转奏吴王，三个月之内，不要打扰我，只赐给我饮食就可以了。”

伍子胥道：“先生请放心铸剑，我奏请大王，满足先生的要求。”

干将又道：“请将军为二剑命名。”

伍子胥沉思片刻道：“就以你们夫妻二人的名字：干将、莫邪命名吧！”

干将看了一眼伍子胥的佩剑，又道：“能看一下将军的佩剑吗？”

伍子胥解下佩剑，双手递给干将。干将抽剑出鞘，看了看，笑道：“将军此剑名叫‘沥镂’，是我师傅欧冶子早年为越王所铸之剑，后来，越王将此剑献给了吴王。”

“此剑如何？”

干将道：“此剑不在五剑之列，主要是火候不到。将军可将此剑放在这里，待我为干将、莫邪二剑淬火，顺便将此剑再锻炼一下。”

伍子胥拱手施礼道：“那就多谢了！”

干将道："三个月之后朔日之夜，请将军务必来这里，不要让外人知道。"

伍子胥留下沥镂剑，点头应允，下山回阳山庄园去了。次日，伍子胥进宫，转奏了干将所求。阖闾当即应允，下令被离守护在海涌山，不奉诏令，任何人不得上山。

三个月之后的朔日，天未亮，伍子胥命要离驾车，直奔海涌山赴干将之约。被离在山下迎接伍子胥，笑道："将军奉王命了吗？"

伍子胥笑答："大夫阻我上山吗？"

"大王与将军为友，被离也是将军友人。王命，将军可不受，将军可自便。"

伍子胥叹道："干将是天下奇才，被离兄也是天下豪杰，岂能不惜才哪？"

被离看了伍子胥一眼，道："被离知将军之意，请子胥兄自便，我视力不好，什么也没有看见。"

伍子胥与被离相拥大笑，随之，伍子胥命要离在山下等候，独自上山去了。

干将正在洞口等待伍子胥，见伍子胥独自一人上山，便招手示意，走近之后，两人拱手施礼，然后进了石窟。伍子胥见窟壁安放一炉，炉火正旺。炉膛里煨了三柄剑，其中一剑便是沥镂。三柄剑在炉火之中通红透亮，艳丽炫目。

干将走近鼓风皮囊，伸出双臂用力挤压，一股劲风吹进炉火中，顿时烈焰喷射，吹去剑身上的胭脂之色，曝出刺眼的白光，干将抓起钳子，夹起炉中剑，逐一抛进神泉之中，随着三声雷鸣般的炸响，泉水如万花飞溅，洒落在石窟之中，须臾，一切归于平静，唯有炉火将两人的身影映射在窟壁之上。

干将俯身从石槽中捞出三剑，伍子胥见三剑莹光耀眼，寒气逼人，惊问："成功了吗？"

干将指弹剑脊，声若龙吟，长叹一声说："剑虽成，我命休矣，请将军救我。"说罢，跪地痛哭。

伍子胥慌忙扶起干将，道："先生有什么要求，只要我能办到的，我一定帮你。"

干将把沥镂剑还给伍子胥道："将军的沥镂剑经回炉淬火，其利不亚于'干将''莫邪'，天下利器难有与之匹敌者。"

伍子胥接剑施礼道："谢先生再造之功。"

"干将不敢居功，请将军救我一命。"干将见伍子胥没有出声，跪下求道，"剑铸成之后，吴王一定会杀我，这两柄剑熔进了我妻子莫邪的精血，我要带走一柄，从此隐居异国荒野。"

伍子胥搀起干将道："先生之意我早已料到，我已为先生备好车马，请先生随我下山。"

干将将"莫邪"剑留在石窟，将"干将"系在腰间，随伍子胥出洞下山。伍子胥吩咐要离驾车送干将出姑苏北门，然后由他自行离去，又让被离进宫奏报阖闾，说剑已铸成，干将逃走。

阖闾随被离乘车来到海涌山，见伍子胥在山下等候，不满道："先生在此，为何让干将逃啦？"

伍子胥躬身道："大王得一天下利剑，为何容不下一铸剑工匠呢？"

"寡人欲使天下再无利剑，唯一的办法就是杀了他。"

伍子胥道："天下欲杀干将者，何止大王一人，如果所料不差，干将此去，必将隐于山野，永不出世。大王得一宝刃，天下无敌。"

阖闾问道："宝剑何在？"

"剑在泉池，请大王登山试剑。"

阖闾在伍子胥、被离的陪同下登上海涌山，被离进入石窟取来宝剑，奉呈吴王。阖闾接剑在手，便觉寒气凛冽，森森侵肤，大赞好剑。伍子胥见左近有一块巨石，奏道："大王何不以此石试剑。"

阖闾看了巨石一眼，双手紧握剑柄，举过头顶，奋力向巨石砍去，剑落竟如手握羽扇，阖闾正自诧异，只听伍子胥、被离惊叫："石开了！"

阖闾再看巨石，竟然真的一刀两断，细看剑脊，见上面阴文"莫邪"二字，叹道："寡人听闻干将铸了两柄剑，此剑'莫邪'，另一剑应当是'干将'了，'莫邪'在此，'干将'哪里去啦？"

※ 同是天涯沦落人

姑苏往齐门外十里处，干将与要离拱手告别。要离问道："先生此别，往何处去？"

干将叹道："不知路在何方，可以肯定的是，此生再不铸剑，只求寻找一僻静之处，日出而作，日落而息，终老此生。"说罢，沿着大道，朝北方走去。

数日之后，干将进入楚境，但见山峦重叠，林莽如海，数十里不见人烟。干将饥渴难耐，进入林中寻觅野果充饥。刚进入树林中，见一个人坐在一棵树上吃梨子。干将不会爬树，冲着树上之人喊话："兄台，扔几个梨子下来给我充饥，好吗？"

树上之人正是从郢都出逃的伯嚭。由于出逃仓促，身上的银钱不多，一路行来，早已耗尽，无奈之下，只得上树觅果子充饥，见树下有一瘦长汉子讨梨，讥笑道："想吃梨子，上来摘呀！大丈夫何必向人乞讨？"

干将羞愧难当，只得捡被风吹落地上的梨子，抹去泥土啃吃。正在这时，林中突然风起，一声虎啸传来，伯嚭吓得从树上掉下来，顾不得疼痛，爬起来就跑。干将拔出"干将"，两眼紧盯着老虎，做出拼搏架势。老虎与干将对峙一阵后，竟然迈开四蹄，缓缓向林中走去。

干将不会攀树，无奈之下，只得抱着梨树摇晃，树上的熟梨纷纷坠落，一个包袱也从树上掉下来，干将用剑鞘挑开包袱，见里面是几件锦衣绣袍，知道是刚才逃走之人遗失的衣物，心想此人出身不凡，一边吃梨，一边等方才逃走之人前来寻物。

伯嚭逃出数里，见老虎没有追上来，方才停下脚步。想起自己的包袱还挂在树上，不禁有些后悔，壮着胆子返回寻找。进入树林，见刚才讨梨的汉子正坐在树下吃梨，自己的包袱就放在旁边。伯嚭上前捡起包袱背上肩头，朝干将拱手道："请问兄台尊姓大名，从何处来，往何处去？"

干将瞧不起伯嚭，冷冷地说："我只是一个山野草民，名字不说也罢，陌路相逢，何言来去？"

伯嚭知道这一带野兽出入，想与干将同行，心里虽然恼火，面上仍然带笑地说："兄台吃梨子只能止渴，不能充饥。山下有一小镇，我请兄台喝酒吃肉。能赏脸吗？"

干将心想，此人胆小奸诈，害怕老虎，想拉自己做伴，也不说话，捡了一堆熟梨，用长衫包了，装进包袱，背在肩上便走。

伯嚭也背了包袱，跟在干将身后走。干将有心捉弄伯嚭，手指树林惊叫："老虎来了。"

伯嚭大惊失色，拔腿就跑，跑出半里地，不见动静，回头一看，干将不慌不忙地朝山下走，并无老虎出现，知道干将有意捉弄自己，但又不敢独行，只得撵上干将，讨好地说："我是楚左尹伯郤宛之子，父亲被奸臣陷害，我从郢都逃出来，欲前往吴国投奔伍子胥，吴王阖闾一定会封我一官半职，兄台如果和我一同去姑苏，他日富贵共享，如何？"

干将本来不想理睬伯嚭，考虑到他去姑苏找伍子胥，可能与伍子胥有旧，伍子胥怎么会结交这样的小人呢？伯嚭以为干将是一个江湖怪人，虽然对自己冷淡反感，但害怕猛兽，不得不与他结伴而行。

二人一路无语，日落的时候，走到山脚下的小镇。二人进镇，干将害怕吴王阖闾派人追捕，在镇边僻静处找一家客栈住下。伯嚭也惧怕楚兵追杀，随干将住进了小店。干将开了房间，店家误认为二人同行，收了干将的住宿费，给伯嚭也开了一间房。伯嚭洗浴之后，因身无分文，抓起包袱来到干将的房间，道："我与兄台同行，是前世的缘分，现在我囊中羞涩，请兄台赐我一食，他日有了钱，一定厚报。"

干将见伯嚭可怜，又想到他是投奔恩人伍子胥，两人明天便分道扬镳，给他一顿之食，也算不了什么，于是叫来店伙计，指着伯嚭说："这位先生的费用算我的，他想吃什么，就给他送来。"

伯嚭不待店伙回答，抢着说："有酒有肉，挑最好的上，快点。"

店伙计也很鄙夷伯嚭，看了干将一眼，躬身回答："小店没有现成的肉食，要快只有素烙饼。"

干将道："有素烙饼尽快送到，再给一碗汤水，也好下咽。"

伯嚭不悦地说："什么破店，现成的肉食都没有，明天一早我们要赶路，晚上你给我们准备一些，好让我们带在路上吃。如果明天没有备好，我们不给你房钱。"

店伙计赔着笑脸说："今天晚上一定给二位客官备好，明天早餐如果无肉，就退还二位的宿金。"

一会儿，店伙计便将几碟蔬菜、一盘烙饼、一碗汤端上来。伯嚭想是饿急了，抓起烙饼，狼吞虎咽地吃了起来。

当天晚上，干将睡了一个好觉，伯嚭翻来覆去地睡不着，因为此时还没有逃出楚境，时刻担心楚兵缉捕。忽睡忽醒，熬到鸡鸣的时候，突然听到院子里有人奔跑惊呼："快，抓住伯嚭，抓住伯嚭。"

伯嚭吓得从床上跳下来，推醒干将，道："不好了，有追兵来了。"

干将大吃一惊，以为是阖闾派兵追上来了，迅速穿好衣裳，背上包袱，随伯嚭提剑出了房间。伯嚭冲进后院，见人就杀，将店伙计杀了七八人。时已天亮，干将见伯嚭所杀无一人是兵，怒斥道："你怎么能滥杀无辜，追兵在哪里？"

伯嚭分辩说："我听到他们说'抓住伯嚭'，定是他们要捉我去领赏。"

二人寻到厨房，欲找点儿吃的离开，干将见柱子上挂着两只兔子，一只兔皮刚刚剥了一半，干将顿足道："你错杀好人了，人家捉兔子给我们煮肉，一定是说'抓住剥皮'，你误听成'抓住伯嚭'了。"

伯嚭笑道："错就错了，人死不能复生。"也不理干将，捡了一些烙饼，连同两只死兔子，一起装进背囊。

干将见伯嚭杀了店主和伙计，担心被人发现脱身不得，顾不得伯嚭，独自翻墙而去。伯嚭个子小，翻不过墙，只得寻找院门而出，远远看见干将已跑到镇外山道上，拼命追上去，气喘吁吁地说："先生为何丢下我？"见干将没有回答，"先生不如随我去吴国，有福同享。"

干将对伯嚭已是极度厌恶，见他纠缠不清，拔剑怒斥："你这人阴魂不散，怎么总是缠着我，滚开，不然的话，休怪我的剑不认人。"

伯嚭拔剑在手，冷笑道："你剑下无情，难道我怕你吗？有种你就放马过来。"

干将是铸剑名家，见伯嚭剑光在闪，知道是一柄宝剑，正想试一试"干将"的锋刃，便挥剑削向伯嚭手中剑，只听铿锵一声响，伯嚭手中的剑削去了半截。伯嚭大惊失色，手握半截剑逃之夭夭。

干将正为"干将"的锋利而惊诧，冷不防从树林中钻出一个人，朝伯嚭逃走的方向吐一口痰，叹道："伯郤宛一世英名，却养了这样一个没出息的儿子！"

干将见有人来，大吃一惊，瞅来人披头散发，满脸皱纹，身着鹑衣破鞋，背负破旧皮囊，手拄一根竹竿。干将问道："你是什么人？"

"老夫是江湖游丐，小名仇狗儿。"仇狗儿见干将发怔，讥笑道，"手执罕见利刃，却放走了恶人，要此宝剑何用？"

仇狗儿说罢，长笑而去。干将还剑入鞘，放开脚步，朝西北方向走去。

伯嚭走出楚境，一路南行，几件锦衣在途中变卖吃尽，到达姑苏时，已是衣衫褴褛，狼狈不堪。找人打听伍子胥的下落，路人告诉他到阳山去寻找。伯嚭诧异地问："阳山？他在阳山干什么？"

路人道："耕田哪！"

伯嚭仰天叹道："子胥奔吴，竟然做了耕夫，投他又有何用？"

路人笑道："你是何人？竟敢小看伍子胥。伍子胥之于吴王有定位之功，官爵行人，虽居阳山，吴王遇疑难之事都要咨询他。"

伯嚭听说伍子胥在吴国地位显赫，放声大哭，随之打听去阳山的道路，狂奔而去。路人脸露诧异之色，以为是一个疯子。

伯嚭来到阳山庄园，要离见他衣衫褴褛，以为是要饭的，吩咐下人取两块烙饼给他。伯嚭拱手道："我不要烙饼。"

要离问道："你不要烙饼，要什么？"

"我要见伍子胥。"

要离仔细打量伯嚭，见他尖嘴猴腮，鹰鼻鼠眼，唇上两绺狸子胡须，说话声音尖细，问道："你是什么人，为何要见二爷？"

伯嚭道："我从楚国来，请通报伍子胥，就说楚左尹伯郤宛之子伯嚭求见。"

要离看了伯嚭一眼，不好拒绝，转身进了庄园。伍子胥正躺在床上读简，得知伯嚭自楚国来，翻身下床，穿上鞋就往外跑。

伯嚭见到伍子胥，上前抱着他痛哭，伍子胥想到故去的父兄，也跟着流泪。简短的问候，伍子胥请伯嚭进屋，命仆人先奉上饭菜，让伯嚭饱食一顿。伯嚭酒足饭饱之后，便将费无忌与鄢将师设计，借囊瓦之手诛杀伯氏满门的事叙说一遍，说完后失声痛哭。

伍子胥劝道："费无忌、鄢将师已死，令尊九泉之下，也可以瞑目了。"

伯嚭道："费无忌、鄢将师已死，囊瓦尚在，我伯嚭如果不灭楚诛贼，誓不罢休。"

伍子胥问道："说几句狠话，只能图嘴巴快活，你只身奔赴吴国，凭什么灭楚诛贼？"

"子胥兄与楚国有灭门之仇，投奔吴国后，对吴王有定位之功，目的是借吴国之兵复仇。我欲效仿子胥兄，恳请子胥兄将我推荐给吴王，如果吴王能重用我，我将与子胥兄同仇敌忾，灭楚复仇。"

伍子胥见伯嚭与自己同是天涯沦落人，便收留了伯嚭，命仆人安排伯嚭洗浴更衣。第二天，带伯嚭去姑苏见阖闾。

阖闾接见了伯嚭，他见伯嚭身材瘦小，鹰鼻鼠眼，唇上两绺狸子胡须，长相有些滑稽，觉得有趣，问道："你是楚左尹伯郤宛之子吗？"

伯嚭躬身答道："正是！"

"听说费无忌与鄢将师合谋诛杀伯氏满门，你是如何逃脱的呢？"

伯嚭道："我见父亲在帷帐内藏兵器，预感是费无忌的奸计，劝父亲尽快逃走，父不从，我只得自行逃遁。"

阖闾笑道："弃父自逃，如此不孝之人，有何面目来见寡人？"

伯嚭以头击地，哭着说："我并非贪生怕死之人，实在是不愿与父亲一同受诛，逃走是为了复仇。"

阖闾又笑道："你倒会辩解，寡人问你，吴国地势偏僻边远，东面靠近大海，你不顾路途遥远，前来投奔，拿什么来教导我呢？"

"我是楚国的犯人，听说大王收留了穷困的伍子胥，故千里来投，臣无德才，唯有效命大王，置生死于度外。"

阖闾可怜伯嚭，于是封伯嚭为大夫，一起参与谋划国家大事。

第九章

刺杀庆忌

※ 壮士受辱

这一天，被离驱车前往阳山庄园拜访伍子胥，礼过之后，问道："子胥兄，有一事请教一下，可以吗？"

"什么事，你说。"

被离认真地说："子胥兄与伯嚭很有交情吗？"

"没有哇！怎么啦？"伍子胥非常惊讶，两眼盯着被离。

"那为何你一见面就信任伯嚭，将他荐举给吴王？"

"因为我与伯嚭有相同的冤仇。你没听过《河上歌》吗：'患了同样的疾病相互怜悯，有了同样的忧患互相搭救，受惊而飞翔的鸟相互追随而会聚，石下湍急的水旋转往复而同流。'我帮助伯嚭，有什么不妥吗？"伍子胥显得不以为意。

"似乎有些不妥！"

伍子胥大吃一惊："有什么不妥？"

被离叹了一口气，说道："原只知道子胥兄英勇侠义，却不知子胥兄心慈面软。你只看到伯嚭的表面，却不了解他的人品。"

"你发现了什么吗？"

被离道："我平时观察伯嚭的秉性，他看人好似老鹰般的眼神，走路形同老虎扑食，完全是一副一心追求功利而仅凭自己的喜好杀人的本性，不能和这种人亲近啊！"

伍子胥淡淡一笑，不置可否。

被离见伍子胥不认可自己的话，十分意外，起身离座，一边走一边说："命中注定啊！一番好意，竟然成了一厢情愿。"

伍子胥没有意识到自己的态度伤害了被离，见被离要走，挽留道："来也匆匆，去也匆匆，小酌一餐再走，不行吗？"

"油盐不进，食之无味，不饮也罢！"被离上车，命车夫驱车离去，把一脸茫然的伍子胥丢在车后。

车夫不解地问："大夫既然知道伯嚭是一个奸诈之徒，为何不劝大王赶他走？"

被离叹道："伍子胥是我的朋友，大王是我的主子，一荐一用，如果我从中插一杠子，岂不成了负友背主、不义不忠之人吗？"

车夫看了被离一眼，猛甩一鞭子，马儿一阵小跑，绝尘而去。

被离离开阳山庄园后，心情异常消沉，原指望一番忠告会引起伍子胥的重视，不料伍子胥把劝说当成耳边风，被离拨开车帘，眺望车外的原野，自言自语地说：吴国有伯嚭，为祸不远，伍子胥留伯嚭，难得善终，田园虽好，不是久留之地。

被离回到姑苏后，不久便托病辞去大夫之职，告病还乡。

阖闾自被离告病还乡后，心里一直闷闷不乐，公子夫概知道阖闾的心事，劝说道："被离不为王兄所用，为何不杀了他？"

"胡说八道，被离是一个忠臣，怎么可能转投他国呢？他之所以弃我而去，是我亲近伯嚭的缘故。寡人失去被离，如同失去一位良师益友。"

夫概有点不识趣，意犹未尽地说："王兄文有伯嚭，武有伍子胥，何愁失去一个被离，我只是担心被离投奔他国，为祸吴国。"

阖闾击案而起，呵斥道："下去吧！让我安静一下，行吗？"

夫概见阖闾动怒，只好躬身退下。夫概前脚刚走，一名内官后脚就进来了，向阖闾报告，说刚辞职离去的被离派人送来一封加急信函。阖闾接过信函，看后大吃一惊，击案道："被离果然不负寡人啊！"

内官见状，小心地问："被离大人在信中说了些什么？"

"庆忌在艾城招兵买马，积草囤粮，图谋伐吴夺位，速传伍子胥进宫。"内官转身欲走，阖闾又说，"慢，快去备车，还是寡人亲自走一趟吧！"

阖闾乘车出宫，被夫概挡在宫门口，阖闾挑帷问道："你要干什么？"

"臣弟有话要说。"

"寡人要去阳山庄园见伍子胥。"阖闾显得很不耐烦。

夫概并无惧意，继续说："王兄要用伍子胥，就当封他要职，王兄却只封他一个行人之职，以客礼待之，故而伍子胥仍在阳山耕田。臣弟认为，王兄如果不用伍子胥，那就杀了他。"

阖闾大怒，探出身夺过车夫手中的马鞭，狠狠抽了夫概一鞭，怒斥道："寡人打你这无义之人，伍子胥有定国之功，寡人曾许诺与他共国，你为何说要杀了他？"

夫概伏地强谏说："王兄既知伍子胥功高，为何不封他显爵，拜他为相？"

"这件事用不着你操心。"阖闾把鞭子交给车夫，放下车帷，命车夫驱车出宫。

阖闾驱车来到阳山庄园，谁知伍子胥下地干农活去了，只得在院外槐树底下等候。伍子胥正在水田里除草，得知阖闾来访，连忙上岸，一手拿着一根竹竿，一手提着一双布鞋，满身泥水，赶回山庄。见阖闾站在树下等候，慌忙上前，丢下竹竿与鞋，伏地拜见："不知大王驾到，有失远迎，请大王恕罪！"

阖闾扶起伍子胥，责怪道："你看你，一身泥水，赠给你的馆舍你不住，却要住在这僻远的草舍与奴为伍，这又是何苦呢？"

伍子胥平淡地说："茅庐虽然简陋，尚可避风遮雨，子胥是异国亡臣，有此栖身之地，已经很满足了。"

"寡人曾经说过，一旦定位，必与你共国。寡人现为吴王，你却与奴同耕。你为寡人筑建姑苏城，自己却居住于茅庐。你让寡人情何以堪？"阖闾说到情真处，痛心疾首，声泪俱下。

"这不怪大王啊！子胥我一日不报杀父诛兄灭门之仇，纵是锦衣玉食，也非我求。"

两人边走边聊，进入草舍落座后，伍子胥吩咐下人设宴，然后亲自给阖闾沏一杯茶呈上，问道："大王来阳山，绝对不是来看这里的山水的吧！"

"有件事很为难，特来请教先生。"

"大王客气了，有需要子胥效劳的，子胥一定会全力以赴，我还指望大王能为我伐楚复仇呢！"

"寡人也想早日兑现承诺，出兵伐楚，替你复仇。无奈寡人立位不久，内政未稳，盖余、烛庸逃亡在外，对吴国是一个巨大的威胁。且最近还有一个不好的消息，庆忌在艾城招兵买马，打造战船，图谋攻吴。庆忌一日不诛，寡人寝食难安啊！"阖闾说到这里，瞥了伍子胥一眼。

伍子胥知道阖闾想说什么，但他在考虑另外一个问题，并没有搭腔。

阖闾见伍子胥似乎有些心不在焉，叹道："专诸如果还在的话，寡人也不用忌惮庆忌了。"

伍子胥一直在沉思之中，从言语中可以断定，阖闾亲自到阳山来，就是寻求剪除庆忌的办法。庆忌是世间少有的勇士，除了专诸、要离二人，天下恐怕再无人可敌。专诸在刺杀王僚时已丧身，要离就在阳山庄园，如果将要离推荐给阖闾，让他去诛杀庆忌，等于是让他步专诸的后尘。为了助阖闾夺取王位，自己已经失去了一个过命的朋友，再将要离推荐给阖闾，实在是于心不忍。阖闾所言非虚，从吴国当前的形势来看，确实不宜出兵伐楚。但阖闾仅封自己为行人，待之以客礼，实在是有些想不通，由于心存芥蒂，听了阖闾感叹专诸，抬头说道："我过去和大王在暗地里图谋吴王僚，既不忠于君，又没有德行，现在又要讨伐他的儿子，恐怕上天也不容吧！"

"从前周武王讨伐商纣，接着又杀了武庚，周朝的人民并不认为周武王的行为有什么不对。我现在的所作所为，又怎么会违背上天的旨意呢？"阖闾说罢离座，撩衣向伍子胥行跪拜之礼。

伍子胥慌忙离座，扶起阖闾道："大王请起，折杀外臣了，我既然侍奉大王，一定会竭尽全力替大王排忧解难，还会害怕什么呢？只是我看中的勇士，身材瘦小，必须得好好谋划才是。"

阖闾摇摇头说："我所担心的是那个庆忌，有万夫不当之勇，不是一般人能对付得了的。"

伍子胥搀起阖闾，扶他归座，郑重地说："别看我说的那位勇士身材瘦小，但图谋起大事来，却有万人敌的力量。"

阖闾有兴趣地问："那人是谁，说来听听。"

"此人名叫要离，从前曾羞辱过壮士椒丘沂。"

"怎样羞辱壮士椒丘沂？"阖闾似乎有了兴趣。

于是，伍子胥给阖闾讲了如下的故事：

椒丘沂是齐国人，齐王派他出使吴国，经过淮河渡口的时候，坐骑口渴要喝水，管理渡口的小吏说："河中有河神，如果有马敢饮水，它会吃掉马的。"

椒丘沂问道："武士的马，河神也敢吃吗？"

小吏笑道："河神哪管你那些呀！"

椒丘沂不信邪，让随从把马牵到渡口喝水。正当马儿低头喝水的时候，河神突然从水中蹿出来，张口咬住马腿，将马拖入水中去了，随从也被带入水中。椒丘沂大怒，脱掉外套，手握宝剑跳进水中，同河神搏斗了几天几夜才出来，瞎了一只眼睛。

后来，椒丘沂到了吴国，碰上朋友正好在办丧事，椒丘沂仗着自己敢与河神决斗的勇气，在酒席上态度十分傲慢，口出狂言，不把任何人放在眼里。

要离当时正坐在椒丘沂的对面，实在看不下去了，反唇相讥道："我听说勇士在决斗的时候，和时间竞争时，不会去移动标杆做手脚；和鬼神决斗时，绝不会后退半步；和人作战时，不会发出嚷嚷声，宁可战死，也不会忍受侮辱。你在水中与河神决斗，不但丢了马，损失了车夫，自己还瞎了一只眼，你不感到耻辱吗？你凭什么在这里耀武扬威？"

椒丘沂听罢虽然恼羞成怒，但却又无法反驳，心里暗骂道：小子，你等着瞧，晚上看我不弄死你。

要离从椒丘沂的眼神中似乎读到了危险的信息，回家后告诫妻子："晚上不要关门。"

"为什么？"妻子吃惊地问。

"今天晚上有人要来寻仇。"

"有人寻仇还不关门，你不要命啦？"

要离不以为意地说："我倒看看，他有没有这个本事。"

当天晚上，椒丘沂果然去要离的家，见要离家的家门大开，走进厅堂，也没上门闩，进了卧室，见要离仰卧在床上，毫无防范。椒丘沂纵步上前，右手握剑，左手揪住要离的头发，咬牙切齿地说："你这个不知死活的狂徒，犯了三个该死的过错，你知道吗？"

要离并不惊慌，冷静地说："不知道！"

"你在大庭广众之下羞辱我，惹了不该惹的人；夜不闭户，拱手揖盗；睡觉不加防范，束手待毙。有这三大致命的过错，你是不是该死？"

"我并无犯三大该死的过错，反而是你，无德无才有三，你知道吗？"

椒丘沂道："胡说八道。"

"你被我当众羞辱，当场却敢怒不敢言；进门偷偷摸摸，登堂不敢吭声；事先拔剑在手，揪住我的头发后，才敢大声说话。这三种行为，显得你是多么无能啊！还在我面前逞威风，你不觉得自己非常丑陋吗？"

椒丘沂听完要离的话，扔掉剑，叹息道："因为我的勇敢，没有人敢小看我。而你却凌驾于我的头上，不愧为天下的壮士啊！"

伍子胥讲完这个故事，问道："大王，你觉得要离这个人怎么样？"

阖闾点头说："有机会，我想见见这个人。"

伍子胥笑道："大王稍候，我去去就来。"

※ 要离断臂

伍子胥走出草舍，看见要离与几个杂役从地里干活归来，上前招呼道："吴王来了，希望见你一面。"

要离向来敬佩阖闾，二话没说，就随伍子胥进了草舍。伍子胥指着要离向阖闾介绍说："大王，这位就是壶士要离先生，天下罕见的勇士。"

阖闾见要离身材矮小，其貌不扬，心里颇为失望，沉默了许久才问："你就是要离，你有什么本事？"

要离从阖闾的眼神中看出他瞧不起自己，自负地说："小民的剑术，天下无敌。"

阖闾大吃一惊，拈须大笑道："寡人真是小看你了，刚才只是戏言，请壮士不要见怪，壮士既然善剑，就以寡人之剑，让寡人见识一下。"阖闾说罢，解下身上佩带的"莫邪"递给要离。

"谢大王！"要离接过宝剑，脱去外套，只穿短裤，拔剑起舞，刚开始，还可以看到要离如旋风般疾转，剑光如泼水一般映射在堂前。不久，只见一团白光在堂前转动，不见人影，阵阵寒气扑面而来。

阖闾大惊，连声赞道："好剑，好剑，好剑啊！"

要离停止舞剑，站在堂前，怒目问道："小臣不知大王是夸剑好，还是夸小民的剑舞得好。"

"都好，都好！"阖闾含糊其词地说。

要离对阖闾的回答显然不满意，问道："什么意思？"

阖闾对要离也不放心，问道："子胥是当世豪杰，当年在秦都较技，力胜嬴颐、庆忌二人，先生能行吗？"

要离知阖闾小瞧自己，不卑不亢地说："小民瘦小无力，迎风就会向后倒，背风就会向前倒。但大王如果有命令，小民不敢不尽力而为。"

阖闾上下打量着要离，还是认为不合适。

伍子胥见两人杠上了，一旁奏道："臣听说良马不在躯高体巨，贵在力能任重，足可致远。要离虽然外貌丑陋，但其胆气过人，非庆忌之辈所能敌，大王如果放弃要离，恐怕天下无人可敌庆忌了。"

要离走上前说："大王是担心庆忌吗？我可以杀掉他。"

阖闾仔细打量着要离，尽量不露声色地问："庆忌铁骨铜筋，有万夫不当之勇，身轻如燕，健步如飞，能与野兽赛跑，你的力量远不及他，寡人担心你不是庆忌的对手，去了也是枉送性命。"

要离被阖闾激怒了，大声说："不就是杀庆忌吗？会杀人的人，不在其力，而在其智，善于搏击的人，可以四两拨千斤，以小民看，杀庆忌如同杀鸡，并不是什么太难的事。"

阖闾闻言大笑，摇头说："庆忌是个明智的人，他虽然在穷途末路之时投奔了诸侯，并不谦卑地去奉承诸侯，而是在艾城招兵买马，打造战船，蓄势待发，反攻回吴，指日可待。你是吴国人，根本就近不了他的身，怎么杀庆忌？"

"只要大王依小民之计，就一定能杀掉庆忌。"

"肯定？真的吗？"阖闾两眼盯着要离。

"请大王杀掉小民的妻儿，把他们烧死在姑苏城的大街上，让都城的人都知道这件事，再花重赏追捕小民。"

"就这样?"阖闾问道。

"对，就这样，剩下的事情由小民来办。"

阖闾见要离有这样的决心，一咬牙就答应了，说："那就一言为定!"

次日早朝，伍子胥出班奏道："近闻楚国内乱不断，楚昭王年幼无知，令尹囊瓦专权，奸佞费无忌等遭诛，臣举荐勇士要离为将，率兵伐楚。"

阖闾道："传要离上殿。"

要离躬身而入，稽首道："草民要离叩见大王!"

阖闾扶案倾身瞅着要离，大笑道："这就是伍先生举荐的勇士吗? 身材瘦小，形同小儿，相貌丑陋，十足市井小人，这样的人岂能为将? 况且，寡人国事初定，岂可轻易用兵?"

要离大怒，竟然指着阖闾的鼻子怒斥道："子胥有定位之功，大王曾许诺子胥，登基之后与子胥共国，今登王位，竟然拒绝出兵伐楚，岂不是一个失信于人的小人?"

阖闾大怒："大胆狂徒，寡人的军国大事，岂容你指手画脚，来人，将此狂徒拉出去，砍去一臂，关进大牢。"

殿前侍卫一拥而上，将要离拖出殿外，要离边走边骂："弑兄夺位的昏君，庆忌如果杀回吴国，绝不饶你。"

侍卫将要离按倒在殿外，砍下右臂，送往大牢关押。

原来设计的方案，阖闾砍掉要离一臂之后，接下来便是下令将要离的妻儿焚烧于市。阖闾狠心砍掉要离一只手，不忍心再杀害要离的妻儿。要离的妻子本是在家等死，可左等右等，不见官差上门，无奈之下，次日亲自前往大牢探监，一头撞在大牢门前。

伍子胥密令狱卒放松警戒，让要离趁夜越狱逃走。阖闾得知要离逃遁，要离的妻子已死，命令将要离妻子的尸体焚烧于姑苏街头。市民不知底细，议论纷纷，都说阖闾太残忍。

※ 刺杀庆忌

要离逃出大狱，一路乞讨，一路散播怨言，说自己无罪，惨遭吴王阖闾断去一臂，家人也被焚尸扬灰。一时间，要离断臂的悲剧被传得沸沸扬扬，天下皆知。

这一天，卫国都城濮阳的驿馆里，流亡在外的吴国公子庆忌正准备出门，门人来报，说有一个自称要离的断臂人求见。庆忌此次来卫是一次外交活动，目的是联络卫人出兵伐吴，对于要离断臂的事情，他也略有耳闻，只是他不明白，要离为何要到驿馆来找他，听到报告，便令门人传见。

要离进来后，倒身便拜，哭诉道："阖闾无道，不纳忠言，断我一臂，焚我妻尸，今特来投公子，以报断臂焚妻之恨。"

"报仇找阖闾去，找我何用？"

"公子认为我是诈降吗？"要离说罢脱去外衣，露出尚未痊愈的断臂伤口，哭诉道，"要离现在是一个废人，千里行乞，投奔公子，是想倚仗公子之力，报仇雪恨。"

庆忌当然不会轻信要离说的话，命随从带要离下去沐浴更衣，安排住宿，随之便派人前往姑苏，打探要离所言之虚实。

非止一日，探子回来报告，说要离是伍子胥的壶士，为了帮伍子胥复仇，向阖闾建议出兵伐楚，自荐为将，因之而触怒阖闾，被阖闾下令砍掉一条胳膊，下狱，妻子也被焚尸街头。

庆忌在驿馆宴请要离，席间，庆忌问道："听说阖闾文有伯嚭，武有伍子胥，国内局势稳定，我只是一个流落在外的落难之人，似乎还没有能力与阖闾抗衡。"

要离不以为然地说："伯嚭只是一个无谋之人，伍子胥虽然智勇双全，但与阖闾却是同床异梦。"

"此话怎讲？"

"俗话说，打狗还得看主面，我请兵伐楚，本来就是阖闾对我主人的承诺，他不但不兑现诺言，反而砍掉我一条胳膊，这等于是打了伍子胥的脸。"

庆忌抚觞叹道："伍子胥有恩于阖闾，即使是时机不妥，也不应因此而伤了伍子胥的心呢！看来，阖闾不是一个成大事的人。"

"公子离开吴国已久，对吴国的事情知不甚详。伍子胥之所以扶持阖闾，是想借吴兵伐楚，报父兄之仇。如今，楚平王已死，费无忌也亡，阖闾得位后，安于富贵，恐怕将对伍子胥的承诺抛到九霄云外去了。我为伍子胥进言，他竟然断我一臂，这一刀砍在我身上，恐怕也深深地扎在伍子胥的心里。我之所以能从大牢里逃出来，实际上是得到伍子胥的暗中帮助，吴国的大狱你是知道的，可不是纸糊的啊！"

庆忌惊问："真的吗？到底是怎么回事？"

"伍子胥助我逃脱之后，让我来投奔公子你，他嘱咐说，如果公子图谋杀回吴国，夺回王位，且愿意为伍氏复仇，他愿为内应。"要离说罢，放声大哭。

庆忌松了一口气，安慰地说："我来卫国的目的，就是想联卫伐吴，你不要悲伤，随我回艾城，择机举事。"

要离暗暗松了一口气，总算是骗取了庆忌的信任。随之，庆忌带要离返回艾城，训练军队，修整战车，船只，积草屯粮。

三个月后，庆忌亲率二万大军，沿江水陆并进，向吴境进发。庆忌与要离同乘一船，指挥水陆大军顺流而下。庆忌坐在船头，指着顺流而下的战舰与岸上的兵车，笑着对要离说："只要伍子胥能为内应，大军此次伐吴，进入姑苏犹如回家一样。"说罢，大笑。

要离恭维地说："但愿先王保佑公子旗开得胜，马到成功，登位之后，要离别无所求，只求亲手杀了阖闾，以报断臂杀妻之仇。"

庆忌笑道："一定会如你所愿的。"

正在这时，突然狂风大作，暴雨倾盆。庆忌、要离迅即躲进船舱避雨。雨停之后，庆忌再回到船头，瞅见岸上兵车在泥泞中行如蜗牛，兵士萎靡不振。江中的战舰也乱了队形，怒斥道："这样的士气，这样的队伍，能与吴军一战吗？"

要离建议道："公子何不亲舞大旗，擂响战鼓，以振军威呢？"

庆忌觉得有理，立即脱去铠甲，取下头盔，命士兵擂响战鼓，手执大旗，站在船头迎风舞了起来。正在这时，突然刮来一股狂风。狂风带动大旗，大旗带动庆忌，庆忌站立不稳，差一点跌倒。要离站在庆忌的上风，见庆忌脚下一个踉跄，疾移一步靠近庆忌，大呼："我与公子挡风！"人到声到，声到剑到，借助风力，一剑刺向庆忌。庆忌身未披甲，短剑透胸而过，穿背而出。

庆忌大叫一声，丢掉手中的大旗，伸脚踢倒要离，双手抓住要离双脚，倒提要离，将要离的头插入水中，如此三次，然后把要离横放在膝盖上，惨笑道："天下竟有如此勇士，敢刺杀我！"

卫士孟旺拔刀冲上来要杀要离。

庆忌摇摇手说："这是天下的勇士，岂能在一天之内失去两个天下勇士呢？"于是告诫左右，"不要杀要离，放他回吴国，以此表彰他对吴王的忠诚。"说罢，推开要离，抽出胸中短剑，血如泉喷，大叫一声，倒下身亡。

孟旺一跺脚，冲着要离说："你走吧！不要让我再看见你。"

要离爬起来，仰天大笑，没有要走的意思。

"为何还不走？"孟旺责问。

要离凄凉地说："我有三不容于世，虽然公子有命，我也不敢偷生。"

孟旺问道："何为三不容于世？"

要离两眼泪流，说道："杀我妻子而求事君王，不仁；为了新君而杀故君之子，不义；欲成人之事，而不惜残身灭家，不智。我有此三种丑恶的行为，还有脸活在世上吗？"

孟旺惊问："你要怎么样？"

要离也不回话，纵身跳入江中。孟旺立即将要离捞上来。要离喘着粗气说："难道我求死不能吗？"

孟旺说："你现在还不能死，还要接受吴王的赏赐啊！"

"我连性命家室都不要，还在乎爵禄吗？你们将我的尸体带回去，可以领赏。"要离说罢，夺下孟旺的佩剑，自刎而亡。

众人见公子庆忌已亡，要离自刎，知大势已去，大家收拾了庆忌、要离的尸体，投奔了吴王阖闾。

阖闾以吴国公子的规格，将庆忌安葬在王僚之墓侧。以上卿的规格，将要离安葬在姑苏城阊门城下，并为专诸、要离立庙，享受百姓的祭祀。

第十章

阃间拜将

※ 举荐英才

伍子胥帮助姬光刺杀了王僚，夺取了政权；又举荐要离剪除了庆忌，巩固了政权。如今的阖闾，大权在握，江山稳坐，志得意满，心花怒放，三日一小宴，五日一大宴，君臣共贺，举国同乐。

这一天，宴会厅内灯红酒绿，阖闾又在大摆筵席。伍子胥晚来一步，正欲随便找个座位坐下，却被阖闾拉到身边坐下。文武百官投去欣羡的目光，伍子胥似乎有些心不在焉，脸上并无欢喜之色。菜不吃，酒也不喝，婉言谢绝同僚的祝贺和敬让。

阖闾心里明白，伍子胥几次提出兴师伐楚，为父兄及全家三百余冤魂报仇，自己总是搪塞敷衍，这是他精神不振、抑郁不快的原因。阖闾故作不知，关心地问道："喜庆之日，先生为何愁眉不展，是身体不舒服吗？"

伍子胥是个爽快人，不隐瞒自己的观点，起身直言不讳地说："庆忌既除，大王大事已毕，后顾无忧，不知何时兴师伐楚？"

"今天请饮酒，此事明日再议。"阖闾似乎是在应付。

伍子胥站立当场，半天才不情愿地坐了下去。

伍子胥刚落座，伯嚭站了起来，来到阖闾席前，深施一礼，说道："臣全家满门的仇恨在心，日夜不安，恳请大王早日起兵。"

阖闾看了二人一眼，一时难以回答，心想：你们两人与楚国有杀父灭门之仇，对楚国恨之入骨，如带兵伐楚，还不把楚国灭了才罢！是否为吴国尽力，还不一定呢！可当初自己对伍子胥有过承诺，如果拒绝他的请求，于情于理说不过去。心里为难，又不能与人说，叹息道："这件事还是以后再说吧！"

伍子胥见阖闾犹豫不决，不甘心地问："大王担心什么？"

阖闾两手一摊，说："出兵伐楚，是吴、楚两国之间交兵，你们二人是楚国旧臣，命你们为将，天下诸侯岂不讥笑我吴国无人吗？寡人情何以堪？可寡人的臣下，还真没有合适的人出任主帅呀！"

伍子胥知道阖闾在推诿，可又不能言破，想也不想就说："臣保举一人为帅，定能马到成功。"

阖闾本来就是推诿，没想到伍子胥顺着杆子爬，只得问道："他是谁？"

"此人姓孙，名武，字长卿，文可安邦，武可定国。大王如果能得到孙武，犹如周武王得姜尚，商汤得伊尹，齐桓公得管仲。"

"吴国有此人？寡人怎么不知道？"

"孙武不是吴人，他是齐国将门之后。"

"齐国人？"阖闾道，"寡人只识子胥，不知有孙武。"

伍子胥正欲再说，阖闾连连挥手，打了个哈欠道："寡人乏了，伐楚之事，以后再议吧！"

退朝之后，伯嚭问伍子胥："听说你昔日推荐专诸、要离的时候，大王高兴得手舞足蹈，为何推荐孙武，却判若两人呢？"

伍子胥叹道："举荐专诸，是为大王谋夺王位，举荐要离，是为大王保住王位，大王当然高兴。如今举荐孙武举兵伐楚，是为了我们的私仇，大王当然就不乐意了。"

伯嚭失望地说："早知如此，我伯嚭何必投奔吴国呢？"

伍子胥劝道："不要烦恼嘛，我们寄人篱下，能有什么办法？让我再想想办法。"

伯嚭仰天长叹："阖闾言而无信，不是可以信赖之人，你帮他诛王僚、刺庆忌，有定位安邦之功，只封给你一个行人之职，一直以来以客礼相待，分明是把你当外人，我们还有盼头吗？"

第二天，伯嚭告病不朝。阖闾见伍子胥手抱笏板，皱眉道："子胥还是要举荐孙武吗？"

"正是！"伍子胥出班欲奏。

"这事还是以后再说吧！"阖闾说罢，起身拂袖而去。

夫概随阖闾进宫，问道："王兄许诺伍子胥，定位之后出兵伐楚，替他报仇，为何出尔反尔，失信于人？"

阖闾两眼盯着夫概，如同见到一个陌生人一样。

"怎么，我说错了吗？"

"我相信伍子胥说的话，也相信孙武是一个人才，一旦伍子胥、孙武领兵，定能旗开得胜。"

"这不是求之不得的好事吗！"

阖闾叹道："出师奏凯之后，伍子胥能返吴吗？寡人欲图霸业，除了伍子胥，还能依赖谁？"

"是我错怪王兄啦？"

"你说呢？"阖闾说罢，露出一丝苦笑，他心里清楚，这样做有些不地道，对不起伍子胥。

次日，阖闾称病不朝，伍子胥直闯后宫求见阖闾，被夫概挡在宫外。一连五日，天天如此，伍子胥对阖闾大失所望，心生去意。

伍子胥命随从驱车去了阊门，在要离的坟前祭拜一番。随之又去太湖边，在专诸、冬梅墓前祭拜。伍子胥泪流满面，他不甘心就此离开吴国，十多年来，为了自己的复仇大计，呕心沥血，扶阖闾夺位定国，把两个好友的性命都搭进去了。如若就此罢手，对不起死去的专诸夫妻、要离夫妻，面对现实，他又是那么地无助，痛哭一场。

伍子胥登车之后，命从人驱车前往罗浮山。原来，自从要离成家之后，孙武便将家眷从齐国接来吴国，住进了罗浮山隐贤庄。

伍子胥来到隐贤庄，见孙武正在菜园子里挑水浇菜，揖礼道："天下有此农夫，就少了一个军事家。"

孙武笑道："孙武研究兵法，是希望天下无兵。"

"天下如果真如长卿所愿，子胥也愿在阳山庄园农耕一辈子。"

孙武放下水舀，洗了手，请伍子胥入舍。二人坐下，奴仆给二人沏上茶，伍子胥对孙武说："要离夫妻故去了。"

"这个我知道，要离死得轰轰烈烈，他的妻子也是贞妇。"

"二人之死，都是我害的啊！"

孙武安慰地说："你也不要自责，箭在弦上，不得不发。揣摩要离刺庆忌，让我悟出一个道理？"

"什么道理？"

孙武说："不战而屈人之兵，阖闾深通兵法啊！"

伍子胥来罗浮山，是想劝说孙武出山，领兵伐楚，于是趁机说道："长卿所著的兵法，是研究前人战术的成败，融入自己的感悟，如果让你带兵，应用于实战，岂不是更妙？"

孙武叹道："我何尝不想率兵出征，验证兵法，可我只是一个山野村夫，连走路都是一跛一跛的，哪有这样的机会啊！"

"长卿兄如果不领兵验证你的兵法，你即使说得天花乱坠，别人也会讥你是纸上谈兵。如果你肯出山，还真的有这样的机会。"

孙武忙问："莫非吴王答应出兵伐楚，助你复仇？"

"长卿兄所料不差，吴王果然有这个意思，只是他对我和伯嚭有些不放心，不想把兵权交给我们。"

孙武瞪大眼睛看着伍子胥，惊诧地说："阖闾这个人的心机太深了，深得让人心生恐惧。"

"什么意思？"伍子胥惊问。

"阖闾不但骁勇善战，而且心思缜密，我想他不是不愿出兵伐楚，而是心有所忧啊！"

"心有所忧？"伍子胥问，"所忧何事？"

"其一，如果你攻楚获胜，回枪攻吴，他该怎么办？"孙武看了伍子胥一眼，继续说，"即便你不攻吴，如果你立公子熊胜为楚王，不回姑苏，阖闾若失去你伍子胥的辅助，还能成就霸业吗？你是楚国旧臣，对于阖闾有定位安邦之功，之所以迟迟不拜你为相，担心的就在这里！"

"那我复仇无望了！"伍子胥见孙武低头不语，又说，"如果你肯出山，领兵伐楚，阖闾定会出兵，请长卿兄助我一臂之力。"

"专诸、要离、冬梅，都是为你而死，我孙武不及专诸、要离，难道还不及一个妇人吗？"

"长卿兄是答应了？"

"只怕我答应了，阖闾也不会答应你。"

伍子胥并不怀疑孙武的猜测，因为他已连续向阖闾举荐过六次，阖闾不是推诿，就是将他拒之门外，想了想说："如果让吴王见到长卿的兵论，让他知道你是天下奇才，得一孙武，何惜失去一伍子胥？"

孙武沉吟半晌，抬头问道："你亲自来罗浮山，难道是想取我的兵论吗？"

伍子胥点点头："是这个意思。"

孙武又陷入了沉思，伍子胥盯着孙武，目不转睛。不一会儿，孙武终于抬起头，艰难地扶案站起来，一跛一跛地走到竹架前，取下一卷竹简，转身递给伍子胥，说道："这是我的兵法十三篇，你拿去交给阖闾，阖闾若谙兵法，当知你所荐之人绝非浪得虚名。"

伍子胥接过竹简，潸然泪下，向孙武倒身便拜。孙武慌忙扶起伍子胥："子胥兄，你我是至交，何必下如此重礼？"

伍子胥也不说话，双手捧着竹简，出门登车。

孙武将伍子胥送到车旁，道："我有言在先，我可能为你带兵出征伐楚，但不会出仕为官，他日功成之后，孙武将退隐归林，子胥到时可不要阻拦。"

伍子胥此时已是泣不成声，指天戳地，郑重地点点头。

伍子胥离开罗浮山，驱车直奔王宫，大夫华元于宫门迎接伍子胥，笑道："将军别来无恙？"

"托华大夫之福，还行，我想见大王，大王在宫中吗？"

华元笑道："大王有命，只要子胥不言孙武，随时可见大王。"

伍子胥摇头叹道："我已向大王六荐孙武，大王拒人于千里之外，既然不想听孙武这个名字，不见也罢。"伍子胥将竹简递给华元，"请大夫将此简转呈大王一阅，子胥拜谢了！"

华元接过竹简："举手之劳，何须言谢。"

"子胥这里谢过了。"伍子胥拱手致谢，转身欲走。

"慢！"华元问道，"将军没有话带给大王吗？"

"子胥与孙武不日将离开姑苏，从此恐怕无缘再见。"

华元一怔，问道："将军意欲何往？"

"此处不留人，自有留人处。"伍子胥说罢，大踏步离开。

※ 孙武练兵

华元进宫，正逢阖闾在花园里舞剑，便站在一旁观看。阖闾舞罢剑，收招定式，转身一边以帛帕拭剑，一边问华元："大夫可见子胥来了吗？"

华元躬身道："子胥来过，又走了。"

阖闾一怔，笑道："子胥生性倔强，今天不言而去，有点怪，他没有说什么？"

华元道："子胥留下此简，请大王过目。"

阖闾将手中剑放在石桌上，顺势坐在旁边的石凳子上："竹简？呈上来，让寡人看看。"

华元呈上竹简，阖闾接过竹简，粗略地看了一下，惊喜道："这是兵论啊！谁写的？子胥吗？"

华元道："臣不知。"

阖闾深深被竹简上的文字所吸引，不禁念出声来："不战而屈人之兵，善之善者也。故上兵伐谋，其次伐交，其次伐兵，其下攻城。"阖闾叹道，"圣人之见啊！"

阖闾将孙武的《兵法内经》十三篇一气读完，感叹道："千古奇文，千古奇文啊！"抬头见华元还站在那里，吃惊地问，"你还没有走吗？现在是什么时候啦？"

华元道："已经过午了。"

阖闾突然问道："子胥没留下什么话吗？"

"他……他……"华元欲言又止。

阖闾觉得情况有些不对，大声说："吞吞吐吐的，有什么话不能说？"

"伍子胥与孙武不日将离开姑苏。"

"什么？"阖闾大惊，"你怎么不早说？"

华元无辜地说："大王都看入迷了，臣有机会说吗？再说，大王你也没问啊！"

"快！"阖闾大声喊叫，"备车！备车！"

阖闾驱车赶往阳山庄园，车还没有停稳，就从车上跳下来，快步冲入伍子胥的草舍，见伍子胥还在里面，松了一口气，气喘吁吁地说："伍先生，寡人总算没有迟到。"

"大王国事繁忙，怎么有时间驾临寒舍？"伍子胥故作惊讶地问。

"先生呈送的竹简，是孙武的杰作吗？"阖闾劈头盖脸地问。

"孙武？"伍子胥摇摇头，"不认识。"

阖闾一愣，转瞬明白过来："寡人专为孙武而来。"

伍子胥仍然摇头说："只要不言孙武，其他的什么事都可以说。"

"伍先生，寡人错了，行了吧？"阖闾见伍子胥无动于衷，哭丧着脸说，"你要寡人给你跪下吗？"说罢，真的屈膝欲跪。

伍子胥忙上前搀住阖闾，连声说："大王不要这样，折杀微臣了。"

"先生不怪寡人了吗？"阖闾站起来，两眼盯着伍子胥。

伍子胥笑道："只要大王不嫌我多嘴，我怎敢怪大王呢！"

阖闾问道："先生上午所呈兵简，是孙武的杰作？"

"对！"伍子胥道，"大王以为如何？"

"寡人今天不谈兵法，就谈孙武其人。"

"孙武其人？"

"对！"阖闾问，"可以吗？"

"孙武是我的挚友，齐国将门之后，喜好研习兵法，尤其喜好前代重大战役的胜败成因，故而周游列国，亲自考察古战场，写兵论数十篇。大王所读的兵论十三篇，只是其中的一部分。"伍子胥见阖闾低头不语，接着说，"孙武也曾当兵从武，由于伤了右脚，这才转而研究兵论。他精通韬略，有鬼神莫测之机，天地包藏之妙，只可惜不被世人所知，当年我在郑国时与之不期相遇，结为好友。孙武得知我到了吴国，也跟着来到梅里。现居罗浮山，著书立说，自耕自给。"

"天地不公，屈杀圣贤，寡人若得孙武，何愁霸业不成。请先生明天召孙武来见寡人，行吗？"

伍子胥道："臣轻则君轻，孙武非常人可比，他也不是大王的臣子，岂能召之即来？"

"寡人又错了，寡人将备一份厚礼，请先生代为礼聘，行吗？"阖闾拍拍脑袋，模样似乎有点滑稽。

伍子胥脸上露出了灿烂的笑容。

阖闾也不是个那么容易糊弄的主，兵法方面绝不是门外汉，当年在鸡父、巢邑也跟楚军打过几仗，战果相当不错。他相信伍子胥，但还是想见识一下孙武是否真的那么厉害。于是，他在宫中安排了一个欢迎孙武的茶会。茶会不似朝会，应邀与会的人可以很多，阖闾想用这种场合，试探一下孙武的真才实学。

茶会在一种轻松愉快的环境中进行，大家畅所欲言。有人打听孙武其人，有人打听孙氏兵法，场面显得也很热闹。有些人向孙武投去怀疑的眼光：此人貌不惊人，还是一个残疾，真的有那么大的本事吗？

孙武从大家的眼光中读出了内容——不相信自己。伍子胥看了孙武一眼，故意问道："长卿兄，你穷毕生之力研究兵法，能给大家讲一讲，兵法是怎么一回事儿吗？"

孙武面露微笑，将目光投向阖闾。阖闾知道孙武是在征询自己的意见，笑着说："孙先生的《兵法内经》一十三篇，是一部通天彻地、亘古未有的奇书，寡人拜读过了，但有一些不解之处，请先生择其一二予以论述，为寡人解惑，也让在场的人见识一下孙先生的大家风范。"

孙武听罢，立即抖擞精神，给阖闾讲起了兵法专业术语。

阖闾听得一愣一愣的，以往自己带兵打仗，就是命令一下，将士们挥刀冲上去砍人，最多也只是砍人的姿势和角度有所变化。可孙武告诉他：打仗不仅是一门科学，也是一门艺术，其中包括始计、作战、谋攻、军形、兵势、虚实、军争、九变、行军、地形、九地、火攻、用间等十三门学科。每一门学科都有特定的内容，所有学科分为两大部分——杀人和不被人杀。

比如说：《军争》，用兵的原则，将领接受君命，从召集军队，安营扎寨，到开赴战场与敌对峙，没有比率先争得制胜的条件更难的事了。"军争"中最困难的地方就在于以迂回进军的方式，实现更快到达预定战场的目的，把看似不利的条件变为有利的条件。

按照战场形势的需要，部队行动迅速时，如狂风飞旋；行进从容时，如森林徐徐展开；攻城略地时，如烈火迅猛；驻守防御时，如大山岿然；军情隐蔽时，如乌云蔽日；大军出动时，如雷霆万钧。

阖闾不怎么相信，在场的人也都不相信，眼前这个人，不像是写书的，倒像是一个满嘴跑火车，吹牛不着边际的江湖艺人。阖闾很委婉地说："孙先生的兵法很奇妙，只是吴国太小，人口有限得很，你那些战术谋略，恐怕派不上用场。用兵的方法，是否可以试验一下。"

孙武笑道："我的兵法不一定需要能扛枪打仗的小伙子，即便是老弱病残、妇女儿童，只要听从我的命令，都能上阵杀敌。"

在场的人听罢，脸都绿了，这不是赤裸裸地吹牛吗？老弱病残、妇女儿童都能上阵杀敌，鬼才信呢！

阖闾的心里当然也不相信，但还是笑着说："老弱病残、妇女儿童上阵，那不是打仗，恐怕是送死吧！"

孙武道："大王如果不相信，可以在后宫的宫女中试验一下。"

阖闾迟疑了一下，还是答应了："行。"

"请大王把宠爱的两个妃子借我用一下。"

"什么？"阖闾大吃一惊。

孙武笑道："让她们俩每人带一队宫女，互为对手，演练阵法。"

阖闾总算是松了一口气，点头道："可以。"

第二天一早，三百名宫女身穿铠甲，顶戴头盔，手持剑盾，站在教场中央。大家觉得这次游戏很刺激，显得非常兴奋。阖闾最宠爱的两个妃子邹姬、好姬站在队伍前面，高兴得手舞足蹈。

阖闾坐在将台上，等着观看孙武怎样练兵。伍子胥、夫概等人分坐左右，等着看一场好戏。教场四周也围满了看热闹的人。

孙武登场了，向阖闾奏道："既然是军事演习，就得令行禁止，赏罚分明，臣需要执法官、传令官、鼓手、手执兵器的兵士若干人。"

阖闾手一挥："先生需要谁，随便挑。"

孙武走下将台，在吴王卫兵中选一人担任执法官，二人为传令官，二人为鼓手，再命三十名兵士手执兵器站在四周维持秩序。

随后，孙武命宫女分为左右两队，命邹妃手持红旗率左队，命好妃手持蓝旗率右队，大家一律右手持剑，左手握盾，并向宫女们讲解了队列行进的规则要领：

第一声鼓响，两队齐起；第二声鼓响，左队右旋转，右队左旋转；第三声鼓响，各挺剑为战争之势。鸣锣收兵，两队各归原地。"

宫女们全都是掩面而笑，邹妃、妤妃甚至向将台上的阖闾飞媚眼，逗得阖闾哈哈大笑。

演练开始。第一声鼓响后，宫女们或坐或站，仍然是莺语燕声，嬉笑不止。

"传令官！"孙武大声呵斥，"重申军令。"

传令官再次重申军令："第一声鼓响，两队齐起；第二声鼓响，左队右旋转，右队左旋转；第三声鼓响，各挺剑为战争之势。鸣锣收兵，两队各归原地。"

孙武厉声道："大家听明白，凡不从军令者，按军法从事！"

战鼓再次敲响，宫女们仍然东倒西歪，嬉笑如常。

孙武揎起双袖，亲自擂响了战鼓，并命令传令官重申军令。邹妃、妤妃及宫女们仍然嬉笑如故。

孙武大喝："执法官，士不从命，该当何罪？"

执法官大声回答："斩首！"

孙武命令说："兵士不可尽诛，罪在队长，将两位队长拉出去斩了！"

执法官遵令，扭头命士兵将邹妃、妤妃捆绑起来，推到队伍前面，准备行刑。

"大王救命！大王救命！"邹妃、妤妃吓得面容失色，大声呼叫。

阖闾坐在台上，见孙武要斩二位爱妃，立即派伯嚭带着自己的符节去向孙武传话。伍子胥看在眼里，一言不发，他想看看孙武如何治军。伯嚭跑到孙武身边，传阖闾的话说："寡人知道将军能用兵了，请饶恕邹妃、妤妃，不要杀她们。没有她们，寡人吃不安，睡不宁啊！"

孙武面无表情地说："我既然已被任命为将官，将在军，虽有君命而不得受，如果徇君命而释放违令之人，何以服众，何以治军，又何以胜敌？"

伯嚭哑口无言。执法官手起刀落，当场将邹妃、妤妃两人斩了。

伯嚭灰头土脸地返回将台，阖闾吓得目瞪口呆，宫女们更是吓得花容失色，胆战心惊。

孙武在宫女中再挑选二人为左右队长，令鼓手重新擂响战鼓。

伍子胥挥手一指，阖闾顺着伍子胥手指的方向看去，眼前的一幕让他当场惊呆了：

一通鼓响，两队宫女排列队形，相对而立，行动迅速，队伍整齐划一。

二通鼓响，两队宫女各自持盾操刃，快速疾进，左旋右转，变幻无穷，犹如沙场冲锋陷阵一般。

三通鼓响，两队宫女相互拼搏砍杀，刀来枪往，龙腾虎跃，精彩而又激烈。锣声响起，两队宫女各自收回兵刃，列队转身，前进数步，肃立在孙武面前。

四周围观的人鼓掌喝彩，气氛高涨。

孙武派人报告阖闾："我帮大王训练了一支枕边亲兵，平时可以服侍你，万一有事儿，还能从床上跳下来帮你杀敌。请大王检阅。"

阖闾虽然心里认可孙武，由于两位宠妃被斩，心中还是很不快活，强忍怒火，不高兴地说："辛苦了，解散队伍，回馆舍歇息去吧！"

※ 小试牛刀

为了招聘孙武，阖闾失去了两个宠妃，心里着实很郁闷，演练之后，一直没有动静。伍子胥心里着急，进宫求见阖闾，劝谏说："大王，我听说用兵打仗，毫无结果地来试验它，是一件很不吉利的事情。所以说，用兵打仗，如果预备攻袭的计划不准备付之行动，就不应该暴露用兵之道。"

阖闾诧异地问："此话怎讲？"

"大王求贤若渴，欲出兵惩罚暴虐的楚国，继而威服诸侯，称霸天下。如果不派孙武为将，还有谁能充当此任呢？"

阖闾毕竟是一位欲干一番事业的有为之君，听了伍子胥的一席逆耳之言，怨气在泄，怒火在熄，沉思片刻，问道："依先生的意思……"

伍子胥不等阖闾把话说完，说道："拜孙武为大将，统率三军。"

伍子胥在这里用了一个"拜"字，而不用"封"，一字之差，意义大不相同。"封"是赏赐，"拜"则是请托。"封"只要国君说一句就行，"拜"则需搭台拜将，要举行一个隆重的仪式。

阖闾表现得十分豁达，接受了伍子胥的建言。命人为孙武建公馆帅府，铸帅印，在望云山上筑坛，择吉日正式拜孙武为大将。

经过周密筹备，孙武与伍子胥于阖闾二年率五万大军出征徐国、钟吾国，队伍沿淮河西进，尚未出吴境，伍子胥对孙武说："徐国、钟吾国都是小国，杀鸡无须牛刀，大军压境之时，派人前往徐国、钟吾索捕盖余、烛庸，谅他们不敢不配合。"

孙武道："兵不血刃，不战而屈人之兵，这才是上策。"

吴军北渡长江之后，孙武修书两封，派人送往钟吾国和徐国，责令他们交出盖余、烛庸。

几天之后，派出的人回来报告，说盖余、烛庸已逃往楚国。

原来，盖余、烛庸两人得知吴军来攻，在徐、钟吾两国的协助下，率残部投奔楚国。楚昭王十分得意，派出大员隆重迎接二位公子，并让他们在养邑（今河南沈丘县）暂住。接着命蒍尹然、左司马沈尹戌修筑养城，把养城东北边的城父、东南边的胡田两地封给二公子，让他们镇守楚国边城。

孙武听罢大怒，随即兵分两路，自率一路攻钟吾，伍子胥率一路袭徐国。

徐国都城地势险要，加之城内粮草充足，一时难以攻下。伍子胥趁着夜色在城外巡察地形，见城北山峦叠嶂，壁陡如削，形成一道天然屏障，沱河自西北延伸而来，围城绕了半个圈子，向东北流去，再折向南流入淮河，心里有了主意。

伍子胥下令对徐都围而不战，命士兵在北山堆土筑坝，在徐都城上方形成一个堰塞湖。数天之后，坝中水溢，伍子胥下令毁坝淹城。顷刻之间，徐都陷入一片汪洋之中。徐君章禹率亲信偷偷出城，投奔楚国去了。城内守军群龙无首，只得开城求降。伍子胥急令筑坝拦水，疏流导洪，抢救城中百姓及他们的财产。

楚国左司马沈尹戌率军赶到徐都，吴军早已离去。

章禹作为一国之君，关键时刻弃城而去，民心皆叛，在旧都城难以立足，沈尹戌便在夷泗（今安徽省亳州市东南）为章禹筑城，安置徐国族人。

伍子胥灭掉徐国，留下部队镇守，然后移师南下，驰援孙武。孙武此时也已攻占钟吾。两人合兵一处，杀牛宰马，犒劳将士。

伍子胥对楚国收留盖余、烛庸十分恼火，意欲乘胜进攻舒城，击杀盖余、烛庸，然后直捣楚都郢城。

孙武认为，吴军出征时间较长，刚灭掉钟吾、徐两国，士兵已显疲态，且已到了年底，将士思亲欲归。为将者用兵，应体恤军心，兵疲不可骤用。还是见好就收。

于是，留下一支军队驻守淮泗，守卫刚收归吴国的原钟吾、徐两国土地，大军班师回朝。

大军凯旋，阖闾亲率朝中百官出姑苏阊门迎接，公子夫差、姬波、姬山的异母妹妹公主滕玉也随同前往。阖闾一手拉着伍子胥，一手拉着孙武，同乘一辆大车回宫，大摆筵席，庆贺出师大捷。

阖闾深知吴弱楚强是不争的事实，拟定与越国结盟。当时，越国还是吴国的附属国，阖闾和伍子胥对越国的国情不是很了解，大概就停留在越国铸剑大师铸造了几把名剑这一点上，于是遣使越国，请与越国结盟，联合出兵攻打楚国。

越王允常不糊涂，他觉得这是吴国吃肉，让越国埋单的赔本买卖。再说，越国与楚国在商品贸易、文化交流方面很顺畅，你吴、楚两国互砍，我夹在中间不好做人，干脆两不相帮，你们自己的事，自己解决吧！

阖闾很生气，不顾伍子胥、孙武的强烈反对，亲率两万大军伐越，在越国境内的檇李击败越军，屠杀越人数万之众，抢掠大批粮食以及大批兵械战马，率军凯旋。

越国人挨了揍，暂时消停了，不敢明目张胆地与吴国对着干，但檇李之战播下的仇恨的种子，已深深植根于越人的心中。

孙武私下里问伍子胥："子胥兄，你认为吴、越檇李之战如何？"

伍子胥摇头叹息："杀人太多，吴越之仇不可解。"

"我也有同感，他日吴国之亡，必亡于越。"孙武摇头叹道。

谁也没有料到，孙武的这句话，竟然成了谶言。

第十一章

孙武用兵

※ 风胡子说剑

这一天，吴王宫中发生了一连贯的事情，先是公主滕玉自缢身亡，然后是湛卢剑不翼而飞。公主滕玉的死怨不得别人，那是她咎由自取，湛卢剑的失踪，却让人百思不得其解。

事情的原委是这样的。一天，吴王宫中的厨师不知是头脑发热，还是鬼使神差，给阖闾做了一道清蒸石斑鱼。鲜美的蒸鱼，让阖闾胃口大开，当他吃到一半的时候，突然想起公主滕玉也喜欢吃鱼，于是放下筷子，吩咐侍从，把这半条鱼送给公主吧，让她也尝一尝。

滕玉听说父王派人来赐鱼，高兴得不得了，当她见到只是半条剩鱼时，误会了阖闾的心意，以为这是父王嫌弃她的信号，将半条鱼扔到地上，哭着说："父王将吃剩的鱼给我吃，这不是有意侮辱我吗？父王如此待我，活在世上还有什么意义呢？"滕玉轰走仆人，痛哭一场，竟然上吊自杀了。

阖闾见半条剩鱼竟然送了公主的命，既悲痛，又后悔。为了求得心安，也为了表达对滕玉公主的爱，他命人在姑苏城西边阊门外给公主构筑一个超大型富丽堂皇的墓穴，将公主平时用过的金银首饰、奇珍异宝，还有自己心爱的"磐郢"宝剑，全部作为陪葬品，放进了墓穴。接着在姑苏城的大街上舞弄白鹤，让成千上万的民众跟随观看，并让这些男男女女跟在白鹤后面，一起跟着进了墓门。当这些人进入墓穴之后，机关猝然发动，墓门突然关闭。白鹤与那些活人堵在墓穴内成了公主的殉葬品。

接着，吴王宫中又发生了一件诡奇的事情——湛卢剑不翼而飞。

传说湛卢剑被阖闾暴虐无道的行为气坏了，悄悄溜出王宫，逃出姑苏，跳进太湖，沿着水路游走，去了楚国，飞到楚昭王的床头。

楚昭王一觉醒来，见床头搁置一把宝剑，诧异非常，这是怎么回事？他拿起宝剑仔细端详：剑身散发出青蓝色的精气，凭直觉是一把名剑。寝宫戒备森严，剑从何来？楚昭王立即召宫娥侍女询问，没有人知道是怎么回事。于是召见令尹囊瓦，询问剑的来历。

囊瓦看剑后大喜，高兴地说："这把剑是天赐宝物，以赞扬大王之圣德。否则，连鸟都飞不进来的九重深宫，怎么突然出现了这把宝剑？"

"天赐宝物？赞寡人之圣德？史上有类似之事吗？"楚昭王三连问。

囊瓦其实是恭维之词，心底有些发虚，含糊其词地说："臣非史家，知不甚详，只听说昔日圣君也有此奇迹。"

楚昭王没有再追问，笑过之后，命人将剑收藏起来。

不久，郢都来了一位自称风胡子的锻冶工匠。风胡子是越国人，以制造名剑而名扬天下，他不但造剑术不凡，还是一位颇负盛名的鉴赏家，世人称之为"风胡子"。

风胡子来郢都的消息很快传开了，那些持剑爱好者，纷纷拿出自己的藏剑请风胡子鉴定。不论哪一把剑，风胡子只要略瞥一眼，便可道出是谁的作品，造于何时，特征怎样，准确如神。消息很快传入宫中，楚王也知道了，于是派人请风胡子进宫，对他说："我睡醒过来，便得到这把宝剑，不知道它的名称，这是什么剑啊？"

风胡子拔剑出鞘，审视造型光泽、指弹辨声，惊喜地说："这是湛卢宝剑啊！"

昭王问道："你怎么知道的？"

风胡子说："我听说越国给吴王献了三把宝剑，第一把叫'鱼肠'，第二把叫'磐郢'，第三把叫'湛卢'。'鱼肠'剑已经用来刺杀吴王僚，'磐郢'与他那死去的女儿陪葬。现在的这把剑就是'湛卢'啊！"

楚王大吃一惊："吴王秘藏之剑？为何飞到寡人的寝宫来啦？莫非有何凶兆不成？"

风胡子哈哈大笑，道："大王过虑了，楚宫戒备森若寒冬，封闭密如铁桶，连鸟都飞不进来，何况是刺客？再说，刺客有湛卢宝剑吗？吴王阖闾又怎么舍得将镇国之宝交与刺客，送来楚宫呢？湛卢宝剑乃吴王江山社稷之象征与标志，他怎么会拱手送人呢？"

楚昭王满脸疑云，问道："风先生言之有理，但是，吴宫之宝为何来到楚宫呢？请先生为寡人释疑，寡人当重金酬谢！"

风胡子慢条斯理地说："我听说越王允常让欧冶子铸了三把名剑，把它们给薛烛看。薛烛说：'鱼肠剑纹理逆反不顺，不能佩带。臣子可能用它来杀害君主，儿子将用它来杀害父亲。'后来不出所料，阖闾用它杀了王僚。还有一把剑称为磐郢，也叫豪曹，不太规范，对人没有什么好处，所以用它来陪葬。"

楚昭王聚精会神地听着，不断点头。

"三把名剑，湛卢名列第一。欧冶子非常欣赏湛卢，认为天下名剑，无出其右！"

楚昭王不禁问道："风先生，寡人想知道，这把剑为何会出现在楚宫。"

"这个嘛……"风胡子看了看一旁的几位权臣，欲言又止。

楚王会意，挥手屏退左右，以乞求的目光看着风胡子。

风胡子这才说道："传说湛卢是一把具有灵气的宝剑，拔出剑鞘，便会闪烁着神光，佩带在身上，就会有一种威不可当的气势，可以击退敌军，抵抗敌人。但是，如果君主有违背天意的行为，湛卢剑就会离开暴虐无道之人，去寻找有德之人。现在吴王暴虐无道，杀害国君图谋楚国，所以湛卢剑就到了楚国。"

稍有常识者便知道，风胡子这是滑天下之大稽，但楚昭王却信以为真。其中一个重要的原因，便是风胡子之言与令尹囊瓦的说法如出一辙，这在很大程度上起到了促进与催化作用。楚昭王贪婪成性，一心想称霸天下，而且他自信有这个能力，风胡子之言吻合了他的心理，正所谓利令智昏，对风胡子的话便深信不疑。眉飞色舞地说："如此说来，寡人算是有德之君啦？"

风胡子奉承地说："当今天下，除了大王，谁还敢称有德之君？大王诛杀奸佞费无忌，深得民心。湛卢离吴来楚，这是天意呀！"

楚昭王听了十分高兴，仿佛自己就是主宰天下的有德之君。从此不把吴国放在眼里。既然楚兴吴亡是天意，也就没有必要去苦苦争斗，只待天赐机宜便是，脑海里便产生了刀枪入库、马放南山的想法，一头扎进后宫，不问政事。并颁旨全国：修史、建庙、筑祠、树碑、立传。举国上下弥漫着一派太平盛世的景象。

阖闾听说楚国得到了湛卢宝剑，愤怒异常。

※ 三师敝楚

吴国与楚国相邻，边境小镇军仆距离楚国灊城仅十里之遥。两国边境数百民众经常为争抢水源而大打出手，楚军也经常趁浑水摸鱼，越境烧杀抢掠，吴国的边民苦不堪言。阖闾正在为湛卢剑的丢失而愤怒，闻报更是怒发冲冠，召集伍子胥、孙武、伯嚭、夫概、专毅等人进宫议事，提议出兵伐楚。

伍子胥请求率兵攻楚，伯嚭也随声附和。

孙武头脑冷静，认真地说："楚国地广兵众，有精兵二十余万，出兵伐楚，速战速决完全没有可能，久战则耗费巨大，加之南有越国虎视眈眈，这都是不得不考虑的问题。"

阖闾有些急了："那该怎么办？难道就听之任之吗？"

孙武道："当然不是，这一仗非打不可，但不是大兵团作战，可以分道出兵，各个击破，小胜即归。"

"分道出兵？"阖闾有些不解。

"对！"孙武强调说，"此次出兵，不求攻城略地，意在扰乱楚之民心，疲楚之军力，伺机破敌。"

阖闾同意孙武的谋略，并拜孙武为大将军，封伍子胥、伯嚭为副。起兵六万，开入楚境，直指徐国都城夷泗。

吴军围了夷泗，并不攻城，派出谍人四处打探楚军的动静。不日谍人回报，楚军已在驰援夷泗的途中。伍子胥向孙武建议，可兵分三路：一路继续围攻夷泗，一路迎击楚援军；另一路趁楚军东顾之际，夺取养邑，除掉盖余、烛庸。

孙武听了伍子胥言，击案叫好，立即做出部署：伍子胥领兵两万攻养邑；伯嚭领兵两万迎击楚军，只打前部，挫之即走，奔豫章与伍子胥部会合；他自己领兵两万继续佯攻夷泗，伺机偷袭灊城，毁掉楚军粮仓，然后赴豫章会合。并告诫众将说："楚国兵多将广，吴军兵微将寡，且又是远征，不可陷入楚之腹地，只能在边境线上穿梭。豫章有大别山、小别山，利用复杂的地形，与楚军打运动战。"

伍子胥、伯嚭各领兵两万，兵分两路，伍子胥率一路沿淮河西进，挥师豫章，寻找机会攻克养邑，除掉盖余、烛庸之患。伯嚭率一路循陆路迎击楚军。孙武则统兵两万继续围困夷泗，围而不攻。

楚昭王收到徐君求助的急报后，急召左令尹囊瓦商议。

囊瓦虽然接替了阳匄令尹之位，但他在楚国的威望并不高，特别是听信费无忌之言，诛灭了左尹伯郤宛满门之后，受朝野千夫所指，使得本来就不高的声望更是跌入谷底，尽管后来杀了费无忌、鄢将师二贼，挽回一点颜面，算是亡羊补牢，但终究与前令尹阳匄相比，还是不可同日而语，所以，他很想找机会表现一下自己。得到吴军围攻徐都夷泗的消息，自告奋勇，亲自率兵往救徐夷。

孙武得知囊瓦率军救夷，不日即可跨过颍水，立即传令全军拔寨移营，以最快的速度南下，奔袭六邑、灊城，对六邑围而不攻，将灊城围得水泄不通。

楚昭王得知吴军攻打六、灊两城，急命左司马沈尹戌率本部兵马往救，虽然是匆匆行事，但却没有错，因为在楚军将领中，没有比沈尹戌更能打仗的了。沈尹戌自幼熟读兵书，极富韬略，用兵如神。沈尹戌所部也是楚军主力，历来攻无不克，战无不胜，被誉为"常胜猛虎"。

沈尹戌接令后，断定吴军醉翁之意不在酒，楚国边境最大的粮仓在灊城，吴军的目标是灊城的粮仓。沈尹戌深知事态严重，立即挥师南下，欲抢在吴军之前赶到灊城。虽然他知道先机已失，但也不能眼睁睁地看着楚军粮仓毁于一旦。他寄希望于吴军在异国他乡行军，地理不熟而耽误行程，这样他就有可能创造奇迹。

灊城守将见吴军兵临城下，高挂免战牌，吴军远道而来，利在速战，坚守待援才是上策。

孙武围住灊城，并不急于攻城，而是暗地派吴军装扮成百姓混进城，第四天一大早，孙武下令军中杀猪宰牛，犒赏士兵，晚餐之后，全军各就各位，准备攻城。半夜时分，城内突然火起，恰好又刮起了东南风，风助火势，火借风威，灊城顷刻之间便成为一片火海。孙武一声令下，吴军搭起云梯，爬上城墙，攻占了灊城。

沈尹戍驱兵赶到灊城时，灊城已成残垣断壁的破城，粮仓也化为灰烬，而吴军却不知去向。沈尹戍见灊城残破，便迁城于南冈，驱赶百姓重筑灊城新城。

伯嚭率军两万循陆路西进，途中与囊瓦的前锋公子熊申所率一万楚军相遇，打了楚军一个措手不及，大获全胜。熊申冒死突围，收拾残兵不到两千，待囊瓦率大军赶到时，吴军已撤退无踪。

伯嚭获胜之后，并不纠缠，立即率军围攻弦城，摆出夺取弦城的架势。

弦城是楚国的军事要冲，历来为兵家必争之地。沈尹戍闻报大惊，立即回师西北，驰援弦城。当他率军赶到弦城时，吴军又不见踪影。楚军被吴军牵着鼻子走，人马疲惫不堪，将领沮丧，士气极为低落。沈尹戍无奈，只得下令楚军在弦邑休整。

伍子胥率两万吴军挺进西北，将养邑城围得水泄不通。吴国叛臣盖余、烛庸仗着养邑城高壕深，粮草储备充分，坚守不战。

伍子胥登高巡视，见养邑城内营盘错落有致，戒备森严，赞叹盖余、烛庸二人是将才。他见养邑四门，唯北门近山，思之良久，心生一计，命士兵围住养邑三门，唯北门不围。并命士兵砍伐树木，分别在东、南、西三门搭建木楼，又命士兵向附近百姓购买数百只雄鸡，饲养起来。

盖余在城头瞅见城外吴兵高筑木楼，问身边的烛庸："吴军在城外搭楼，搞什么名堂？"

烛庸笑道："小儿科，无非是攻城放箭，你看那木楼，离城门甚远，箭射到城门，也成强弩之末了，有什么可怕的？"

盖余又问："为何他们只围困三门，留下北门不围？"

烛庸笑道："想必是伍子胥惧怕我们二人神勇，留下北门，赶我们从北门出走。"烛庸于是下令，"守城将士，穿好铠甲，防止吴军射箭。"

当天夜晚，伍子胥命吴兵饱餐一顿，派三千精兵埋伏在北门城外，发现盖余、烛庸出逃，只管射箭，不死不休。

凌晨鸡鸣之时，突然刮起了大风，伍子胥命士兵登上木楼，将原先饲养的鸡抓出来，在鸡尾绑上引火之物，涂上油，点火之后，朝城内投掷，火鸡随风飞入城中，到处乱窜，顷刻之间，城内多处着火，火借风势，风助火威，城内顿时成了一片火海，亮如白昼。城中士兵被烧得鬼哭狼嚎，四处逃窜。伍子胥又命吴兵在木楼上朝城中放箭，居高临下，箭镞如蝗虫般飞向城中，城中士兵抱头鼠窜。

盖余、烛庸见城中一片火海，知大势已去，慌忙驱车冲出北门，出城不到半里之地，突闻两边山头上喊声大作，正在惊慌之际，两边山头上箭镞如飞蝗般狂泄而下。二人虽然身穿铠甲，护住了身体，却护不住面额，连中数箭，顿时毙命。随行士兵也尽数被乱箭射死，无一幸免。天亮之后，伍子胥辨明尸首，抽出沥镂宝剑，割下盖余、烛庸二人的首级，命人用木匣子装好，送往姑苏报捷。并派人打探孙武、伯嚭两路兵马的消息。

※ 敌人的敌人是朋友

孙武命杀牛宰马，犒劳三军，于中军大帐设宴与众将庆祝初战告捷。酒过三巡，伯嚭一时兴起，建议乘胜前进，直捣楚都郢城。

孙武认为，楚军虽败，兵力未损，吴军六万之师，离境远征，无异于驱羊入狼群，自寻绝路。只有依据豫章地形与楚军周旋，使其疲惫不堪，消耗楚军的兵力，再伺机进军郢都。

伍子胥赞同孙武的主张，补充说："豫章周边如灊、六、舒、桐等小国，都是楚国的附庸，屡遭楚国驱使，心存厌怨。可以采取外交攻势，达到为我所用之目的，对歼灭楚军会有帮助。"

孙武沉思片刻，有了主意，不再多说，站起来向众将敬酒，尽欢而散。

次日，孙武与伍子胥、伯嚭、夫概商议了详细方案，然后兵分三路。孙武、伯嚭各率本部兵马隐伏在大别山、小别山。伍子胥带夫概、专毅，率本部二万兵马先后进入舒、桐两国边境集结。夫概率水师舟舰停泊在桐国的江面，摆出一副攻打桐国的态势。

突然的大军压境，让舒、桐两国君主喘不过气来，经紧急磋商，凑了一份厚礼前往吴军大营，名义上是犒军，实际上是看伍子胥的脸色。

伍子胥等的就是这个结果，热情地接待他们，两位国君松了一口气。伍子胥察言观色，心中有底，关切地问："听闻桐、舒两国屡遭楚害，两位国君忍气吞声，敢怒而不敢言，可有此事？"

二位国君互视一眼，只是叹气，并未作答。

伍子胥微微一笑，说："请二位放心，子胥此次兵发豫章，无伤两国，意在攻楚，难道这不是你们乐意看到的吗？"

两位国君听罢，脸上终于露出了笑容。

桐君奉承地说："伍将军率仁义之师伐楚孽，算是给我们这些小国出一口恶气，将军有何吩咐，小君无不遵从。"

"敝邑国小兵微，也愿为伍将军驱使。"舒君也忙着表态。

伍子胥见桐、舒二君应允相助，便请二君进内帐密谈，继而设盛宴款待，尽兴方休。

囊瓦率兵赶到夷泅，吴军已不见踪影，得知楚昭王派沈尹戌率兵来援，兵驻弦邑，便率兵前往弦邑与沈尹戌会师。

沈尹戌将囊瓦迎入大帐，为囊瓦设宴洗尘，二人正在宴饮之际，门将前来报告，说桐使求见。囊瓦反客为主，吩咐带入相见。

桐使进帐叩首，报告说："外臣奉寡君之命，向令尹求救。吴将伍子胥已兵临城下，不日将对敝邑发起进攻。"

沈尹戌愤然说道："吴军引我在灊、六与弦邑周旋，原来意在灭桐啊！"

囊瓦问桐使："吴军状态如何，你知道吗？"

桐使小心地说："似乎并不怎么好。"

"为什么？"囊瓦追问。

"时已入冬，吴军身上穿的衣裳很单薄，似乎是缺衣少食。"桐使看了囊瓦一眼，犹豫地说，"如果令尹率军乘虚而入，吴军将不战自溃。"

囊瓦并不征求沈尹戌的意见，道："回去告诉你们君主，桐国是楚之属国，大楚不会坐视不管，我大军不日将至。"

桐使从进帐到出帐，沈尹戌竟然没有插上一句话，似乎成了外人，心里颇感诧异，囊瓦你把我当空气呀？这可是我的中军帐啊！

囊瓦目送桐使离开，回头对沈尹戌道："左司马，发兵桐国吧！"

沈尹戌似乎还没有回过神来，并没有回答。

"沈将军！"囊瓦再叫一声。

"啊！啊！"沈尹戌这才反应过来。

"我说发兵桐国！"囊瓦把刚才的话重复一次。

"不妥！不妥！"沈尹戌心有余悸地说，"伍子胥不肯与楚军正面交锋，一定有什么阴谋。这次突然又出现在桐境，谁知他葫芦里卖的什么药。"

"伍子胥就是一个缩头乌龟，东躲西藏，算什么英雄？"

沈尹戌自斟自饮一杯，似乎不想争论这个问题。

伍子胥见楚兵没有动静，又请舒君派使者前往弦邑，给楚军再添一把火。舒使见到囊瓦，道："下臣受君主之命，请求令尹出兵救舒。"

囊瓦问道："有吴军的情报吗？"

舒使道："吴将孙武、伯嚭驻扎在大别山、小别山。据说吴军缺衣少食，近日军中流传瘴疟，死了不少人，人心惶惶，军心涣散。"

囊瓦情不自禁地问："不会有诈吧？"

"这样的大事，下臣怎敢乱说？"

囊瓦大喜，命舒使归国，随之命沈尹戌率本部兵马赴桐境攻打伍子胥之师，自率本部五万人马赶往豫章，迎战孙武。

沈尹戌心嫉囊瓦贪功，又不敢违令，只得率本部三万人马沿江西进，直奔桐境，远远望见江面上的吴军水师起锚张帆，舟舰顺流东下，仓皇逃走。沈尹戌登高眺望，见吴军旗帜不整，士气不振，大喜过望，大声说："人言伍子胥文武全才，今日一见，徒有虚名啊！"于是命楚军全速追击。

伍子胥率吴军西进，日薄西山之际，探知楚军已安营下寨，也下令让吴军扎营休息。次日一大早，命兵士起灶饱餐一顿，每人携带两天的干粮，日落扎营，命士兵垒灶减半，半数以干粮充饥，起程之时，又让士兵将破衣烂履，沿途丢弃。

沈尹戌率军追击吴军三日，见吴军营地土灶一天比一天少，途中屡见吴军丢弃的衣物，心中大喜。

当天日薄西山，沈尹戌见吴军在江边扎营，笑着对左右说："伍子胥果然是徒有虚名，竟然选此绝地扎营，不死也难啊！"

沈尹戌密令楚军饱餐一顿，入夜劫营。半夜时分，楚军悄悄靠近吴军大营，派出的谍人禀报，吴营中士兵已熄火休息，只有数百名士兵在军营四周巡逻。沈尹戌闻报大喜，抽出宝剑，站在大辂上大吼一声，随之鼓声响声。楚军闻声，发出一声喊，驱动战车杀向吴营。

担任巡逻的吴军见楚军杀入大营，齐声大呼："楚军劫营，楚军劫营了！"惊慌失措地朝营后江边奔逃，跳入江中逃命去了。

楚兵冲入吴军营盘，并未遇到什么抵抗，仔细搜索，营帐内竟然空无一人。沈尹戍情知上当，急令楚军撤退。黑夜之中，千军万马蜂拥而至，前车带动后车，后车驱赶前车，人喊马嘶，沈尹戍就是喊破了嗓子，也是无济于事。

正在楚军乱作一团之际，伍子胥率数万吴军从三面潮水般杀来。楚军见之丧胆，斗志尽失，瞬间被吴军杀得七零八落，三万楚兵，被吴军像撵鸭子一样赶下江去。此时江面上突然出现数百艘舟舰，溯流而上，正是夫概率领的吴军水师，奉伍子胥之命伏击楚军。

沈尹戍情知大势已去，在左右的保护下拼命杀出重围，收拾残兵，不足五千人马。

囊瓦率兵马赶到豫章，未见吴军踪影，见部队连日行军，已是人困马乏，只得命楚军在巢城外扎营，并派出谍人深入大别山、小别山侦探。

巢城守将公子熊繁将囊瓦接进城中，设宴款待，并命人将大批牛羊粮草送往城外大营，犒劳楚军。

楚军在城外埋锅造饭，漫山遍野炊烟四起，兵士们奔忙吵嚷，乱成一团。

正在这时，突然四周车尘滚滚，喊杀震天，由远及近。孙武、伯嚭率两路人马从四面八方杀来。

楚军正在造饭，全无防备，被吴军杀了个措手不及，四处逃窜，自相践踏，死伤无数。

囊瓦正在城中饮酒，突闻吴军偷袭城外大营，吓得面无人色，丢掉酒觞，率卫兵杀出城。

公子熊繁登城观战，见吴军人山人海，杀声震天，楚兵全无斗志，四处奔逃。知楚军败局已定，下城携带家小，登车弃城出逃，出城数里，被吴军活捉。

囊瓦见楚军败势难收，只求自保，率左右杀出重围，向西逃去。

孙武深知穷寇勿追的道理，命吴军追杀一阵，迅速收兵。自己则率军攻入巢城。

兵士押上公子熊繁，伯嚭拔剑冷笑道："今天没有捉到囊瓦，杀了你，为我伯氏一门报仇雪恨。"

孙武见状大叫："将军剑下留人！"

伯嚭两眼圆睁，吼道："我伯氏一门千余口，尽死在昏君佞臣之手，今天伐楚，伯嚭就是为复仇而来，岂能放过？"

孙武大声说："你现为吴军副将，吴王臣子，岂可为一己私仇，废了吴王大业？"

伯嚭气恼地一跺脚，没有出声。孙武命吴兵将公子熊繁塞进槛车囚禁，带回姑苏。

孙武派人打探伍子胥的消息，得知其大败沈尹戌于江口，便按预先约定，休兵三日，班师回朝。

这一次之后，楚国豫章以东各邑及属国附庸，全都为吴国所有，吴国完成了破楚入郢之战的军事准备。

阖闾终究还是忍不住，笑问伍子胥与孙武："伐楚以称霸中原，是寡人毕生之愿。当初，你们说进军郢都时机未到，如今条件已成熟，请二位将军商议伐楚之事吧！"

孙武与伍子胥对望了一眼，道："打仗嘛，凭借打了胜仗来提高自己的威望，并不是永远能取胜的办法。"

阖闾笑问："这话是什么意思？"

孙武回答说："楚国军事力量的强大，天下无敌，吴与楚争，充其量只有一成胜算，大王想要攻入郢都，只能靠上天帮助了。"

阖闾认真地说："我已经迫不及待，现在就想出兵伐楚，有什么办法？"

伍子胥看了孙武一眼，转头对阖闾说："仅凭吴国一己之力，不可能。"

"那该怎么办？"

伍子胥道："寻找盟友。"

"寻找盟友？"阖闾无奈地说，"盟友在哪里？"

"敌人的敌人，就是朋友。"伍子胥说，"大王如果一定要去攻打楚国，不妨与唐、蔡两国联合起来。"

"为什么？"阖闾不解地问。

"楚国左令尹囊瓦是一个贪得无厌的人，他得罪了唐、蔡两国，唐、蔡两国国君对囊瓦恨之入骨。"

阖闾惊问："什么怨恨？"

孙武插嘴说："据说蔡昭侯有两件漂亮的裘皮大衣和两块精致的佩玉，他将其中的一件裘皮大衣和一块佩玉献给楚王。楚王非常高兴，第二天便穿着裘皮大衣，佩戴着佩玉上朝听政，囊瓦见到后也非常喜欢，打听到蔡昭侯还有一件相同的裘皮大衣和一块相同的佩玉，便向蔡昭侯索讨。蔡昭侯不愿意，囊瓦借故将蔡昭侯软禁在楚国，一留便是三年。"

"有这样的事？"

孙武接着说："唐成公也有相同遭遇。他朝见楚王时，有两匹花纹辅鲕马，囊瓦看中了这两匹马，向唐成公索要，唐成公不给，囊瓦也把他扣留了三年。唐国的一些人出谋划策，准备用那两匹马来赎唐成公回国。于是，他们把唐成公的侍从灌醉，偷了马去献给囊瓦。囊瓦这才让唐成公回国。大臣们议论说：'国君因为一匹马的缘故，使自己被囚禁了三年。希望国君赏偷马的功劳。'从此以后，唐成公对楚国怀恨在心，时刻都想报三年囚禁之仇。"

"奇闻哪！"阖闾问道，"蔡昭侯呢？如何收场？"

伍子胥道："蔡国人听说唐成公被赎的事，坚决请求国君把裘皮大衣和佩玉献给囊瓦，蔡昭侯这才得以回国。蔡昭侯曾去找过晋国，愿意把儿子元及大夫的儿子作为人质，请求晋国出兵伐楚。所以，我们可以派使者去唐、蔡两国，如果能得到他们的援助，就可以出兵伐楚了。"

阖闾采纳了孙武、伍子胥的建议，派使臣前往蔡、唐两国，约他们联合出兵攻打楚国。

蔡昭侯、唐成公二人对楚国恨之入骨，出兵攻楚，发泄一下心头之恨，求之不得。蔡昭侯为了表达自己随吴伐楚的意愿，甚至把自己的儿子送到吴国做人质。

第十二章

柏举大捷

※ 对峙汉江

吴、蔡、唐刚刚缔结盟约，突然传来楚令尹囊瓦率楚师伐蔡的消息，蔡昭侯派使臣奔吴国告急。孙武见伐楚的条件已经成熟，便与阖闾、伍子胥议定，以救蔡为由，大兴伐楚问罪之师。

阖闾、伍子胥当然是求之不得。

孙武下令，吴军分水陆两路出兵。伍子胥为陆路统帅，孙武率水师出征，夫概为水师先锋，唐、蔡两军分为左右翼，吴王阖闾随水师同行，伯嚭任保驾将军，保卫吴王阖闾的安全。

伍子胥率陆军走南路，先出发，从云娄、鸡父，越隘门关至柏举，达汉水。

孙武率水师走北路，溯淮河西上，驰救蔡国，然后弃舟登陆，折身南下，赶往汉水与伍子胥会师。

水师救蔡后的行动是机密，对外放出的消息是兴师救蔡，以解蔡围。

孙武率水师沿淮河溯流而上，百舟扬帆，千船破浪，声势浩大，但行进速度却很慢，太阳刚偏西，孙武便下令船靠码头人登岸，安营扎寨，吃饱了睡觉。连续几天都是这样，阖闾不解地问："兵贵神速，如此慢腾腾地行走，岂不贻误战机？"

孙武微微一笑："不可一概而论，当快则快，宜慢则慢。我军并非赶去与楚军交锋，而是去送客还乡，故而不必着急。"

阖闾听糊涂了，问道："元帅之言，寡人不解。"

"大王请想一想，囊瓦一旦得知吴军将至，必定会闻风而逃。既不交战，何必匆忙？我军于途中养精蓄锐，让楚兵在蔡国苦战，岂不是对我军伐楚大为有利？"

阖闾仍然不放心，担心行军迟缓，蔡国沦陷。孙武看透了阖闾的心思，解释说："大王不必担忧，楚军虽强，但囊瓦不善用兵，即使攻打一个月，也未必能攻破蔡国。"

阖闾虽然不放心，但也不便再说，耐着性子，一任大军慢腾腾地行进。

吴军过了州来，正准备安营扎寨，营官来报，蔡昭侯与唐成公前来迎接。孙武看了阖闾一眼，笑道："如果所料不差，楚军撤退了。"

阖闾半信半疑，蔡、唐两位国君进帐后，果然证实，楚军已于三日前退兵。阖闾这才相信孙武料敌如神。

蔡、唐两位国君不是空手而来，率两国百姓车载人扛，送来大批酒肉粮食犒劳吴军将士。将士们欢天喜地，享受这难得的美酒佳肴。

阖闾兴致正浓，开怀畅饮。

孙武一旁低声劝道："大王少饮，明天还要赶路呢！"

阖闾已有几分醉意了，问道："赶路？到哪里去？"

"追赶楚军。"

"什么？"阖闾不满地说，"明天动身？楚军既退，蔡围已解，何不稍歇数日再走？"

"臣说过，用兵之道，当快则快，宜慢则慢。"孙武看了阖闾一眼说，"吴军救蔡，宜慢不宜快，今番追赶楚军，宜快不宜慢，兵贵神速啊！"

"楚军已退三日，追得上吗？"

"大王不用担心，我自有妙计。"

唐、蔡二君得知要去追赶楚军，喜出望外。他们正发愁：吴军来了，楚兵走了，吴军一走，楚兵再来怎么办？蔡昭侯试探地问："大将军，吴军追赶楚军，追到哪里？"

"一直追到郢都去！"孙武斩钉截铁地说。

"追到楚国都城？"唐、蔡二君睁大了眼睛。

孙武明白他们的想法，解释说："吴军若就此回师，楚军势必再来，吴军再来，岂不要吴军往返奔波。既已出师，索性就打到郢都去，以解二君后顾之忧。"

孙武说这番话，只字未提阖闾有伐楚而霸中原的野心，也没有提替伍子胥、伯嚭报仇的话，只说是为唐、蔡解围才进兵郢都。这显然是在送人情，真实意图是想让唐、蔡两国感恩而自愿出兵。唐、蔡一出兵，吴国就变成应唐、蔡之请而跟他们一起去反击侵略者，师出有名，可以博得天下各国在道义和舆论上的声援与支持。

蔡昭侯、唐成公笑逐颜开，当即表示各出兵一万。两人觉得出兵太少，还觉得有些不好意思。

孙武笑着说："出兵不在多寡，不过要委屈二君在帐前听令。"

蔡昭侯与唐成公高兴还来不及，表示愿听大将军调遣。

第二天一早，全军拔锚起航，两天之后到达淮汭。汭水从这里入淮汭，故这座城池称作淮汭。

在淮汭休整两天之后，命夫概留守淮汭，大军弃舟登陆，折身西南，越义阳三关赶往汉水。沿途山高路险，草深林密，野兽出没，特别是越义阳三关，飞鸟不至，猿猴愁攀，谁也不会料到吴军会走这条路线。

为了加快速度，吴军走到息城西南时，孙武下令兵分两路，分头穿越大隧、直辕二关，在郧城东北会合。然后留少数将士驻郧城待命，大部队折身东进，神不知鬼不觉地奔赴柏举与伍子胥的南线部队会合，择地安营扎寨，伺机与楚军展开决战。

却说楚令尹囊瓦率五万大军伐蔡，自以为能马到成功，然后移兵伐唐，谁知蔡国兵力虽弱，却善守，围城半月有余，久攻不下。正在这时，探子来报，吴王阖闾拜孙武为元帅兼军师，伍子胥、伯嚭为副将，亲率十万大兵驰援蔡国。吴军十万之众，伍子胥、伯嚭也在其中，囊瓦顿时像泄了气的皮球。后来又听说吴军离蔡都不远，索性卷铺盖走人，下令"班师回楚"。

一路上，囊瓦本想让将士们慢慢走，以解多日攻战之疲劳，不料才过一天，探子报告，吴军从后面追来了，相距还只有三天路程。过了一天，探子又来报告，说后无追敌，吴军不知去向。囊瓦心里惊慌，孙武用兵如神，尤善用诈术，"不知去向"不是好兆头。于是下令将士们加速前进，一直跑到汉江，抢渡过江后，心才安定下来。他一面派人向郢都告急，请楚昭王派兵增援；一面指挥楚军在汉水西岸安营扎寨，把船只系在岸边。吴军无船就过不了江。

楚昭王得知吴军大举来犯，气得大骂囊瓦无能，带五万人马讨伐弱蔡，无功而返，还有脸请求增援。可骂归骂，吴军压境，前线告急，不增援难道就让吴军杀到郢都城下不成？

左司马沈尹戌陷入了沉思，前几年，吴军不断骚扰楚国，但只是在吴楚边境打游击战，从未进入楚国腹地，这一次竟然长驱直入，神不知鬼不觉直逼汉阳，他有一种预感——事态很严重。

大夫武城黑认为，吴国此次出兵，名曰解救蔡、唐，实则趁机伐楚。伍子胥、伯嚭二人与楚有仇，绝不会善罢甘休。因此他建议派兵遣将，将吴军挡在江对岸，以保郢都无忧。

楚昭王知道武城黑是囊瓦的心腹，脸显不悦之色。

公子熊申见状，立即抢着说："大王，囊瓦非大将之才，应速令左司马沈尹戌领兵驰援，不能让吴人渡过汉江。吴师远征，军需无继，不能久留。只要守住汉江，郢都方可无忧。"

楚昭王看了熊申一眼，沉思片刻，总算点头同意了。于是命左司马沈尹戌为主帅，武城黑为副，率三万兵马驰援汉阳，并给囊瓦带去命令：汉阳失守，不必来见寡人。

※ 豫章交锋

囊瓦已成惊弓之鸟，虽说有汉水阻隔，但心中不踏实。得知沈尹戌与武城黑率兵来援，一颗悬着的心才算放下，急忙出帐迎接。沈尹戌下车请安，彼此说些客套话，既进大帐，沈尹戌问道："吴兵现在何处？"

"在郧城一带。"囊瓦的部属回答。

"吴兵为何来得如此之快？"沈尹戌的眉宇间凝成了疙瘩。

"吴军以水师救蔡，行到淮汭，弃舟登陆，折身南下，直逼清发水。我担心吴军渡过汉水，威胁到楚都的安全，所以昼夜兼程赶来汉水西岸固守，并派将到郢都告急，有左司马与武将军增援，可保万无一失了。"

囊瓦的话看似轻描淡写，却将畏敌逃跑说成是顾全大局，为保都城安全而主动转移，将狗熊说成了英雄。

沈尹戌似乎不在意，或许根本就不想听囊瓦的解释，追问道："如此说来，吴兵的舟船都丢在淮汭啦？"

"吴军弃舟登岸，舟船皆留淮汭。"囊瓦回答得很干脆。

沈尹戌听罢，大笑不止。

"左司马为何发笑？"囊瓦不解地问。

"人说孙武用兵如神，我看不过尔尔。"

"此话怎讲？"囊瓦追问。

"吴军惯于水战，为图快捷，弃舟登岸，避长就短，何能不败？只要我略施小计，一定杀得吴兵片甲不留！"

沈尹戌其实也是在说大话，吴军三师敝楚之时，遭到孙武的戏弄，像没头苍蝇似的到处乱撞，碰得头破血流，难道忘记了吗？

囊瓦喜出望外，俯身问道："将军有何妙计？"

沈尹戌道："令尹可沿汉水列营，将船只尽拘汉水西岸，再令轻舟日夜在江面上巡逻，使吴军不得掠舟渡江。我带一支兵马，偃旗息鼓，从新息一带绕到淮汭河口，出其不意地将吴兵船只尽数焚毁，再在汉东关津隘口设伏，阻断吴兵退路，然后与令尹约期前后夹击，吴兵首尾难顾，欲进不能，欲退不得，何愁他不全军覆没？"

囊瓦本来就没有主张，觉得有理，同意沈尹戌谋略，命沈尹戌率所部一万五千人马奔袭淮汭。

沈尹戌对囊瓦不放心，再三叮嘱囊瓦，说他走了之后，只能固守，不能过江，哪怕吴军在对岸辱骂，也只能强忍，不可轻进，否则必将功亏一篑。并说自己少则十天，多则半月，一定会有消息传来。囊瓦满口答应。

沈尹戌还不放心，把武城黑留下来协助囊瓦。次日凌晨开拔时，又留下五千人马，仅带二万五千人马过江，迂回取道新息，奔淮汭而去。

孙武对楚军的动向了如指掌，沈尹戌与武城黑率兵增援囊瓦，住一宿后，沈尹戌率兵渡过汉水，向新息方面进发，分明是进袭淮汭，抄吴军的后路。

淮汭是吴军豫章之战的乃至吴军进攻郢都的后方军需基地，不容有失。孙武于是派专毅率兵一万，抄近道日夜兼程驰援淮汭，并给夫概下了死命令，淮汭之战事关大局，只许胜，不许败。

沈尹戌走后，囊瓦将楚军一分为三：武城黑率一万人马驻扎汉阳以东，负责搜掠沿江的船只。史皇率一万人马驻扎在汉阳以西，日夜巡逻，严防吴军夺船过江。囊瓦则率三万五千人马驻扎汉阳城外，居中协调各路人马。

在战场上，当交战双方相持不下时，就看谁先犯错，一旦一方犯错，而且这个错又被对手抓住，犯错的一方可能会遭灭顶之灾。吴、楚汉水之战就是这种局面。楚军隔江而守，吴军望江兴叹。

囊瓦如果能依沈尹戌之谋，严阵以待，吴军就是有天大的本事也过不了江，吴、楚两军隔江对峙，鹿死谁手不好说。囊瓦虽非大将之才，却有一颗不甘人后之心，加之又有人煽风点火，使得吴、楚势均力敌的局势，逐渐朝着有利于吴军的方向倾斜。

沈尹戌走后，囊瓦悠闲自在，品茶聊天，高枕无忧，武城黑、史皇二人担心沈尹戌抢了头功。本来，沈尹戌在朝中的风头就有盖过囊瓦之势，再抢头功，囊瓦的令尹之位可能就不保。一荣俱荣，一辱俱辱，二人私下商议，怂恿囊瓦起兵过江攻打吴军。吴军利于水战，但却无船，且连日阴雨，粮草不继，士气定会低落，楚军倾巢而出，定可一战而胜。囊瓦并没有忘记沈尹戌的叮嘱，起先尚不为所动，经不住武城黑、史皇二人一再劝说，终于还是被说动。其实他也担心沈尹戌夺了头功，于是放弃与沈尹戌的约定，下令楚军渡江作战。

孙武得知楚军要过江，意欲将楚军引到柏举去，然后伺机而歼。
伯嚭建议趁楚军半渡之时，举兵攻打。

伍子胥则认为楚军士气正盛，不宜立即迎战，因此他赞成孙武的主张，兵退柏举。

孙武得到伍子胥的支持，立即下令撤兵。严令三军依序而退，不得喧哗。军令下达之后，数万吴军悄无声息地开往柏举。

囊瓦率楚军渡过汉水，不见吴军一兵一卒，以为吴军怯战，心中大喜，下令大军在吴军留下的旧寨扎营。第二天，开赴柏举。时值十一月初，大别山天气寒冷，一路上，随处可见吴军丢弃的破衣烂屦，残锅烂灶。囊瓦判断，吴军向柏举方向逃窜，一定是沿淮水东逃，前往淮汭与水师会合逃回吴国。于是沿着这条路线穷追不舍。第三天日暮，在大别山麓发现了吴军的踪迹。囊瓦下令安营扎寨，次日在柏举列阵，摆出一副与吴军决一死战的架势。

孙武登高眺望，见楚军摆下的阵势，问自己，也是问身边的伍子胥："放着汉江天险不守，囊瓦这是要干啥？"

伍子胥笑道："囊瓦无谋，贪功冒进，吴、楚兵力相当，必须给楚军一个下马威，头阵我来打。"

"非你莫属啊！"孙武大笑，笑声中透出一种信任。

楚将史皇率一万人马出营挑战。伍子胥率五千人马迎战，史皇贪功心切，不待吴军立稳阵脚，便率楚军冲杀过来。伍子胥冷笑一声，挥手示意，传令兵大旗挥动，吴军如潮水般向两边分开，放楚军入阵。突然，吴军阵中蹿出三百余人，各个白布缠头，短裤麻屦，手握一根丈余长的大棍，挥舞起来虎虎生风，如出山猛虎般冲向楚兵，砸到头，脑崩颅裂；砸到马，战车成了死车。顷刻之间，楚军队伍被打得七零八落。正在这时，传令兵大旗又舞，刚才让到两边的吴军见到旗令，转身杀回来，楚军溃不成军，大败而逃。

史皇收拾残兵逃回大营，清点人数，伤亡两千余人。囊瓦气得大骂："吴军三百余人，也没有三头六臂，打你一万人，竟然如虎入羊群，打的是你，丢的是我的脸啊！让沈尹戌看笑话了。"

史皇哭丧着脸说："吴军太狡猾，谁知他们一人抢一根大棒子，劈头盖脸地见人就抽，一下子就打乱了我军阵脚，这才吃了败仗。请再给我一次机会，今晚让我带兵去劫营，杀吴军一个措手不及，干掉阖闾。"

武城黑插言道："吴兵初战获胜，晚间必定大摆酒宴，我军今夜前往劫寨，定然大获全胜。"

史皇与武城黑一唱一和，囊瓦颇觉有理，就这样梦幻般地做出决定：今夜劫寨，并亲领大队前往。

吴军初战告捷，阖闾心中欢喜，吩咐大摆庆功酒宴，遭到孙武的阻拦。

"不值得庆贺吗？"阖闾有些不解。

"庆功酒留待明日再吃！"孙武道，"今晚还有一场大战。"

"何以见得？"阖闾问。

孙武道："囊瓦是斗筲之辈，贪功侥幸，今天楚兵小败，未伤元气，囊瓦以为我军今日初战得胜，晚间必饮酒庆功，守营松懈，故而要来劫营。"

阖闾点点头，说："既如此，元帅早做准备才是。"

孙武于是下达命令：伯嚭率一万人马埋伏在营寨左右山中，闻哨声杀出。伍子胥调兵一万人马抄出小别山，反袭囊瓦大营。孙武自率一万人马，两边接应。吴军大营，仅留数百老弱残兵，值掌灯火，迷惑敌军。

※ 囊瓦劫营

初更时分，囊瓦与史皇先后上马，一个提刀，一个端枪，率一万人马，偃旗息鼓，在黑暗中杀奔汉阴山。

二更时分，武城黑带领五千兵马前往接应。

三更时分，囊瓦率军来到汉阴山脚下，只听山上鼓声咚咚，战马嘶鸣，大约庆功酒宴尚未散席。楚兵爬到半山腰，吴军寨门紧闭，无人防守。囊瓦下令点起灯笼火把，只见寨门内数十名吴兵怀抱兵刃，和衣而睡，酒气熏天。楚兵潮水般涌上前，推倒寨门，酣睡的吴兵从梦中惊醒，挺身而起，拔腿便跑，一边跑一边喊："楚兵杀上来了，快逃吧！"

囊瓦领兵向纵深杀去，除了刚逃走的那些吴兵，一路竟未遇到一个吴兵。不远处是中军大帐，灯火辉煌，闯进帐内一看，竟然是一座空帐，一股凉气从脚底向上涌——莫非是一座空营？那鼓声、马嘶声从何而来？循声张望，不觉毛骨悚然，惊叫一声："中计了！"

原来，囊瓦看到的是"悬羊擂鼓"：几头山羊，后蹄紧捆，悬在空中，两只前蹄各绑一根木棒，木棒下放一面鼓。羊被吊得疼痛难忍，难免要挣扎，于是两根木棒便敲得皮鼓咚咚作响。几只羊同时敲击，响声就更大了。

"饿马奔槽"：树下拴着几匹饿马，牲口槽内盛有满满的草料，但是离得太远。这些饿马看着草，闻着香味，就是吃不到嘴，急得咴咴嘶鸣。

囊瓦情知中计，急令撤兵，突然，四面号角齐鸣，火把齐燃，将左右山林照得如同白昼。火光中人马攒动，吴军蜂拥而至。

楚军原本就涣散，见到这样的阵势，吓得四处逃窜。囊瓦左冲右突，奋力杀出重围。

正在这时，伯嚭指挥吴军从左右包抄过来。

囊瓦打了一个冷战，情急之下大叫："史先锋，快挡住敌将！"

史皇拍马上前，挡住了伯嚭，囊瓦趁机逃走，转瞬不见踪影。史皇见囊瓦逃远，虚晃一枪，也夺路而逃，追了七八里，才赶上囊瓦。囊瓦见史皇赶来，心中稍安，恐吴军追来，不敢久留，继续逃跑。

蔡昭侯率兵从左边树林杀出，大叫："囊瓦匹夫，哪里逃，还我裘佩！"

唐成公率兵从右边树林杀出，大叫："囊瓦贼子，还我千里马！"

囊瓦吓得魂飞魄散，不敢应战，乘夜色的掩护，跑进了树林。史皇抵挡一阵，领残兵追了上去。伯嚭与唐、蔡二君一心欲捉拿囊瓦，紧追不舍。囊瓦东躲西藏，正在恨天无路、恨地无门之际，武城黑引兵前来接应。

囊瓦大呼："武将军来得正好，挡住追兵！"

武城黑让过溃败的楚兵，上前迎敌。唐、蔡二君见囊瓦来了援军，想起孙武关照的不必穷追的话，立即鸣金收兵，返回时遇到夫概、伯嚭，一同收兵回营。

囊瓦见吴军没有追赶，这才松了一口气，与武城黑合兵一处，准备返回大营，忽然探子来报，楚军大营已被伍子胥攻占。囊瓦险些栽下马来，仰天悲号："天灭我囊瓦，天要灭楚吗？"

武城黑见囊瓦沮丧的样子，建议退回汉江南岸，再向郢都请求救兵。史皇认为退回汉阳为时尚早，应驻军柏举，等候沈尹戌的消息再做决定。囊瓦采纳史皇的建议，带领残部向柏举进发。

忽然，前头车尘滚滚，一大队兵马迎面杀来。

囊瓦吓得瘫坐在地。有人看见了来军的旗帜，大呼："楚军，楚军，援军到了！"

原来，公子熊申等人建议楚昭王派出沈尹戌之后，仍然觉得兵力不足，充其量只能守住汉水，难胜吴兵。于是建议命薳射与儿子薳延再领一支兵前来助阵。薳射是楚平王的爱将，退休归邑多年，战功与资历均在囊瓦之上。请薳射重出江湖，算是把压箱底的绝活拿出来了。

蒍射率兵前来，一路上碰到不少溃逃的楚兵，知道囊瓦吃了败仗，于是加速赶来，见到囊瓦，询问柏举之役为何受挫。囊瓦面有愧色，但还是将柏举交战的情况详细说了一遍。

蒍射道："令尹如果不擅自行动，何至于此！"

囊瓦见蒍射言语讥讽，气得脸色发白。史皇、武城黑勃然大怒，拔出长剑，大喝："蒍射，你大胆，竟敢对令尹无礼？"

蒍延见状，手握剑柄，眼光投向父亲。蒍射纵声大笑，冲着囊瓦说："令尹大人，在自己人面前要威风，有意思吗？蒍某前来增援，唯大王之命是从，不受你的约束，教你的部将如何对吴军用剑吧！"

囊瓦显得很难堪，瞪了史皇、武城黑一眼，二人收剑退下。

蒍射问："令尹大人可曾想过，豫章一战若败，后果如何？"

囊瓦心里当然明白，只是难以启口。

蒍射似乎不想给囊瓦留面子，道："伍子胥与楚有仇，剑指楚王，伯嚭与楚为仇，可是要向你讨回公道啊！"

囊瓦哭丧着脸，问道："蒍将军，事已至此，你说该怎么办？"

蒍射道："依我之见，楚军不能撤退，先在柏举驻扎，等待时机成熟，与沈司马前后夹攻，才能一举灭吴。"

囊瓦面有赧色，这不就是沈尹戍当初之谋吗？只因自己擅自行动，才落得今天的下场。事已至此，后悔也无济于事，只好依从蒍射意见，移军柏举布阵，伺机再战。

囊瓦是一个好大喜功、刚愎自用的人，身为令尹，官居蒍射之上，凡事自作主张，极少与蒍射商量，手中有了兵，胆子似乎又壮了起来，又提出向吴军发起全面攻击。

蒍射忍无可忍，斥责道："令尹也太轻敌了！前车之鉴，岂可重蹈？楚军如果再败，后果不堪设想。须待沈司马回师，再行会战，绝不率先出兵。"

囊瓦大骂蒍射胆小如鼠，居心叵测。蒍射一怒之下，带着本部兵移居他营。由于斗气，两营并未从军事上形成互为掎角、相互接应之势，而是各自为营，互不相干。

囊瓦既恼又气，更多的还是害怕，如此一来，脾气更加暴躁，动辄吹胡子瞪眼。史皇担心吴军前来攻营，询问囊瓦有何打算。

"你问我，我问谁呀？"稍停片刻，囊瓦又硬着头皮问史皇，"你有何退敌良策？"

史皇欲言又止，为难地说："办法倒是有，不知是否可行。"

"快讲！快讲！"囊瓦迫不及待地催促。

"我军连遭败仗，人心慌乱，不利再战。既然薳射另立营寨，我们索性在营门口挂一块免战牌。"

"为什么要这样？"

"吴军见我免战，必移兵与薳射交锋。薳射孤掌难鸣，难以取胜，势必前来求助于令尹，到时再出兵夹攻吴军，令尹既有面子，获胜的功劳还是令尹的。"

武城黑插嘴说："这叫作以逸待劳，还可静待沈司马的消息。"

囊瓦闻言大喜，立即命人在营门外挂起了免战牌。

楚将沈尹戌率二万五千人马取道新息，日夜兼程赶到淮汭，见到吴军的援兵竟然从江汉先他而到。沈尹戌瞅见吴将夫概率水师扎营淮河北岸，吴军援兵靠近水师于岸边扎营。当他得知吴军援军统帅名叫专毅，年方二十二岁，官居上卿之职时，惊问道："年少位尊，是何来路？"

部将句卑回答说："专毅是伍子胥长子伍俍，自幼师从孙武，后承嗣于专诸，更名专毅。吴王阖闾念其父专诸诛王僚之功，爵其高职。"

"果然是虎父无犬子，此人不可小觑。"沈尹戌于是命大军扎下营寨，与吴军相持。

专毅见沈尹戌安营扎寨，不急于开战，建议夫概速战速决，然后回兵豫章。两人议定，夫概佯装水师舟舰班师，专毅率军于岸上列阵掩护，引诱楚军出战。

第二天，沈尹戌登楼车观看，见吴军列阵以待，笑道："吴军欲速战，传令不许出战。"说罢下了楼车，回帐中喝酒去了。

部将句卑放心不下，登上楼车眺望，见吴军水师战舰起航顺流而下，慌忙报告沈尹戌。

沈尹戌道："专毅果然狡诈，列阵以待，原是掩护水师撤军。"于是命句卑率一万五千兵马攻打专毅大营，自率一万兵马劫掠吴军水师大寨。

沈尹戌率军奔河岸，抢占吴军水师大寨。谁知刚到河边，吴军水师突然又逆流而归，头舰首立一大将，正是吴将夫概。

夫概见沈尹戌率楚军杀入水师大寨，留守吴军正在与楚军激战，急命水师杀回大寨，与楚军展开急夺战。

岸上两军酣战正急，兵力上吴军以一万敌楚军一万五千，处于劣势。专毅性如烈火，想迅速杀退楚军，增援夫概抢夺水寨，不料被楚军死死缠住，脱身不得，混战中身中数箭，血湿战袍，仍是高声呼喝，指挥吴军杀敌。吴兵见主将英勇，人人争先，两军杀得难解难分。

夫概见岸上楚军如蚁般压向专毅大营，深为专毅担忧，却无力分兵援助。

沈尹戌率楚军拼命抵抗，不肯放弃所占吴军水师大营，夫概急攻不下，心里也很焦急。

正在这时，突见数百艘战船溯流而上，头船大旗上有斗大的"吴"字。原来，孙武派专毅驰援淮汭，仍觉不放心，于是请吴王阖闾亲率大军来援。

吴军听闻吴王阖闾亲率大军来援，士气大振，一鼓作气，杀得楚军溃不成军。沈尹戌率残部上岸逃走。

专毅见楚军溃败，率军夺得楚军大营，挥剑砍倒楚军大旗。终因伤重力竭，流血过多，突觉一阵晕厥，倒地身亡。士兵们围着专毅的尸体大哭。

阖闾与夫概弃舟登岸，见岸上尸横遍野，血流成溪，惊问："专毅何在？专毅在哪里？"

有士兵说专毅将军率兵攻占了楚军大营。

阖闾与夫概赶到楚军大营，见新竖起的吴军大旗下，士兵们哭成一团，惊问："什么事，为何大哭？"

吴兵见是吴王到了，伏地稽首。

阖闾见新竖起的吴军大旗下躺着一人，血染战袍，显然已是身亡。近前见是专毅，大惊失色，单膝跪地，将专毅抱在怀里，哭道："专毅，专毅，你为寡人战死，寡人生何以见伍子胥，死何以见专诸，你让寡人好难啊！"

阖闾命夫概以棺椁盛殓专毅，派人用专船送回姑苏，葬在专诸墓侧。又命吴军休息一天，留下一万人马镇守淮汭，其余人马尽随阖闾、夫概开赴豫章。

第十三章

吴军入郢

※ 夫概违命

夫概从淮汭来到豫章后，憋了一肚子火，急于想立战功，一雪前耻。获悉楚将不睦的消息，赶往大本营向孙武请战。恰逢孙武外出勘察地形，不在营内，于是直接找吴王阖闾，请求说："囊瓦暴虐，贪婪则缺少仁慈之心，他的部下没有一个愿为他殉身的。听说他与大将蘧射父子不睦，到了水火不容的地步，如果趁机对楚军发起攻击，他们一定会全线崩溃。"

阖闾摇头说："楚军内讧，有可能是诈术，出击可能会中了他们的奸计，没有得到孙武、伍子胥同意，不得出兵。"

夫概心中不悦，寻思：人们所说的"臣子按照自己的意思去行动而不待君主的命令"，可能就是现在这种情况吧。辞别阖闾之后，夫概便带着自己的五千部属去攻击囊瓦大营。

囊瓦以为挂出免战牌便可万事大吉、高枕无忧了，这一天睡到日上三竿还没有起床，突然一位将官闯进军帐报告，说有一队吴兵杀过来了。

囊瓦侧耳细听，果然有喧嚷声由远而近，若无其事地说："没关系，我们高挂免战牌，吴兵不会攻打我们，一定是去攻打蘧射大营，想必是从此经过。"

"是直奔我军大营，不是路过。"

囊瓦问："难道他们没有看见免战牌吗？"

报信的将官无奈，只好退出。

囊瓦披衣起床，衣服还没有穿好，又一个侍卫闯进来报告，吴军杀来了。囊瓦吓得手一松，衣服滑落在地，颤声道："孙武不去找蘧射，怎么偏要与我为敌呢？"

正在这时，史皇与武城黑也来了。囊瓦指着武城黑说："武将军，你火速前去抵挡一阵，日后回都，必当重赏。"

武城黑领命离去，囊瓦立即带着史皇，从后营逃命去了。后营楚兵见囊瓦逃走，一哄而散，跟在囊瓦后面一起溃退。

夫概杀奔楚营，见迎战的楚将面如黑炭，料知是武城黑，大叫："武城黑，看刀。"话声未落，冲上去抢刀便砍。

武城黑见夫概来势凶猛，心生怯意，硬着头皮举枪招架，不料夫概力大势猛，震得虎口流血，两臂酸麻，自知不敌，一个照面之后，也不勒马回头，顺势就溜。

夫概来得更快，不待勒马回头，反手补一刀。武城黑猝不及防，中刀落马。楚兵见主将身亡，四散奔逃。

夫概见武城黑已死，冲进中军帐欲捉拿囊瓦，谁知帐内空空如也，囊瓦早已逃之夭夭。夫概失去了抢头功的机会，非常失望。既然没有捉到囊瓦，那就去会会薳射父子，据说薳射是楚国名将，若能战而胜之，不但可抢头功，而且还能扬名天下，于是带着队伍杀奔薳射大营。

囊瓦和史皇逃出后营，刚拐过一道山弯，迎面碰到一队吴军杀过来，为首将领银盔素甲，大喊："史皇休走，伍员来也！"

伍子胥为何不喊囊瓦呢？因为囊瓦头未顶盔，身未披甲，同一般的士兵无异。伍子胥虽然没有喊囊瓦，囊瓦却吓得从马背上滚落下来。既已落地，索性就不再上马，经验告诉他，步行比骑马更安全，混在士兵之中，伍子胥难以发现。

史皇吓得魂飞天外，丢下囊瓦，拨马便逃，见伍子胥穷追不舍，只得回头再战，只一回合，便被伍子胥挑落马下，再补一枪，一命归西。

伍子胥见史皇已死，囊瓦不见踪影，下令鸣金收兵，赶往囊瓦大营与夫概会合。

囊瓦虎口余生，混在溃逃的楚兵队伍里拼命地跑。楚兵见吴兵不再追赶，放慢了脚步。他们边走边议论，眼下走投无路，只有投奔薳射。囊瓦心里想，你们能去，我不能去，我若去了，岂不让薳射笑掉大牙，再说，伍子胥与夫概联合攻营，薳射父子未必能守得住，薳射遭败，吴军必过汉水，直捣郢都。郢都既然难保，我何不趁此远走高飞，苟全性命，再图进取。主意既定，囊瓦带了几个心腹之人，溜出溃逃的楚兵队伍，抄小道投奔郑国去了。

囊瓦自做令尹以后，便成为楚国的一个祸根，弄权误国，杀害忠良，堪称祸国殃民的第二个费无忌。囊瓦逃到郑国也没有得到好下场，后来被杀死在那里，这是后话。

伍子胥赶奔囊瓦大营与夫概会合，进营一查问，夫概早已杀奔薳射大营。不禁摇头叹息：此人太贪功好胜，将来必误大事。寻不着夫概，伍子胥只好统兵直奔薳射大营，接应夫概。

伍子胥为何赶来接应夫概呢？原来，夫概离去不久，孙武视察回营，得知夫概孤军出战，担心他出事，急命伍子胥率兵一万前往接应，其中数百人内穿楚兵军衣，每人暗带白鸡毛一根作为标志，授密令，先击溃囊瓦军，然后与夫概同取薳射大营。于是，伍子胥带兵赶来接应。

囊瓦的败兵抄小路以最快的速度来到了薳射的大营，向薳延说明情形。薳延命人将败兵带到后营安置，自己进帐向父亲禀报。

蓬射早预料到囊瓦必败，但他毕竟是沙场老将，不敢过于轻敌，随即调一万兵马到营门外布阵，阵势尚未列成，夫概已率吴军杀来。

夫概见蓬射已有防备，不敢贸然上前，令吴军列阵，然后拍马出阵挑战。

蓬射出阵大呼："来将是谁？留下名来，老夫刀下不斩无名之鬼。"

"吴军大将夫概是也！"

蓬射哈哈大笑："你不是我的敌手，叫伍子胥来会我。"

夫概气得嗷嗷乱叫，拍马冲上前，挥刀便砍。蓬射冷笑一声，挥动手中狼牙棒横扫过去，刀、棒相交，夫概被震得两臂酸麻，大刀几乎脱手。武将举手见高低，夫概心里明白，自己绝非蓬射的对手，想逃跑却又脱不得身，十余回合后，已是气喘吁吁，狼狈不堪。强将手下无弱兵，蓬射的兵马也远非囊瓦的队伍所能比，吴兵虽勇，讨不到便宜，伤亡惨重。夫概见状，虚晃一刀，拍马就跑。

"哪里逃！"蓬射拍马紧追。蓬延怕父亲有失，随后也追了上来。

夫概正在走投无路之际，前面来了无数兵马，为首一将马上高呼："夫概不要惊慌，伍员来也！"

伍子胥率兵从天而降，夫概高呼："伍将军来得好，蓬射口吐狂言，要与您决一雌雄。"说罢退到一旁，大口大口地喘气。

伍子胥顾不上回话，抬头察看阵势，见离蓬射大营不远，没有打乱原定的作战计划，立即下令鸣号三声，然后拍马上前。

蓬射听到三声牛角号响，正在纳闷，远远看见迎面而来的吴将白袍银甲，须发如雪，知道伍子胥到了，拍马上前，拱手道："子胥兄，别来无恙？"

伍子胥还礼道："托蓬射兄之福，还过得去，唯杀父戮兄屠家之仇未报，寝食不安啊！"

蓬射道："先王听信费无忌谗言，杀害太师及令兄伍尚，蓬射也为伍兄感到不平。然先王已逝，费无忌也亡，子胥兄为何还要耿耿于怀呢？你也是楚国旧臣，如果能弃吴从楚，我当奏请楚王，给伍氏一族立庙祀奉，封兄高位，如何？"

"子胥今非楚人，已是吴臣。再者，我父子都辅佐太子熊建，熊建死，其子熊胜尚在。如果要我伍子胥归楚，我就要立公子胜为王。蓬射兄，你答应得了吗？"

蓬射苦笑道："子胥难为蓬射了，我与你昔日同殿为臣，无怨无仇，为何要兵戎相见呢？"

伍子胥笑道："子胥与蓬射兄各为其主，岂可因私废公？蓬射兄既念旧情，我岂可忘义。现在我退兵五里，再与兄战，前情尽了。"

伍子胥说罢，大戟一挥，吴军左右军先退，然后中军再退，秩序井然，阵容不乱。蒍延见吴军后退，对蒍射说："父亲，为何不趁吴兵后退阵容不整时杀过去。"

"你没有看见吗？吴军左右先退，中军再撤，攻防有备，退而不乱，可见伍子胥深通用兵之道，且伍子胥既然念旧情，为父岂能无义？"

蒍射见吴军后退五里立阵，挥师杀上前去。不料吴军并不搏杀，只用强弓硬弩对楚军一阵猛射。楚军冲击不利，只得后退。稍作准备，蒍射再次拍马杀上。

伍子胥不再客气，拍马迎上去，二马相交，戟来棒往，大战数十回合，旗鼓相当，难分胜负。

蒍延一旁看得提心吊胆，伍子胥果然名不虚传，凭父亲的本领恐难取胜，担心父亲年迈体力不支，拍马上前助阵。

"好不要脸的蒍家父子，欺吴无将吗？"夫概拍马上前接住蒍延，四个人打成了两对，正打得难分难解之际，楚军阵中传出一片惊呼："起火了，营中起火了！"

蒍射抬头望去，见大营中火光冲天，想起刚才吴军奇怪的三声牛角号声，恍然大悟，这一定是伍子胥发出的信号，自己中计了，急令退兵回营。

※ 击楚半渡

蒍射所料不差，这把火确实是吴兵放的。在夫概攻营，武城黑率兵抵挡，史皇保囊瓦溜出后营，后营兵丁跟着奔跑的时候，数百名内穿楚兵军服的吴兵，也就是伍子胥的部卒，按照孙武事前的布置，脱下罩在外边的吴兵军服，露出楚兵军衣，混杂在囊瓦败兵之中逃到蒍射大营，被安置在后营休息。听到三声牛角号响，知道吴军杀到，大家将白鸡毛插在头上作为标识，四处散开放火，不一会儿，整个营寨陷入一片火海之中。

蒍射退到大营外，见营中陷入火海，长叹一声，自己曾讥笑囊瓦无能，转瞬间厄运落到自己头上，于是当机立断，传令楚军向汉水西岸撤退。

伍子胥率军追到蒍射营前，见楚兵向西奔去，一面派人灭火，捉拿残兵败卒，一面会合众将士，紧紧向西追赶，一直追到清发水（今湖北省安陆市西的涢水）岸边。远远看见蒍射正在指挥楚军加固河面上一座窄小的浮桥，数以万计的楚兵挤在河滩上，乱作一团。伍子胥命吴军隐伏在山坳中休息，严禁喧哗。夫概率兵赶到，建议趁机攻打楚军。

伍子胥笑道："楚兵尚未过河，如果发起攻击，楚军进退不得，陷入绝境，便会作困兽之斗。不如稍等片刻，在楚军半渡之时发起攻击，可获全胜。"

夫概叹道："王兄赞伍将军谋勇过人，不逊孙武，果然名不虚传。"

伍子胥、夫概与吴军在山坳里休息了大约一个时辰。楚军加固了浮桥，已经开始渡河了，半个时辰之后，约有三分之一的楚兵已到达河对岸。过河的楚兵席地而坐，乱不成军，正在过河的楚兵拥挤在浮桥上，混成一团，未过河的楚兵挤在河滩上，犹如蚁动。

正在这时，吴军突然对楚军发起进攻，夫概率兵从上游杀到，胡屠率兵自下游杀来，伍子胥率军从山上杀下来。楚军遭吴兵三面夹击，前后无路，进退无门，只有拼作一死。

蒍射见吴军逼近，只得硬着头皮迎战伍子胥。

夫概见伍子胥与蒍射交锋，高呼："伍将军，蒍射交给你，我去追蒍延。"正当这时，有一只渡船靠岸，楚兵蜂拥上船，夫概大喝一声，挥刀杀向楚兵，岸上的楚兵不敢上船，船上的楚兵或跳上岸，或投于江中，渡船上除了船夫，别无他人。夫概带领兵丁上船，摆渡到对岸。夫概上岸之后，直接去找蒍延。

蒍射与伍子胥大战十余合，终非伍子胥敌手，加之见楚兵溃不成军，死伤过半，不敢恋战，拨马便逃。

伍子胥穷追不舍，但心里惦记夫概，怕他贪功好胜误事，将大戟挂在马鞍上，开弓搭箭，射向蒍射。箭似流星，正中蒍射后心。蒍射大叫一声，栽落马下。伍子胥赶上前，一戟结果了蒍射的性命。吴兵围上来，割下蒍射的首级。伍子胥命人快马加鞭回大营禀报吴王与孙元帅，然后带兵过河接应夫概。

伍子胥率军过浮桥，见夫概与蒍延正打得热火，大喊一声："蒍延，你父蒍射已死，还不赶快下马投降！"

伍子胥的话音未落，有士兵将蒍射的首级挑在枪尖上，高高举起。蒍延见到父亲首级，痛哭失声，但理智告诉他，还不是哭的时候，急忙下令退兵，朝雍澨（今湖北省京山县西南）逃奔。

夫概埋怨伍子胥不该这个时候出示蒍射的首级，吓跑了蒍延，正欲率兵追下去，突然从蒍延逃跑的方向传来阵阵鼓声，伍子胥以为是楚援兵来了，下令全军撤回河东。

此时天色已晚，恰好阖闾、孙武带领大队人马赶到，一起安营扎寨。

孙武升帐，论功行赏，伍子胥、夫概与胡屠立有战功，分别奖赏。胡屠是谁？说起来有点奇葩，出兵之前，孙武担心兵力不足，将狱中的死刑犯放出来组建成一支队伍，稍加训练之后，交给胡屠指挥，允诺他们，只要在伐楚之战中立下战功，便可赦免死罪，功劳大者，可加官晋爵。重赏之下必有勇夫，胡屠在首战中带领部下冲锋在前，孙武给他记功，这就是孙武的驭将之道。

孙武出帐去了，帐内只剩下阖闾与伍子胥二人。闲谈中，伍子胥说到清发水击楚半渡之战，夫概功不可没。

阖闾非常欣慰，说道："寡人有弟若此，何患郢都不入！"

伍子胥欲言又止，想说什么呢？伍子胥听被离说过，夫概毫毛倒生，日后必有背国叛主之事，此时身边无人，想趁机提醒阖闾：夫概虽智勇双全，但不可重用。既然阖闾将破楚入郢的希望寄托在夫概身上，自己何必自讨没趣呢？毕竟人家是兄弟啊！

再说从薳延逃奔的方向传来的战鼓声，伍子胥以为是楚国援兵，故而下令撤兵。薳延认为是吴兵，吓得魂飞天外，稍微安定之后再看，原来来军是楚军旗幡，走近后一看，居然是沈尹戌。

沈尹戌怎么突然到了清发水呢？

原来，沈尹戌自淮汭败逃之后，率残军向汉水靠拢，恰逢吴楚大战，便率军上前接应。

薳延见吴兵不再追赶，上前与沈尹戌见礼，并把战况叙说一遍。沈尹戌吩咐连夜赶路，前往雍澨安营。

次日，吴军快速向雍澨进发，在离雍澨十里之处安营扎寨，与楚营形成对峙之势。当天晚上，孙武做了西渡汉水、直捣郢都的动员之后，决定对楚军发起进攻。命夫概率一万人马，从正面攻打楚营；公子山率一万人马，攻打楚营尾队；唐成公、蔡昭侯各率本部人马，分别攻打楚军左营右哨；伍子胥带领机动部队留在大营待命。号令已毕，命人将武城黑和薳射的首级高悬营门，以激励将士的斗志。

沈尹戌见囊瓦败逃，薳射战死，知楚军大势已去，在雍澨扎营之后，便命薳延星夜赶回郢都，向昭王禀报前方战况，请昭王做最坏打算。薳延称要留在雍澨杀敌，为父报仇，请沈尹戌另遣他人，在沈尹戌发怒的情况下，这才洒泪而别，取道奔郢都去了。

沈尹戌望着薳延驱车远去，叹道："薳射兄，我为你薳家留下祭祀香火，九泉相见，弟无愧于你。"接着，他又召来心腹句卑，对他说，"囊瓦贪功，使我的谋略成空，楚国也陷入绝境，雍澨一役，我当与孙武、伍子胥决一死战，胜，吴军不得入郢；败，你将我的头颅带回郢都，向楚王谢罪。"

沈尹戌抱定以身殉国的决心，布了一个钳形阵，其形犹螃蟹之钳，夹住了便不松口，不是鱼死，便是网破。

第二天拂晓，沈尹戌下令布阵，手执令旗站在中军兵车上，等候吴兵来攻。

夫概率一万兵马杀来，沈尹戌令旗一挥，楚兵向两边分开，让吴兵进阵。吴兵进阵之后，被数排兵车挡住去路，欲进不能，沈尹戌令旗再挥，两边楚兵向中间合拢，将吴军围在中间，圈子越收越紧，越缩越小。

吴公子山和唐、蔡二君的处境与夫概一样。吴、楚两军分成四个大圈子，围在外面的楚军奋力收紧圈子，圈子里的吴军拼命向外冲杀，杀得天昏地暗，尸骸叠叠，这是自汉水之战以来打得最激烈的一仗，双方伤亡惨重。

孙武与阖闾、伍子胥站在山坡上，见楚军用钳形阵法以少围多，居然还略占上风，佩服沈尹戌是大将之才，急忙对伍子胥交代一番。

伍子胥火速调动五千士兵，百余辆兵车，将茅草、木柴捆在战车上，带上松香、鱼油等引火之物，杀向阵前。他把兵车分成前后两队，每队五十辆，命士兵全都下车，取火种先点燃前排车上的柴草，顿时火焰冲天，战马受惊，加之火烤屁股疼痛难忍，用不着人赶，向楚阵狂奔而去。前队五十辆火车刚冲出，后队五十辆火车跟着也冲出。

伍子胥指挥着五千士兵跟在火车后边朝前冲，所到之处，人仰马翻。楚兵的包围圈被冲得七零八落，一片鬼哭狼嚎。

夫概一直被围在前营核心，凭他的本事杀出重围并不难，但他不愿丢下自己的士兵独自逃命，只好跟士兵一起苦战。楚兵圈子被火车冲散之后，夫概精神陡增，拍马杀奔中队找沈尹戌，正当这时，伍子胥也杀向楚军中队。

开始，沈尹戌见楚兵的包围圈越来越小，心中欣喜，挺立兵车上，挥舞令旗指挥战斗。后来见前营被火车冲乱，大惊失色。眼看败局已定，沈尹戌陷入了绝望。正在这时，火车冲入中队，撞翻了沈尹戌的兵车。沈尹戌一个跟头从车上栽下来，摔断了左腿。他知道自己死期已到，将句卑唤到身边，道："我死之后，你割下我的首级，去见楚王！"说罢，拔剑自刎而亡。

句卑跪倒在地，向沈尹戌的尸体拜了三拜，狠心割下沈尹戌的头，脱下上衣包好，系于腰上，以手刀扒土，掩埋了无头尸体。然后跨马执剑，冲出重围，快马加鞭，飞奔郢都。

※ 驴子磨麦计

蓬延先一步回到郢都，向楚昭王哭诉雍澨兵败，其父蓬射战死，武城黑、史皇阵亡，囊瓦柏举兵败逃奔郑国，沈尹戌命他回都的经过。楚昭王闻言大惊，半天说不出话来。不久，句卑进宫，呈上沈尹戌首级，诉说豫章、柏举、雍澨兵败之由。最后道："因令尹不用司马之计，才至一败涂地。"

楚昭王见到沈尹戌的首级，大放悲声，这才知道囊瓦误国。立即召沈尹戌之子沈诸梁，领回其父首级，厚礼安葬，封沈诸梁为叶公。

吴兵即将迫近郢都，楚廷上下人心惶惶。楚昭王自从得了湛卢剑，听信术士之言，盲目乐观，一心只恃天意，整日做霸诸侯、王天下的美梦，如今强敌压境，则又悲观失望，毫无拒敌信心，主张弃城西逃。

公子熊申主攻一战，战而不胜，再走也不晚。

熊申的主张得到公子熊西、熊期及大臣们的赞同，楚昭王非常恼火，索性来了个撒手不管，含泪回后宫去了，临走时说：是战是守，你们商量决定。

楚昭王离去之后，众人再议，决定一战。

于是议定，命鬬巢为大将，率军一万镇守麦城，守住北路；命宋木领兵一万，镇守纪南城，守住西北路；公子熊申领兵一万，扼守鲁洑江，守住东路。其余西有川江，南有湘江，非吴军入郢之道，不必防守。熊西、熊期召集申包胥等人，固守郢都。

西渡鲁洑江是入楚捷径，但有重兵把守，孙武权衡再三，决定兵分三路，分别攻打麦城、纪南城和郢都。

孙武决定兵分三路：伍子胥引兵一万攻打麦城，蔡昭侯以本国之师助阵；孙武亲自率兵一万攻打纪南城，唐成公率本国之师助阵；阖闾亲引大军攻郢都，伯嚭随行。

伍子胥率兵来到离麦城十五里之地安营扎寨，携蔡昭侯攀上一个高阜观察麦城，见楚军戒备森严，一筹莫展。于是派蔡昭侯赴纪南城见孙武，讨教攻城谋策。孙武画了一幅画交给蔡昭侯，让他带给伍子胥。这是一幅驴子磨麦图：

一间小磨房，中间一盘石磨，磨上套着一头驴，磨顶装有漏斗，斗里盛满了麦子，驴走磨转，麦屑纷纷而下。

这就是破城之策？驴拉磨，磨麦子，跟攻城有什么关系？伍子胥反复赏玩，不解其意。突然，一个"麦"字，打开了他的思路——麦指的麦城，一盘磨，一头驴，慢慢地磨，就能把麦城磨掉，这叫"驴子磨麦计"。

伍子胥喜不自抑，连夜部署，命每个士兵准备一个布袋，内装泥土，所有兵车装满石块，天亮前备齐。又命胡屠带领所属五百人，内衬楚兵军装，随时听候命令。

第二天，伍子胥在麦城城东七八里处，用枪尖在地上画了一头驴，命士兵以石块、泥土为料，依线砌了一座城，唤作"驴城"。接着又到麦城以西七八里处，同样以枪尖画了一个大圆圈，依线筑城，这座城形状酷似石磨。依形命名，唤作"磨城"。

东驴西磨，中间是固若金汤的麦城。蔡昭侯似乎明白了，这是模仿驴拉磨转，磨麦为粉的办法，可偌大一座麦城，凭这小小的"驴""磨"二城，能行吗？蔡昭侯本欲启唇动问，怕是军事秘密，闹出笑话，话到舌尖又咽了下去。

鬭巢很快得知吴军在城外筑城的消息，登城观望，颇为费解。伍子胥是天下名将，赶筑二城，必有文章。鬭巢是楚国名将斗廉之后，也非等闲之辈，几经思索，终于明白其中奥妙：驴子磨麦。伍子胥用的是疑兵之计，以筑城为掩护，暗挖地道，从地下攻取麦城，抑或有其他诡计。

鬭巢是个精细人，担心伍子胥可能以此引自己出城，借机攻城，因此决定速去速回，不给伍子胥可乘之机。

鬭巢出东城门，杀奔"驴城"。蔡昭侯见鬭巢出城，遵从伍子胥的关照，带领兵丁迅速撤退。鬭巢并不追赶，下令毁掉"驴城"，迅速撤兵回城。守城军校告诉他，没有发现吴兵人影，平安无事。鬭巢心中稍安，又命士兵奔城西毁掉"磨城"。

鬭巢一走，蔡昭侯返回，见"驴城""磨城"被毁，心痛不已，派人到大营去报告伍子胥。伍子胥不怒反喜，命来人给蔡昭侯带话，继续筑城，让他来毁。

蔡昭侯指挥两队士兵继续筑城。就这样，吴兵筑，楚兵毁；楚兵来了，吴兵就跑；楚兵退了，吴兵又筑；冲得凶，筑得也凶；毁得快，筑得亦快；天天冲，天天筑，相持不下。

鬭巢干脆调兵，赶着五十辆大车奔"驴城"，将石头全部装上车，运到数里外倒进江中。心中想：让你筑城，没有石头，看你们用什么砌筑！当运送完最后一车石头的大车返回，鬭巢准备回城时，突然麦城来一骑飞报，伍子胥率兵杀来，离城不远！

鬭巢吓出一身冷汗，急令火速回城，却被伍子胥拦住去路。鬭巢领马上前，拱手道："子胥兄，别来无恙。"

伍子胥拱手还礼："托天庇佑，一命尚存。"

鬭巢道："令尊、令兄之死，皆因费无忌进谗言所致，今费无忌已死，人死灯灭，此仇已了。伍氏是楚国忠臣，受楚国三世之恩，你不该因一奸臣而背楚奔吴，更不该兴兵犯楚。"

伍子胥难抑怒火，大声说："伍家世代有功于楚，昏君竟将我家三百余口尽皆杀戮，又派人追杀我，幸得天佑，至今未死，血海深仇，岂能不报？"

鬬巢无奈，只得举斧来战，伍子胥挺枪相迎，二人枪来斧往，一时难分胜负。两军士兵泾渭分明，吴兵人多，优势明显。鬬巢见楚兵伤亡惨重，向伍子胥提出改日再战。伍子胥竟然也无意恋战，命吴兵后退，给楚兵让道。鬬巢叫一声惭愧，率兵退回城中。

半夜时分，鬬巢突然被阵阵喧嚷之声惊醒，一个鲤鱼打挺跳下床来，穿上铠甲，抓起板斧，带领卫兵冲出辕门。大街上，人流如潮，火光四起，士兵、百姓，到处乱窜，有人大喊，吴兵进城了！

原来在鬬巢撤退之时，胡屠遵从伍子胥的吩咐，趁楚军出城毁城之时，早已分批混入城中，约定时间在城内四处放火，在城内一片混乱之际，乘机打开城门，吴兵潮水般地涌进麦城。

鬬巢见大势已去，只得带领近千名楚兵，杀出南门，奔郢都去了。

孙武领一万人马开赴纪南城，命吴兵在城外高岗之上安营扎寨，休息待命。他带领部分将士攀上城外虎牙峰顶察看地形：

城北边有一河，大浪滔滔，询知此河名叫漳江，漳江地势高于纪南城。

城西是一片湖泊，波平如镜，那是赤湖。赤湖一条叉河，蜿蜒东南，经纪南直通郢都城下。孙武察看地形后，脑海中迅速形成一个破城之法——水淹纪南城。

开渠引漳江之水灌赤湖，又在赤湖筑坝，拦住江水，使水入赤湖无处可泄，便会循着叉流向纪南城，纪南城便陷入汪洋泽国之中。

孙武率兵士挖掘引水渠，大家见大将军身先士卒，争先恐后，一夜渠成。十多天后，天上突然下起了倾盆大雨，漳江之水通过引水渠涌进赤湖，漫过堤坝，涌向纪南城，纪南城变成汪洋泽国中的一处孤岛。

纪南城守将宋木站在城楼上，见城内积水越来越深，以为是天助吴灭楚，不然的话，隆冬季节，怎么就大雨滂沱，数日不停呢？眼看纪南城不保，只得率楚军撤出纪南城，逃往郢都。

吴军兵不血刃，占据了纪南城。

孙武下令出榜安民，安置降兵。然后人不解甲，马不下鞍，带领众将士上了竹筏，顺流东南，直奔郢都，并派人通知伍子胥会师郢都。

第十四章

疯狂的复仇

※ 郢都沦陷

楚昭王熊轸得知麦城沦陷，纪南城被水淹，率众将登上城楼观望，远远看见纪南城汪洋一片，滔滔洪水直逼郢都，郢城四周已是一片平湖，不解地问："哪里来的水？往年不是也下雨吗？怎么没有出现这种情况？"

宋木刚从纪南城逃回郢都，回答说："都是孙武捣的鬼，命人掘开漳江人堤，水灌赤湖，致使湖水泛滥，漫堤而过，水淹纪南城，再直泄而下，直逼郢都。"

楚昭王熊轸发出绝望的哀叹："郢都不保，郢都不保，为之奈何？"

"大王还是走吧！此时不走，恐怕以后就走不脱了。"公子熊期见熊轸没有否定，立即吩咐城领准备船只，护送大王出城。

熊轸早已吓得魂飞魄散，顾不上还在城中的母亲楚夫人孟嬴，在百官的簇拥下赶到郢都西门，见吴营旌旗招展，兵士盔甲鲜明，仰天叹道："天灭我也！"

熊期询问左右，得知吴军主将是伯嚭，心中稍安，吩咐宋木立即回宫，将宫中大象尽数赶来。

宋木率卫士返回楚宫，将越国进贡的数十头大象驱赶到西门。

熊期命士兵在大象身上遍涂鱼油，在象尾上绑上棉团，浇上牛油，然后大开城门，点燃象尾上的棉团，数十头火象一齐冲向吴军，威力远胜伍子胥的"火车阵"。混乱之机，熊轸在熊期、宋木等人的护卫下，闯出西门，逃离郢都。

熊轸逃离郢都后，乘船西涉沮水，继后又南渡长江。一路上回想往日辉煌显赫，今日犹如丧家之犬，不禁鼻酸泪流，辗转到了云梦泽中，到处是湖泊沟塘，前进十分艰难，不得不频繁地车船倒换，尤显麻烦。

一天夜里，行船停泊在芦苇丛中，一路颠簸，熊轸疲惫不堪，用过晚餐，便和妹妹熊季在船中休息。大夫尹固等人在岸边草地和衣而卧。睡梦之中，河滩上突然跳出草寇数十名。

匪首以戈击船，大叫："把船上的财物全部拿出来，免你们一死。"

熊轸护住熊季，怒斥："大胆匪徒，我是楚王，还不退下。"

"我们是匪寇，只认识财宝，管你什么丑王美王。当今的楚国，上至昏君，下至小吏，贪赃纳贿，横征暴敛，卖官鬻爵，民不聊生。还要什么威风？"匪首大呼，"兄弟们，上船去搜。"

熊轸张开双臂拦住匪众，大呼："我是楚王，你们不怕死吗？"

匪首讥讽道："楚王不拒吴兵，跑到这里来威风什么？"随之喝令匪徒，"扶他下船，不要伤他的性命。"

熊轸拥住熊季，不肯下船。匪首怒道："原来是舍不得怀中香柔，那好，我成全你。"说罢，挥戈朝楚昭王的头砍去。

大夫尹固早被惊醒，站立在船边，见状突然发疯似的冲上船，大叫"不要伤大王"，用身子护住熊轸，铜戈落下，击中尹固的肩膀，血流如注，尹固晕倒在船头。

匪徒们吵着要杀上船去，匪首道："慢！看样子这家伙真是楚王，你们不要乱来。"

有匪徒叫道："管他什么楚王，一刀砍死他，丢进江里喂鱼。"

"使不得，我等劫财不劫命，何况他还是楚王呢！"匪首道，"拉他下船，把船开走。"

尹固一跃而起，拼死推开匪徒，背负熊季，手拉熊轸，跳下船，逃入芦苇丛中。熊轸不肯前行，回头看着船，不舍地说："我的船，我的宝贝！"

尹固劝道："大王，逃命要紧，船和财宝都是身外之物，他日大王可以重新得到。"

尹固背负熊季，手搀熊轸，走走停停，天亮才走出芦苇荡。只见前面来了一群人，熊轸吓得双腿一软，瘫地不起。尹固背负熊季，拖着熊轸躲进芦苇丛，还是被道上行人发现了。有人大喊："藏进芦苇丛中的是什么人？如果不出声，我们放箭了。"

尹固听到声音有些耳熟，抬头看那人，正是大夫钟建，大声回答："我是尹固，大王在此，快来见驾。"

钟建等人闻声，慌忙跑过来，跪伏一片。

熊轸见是大夫钟建、王孙繇、公子熊期及宋木、鬬辛、鬬巢等人，这才松了一口气，问道："这里是什么地方，寡人又饥又渴啊！"

鬬辛道："此地荒无人烟，很难寻找到食物，臣家在郧城，离此不足四十里路程，请大王暂且忍耐，到郧城后再奉饮食。"

熊轸无奈，只得应允。众人轮流背负熊轸和熊季，一路前行，突见江中飘来一只小渔船，熊轸惊叫："有船，有船。"

鬬辛跑到江边，冲着小船大声喊："老丈，楚王在此，请送我们到郧城去，行吗？"

渔夫回答："老夫山野之人，以力谋生，送你们去郧城，给多少钱？"

鬬辛身无分文，脱下身上的长袍扔给渔夫："这件袍子给你，可以吗？"

渔夫接袍笑道："足矣，客官请上船。"说罢，把船划到岸边。

熊轸在各位大臣的护卫下，终于赶到了目的地郧城。郧城虽然难比郢都，守将鬭怀的官邸更难比楚宫华丽典雅，然而，熊轸却倍感温馨，仓皇逃出郢都，一路颠簸，死里逃生，终于可以睡一个安稳觉了。

鬭怀为熊轸一行设宴洗尘，酒美菜丰，尽欢而散。熊轸沐浴之后，来到鬭怀为他准备的寝室，正欲宽衣就寝，突然，鬭怀破门而入，只见他手持砍刀，怒发冲冠，吼道："昏君听着，你已经酒足饭饱，洗得干净，我要让你体面地到另一个世界去享清福。"

熊轸吓得面如土色，战战兢兢地问："将军这是为何？总得让寡人死个明白吧！"

鬭怀几近咆哮地说："楚平王残害忠良，杀死我父，今日我就要讨还血债，为父报仇！"

"那是先王所为，与寡人无关啊！"

"父债子还，古之常理。"鬭怀说着，举刀欲砍，不料身后一人冲上前，拼命推开鬭怀，鬭怀一个趔趄，闪到屋角，大刀砍空，熊轸这才逃过一劫。

鬭怀回头一看，推他的人竟是堂兄鬭辛。

原来，楚平王曾杀害忠臣鬭子旗，郧城守将鬭怀是鬭子旗的长子，与鬭辛是堂兄弟。昭王一行抵达郧城后，鬭怀便起了杀昏君为父报仇之念，并向堂兄鬭辛表露心迹，鬭辛极力反对，鬭怀不悦，愤然离去。鬭辛终不放心，恐出意外，暗自守候在熊轸寝室外，见鬭怀怒气冲冲地奔来，蹑手蹑脚尾随其后，于千钧一发之际救了熊轸一命。

熊轸一行不便在郧城久住，次日凌晨，在鬭辛、鬭巢等人的护卫下，逃往随国。

※ 荒唐的赏赐

孙武进入郢都之后，顾不得追拿逃亡的楚昭王，第一件事便是派人去开坝放水，接着出榜安民，盘仓查库，赈济灾民，然后迎接吴王阖闾进城。

阖闾进城后，便与孙武商议进兵随城，活捉楚昭王，并欲亲自率兵前往。

孙武认为随城乃蛮荒之地，带兵前往，可能会引起蛮族群起而攻之，到时很难控制局面，认为当务之急是施仁政，收服民心。这才打消了阖闾追击楚昭王的念头。

阖闾登上楚王大殿，众将前来祝贺，唯伍子胥未到。阖闾不悦地问："伍将军为何未到？"

孙武道："子胥先克麦城，我已派人去通知他来郢都了。"

公子山道："伍子胥已经入郢城了。"

"子胥既然入郢，为何不来见寡人？"

公子乾道："伍将军刚才在纪南城安抚百姓，又到郢都督察吴兵，不许扰民。"

伯嚭奏道："大王，庆功宴准备就绪，请大王赴宴。"

"子胥未到，寡人不饮！"

正在这时，伍子胥匆匆入殿，朝阖闾稽首道："臣迟到了，请大王恕罪。"

阖闾见伍子胥衣裳上沾满了血迹与泥浆，连忙离座搀扶，道："子胥功高日月，何罪之有。城中安民之事，可命人去做，何必亲力亲为呢？"

"臣本楚国旧臣，随大王伐楚，攻克郢都，如果士兵约束不严，扰祸城中百姓，楚人一定会骂我忘祖。"

阖闾盛赞伍子胥，然后率众臣入宴。

阖闾举觞祝酒，百官举觞贺饮。伯嚭命楚宫倡优奏乐献舞，阖闾与群臣举觞同贺，场景十分热闹。

摆宴的殿堂正是伍子胥的父亲伍奢当年诤谏楚平王而被关进监牢之地，触景生情，悲从心来，伍子胥不禁放声痛哭。阖闾慌忙斥退乐工，问道："寡人与子胥率兵攻克郢都，子胥该高兴才是，为何哭泣？"

伍子胥道："臣的仇人是楚平王、费无忌、楚昭王，今平王、费无忌已死，楚昭王又逃，臣父兄之仇不得报，不禁悲啼，扫了大王的雅兴，请恕罪。"

阖闾安慰道："伍将军不要悲伤，尊府大仇，孤家并未忘却。明日孤便命人拆毁楚室宗庙。"

"谢主公！"

孙武劝阻道："大王，拆除楚室宗庙，便意味着灭楚。依臣之见，还是存楚为宜……"

阖闾问道："寡人请元帅出山，劳师袭远，五战而入郢都，难道空劳往返，把郢都再让与那弃城而逃的熊轸吗？"

孙武解释道："今楚都已破，大王若毁楚宗庙，永霸其地，民心必怨，民怨则难以久立。不如保其宗庙，存楚，立故太子熊建之子胜为楚国新君。公子胜先受伍将军生死与共之恩，后受吴国多年养育之情，为感激主公恩德，自当年年进贡，臣服于吴，而楚民也能心悦诚服，列国诸侯必将佩服大王仁义过人。如此一来，大王名利双收。"

废掉楚昭王，立公子胜为楚王。如果依孙武这一主张，阖闾不仅破楚有名，破楚而不灭楚则更名震天下。伍子胥也觉得孙武的话有理，当初自己历尽艰辛，九死一生带着公子胜逃跑，宁可自己饿肚子，也要让他吃饱，目的就是让楚国社稷后继有人。楚平王死后，熊建已不在世，理应由公子胜即位。公子胜如果做了楚国的君王，自己和吴王都是他的恩人，他自然要对吴国称臣，将来吴、楚两国联合起来，何惧齐、晋之强！

阖闾则不以为然，他听了孙武的这番议论，摇头说："元帅何出此言！寡人久怀称霸之志，幸得西征破楚，何能得而复弃？理当就此灭楚，然后乘灭楚之威横扫中原，以成霸业。不说寡人当日曾允诺伍将军为他报仇，即使不为伍将军报仇，楚国的宗庙也非毁不可！此非军务，寡人做主，元帅不必过问。"

孙武心里感到悲哀，阖闾一进楚都，就变得如此专横跋扈，听不得半点不同意见，何能称霸天下？凭眼前这支兵马，吴王欲征服列国诸侯，岂不是异想天开？想到这里，孙武顿时兴趣全无，萌生去意，不再开口，殿中突然弥漫着沉闷之气。正在这时，内侍来报，酒宴已经备好，众人于是离开宫殿，步入宴会厅，依次入席。

阖闾笑问伯嚭："寡人自吴入郢都，是客，你是楚人，当为主人，今天夜里，不知你这位主人如何安顿我们这些远道而来的客人？"

伯嚭媚笑道："大王想怎么安排，臣都可以安排。"

阖闾道："今天你是主，寡人是客，客随主便，无论伯将军怎么安排，寡人都笑纳。"

"请大王与各位大夫、将军各居其所。"

阖闾问道："何为各居其所？"

"君王住在君室，大夫住到大夫家，将军住到将军家，自大王到百官，对号入座。"

阖闾大笑，当即发话，吴臣按爵职分别住到楚国逃亡的百官府宅，自己住进了楚王内宫。公子山略有醉意，笑问："伯将军如此安排，那原居室内的女人何以处之？"

伯嚭笑道："固若金汤的郢都都攻克了，难道那些手无缚鸡之力的女人，你们就征服不了吗？"

阖闾大笑，兴奋地宣布，将楚将的官邸分赏给大家，楚将的妻妾美女也分赏给大家，各位对号入座吧！

众臣听罢，浪笑不止，罢宴之后，各自出宫找乐去了。

阖闾宿在内宫，宠臣找来楚王嫔妃数人侍寝。阖闾酒后乏力，面对这些美人竟然金枪不举，气得暴跳如雷。宠臣告诉伯嚭。伯嚭于楚宫内府找来一坛春酒献给阖闾。阖闾问道："酒能解决问题吗？"

伯嚭媚笑道："这可是楚王御用之物，饮之，金枪不倒，横扫千军。"

阖闾闻声一笑，痛饮一觞，稍后浑身发热，兴奋异常。一妃害怕，哀求阖闾饶了她。阖闾淫笑道："你说宫中谁最美，寡人饶你。"

"楚夫人孟嬴绝色啊！"

阖闾听说楚夫人孟嬴美貌绝世，命宠臣传楚夫人侍寝，随之又改变主意，说要亲自前往。

郢都失陷以后，楚夫人孟嬴便将自己反锁在房门，闭门不出，饮食都是由人从窗口递进递出。她将一柄短剑放在身边，如果有吴兵破门而入，对她怀有歹意，她便拔剑自刎。

她知道儿子熊轸逃出郢都，更知道吴王就在楚王宫睡楚王的妻妾，而且将会传自己去侍寝。身为秦侯之妹、楚平王之妻、楚昭王之母，她预感到末日来临，于是沐浴，去地下陪伴夫君。

孟嬴袭一领轻纱，坐在镜子前顾影自怜。突然传来敲门声，孟嬴愠怒。

侍女斥道："何人大胆，半夜敢来敲夫人的门？"

阖闾有些心虚，道："寡人闻夫人天香国色，特来求见，以消渴思。"

孟嬴大怒，从壁上抽出宝剑，以剑磕门，大声说："阖闾你听着，你身为国君，人中之王，民之表率。明君当循王礼，坐不共席，食不共器。今天，你夺人疆土，占人国都，复又寝人妻女，置王礼于不顾，恶名传天下，何堪为君？何堪为万民之王？我为你感到耻辱，我就是伏剑而死，也绝不受你污辱！"

阖闾闻言大惭，躬身说："阖闾敬慕夫人美德，只求一睹芳容，岂敢心存不轨之念？惊扰了夫人，请夫人宽宥，阖闾告退了！"

孟嬴听阖闾的脚步声渐去渐远，长长松了一口气，弃剑跌坐于地，脸色惨白。侍女连忙上前搀扶，劝道："吴王已走，夫人不要惊慌。"

"吴王是一个大色狼，避过今天，逃得过明天吗？"孟嬴说罢，泪流满面，半晌又对侍女说，"你明天派人去打听一下伍子胥的行踪，我担心他会去掘先王陵墓，以泄父兄之仇。"

伯嚭的仇人囊瓦逃亡郑国，沈尹戌也兵败自杀身亡，一逃一亡，伯嚭没有手刃仇人的机会，怀着对楚国的深仇大恨，他向吴王进谗言，使吴王睡了楚王妻妾十数人。又使吴国百官住进楚国逃亡的百官家中，辱其妻女。他自己甚至也跑到囊府、沈府，奸淫了囊瓦和沈尹戌的妻女。伯嚭似乎还不解恨，向阖闾进谗言：毁去楚王宗庙。

阖闾不听孙武的劝谏，下令尽毁楚王宗庙。

※ 掘墓鞭尸

破楚入郢的第二天，伍子胥备了香烛到父兄墓上哭祭。伍子胥逃亡在外，父兄之墓无人修葺，只是两堆荒冢，如果不是百姓偷偷来墓上加土，恐怕早已荡为平地。伍子胥跪在墓前大放悲声，想到大仇未报，突然产生复仇的冲动，起身去找吴王阖闾。恳请阖闾准许他掘楚平王陵墓，曝尸雪恨。

掘墓曝尸，阖闾觉得太残忍，想了想，还是答应了伍子胥的请求。

伍子胥将王室陵墓西龙山找了个遍，也没有找到楚平王的墓地。原来，楚平王的陵墓并不在西龙山，到底在哪里，不仅百姓无人知晓，就连朝中文武百官也不清楚。

伍子胥不死心，到宫中去问一些年老的太监、宫女。有两个太监提供了一条线索 —— 东门外蓼台湖，具体位置不详。

伍子胥喜出望外，带人出东门，赶往蓼台湖畔。

蓼台湖方圆数十里，放眼望去，湖水茫茫，四周湖岸，只有草丛和林木，连个土堆的影子也没有，哪有什么坟墓！伍子胥带人沿湖边寻找，一无所获。

伍子胥不禁伤心落泪，正当他无计可施之时，一名士兵来报，说有一个山野之人求见。

伍子胥吩咐带进来。不一会儿，士兵将那人带到伍子胥面前。这人见到伍子胥，伏地便拜，痛哭失声。

伍子胥虚扶道："壮士不要悲伤，有什么话，请站起来说。"

那人哭着说，他是龙山人，复姓皇甫，全名皇甫谓。

伍子胥大惊："龙山人氏，复姓皇甫？你可认识皇甫讷？"

"他是家父！"

伍子胥问道："皇甫先生可好？"

"我与父亲被奋扬、沈尹戌抓来，替楚平王筑墓。墓成之后，沈尹戌命人封穴，父亲与工匠全都被封在墓中。我是唯一逃出来的人。父亲死前叮嘱我异日寻找伍将军，掘楚王之墓，为我父和死亡的工匠报仇。"

伍子胥恨恨地说："我一定为皇甫先生和陪葬的工匠报仇，快告诉我，昏王的墓穴在哪里？"

皇甫谞凝视着湖面说："楚平王之墓，在蓼台湖内。"

伍子胥吃惊地问："在湖水底下吗？"

皇甫谞道："昏王惧将军掘墓毁尸，命奴工在蓼台湖掘地宫，深达数丈。地宫中供有昏王棺椁，家父筑地宫石壁时，发现一条地道通向地宫外，在守陵兵士封穴之前，家父命我从地道逃出来，家父与众工奴都被活埋在穴内。"

"还能找到那条地道吗？"

皇甫谞道："地道已毁，从地道进入墓穴已无可能。"

伍子胥着急地问："那就没办法找到墓穴啦？"

"当然有。"

"什么办法？"

"放干湖水。"皇甫谞道，"只有放干湖水，才能掘墓。"

伍子胥当即命令兵士开坝泄尽湖水。湖水放干后，湖心现出穹隆形的陵墓。伍子胥命兵士先把墓顶上的淤泥杂物铲掉，然后在皇甫谞的指点下掘墓。先把墓顶掀掉，下面有个四四方方的大房间，正中石座上有一口黑漆石棺，伍子胥迫不及待地命令士兵开棺，皇甫谞告诉他这是疑棺，真正的墓室在疑棺石座底下。伍子胥命人将疑棺抬开，移开石座，撬开下面的石板，露出一个方形洞口，洞口下面，石台阶向下延伸，里边黑洞洞的什么也看不见。伍子胥命人点起火把，皇甫谞在前引路，伍子胥率众随后紧跟，走了不远，便见横七竖八到处是枯骨。

皇甫谞在地宫坍壁处扒出皇甫讷的尸骨，抱住号啕大哭。伍子胥安慰道："孩子，不要悲伤，等会儿我一定为皇甫兄报仇。"

皇甫谞止住悲声，脱下衣裳，将父亲的尸骨包起来，背在身上，带领大家进入地宫，只见地宫正中放着一具石椁。撬开椁板，椁内四周是一道深槽，槽内灌满了水银，一具金丝楠木的棺材浸泡在水银之中。撬开棺盖，楚平王衣冠楚楚，容颜如生，仿佛安睡一般躺在里面。

伍子胥眉竖目突，骂道："昏君，你也有今日！"顺势将尸首从棺内拎出，甩在地上，正欲抽出宝剑割下首级，又觉得这样不能解恨，于是从右肋下抽出九节铜鞭，暴雨般抽打平王的尸体，连鞭三百余下，将平王尸体打得皮肉横飞，喘息片刻，仍觉不解恨，将铜鞭插于右肋下，两根指头一伸，把平王的两颗眼珠子剜了出来，然后掣出佩剑，割下平王之头颅。

伍子胥泄了愤，感到浑身轻松，舒畅地说："十六年来，令我寝食难安之仇恨，今日总算得报，父兄九泉之下，可以瞑目了。"

伍子胥又命士兵引水复灌蓼台湖，将楚平王的尸体葬生鱼腹。并对皇甫谞说："你的父亲于我有救命之恩，我当视你如己出，你愿随我去吴国吗？"

皇甫谞跪下磕头，叫一声："二爷！"

侍女将伍子胥掘墓毁尸的事情报与楚夫人孟嬴。孟嬴叹道："釜不平，人概之；人不平，天概之。这是大王造孽得到的报应啊！"

孟嬴哭了好长时间，自言自语地说："伍子胥既然毁了大王的尸体，也绝不会放过他的儿子。"说罢，取出一段白帛，欲悬梁自尽。

侍女抱住孟嬴哭劝道："楚王在，楚未灭，夫人为何要自寻短见呢？"

孟嬴这才放弃寻死的念头，拥住侍女，放声大哭。

第十五章

夫概叛逆

※ 一支船桨退兵

伍子胥掘墓鞭尸之后，立即率兵前往随国。

楚昭王熊轸率公子熊期、大夫尹固、大夫钟建、王孙繇及宋木、鬬辛、鬬巢等人来到楚国的附庸小国——随国。随侯将楚昭王君臣藏匿在王宫北侧宫舍，供他们衣食，并派兵守护。

这一天，大阍来报，说吴国将军伍子胥率大队兵马已到随国城下，派使者求见随侯。随侯当然知道吴军此来的目的，立即吩咐传见。

吴军军使进见随侯，道："外臣伍子胥有信简，请随侯过目。"

侍臣接过信简，呈给随侯，随侯展开一看："听说被封在汉水一带的周天子的子孙，都被楚国吞并了。现在上天来报复他们，对楚国进行惩罚，天佑吴国问罪于楚，败楚师，克郢城，楚昭王熊轸出逃，听说就藏在贵国，你们为何还把昭王当宝贝呢？周王室有什么罪过？你们却窝藏他的敌人。如能交出楚昭王，那就有双重恩德了。"

随侯看罢，吩咐带使者下去休息，然后召集群臣商议，大家都觉为难。把楚昭王交给吴人，显得有些背信弃义，如果拒不交人，伍子胥势必攻城，国将不保。万般无奈，于是采用一个最古老的办法——占卜。卜卦结果显示，将楚王交给吴人，不吉利。

随侯让臣下作简回复伍子胥："随国是楚国之附庸，两国也有盟约，时至今日未变。楚昭王弃都出走，逃至随国，小君不敢不纳。如果我们趁楚国有难而背弃他们，那我们靠什么来侍奉吴国呢？况且，吴国如果能让楚国安定下来，楚国敢不听你们的吗？"

伍子胥非常欣赏随侯的气度，正自犹豫不决，皇甫谞进来报告，说有一个人送来一封信，请交给伍将军，说罢呈上一扎信简。

"人呢？"伍子胥接过信简问。

"走了。"皇甫谞说，"此人说是从郑国来，受人之托，顺道捎信，信捎到，任务也就完成了。"

伍子胥启阅信简，上面说："子胥兄别来无恙乎？当年我与兄邂逅于宋国，弟曾对兄说，'兄能灭楚，我必存楚，兄能危楚，我必安楚。'兄还记得吗？兄今引吴国之师，克郢都鞭先王之尸，兄之仇愤已泄。今楚王逃亡在外，兄何必赶尽杀绝？求兄劝吴王退兵，我当谏寡君不结仇怨，与吴结好。如果兄与吴王执意灭楚，我当请兵入楚与兄为敌。挚友申包胥拜上。"

皇甫谞见伍子胥皱眉不语，问道："将军，何人书简，让你这样为难？"

"我的一个好友，楚国忠臣申包胥。"

皇甫谞道："如果我料得不错，楚昭王熊轸一定藏在城内，将军何不派人进城去搜查？"

伍子胥叹道："楚有申包胥这样的忠臣，国不当灭。天既佑楚，又何须追杀楚王？我料随侯必不敢收留熊轸。楚令尹囊瓦现逃亡郑国，楚昭王熊轸十有八九逃奔郑国去了。"

伍子胥走出中军大帐，昂首眺望东北方向，那里是郑国边境，天空中黑麻麻飞过成千上万只乌鸦，如乌云般由北往南聒噪而掠。伍子胥想到昔年辅太子熊建逃往郑国的情景，想到郑人杀熊建，逼迫他携熊胜逃出郑国一段往事，不由得虬眉倒立，右手握紧了剑柄。

皇甫谞问道："楚王逃走，我们退兵吗？"

"传我军令，明天大军早起，饱餐战饭，起兵伐郑！"

皇甫谞问道："将军举兵伐郑，可否奏请吴王？"

"将能而君不御者胜。为将领兵在外，途有所不由，军有所不击，城有所不攻，地有所不争，君命有所不受。"

次日，伍子胥率一万吴军直奔郑国，于郑都城外安营扎寨。

郑定公大惊，急召群臣商议应对之策。郑国群臣惧怕伍子胥之勇，得知伍子胥率兵伐郑，吓得肝胆俱裂，面面相觑。郑定公见状，仰首叹息："偌大一个郑国，难道就没有人为寡人分忧吗？"

大夫公孙戢出班奏道："臣有一策，可退吴军。"

"你有何谋，可使伍子胥退兵？"

公孙戢道："伍子胥率兵围郑都，非攻郑图报仇，而是怀疑楚昭王熊轸藏匿在郑国。今楚令尹囊瓦在郑，主公如果让囊瓦去告诉伍子胥，说楚王不在郑国，吴军必退。"

郑定公采纳公孙戢的意见，让公孙戢去见囊瓦，表述刚才的话。

囊瓦惊问："郑君是要将我绑了献给吴人吗？"

公孙戢道："令尹是大国之臣，寡君怎敢绑你？只是郑国兵少国微，难与吴军抗拒。请令尹前往吴营，劝说伍子胥退兵。"

囊瓦咬牙切齿，骂道："郑人无信，我囊瓦有眼无珠，错投匪人啊！"骂罢，拔

173

剑自刎而亡。

郑定公命人取下囊瓦首级，以木匣装好，派公孙戢将木匣送到城外吴营。公孙戢见到伍子胥，呈上木匣道："将军举兵围郑，是图楚王。但楚王并未来郑国，有楚令尹囊瓦在郑，寡君欲与吴国结好，命下臣将囊瓦的首级奉上，请将军退兵。"

伍子胥当然不会同意，他要的是楚昭王与郑定公两个人的脑袋，囊瓦的脑袋不值钱。

囊瓦的命算是白丢了，郑定公一筹莫展。有大臣给出主意，伍子胥不退兵，那就背水一战。

郑定公斥道："你心里没有数吗？郑国多少年没有打仗了，连军事演习都没搞过。真要打起来，那就不是拼命，而是送命了。"

公孙戢道："臣闻昔年鲍叔牙伐鲁，鲁庄公得大将曹刿，败齐军于长勺。吴王阖闾因得楚人伍子胥，又得齐人孙武，方得王位，举兵败楚。郑国人杰地灵，山野藏龙卧虎，主公何不张榜招贤，重赏之下，必有退兵之人。"

郑定公纳公孙戢之言，悬榜招贤。榜文说：有能退吴军者，寡人与之分国而治。榜文张贴在郑国四门八市，悬榜三日。

悬榜三天，无人应招。郑定公如坐针毡。

公孙戢劝道："主公不要急躁，太阳还没有下山，臣昨天占一卜，吉兆，当在日落之时。"

太阳即将落山之时，一渔人身穿鹑衣，头戴破笠，肩背鱼篓，扛一只船桨挤在人群中观看榜文。挤来挤去不小心踩了一位老者的脚，老者痛得龇牙咧嘴，怒斥道："你踩痛我了，你一个打鱼的，不去湖里打鱼，跑到这里来瞎挤什么？你也想去城外与伍子胥打仗，与郑君共国吗？"

渔人问道："什么与伍子胥打仗，什么与郑君共国，请你说清楚，好吗？"

老者不理睬渔人，挤到一边去了，旁边一位汉子对渔人说："伍子胥率吴军围了了新郑，欲攻打郑国，郑国无人能敌伍子胥，郑君悬榜招贤，谁能打败伍子胥，郑君将郑国一半分给他。"

渔人笑道："这赏赐也太丰厚了吧！得郑国一半，岂不成了半个国君吗？"

那汉子讥笑道："可不是嘛，半个国君虽然不够大，也比你打鱼强多了，怎么，老兄动心了，想揭榜试一试？"

渔人笑道："重赏之下，必有勇夫，郑君既然许共国，我就敢试一试。"

刚才被踩痛脚的老者一旁讥笑道："疯子，这个人是疯子，看他那熊样，还能杀退伍子胥?"

老者的话,引来一阵哄笑。

渔人道:"我是个疯子,可只有我这个疯子,才能救郑国,这榜,我揭了。"说罢,伸手去揭榜文。

守榜士兵喝道:"你真是个疯子,这榜岂能乱揭?"

渔人道:"这榜我揭定了,带我去见郑君吧!"

郑定公正在宫中惴惴不安,突然,宫外传来吵嚷之声,门官入奏,说有一个渔人揭榜,声称可退吴兵。

"快请!快请!"郑定公顿时兴奋起来。

门官将渔人引进宫。

渔夫跪下道:"草民拜见国君。"

郑定公见是一个渔人,大失所望,喝问:"你一个打鱼的,有何能耐,竟敢揭榜,戏弄寡人?"说罢,喝令将渔夫赶出去。

甲士们一拥而上,拖着渔夫就朝外走。

渔夫挣扎着说:"你们怎么知道我不能退吴军?"

公孙戬慌忙奏道:"大王息怒,先听听他怎么说,如果确定他是捣乱,再杀也不迟。"

郑定公觉得有理,让甲士放开渔夫,问道:"你真有办法退吴军?"

渔夫拿起地上的船桨道:"我能让伍子胥退兵,什么军粮、兵器、士兵,我都不用,仅凭这支船桨,便可以让伍子胥退兵。"

"以此船桨让伍子胥不战而退,你疯了吧?"郑定公说罢,又要命甲士将渔夫轰出去。

公孙戬觉得渔夫不像是开玩笑,劝道:"大王,还是让他试一试吧!"

郑定公也别无他法,也就同意了。

公孙戬站在城楼上观望,见渔夫出城之后,以瓦片敲击船桨,边敲边唱:

天太亮,

日落后,

和你相约芦苇岸。

心中悲,

我已见;

175

要过江你出来见。

芦中人，

快出来，

我划船渡你过江。

芦中人，

快出来，

走投无路别饿坏。

伍子胥在大帐内听到外面兵士吵嚷，询问什么原因。皇甫谞回答，说营外有一个疯子，敲着船桨绕营唱歌，兵士们听他唱得悲怆，故而议论纷纷。

伍子胥好奇地问："什么歌？"

皇甫谞道："好像是'芦中人''渔丈人'什么的。"

"什么？"伍子胥大吃一惊，"芦中人、渔丈人，快，带我去看看。"

伍子胥整整衣冠，来到营外，见渔夫绕营而唱，越听越吃惊，立即吩咐士兵去请渔夫过来。渔夫过来后，伍子胥朝渔夫一躬及地，问道："足下是谁，怎么知道'芦中人''渔丈人'之故？"

渔夫敲击手中船桨，笑着问："将军认得此物吗？"

伍子胥怔怔地瞅着渔夫手中的船桨，瞬间泪流满面，双手抓住渔夫，颤声问道："渔丈人在哪里，想煞子胥也！"

渔夫黯然道："我是那渔翁的儿子。我的国君由于害怕，向国内发出命令：'有谁能退去吴军，就和他平分郑国而一起统治。'我想到先父曾与将军有一面之交，所以来向您恳求，保全郑国。"

"多么可悲啊！我受你父亲的帮助，才得以入楚复仇。上天苍苍，我难道能做忘恩负义之人吗？"伍子胥认真地说，"我答应你，明天退兵。"

当晚，伍子胥在营中设宴款待渔翁的儿子，并赠千金，渔翁之子坚拒。伍子胥又邀请渔翁之子随他去吴国。渔翁的儿子摇头说："我乃山野之人，故土难离。将军退兵，我虽然不与郑公分国，但得茅舍数间，薄田数亩，足矣！"说罢，一揖着地，扭身往郑国城门走去。

伍子胥长叹一声，率军返回郢都。

※ 申包胥搬兵

申包胥还是以前的老样子，不关心政治，即使楚国政坛纷争最为激烈、最为复杂的那段时间，他也刻意与楚国政界保持距离，他洁身自好，与世无争，醉心于自己的世界，看淡世事。

当伍子胥、伯嚭先后离去之时，他也曾为浪迹天涯的朋友担心，为他们祈福，但他什么也没有做，眼睁睁地看着伍家被灭门，伯郤宛被杀害，佞臣在弄权，楚国在沦陷，社稷在崩塌，百姓在流离。

国君跑了，令尹死了，半壁江山已入敌手，还能等谁来挽救楚国？

郢都失陷，申包胥逃至夷陵石鼻山避难，闻听伍子胥掘墓鞭尸，觉得有些过分，想起当日与伍员分手时的那番对话，是兑现诺言的时候了。

你能灭楚，我能存楚。

你能危楚，我能安楚。

说大话需要资本，申包胥没什么资本，他一无所有——没权，没势，没钱。怎么办？只有一个办法——寻找国际友人帮忙。

申包胥首先想到的是秦哀公。

别人可以不帮楚国，秦哀公不可以不帮。楚平王的皇后、楚昭王的母亲、楚国的国母孟嬴，可是秦哀公的亲妹妹啊！妹夫被鞭尸，外甥流亡在外，妹妹被囚，阖闾和伍子胥没给你留一点面子，你不出手，谁出手？

申包胥主意已定，自驾一乘小车，奔秦国，找帮手。

申包胥循小路日夜兼程，出楚境入秦鄙，山路崎岖，车坠山崖，幸亏申包胥机敏，跳下车，虽然保住性命，但也摔得遍体鳞伤。

申包胥历经千辛万苦，路上行走月余，脚跟、脚底都破裂了，好不容易才到达秦都雍城。

秦哀公整天沉溺于花天酒地而不关心国家的政事，虽然接见了申包胥，并未答应出兵救楚，只是吩咐将申包胥安排到驿馆休息。

申包胥万般无奈，倚在宫墙之外号啕大哭，边哭边唱：

吴国暴虐无道啊！

犹如大猪和长蛇；

快要吞吃掉中原各国啊！

还想称霸天下。

征伐从楚国开始啦！

我的君主逃到国外，

流落于荒野啊！

派我来告急。

申包胥不吃不喝，一连哭了七天七夜，眼泪流干了，眼角现出两条干涸的血痕。声音嘶哑了，哭不出声，时不时爆发出一声悲叫，闻者剜心裂胆。

申包胥的哭声，终于惊动秦哀公："何人在哭，哭得如此凄怆？"

近侍道："楚人申包胥。"

秦哀公道："他不在驿馆歇息，何故在宫外吵扰？"

近臣道："大王没有答应出兵救楚，申包胥在宫外哭了七天七夜，现已奄奄一息，恐怕性命不保了。"

"果真如此？"秦哀公推开怀里的美人。

"臣怎敢欺瞒主公。"

秦哀公道："快，把他抬进来。"

申包胥被人抬进宫，匍匐稽首，张口无声，唯双目悲哀地盯住秦哀公。

秦哀公大为感动，不禁鼻酸，自忖道：楚有贤臣若此，吴犹灭之；寡人无此贤臣，吴岂能相容？于是赋《无衣》诗一首：

岂曰无衣？

与子同袍。

王于兴师，

修我戈矛，

与子同仇。

……

申包胥听了秦哀公所歌，脸上终于露出一丝笑容，断断续续地说："我知道暴行是没有止境的。如果大王不为邻国担忧的话，秦国边境也有被侵扰的祸患。趁现在楚国还没有被灭，大王可以去夺取一部分吧。如果吴国灭了楚国，对秦国也

178

没有好处。大王如果能保护楚国，楚国将会世世代代侍奉大王。"

秦哀公道："我同意出兵救楚，你先去休息，等候消息吧！"

"我的主公还流落在荒野之外，还没有栖息之地，我哪敢去安心休息啊！"

秦哀公有感于申包胥的忠贞与志节，于是派公子子浦、公子子虎二人率五百乘战车，随申包胥救楚。

公子浦是老熟人了，当年孟嬴就是他亲自送至郢都的，轻车熟路，他率领五百乘战车，有四五万士兵，这是一支庞大的队伍。

吴军此时已占领楚国大部分战略要地，以逸待劳，吴军有孙武、伍子胥两大高手坐镇，秦军胜算很小。公子浦也是惴惴不安，就在他在楚国外围踌躇未决之时，申包胥对他说："将军，你对楚国情况不熟，待我先去见楚王，派兵与秦军配合，打吴军一个措手不及。"

孙武住在军中，对阖闾入郢都便坠入淫乱生活，并放纵众将奸淫抢掠之行极为不满，几次求见阖闾，都被卫兵挡驾，不见客。入郢才几天，阖闾骤然变成酒色之徒，无奈之下，孙武让内侍传言：再若不见，孙武即刻离吴归齐。

阖闾无奈，只得在寝宫召见孙武。

孙武被眼前的情景惊呆了：阖闾身穿睡服，满脸倦容，没精打采，哈欠连天……数日不见，昔日雄心勃勃，礼贤下士的阖闾，骤然变成了酒色之徒。孙武不由倒吸一口凉气，言不由衷地寒暄几句，告辞而别，离吴的信念更加坚定。

伍子胥也很郁闷，掘墓鞭尸虽泄一时之愤，但心里却怎么也高兴不起来。阖闾自入郢都之后，仿佛变了一个人，沉溺于酒色，不问政事，甚至向诸将宣布战争已经结束，故君臣才这般奢侈淫乐。

※ 夫概谋逆

申包胥在随城三百里之遥的深山中找到了楚昭王熊轸。

熊轸自从逃离郢都之后，惶惶如丧家之犬，奔郧城，投随国，成了最不受欢迎的人，若不是随君讲道义，自己差一点被当作礼品献给了伍子胥，每想到此，就浑身冒冷汗，伍子胥一走，他便离开随城，逃到山中避难，准备收拾残军，重振旗鼓，逐吴复国。

熊轸见到申包胥，感动得热泪盈眶，拉着申包胥的手说："在所有人背叛寡人的时候，只有你才是真正帮助寡人的人啊！"

申包胥摇头道："当初我与伍子胥有个约定，我是来履行诺言的。"

"什么约定？"

"伍子胥灭楚，我必兴楚。"申包胥道，"臣已请来秦国救兵，请大王整顿兵马，开赴襄阳以候秦军，千万不可误了约期。臣去秦都之前，已派人送信给越王，请越王趁吴都姑苏空虚之际，起兵攻吴。越王不会放过这个千载难逢的机会，一定会举兵攻吴。阖闾入郢之后，荒淫无度，不思进取，内外受敌，楚有救矣！"

有强大的秦军做后盾，熊轸的腰杆子也硬了，开始吹哨子喊人，失散在各地的楚军将领，纷纷向楚昭王靠拢。楚昭王一看，有大将薳延、沈诸梁等人，还有一直跟在身边的宋木、闉辛、公子期等人，各路兵马凑起来，有两万余人。熊轸于是拜其兄公子西为令尹，统率楚军。

公子西即刻整备战车、兵马、粮草，率公子熊期、熊申、申包胥、薳延、宋木、闉辛等人，向驻扎在襄水一带的吴军发起进攻。

吴军将领夫概得知楚军来攻，带上部队，像饿狼般扑向楚军。结果，这群饿狼一半没有回到他们的窝。

因为吴军的对手不仅仅是楚军，而是秦楚联军的前后夹击。夫概欺负楚军惯了，何曾碰到过秦军这样强大的军队，加之公子浦是秦国名将，对付孙武可能差点成色，对付有勇无谋的夫概还是绰绰有余。

夫概败回郢都，向阖闾报告了楚人请秦军助阵的惊天消息，并极力夸大秦军的力量，言下之意，吃败仗不是自己无能，而是敌人太强大。

首战不力，损兵折将，阖闾暗中叫苦，问计于群臣。

孙武认为，楚国土地辽阔，民心未服，建议立公子熊胜为王，以抚楚民之心。并遣使与秦通好，恢复熊轸的君位，条件是楚国的西鄙，割让给吴国。

伍子胥附议孙武的意见。

几乎所有人都支持退兵，但有一人却持反对意见，这个人便是伯嚭。

伯嚭是土生土长的郢都人，他喜欢郢都，喜欢这里的一草一木，一山一水，喜欢这里的美食，还有这里的美女。

伯嚭对阖闾说："吴军自姑苏出发，一路势如破竹，五战连捷，灭楚拔郢，所向无敌，为何见到秦军，就像老鼠见到猫一样呢？伯嚭不才，请大王给我两万兵马，必杀得秦军片甲不留，如若不胜，甘受军法！"

伯嚭开了个玩笑，公子浦所率秦军有五万之众，还不包括楚昭王手下的楚军。以两万兵马去打人家五万之众，牛皮吹大了。

阖闾变得无主心骨。耳根子软了，更主要的是他眷恋楚国领土和楚宫美色，竟然不顾孙武、伍子胥的极力反对，拨给伯嚭两万兵马，让他去攻打秦楚联军。

吴军与秦楚联军在军祥相遇，结果毫无悬念，两万多人马派出去，回来不足两千，如果不是伍子胥率军及时赶到，恐怕得全军覆没，两万将士的性命都得留在军祥。

阖闾气得要杀伯嚭。幸亏伍子胥力保，才让伯嚭没有丧命，让他随军戴罪立功。

阖闾还没有从伯嚭的败仗中缓过神来，又传来一个坏消息：唐国被灭了。

秦楚联军配合默契，三下五除二，扫清了郢都外围，直逼郢都。

阖闾后悔没有采纳孙武的建议班师回吴，致使今日欲退不得，欲进不能，只好依孙武之计，全力迎战。

阖闾留夫概与公子山镇守郢都，亲自到前线指挥布阵。吴兵离秦楚联军十里下寨，伍子胥与伯嚭分别率军埋伏在大营左、右两翼，待敌军进攻时，形成钳形包围、左右夹击之势。吴军虽仅五万之众，但有孙武排兵布阵，又有吴王亲自督阵，将士同仇敌忾，士气高涨。两军对峙，相持十数日，双方都不敢贸然攻击。

夫概自恃破楚有功，因襄水败阵，吴王留他守郢都，心中郁郁不乐。闻知两军前线相持不决，忽然心动：吴国之制，兄终弟及，我应嗣位。今立王子波为太子，则我永无为王之机，乘此出征之机，国内空虚，私自归国，夺位称王，岂不胜于日后相争吗？夫概主意既定，引本部兵马偷偷出郢都，渡汉水返回姑苏。一路之上，诈称"阖闾兵败于秦，下落不明，国不可一日无君，我当次立"，于是自称吴王，命儿子夫臧率军占据淮水，阻断吴王阖闾的归路；派使去见越王允常，请越国出兵夹击吴都，许诺事成之后，割五城为谢。

这一天，阖闾正在与孙武、伍子胥商讨军情，忽然公子山闯进帐，报告说夫概引本部兵马私自返回姑苏去了。

阖闾大吃一惊，尚未搭言，伍子胥抢先说："夫概此行，必反无疑！"

阖闾双手一摊："这便如何是好？"

孙武冷静地说："夫概，一武夫耳，不足为虑。所虑者，越人或闻变而动，大王宜速归，先平内乱。"

阖闾于是留下孙武与伍子胥，带伯嚭、公子山以及吴国水师，顺流而下，途中得到太子波告急信："夫概造反称王，勾结越兵入寇，吴都危在旦夕！"

阖闾惊叹："果然不出孙武所料，真神人也！"于是加快速度，星夜驰归，并沿江传谕夫概将士：去夫概来归者，过往不究，后来者斩。

夫概的淮上之兵得知吴王尚在，纷纷倒戈，逃离夫概兵营，夫概众叛亲离，成了孤家寡人，只好率仅存的心腹出战。

阖闾阵前质问："寡人以手足相托，何故反叛？"

夫概理直气壮地反问："你杀王僚，诛庆忌，这不是反叛吗？"

阖闾被问得无言以对，命伯嚭出阵擒贼。二将战不数回，阖闾麾军直进。夫概虽然骁勇，无奈寡不敌众，大败而走，逃往宋国。

阖闾回到姑苏，公子波迎接入城。

阖闾回王宫不久，便接到边鄙奏报，越国屯兵吴越边境，有窥吴之意。公子波认为，越国举兵犯境，孙武、伍子胥远在楚国，兵微将寡，又面对秦、楚联军，胜负难料，建议吴军撤军。

阖闾于是传令孙武、伍子胥退兵。

第十六章

吴楚罢兵

※ 吴军凯旋

孙武拿着阖闾撤兵的命令，看着伍子胥，没有说话。

此刻，不需要更多的语言，双方都明白对方在想什么，打交道这么多年，很多事情只需要一个眼神，足矣。

孙武和伍子胥对视一眼，会心地一笑，心里同时想到一步棋——公子胜。

伍子胥认为，走好这步棋的难度很大。楚得秦助，有恃无恐，不说向楚国提出什么条件，即便是握手言和，楚人也未必能欣然接受。

孙武则认为，秦是援兵，驻外日久，军心并不稳定，谁愿长久为异国他邦卖命呢？如果利用好这个弱点，定会收到奇效。

伍子胥问："元帅已有妙计？"

"先发制人，给他们施加压力，迫使他们接受我们的条件。"

于是，孙武派人向外放出消息：说吴国夫概谋逆，吴王阖闾已率孙武与伍子胥回国平叛去了。

楚令尹子西很快就知道了这个消息，欣喜若狂，楚国所畏者，孙武、伍子胥二人，二人随吴王回国平叛，其他人不足为虑，吴军群龙无首，正是破敌良机。于是向秦帅公子浦说了自己的构想。

公子浦也想尽快结束这场战事，好早日返回雍城，两人一拍即合，于是，秦楚联军向吴军发起猛烈攻击。

正如楚令尹子西所料，秦楚联军杀向吴营，吴军仓促之间不敢应战，全线溃退。

秦公子浦下令乘胜前进，一路狂追二十余里。突然，远远看见孙武站在高处，挥舞旗帜发号施令，埋伏在山坳内的吴军蜂拥而出，将秦军团团围住。公子浦不愧秦国猛将，胆不战，心不惊，力敌众将，越杀越勇。

楚令尹子西少了点运气，他遇到了伍子胥，交战数回合后，便觉力不从心，只有招架之功，毫无还手之力，步步退却，向秦将公子浦身边靠拢。

公子浦不识伍子胥，挺枪来战。

伍子胥讥讽地说："哪来的野小子，敢在我伍子胥面前撒野。"

"你就是伍子胥？"公子浦大吃一惊。

"如假包换。"话音刚落，伍子胥的枪尖便已刺向公子浦的眉心。

公子浦早闻伍子胥威名，未战先怯，已输一招，交战数回合后，更是胆战心惊，已有退意。突然，伍子胥大喝一声，长枪腾空而来，公子浦回转不及，手中枪坠落在地，头也不回，拨马而逃。伍子胥并不追赶，任由公子浦逃之夭夭。

这一战让楚令尹子西与秦公子浦认识了一个事实：吴军凭三万之众，击败十万有余的楚军，直捣郢都，靠的不是运气，而是孙武、伍子胥神出鬼没、用兵如神的军事才能。

楚令尹子西自知楚国无人能敌孙武、伍子胥，即使是秦公子浦，也只有吃败仗的份儿。既然毫无胜算，不如言和，留得青山在，不怕没柴烧，先图幸存，然后再作打算。于是找公子熊申商议，与吴国握手言和。公子熊申也不想再生事端，申包胥及众将也附议。

申包胥派人给伍子胥捎话，双方握手言和，条件好商量。

这正是孙武与伍子胥想要的结果，楚既主动提出，伍子胥立即给申包胥回了一封信，大意是说，要吴军撤兵也不是不可以，但要答应一个条件，必须把太子建的遗孤公子胜接回楚国，封为太子。

公子西一看，条件不高嘛，既没有要割地，也没有要赔款，什么和亲称臣之类的话，也只字未提。公子胜本来就是楚平王的正统王孙。反正自己这辈子没机会当太子，谁当太子都一样。

几经磋商，达成协议，为期两年之久的吴楚大会战，终于告一段落。

孙武、伍子胥与楚签订停战协定后，即班师回国。兵分两路，孙武率水师循江东下，伍子胥率军走陆路，返回姑苏。

当年伍子胥第一次离开楚国，那是亡命天涯，身上什么也没有带。这一次离开，属于凯旋，带的东西就多了点：几百辆车装满了金银财宝、粮草辎重，能拿的都拿了。这还不算，他还把楚国近万户百姓也一起带上了，浩浩荡荡，声势特别大。

伍子胥并没有同大部队一起走，仅带三千亲兵，重走当年逃亡之路，过昭关、溧水，因为他还有心愿未了——报恩。

其实人生最爽快的事情不是复仇，而是报恩。一千张仇人的哭脸，比不上一张恩人的笑脸。

伍子胥从历阳山经过，先择一处风水宝地，将从郢都带回的皇甫讷的尸骨入棺安葬。然后派人寻找东皋公，以报当年救命之恩，但东皋公的房舍已不在，邻人介绍说，十五年前东皋公便挈全家离开这里，不知去向，伍子胥叹息不已。

昭关还是当年的昭关，但伍子胥已不是当年的伍子胥，再过昭关，伍子胥少了当年的惶恐，多了几分一览众山小的气概。想起当年在此历经的磨难，伍子胥下令尽毁关隘，让昭关两边的民众往来畅通无阻。

伍子胥一行经过溧阳，他在溧水边站了很久，任凭满头白发在微风中飘舞，派人找到当年那位浣纱女的母亲，对她说："如果你老人家愿意，可以随我去姑苏，我为你养老送终。"

"故土难离，故土难离啊！"

老人家谢绝了伍子胥的好意。伍子胥给她送上价值千金的抚恤金。老人家拿着钱，一个劲儿地重复："恶有恶报，善有善报啊！"

阖闾得知伍子胥不日抵达姑苏，对孙武、伯嚭说："这次伐楚大捷，长卿首功，子胥次之。"

孙武乘机道："大王此次征楚，大伸于楚，小挫于秦，孙武体残多疾，已不堪为大王用，请大王恩准孙武卸甲归田。"

阖闾听孙武之言隐含讥意，颇有不悦，沉默片刻道："长卿所言，以后再说，先议子胥将凯旋之事。"

孙武欲再言，阖闾吩咐："做烩鱼宴，外加一份鱼末子，犒劳凯旋的将士。"

伯嚭奏道："鱼末子以松江鲈鱼为原料，子胥率数千之众，那要多少鱼哟！"

阖闾道："命水师往松江、太湖捕捞，保证凯旋将士每人一尾大鱼。"

阖闾命公子姬波督管烩鱼宴。

姬波令水师连夜捕鱼，又命兵士于阊门外城墙根垒起军灶，做鱼末子、油烹火爆，煎焖烩煮犒军之鱼，香气诱人，飘传十里。

阖闾率孙武、伯嚭、公子波等众臣出阊门迎接伍子胥，从日出等到日落，不见伍子胥的踪影，探子来报，说伍子胥率领的队伍距姑苏还有三十余里。

阖闾脸上终于露出了笑容。

伯嚭丧气地说："鱼末子放太久，都臭了。"

阖闾顿足道："那该怎么办？"

公子姬波一旁道："父王勿忧，儿臣准备的鱼甚多，立即重做，保证不误事。"

伯嚭退到一旁，见孙武没有说话，低声说："长卿兄是征楚首功之臣，也没有请你吃鱼末子啊！"

孙武怒斥道："你兵败军祥，依军法当斩，是子胥为你求情，才保你活命，你竟然敢嫉妒子胥？你要有子胥之功，我亲手做鱼末子给你吃。"

伯嚭无趣，默默退到一边。

伍子胥距姑苏三十里，已得前驱士兵报告，吴王大办烩鱼宴盛待凯旋之师，亲率百官于阊门外迎候。伍子胥命士兵稍停，各自整束衣衫，整肃军容。兵车列队成线，旗帜鲜明。

阖闾远远望见凯旋的吴军，旗帜飘扬，兵士盔明甲亮，高兴地说："吴国有此得胜之师，何患不雄起于天下？"

伍子胥远远下车，步行上前向阖闾行揖手礼："臣伍子胥见过大王！"

阖闾笑道："伍将军辛苦了！"

后面的士兵跪伏一片，齐声道："大王福寿无疆！"

阖闾挥手道："大家辛苦了，寡人赐烩鱼宴招待你们，以彰胜楚之劳。"

兵士们欢呼雀跃，在城墙根摆好的桌子旁围坐，早有志愿者将烩鱼宴的一道道美味送上来，畅饮起来。

阖闾携伍子胥同乘大辂，率百官返回王宫，设盛宴为伍子胥洗尘。席间，阖闾兴奋异常，几次下席给伍子胥、孙武敬酒，尽管伯嚭就在旁边，却视而不见。

伯嚭妒意顿生，只得自斟自饮。公子波给伍子胥、孙武敬酒后，又来给伯嚭席前敬酒，伯嚭迟疑地问："公子敬我吗？"

公子波笑道："站在你身边，不敬你敬谁？"

伯嚭慌忙站起来，谢过公子波，一饮而尽。接下来大家互敬，都是礼节性地与伯嚭邀饮，伯嚭来者不拒，开怀畅饮，喝得大醉。

※ 孙武归隐

阖闾曾给伍子胥在姑苏城西阊门附近建造府宅，为了纪念专诸，伍子胥将府宅所在地取名"专诸弄"，然而，夫人秋菊舍不得阳山庄园，隔三岔五还要去庄园住几天，每次去阳山，伍封都随母同行。

用罢早餐，夫人秋菊欲前往阳山庄园，问伍子胥是否有闲。

"长卿兄欲辞官归隐，大王让我去劝劝他。"

伍夫人道："那就请长卿兄一同去庄园，好久也没有聚一聚了。"

伍子胥觉得这个提议不错，吩咐皇甫讷前往大将军府，请孙武去阳山庄园与他们会合。伍封知皇甫讷去请孙武，吵着要去见孙伯伯。

伍子胥笑道："去吧，但一定要把孙伯伯请到庄园去。"

皇甫讷套车，带上伍封去了大将军府，伍子胥拉着秋菊登车，出城去了阳山庄园。

皇甫讷将马车停在大将军府前，门官迎上前躬身施礼道："少爷和皇甫先生请稍候，奴才进去通报将军。"

伍封道："我奉父命，前来向孙伯伯问安，不须通报。"

"是！"门官退到一边，"少爷请自便。"

伍封与皇甫谞一前一后进了大将军府，见到孙武，伍封上前道："孙伯伯，家父家母已去阳山庄园，备好蔬肴美酒，请伯伯前去一聚。"

孙武笑道："真的吗？"

皇甫谞躬身道："二爷命小人携少爷前来，请将军屈驾前往阳山庄园。"

孙武连说："好！好！"

伍封拉着孙武的手："孙伯伯，上车吧！"

孙武随伍封登车，皇甫谞驾车直奔阳山庄园。伍子胥站在村口迎候，同孙武携手进村。

秋菊命家仆早就做好了菜肴，客人一到，筵席便摆好了。伍子胥邀请孙武入席，二人奉觞对饮。数觞下肚，伍子胥问道："长卿兄真的要辞官归隐吗？"

孙武叹道："此生有幸得遇子胥兄，荐我于吴王，得以展示胸中所学，使我毕生所研之兵论付诸实施，孙武终生难忘子胥知遇之恩。子胥兄的行兵之法，对我的启发也非常大。你水淹灊城、火攻养邑、减灶痹敌等妙策，也都是千古奇兵啊！今再思来，所著兵论，还有很多地方需要完善。做官入仕，非孙武所愿，我当退隐山野，专心研究兵法，以传后世。"

伍子胥觉得孙武的想法不无道理，举觞敬酒，没有插话。

孙武叹道："你我率六万吴军转战江淮，歼敌十万余众。又率三万之众，破楚入郢，立下旷世奇功。吴王自恃强盛，雄霸江淮，入郢之后，尽显骄奢之态，自古贤臣，宜当功成而退，方可自保，此时正是隐退之时。今天，我奉劝子胥兄见好就收，退出官场这是非之地，以图自保。"

"我是楚国叛臣，谁能收留一个叛国之人？唯有吴国尚可立足。"伍子胥潸然泪下，许久又说，"吴王命我来劝留长卿兄，看来，今天不是劝留长卿兄，倒是同长卿兄喝饯行酒了。"

孙武拭泪道："子胥兄坚意留在吴国，可否听我一言？"

"长卿兄请讲。"

"伯嚭是背信弃义的小人，日后必有害兄之心，兄如想自保，当杀伯嚭，以绝后患。"

伍子胥叹道："伯嚭与我同为楚国叛臣，且他又是投奔于我，我如果杀他，必遭世人唾骂。"

"子胥是当世豪杰，为何有妇人之仁？"孙武见伍子胥低头无语，长叹一声道，"你既然不忍心杀他，那就将他赶走，这样才可保日后不受此奸人之害。"

"长卿兄之言，子胥终生不忘，但还得从长计议。"

孙武不再多说，二人无言对饮，一醉方休。皇甫谓驾车将孙武送回大将军府。秋菊正要侍候夫君休息，伍子胥却说："取我官服来。"

"你都醉了，还穿官服干吗？"

"我要进宫见吴王，恳请他放长卿兄归田。"

"明天再去不行吗？"

"迟恐生变。"

秋菊命仆从端一碗鱼汤给伍子胥醒酒。伍子胥穿上官服，由家人驾车直奔姑苏吴王宫。

吴王阖闾与公子波、公子山、伯嚭正在宫里议事，见伍子胥踉跄而入，慌忙上前扶住道："喝多了不在家里休息，进宫干吗？"

伍子胥说话虽然舌头打转，思路却很清晰，说道："老臣入宫，奏请大王恩准孙武辞官归田。"

"什么？"阖闾大吃一惊，"寡人托你去劝留孙武，你怎么反过来替他说话啦？"

伍子胥道："孙武母老子幼，且身有残疾。臣闻圣人说，子不孝不为忠臣。大王如果允许孙武归田，使其上孝老母，下慈幼子，中保其身，是一件大德之事啊！"

"孙武坚意要去，强留无益。"阖闾对伍子胥说，"你先回去休息，让寡人再想一想。"

阖闾命近臣用他的大车送伍子胥回府。随之让大家就孙武的去留各抒己见。伯嚭看了大家一眼，突然躬身道："孙武熟知兵法，是当世军事天才，如果放他归田，如果被他国所用，将成为吴国之大敌。"

阖闾觉得有理，问道："你认为该如何处之？"

"如果不留他，那就杀了他。"

公子波、公子山听罢大惊，连称不可。

阖闾问道："为何不可杀孙武？"

公子波道："孙武是伍子胥的好友，也是伍子胥推荐给父王的。伍子胥有功于父王，孙武也有功于吴国，杀孙武，如何向伍子胥交代？"

阖闾问公子山："你认为如何？"

公子山道："前番吴军破楚入郢，威震中原，孙武、伍子胥二人为首功。父王如果杀孙武，必将失伍子胥。吴国没有这两个人，何以称霸诸侯？"

阖闾来回踱步，犹豫不决。

公子波道："父王有什么犹豫的呢？"

"孙武若被他国所用，岂不有害于吴国？"

"父王不必有此忧虑，孙武是伍子胥挚友，只要父王重用伍子胥，孙武怎么会与吴国刀兵相见呢？"公子波见阖闾无语，又说，"伍子胥文胜于孙武，武也不逊于孙武，吴国只要有伍子胥，便可称霸天下。"

伯嚭见阖闾被二位公子说动了，慌忙跪谏道："臣以为，孙武既然不仕于吴，当死于吴，切不可使之投奔他国。当断不断，必有后患啊！"

"孙武因母老子幼，自身伤残，辞官归田奉母养子，何言投奔他国？"阖闾吩咐近臣，"明天在宫中摆宴，为孙武饯行。传令下去，百官前来送行。"

※ 散尽千金

孙武喝过饯行酒，拜别阖闾后，由伍子胥陪同返回大将军府，刚到府门口，便见五乘满载物资的大车停在那里，公子姬波、姬山，夫差守候一旁，见到孙武，揖礼道："这几车财货，是父王赐给将军的安家之资，请将军笑纳。"

伍子胥见孙武有拒收之意，连忙笑着说："这是大王的心意，长卿兄还不谢恩？"

孙武经伍子胥提醒，慌忙望阙稽首谢恩。姬波、姬山一边一个，俯身把孙武扶起来。

姬波道："将军异日无论到哪里，请不要忘了吴国，姑苏是将军的家。"

孙武噙泪道："长卿在姑苏二十年，这是我第二故乡，怎么能忘呢？"

姬山一揖道："有将军这句话，父王无忧矣！"

当天晚上，伍子胥留在孙武府中，帮助他打点行装。孙武将粗重的家具都分给了家奴，并给每人一笔安置费。其他能带走的物品包括衣物、细软、书简以及阖闾赠送的财物，一共装了十几车，收拾停当，已经到了半夜。孙武想了想说："现在已是半夜时分，不妨现在连夜出城，免得明天百官前来送行，惊扰百姓。"

伍子胥道："是不是太冷清啦？"

孙武笑道："有子胥兄为我送行就够了。"

车马出了府门，孙武没有上车，陪伍子胥边走边聊，走近望齐门，伍子胥正准备传令大阍开城，只见城门大开，门洞两旁突然燃起火把。吴王阖闾、公子姬波、姬山及百官站立门洞两边。

孙武、伍子胥慌忙过去与阖闾见礼。礼毕，阖闾敬孙武三觞酒，然后对伍子胥道："伍将军昔日向寡人荐长卿，今天又代寡人送长卿，寡人也向你敬三觞。"

伍子胥谢过之后，自侍臣盘中接过金觞，与阖闾尽饮三觞。

阖闾率众送孙武出望齐门，才与孙武作别，返城回宫。孙武对伍子胥道："子胥兄，你也请回吧！"

伍子胥啜嚅道："再走一程，再走一程。"

孙武垂首，暗自以袖拭泪。

车队行走到海涌山下，东方已现鱼肚白，远远望见前面有数人站在路边，近前一看，原来是伍夫人率儿子伍封、皇甫谓及一众家奴等候在这里给孙武送行。伍夫人见伍子胥携孙武下车，命皇甫谓斟酒，亲自奉觞与孙武道："妾备薄酒，为长卿送行，愿长卿平安长寿。"

孙武躬身施礼，双手接觞，哽咽道："这么多年承蒙嫂嫂照顾，孙武感激不尽，谢谢嫂嫂送行！"

孙武饮罢，伍封奉觞跪献："伍封为伯伯饯行，祝伯伯一路顺风。"

孙武一手接觞，一手扶起伍封，饮完酒，解下佩剑递给伍封道："伯伯别无长物，此剑留给你做个纪念。"

伍封接过剑，抱住孙武双腿大哭，伍子胥上前拉起伍封道："不要哭了，让孙伯伯上路吧！"

伍子胥目送孙武登车远去，仍然不肯离去，似乎还有很多话要说，他自车上解下马匹，朝着孙武远去的方向飞驰而去，途中恰遇了孙武驱车返回，一个下车，一个下马，四臂相抱，大哭。

伍子胥道："长卿此去，不论落居何方，务必给我一个信儿。"

孙武道："你我相别，唯独放心不下者，就是你心慈性躁，日后千万要注意。"

"子胥谨记，长卿放心。"

孙武又说："吴国的水师是你一手创建，你不仅善陆战，也善水战，一定要抽时间将你的水战之术写成兵论，流传后世。"

伍子胥道："这个我倒没有想到。"

孙武道："子胥兄不但要想，而且要做，且一定要做好，不要忘了我今天之言。"

"好！"伍子胥道，"我一定记住了。"

两人松开手，孙武登车前行，不再回头。伍子胥登上山岗，一直到看不见孙武的车队，这才返回。

孙武一路向西北行走，这一天天色将晚，见前面有一座古城，孙武问家奴孙洪，这是什么地方。孙洪回答说此地是棠邑，伍子胥的故里，过去属楚国，现属吴国。孙武听说是伍子胥故里，决定在棠邑住宿，刚抵近城门，一位清瘦老者带着几名仆役迎上前道："小人是棠邑宰，在此恭迎孙将军。"

孙武道："孙武乃辞官归田之人，不敢惊扰地方，邑宰不必多礼。"

棠邑宰道："吴王传下命令，无论什么地方，只要孙将军经过，一定要盛情款待！"

孙武知道难以推辞，只得随邑宰进城，在客栈住下之后，孙武问道："棠邑昔为楚鄙，今属吴疆，也是一个大邑，怎么如此萧条？"

邑宰叹道："棠邑地处吴楚交界，饱受战祸之苦，去年公子夫概自楚郢都取道江淮返吴，在棠邑与楚兵大战一场，青壮年伤亡惨重，有千余户皆为鳏寡孤独者或老弱病残，无依无靠之家，这些人缺衣少食，处于极度贫困之中。"

孙武道："我这里有吴王所赐金银珠宝数车，请棠邑尽数散给灾民，虽然是杯水车薪，权解燃眉之急。"

棠邑宰道："这怎么可以哟！"

"钱乃身外之物，有什么不可以的。"孙武道，"此次散金于民，请不要说出我的名字，可以用吴王的名义。"

棠邑宰慌忙跪下谢道："我替棠邑百姓谢谢大将军。"

"快快请起，不必行此大礼！"

第十七章

阖闾伐越

※ 楚国迁都

阖闾破楚奏凯，论功行赏，孙武当推首功，可孙武走了，伍子胥顺延上位，成了头号功臣。阖闾拜伍子胥为宰相，将他的地位提高到当年齐国管仲、楚国子文的高度。

伍子胥之后应是夫概，可夫概自己不争气，不但自动放弃了得奖指标，还被逐出国门。这便宜了伯嚭，被封为太宰，与伍子胥共辅国政。

阖闾将国政交给伍子胥、伯嚭处理，自己效仿昔年的齐桓公，尽情享受生活。先是将姑苏阊门更名"破楚门"，以示对楚国的征服，又在吴国南鄙垒石为界，称"石门关"，用以抵挡越人入侵。随之征调十万劳工，在姑苏城内建华宫、榭台，华池；在姑苏城外筑宫，筑姑苏台，修九曲路，变着花样玩。偏偏伯嚭又是一个阿谀奉承、投机取巧的小人，鞍前马后极尽奉承，助长了阖闾的骄奢淫逸之风。

伍子胥命公子波监管内政，并派人密切注意越、楚两国动态。

吴军退出郢都班师回国之后，楚昭王熊轸率众返回郢都，升殿理政，对有功之人给予奖赏，拜子西为令尹，封子期为左尹，申包胥为右尹。申包胥坚辞不受爵，于是改封在逃亡中舍身相救的尹固为右尹，与子西、子期同参国政。钟建、王孙繇、宋木、鬬辛、鬬巢、蒍延等各有赏赐，甚至连欲谋杀楚昭王的鬬怀也被封为大夫。

恰在这时，大阍来报，说申包胥带着老母妻子已经出城。有人认为申包胥与伍子胥交厚，放任申包胥离去，如果投奔吴国，将会成为楚国心头之患，建议追回申包胥。

蒍延认为，在楚国命垂一线之时，是申包胥舍命赴秦请来救兵，才使得楚国逃过亡国之灾。申包胥有功不受禄，是他的本分，难道因此要限制他的自由吗？

楚昭王倒不糊涂，不但没有阻止申包胥辞官归隐，还将申包胥原来住宅更名为"精忠门"，让后世之人不忘申包胥爱国之忠。

伍子胥正在相府读简，夫差突然来访，礼过之后，夫差道："相爷，冒昧来访，有一私事相求。"

伍子胥笑道："公子是吴王之子，你找老夫，无论何事都非私事。"

夫差闻言，跪下啼哭。伍子胥慌忙相搀："公子不必行此大礼，有什么事尽管说，只要老夫能效劳，一定尽力而为。"

夫差泣道："相爷是国之重臣，被父王委以国事。夫差自幼生于内宫，缺少历练，前有公子波被立为太子，后公子山常随父王与相爷领兵出征，唯夫差身无寸功，异日何以出人头地。"

伍子胥听罢，剪背踱步，沉默不语。

夫差见状，再次跪下："恳请相爷助我。"

伍子胥扶起夫差，道："大王委我以国事，我当为大王、为吴国鞠躬尽瘁，死而后已，公子有何吩咐，自当尽力而为。"伍子胥见夫差止住哭泣，问道，"公子最近读什么简？"

"正在读孙武将军的《兵法十三篇》。"

伍子胥眼睛一亮，问道："有何感想？"

"弃简可诵，知其意，但不知所用。"

伍子胥道："孙长卿所著兵法共有八十三篇，你所读的十三篇，是当年老夫向大王荐孙武时所呈的十三篇。凡人熟读十三篇，若能学以致用，可为良将。公子如果想学以致用，老夫就成全你。"

"怎么成全？"

伍子胥道："楚国虽败，秦军未去，吴军所占楚国之地，有复失之忧，老夫派你率三万兵马前往灊六镇守，你可愿意？"

夫差大喜："求之不得。"

"准备怎么做？"

夫差想了想说："敌弱，我击之；敌强，我则坚守。"

"嗯！"伍子胥赞许地点点头，"将在谋，不在勇。镇守灊六，当以水师扼守淮汭，确保退路，以守为主，以战为守。"

"夫差谨记相爷教诲。"

伍子胥于是命夫差率三万水陆之师，开赴灊六、淮汭。

伯嚭认为楚国已败，派夫差镇守灊六、淮汭，实属多此一举。吴国当前最大的敌人是齐国。

阖闾认为派兵守边很有必要，给夫差一个锻炼的机会，想法也不错。齐国虽是劲敌，但也得出师有名。于是，派公子山为使，出访齐、鲁二国，打探虚实。

熊轸虽然返回楚宫，但对眼前的一切却显得那么陌生。从吴军破郢、阖闾住进楚宫那一刻起，楚宫便成了阖闾的淫乐场所，而淫乐的对象正是熊轸的嫔妃、宫女。每每想到这些，他便感到一阵恶心。

这一天，熊轸正在宫中议事，突然从宫外传来一阵歌声，歌词字字句句，仿佛针一样扎进他的心里，越听越不安，越听越烦恼，忍不住冲着近侍喊："谁在外面唱歌？把他叫进来。"

须臾，歌者被请进宫。原来是一位散发披肩、须髯飘洒胸前，鹑衣百结的中年大汉。大汉进来后，跪下禀道："山野之人范蠡，叩见大王。"

熊轸问道："为何在宫外放歌？"

范蠡道："草民听说大王归来，封赏百官，特地放歌以贺。"

"唱的是什么歌？"

"惊梦之曲！"范蠡问道，"大王想听吗？"

"唱来听听！"

范蠡顿首，鼓琴唱道：

可叹先王太昏庸，不信忠良宠奸佞。
小人得志乱朝纲，伍氏伯氏遭灭门。
子胥伯嚭奔吴国，阖闾平添两干臣。
举兵问楚诛仇雪，五战破楚克郢城。
掘墓鞭尸遭耻劫，毁庙淫女辱宫阙。
君王逃亡命多舛，包胥哭秦求救兵。
秦侯出师逐敌去，尸横遍野血盈城。
大王今日归宫阙，不知耻辱竟封臣。
我悲我歌呼忠烈，楚兮楚兮气已尽。

范蠡唱罢，放声大哭。熊轸也觉凄凉，正要发话，突然近侍上前附耳禀报，说夫人及王妃自耻遭阖闾羞辱，在寝宫自缢身亡。

熊轸大惊，冲着范蠡大吼："大胆匹夫，竟敢讥讽寡人。"朝甲士一挥手，"将这个匹夫轰出去。"

甲士们一拥而上，砸碎了范蠡的琴瑟，将范蠡乱棒打出宫。范蠡一声长叹，离开了郢都。

熊轸余怒未息，大叫："蒍延听命！"

蒍延出班道："臣在！"

"命你率兵三万，夺回灊六、淮汭失地。"

蘧延领命而去，熊轸也起身回宫。

伍子胥得知楚将蘧延率兵攻打灊六、淮汭，料知夫差非蘧延对手，奏请阖闾之后，亲率二万精兵连夜驰援灊六，行至中途，探子来报，楚军已达灊六，伍子胥命兵士弃舟登岸，日夜疾行，距灊六三十里处，又获探子来报，说蘧延将夫差围困城中，并命楚军筑坝蓄水。知道蘧延是在效仿自己当年水淹灊城的战法，于是传令三军，加速前进，到灊城杀牛庆功。吴军备受鼓舞，士气高涨，如旋风般扑向灊六。

蘧延正在灊六围城筑坝，得知伍子胥率兵驰援，立即披挂登车，阵势尚未列成，吴军已如潮水般冲上来，喊杀之声如山呼海啸。

楚军惊慌失措，被杀得七零八落，夫差见援军杀到，率兵从城中杀出，楚军腹背受敌，自相践踏，死伤无数。

蘧延拼命杀出重围，收拾二千残兵逃至山口，喘息未定，又见一支吴军挡住去路，为首是一位白袍银甲的老将，正是伍子胥。蘧延叹道："明年今日，将是我的忌日。"说罢，弃戟于地，拔剑欲自刎。

伍子胥见状，振臂疾呼："蘧延贤侄，且慢！"

蘧延道："败军之将，无颜苟活于世，将军不让我自裁，是要亲自动手吗？"

伍子胥笑道："我与你父亲蘧射有旧，怎会戮故人之子呢？我不杀你，是想请你给楚王熊轸传一句话。"

"什么话？"

"去岁申包胥央我退兵时，我与楚王有约，楚王已允迎公子熊胜还楚，我退兵践约。楚王还都，不思践约，反而派兵夺取灊六、淮汭。你对楚王说，如不践约，伍子胥将率兵再捣郢都。"伍子胥说罢，大戟一挥，吴军让出山口，蘧延率残兵狼狈而去。

蘧延回都，将伍子胥的话向熊轸复述一遍。熊轸大惊失色，立即下令迎归熊胜，封为"白胜公"，又命为熊胜筑城，取名"白公城"。熊胜聚族居住在城内，以白为姓，从此不思王位。

夫概得知楚昭王迎熊胜归楚，也自宋国来投。熊轸钦佩夫概是一员虎将，将楚地堂谿封给他。夫概定居堂谿，不思归吴，效仿王叔季札，隐居于野，自号堂谿氏。

昔日的郢都，风光不再，熊轸走出宫殿，满眼见到的都是残垣断壁，回到宫殿，满脑便是阖闾在此淫乐的魔影，整天吃不好，睡不宁，无奈之下，命令尹熊西在芳若筑城建宫，立宗庙。新城竣工、宫殿落成之后，择吉日迁都，新城取名新郢。称霸一时的楚国，从此走向衰落，春秋时期的历史名城——郢都，逐渐退出人们的视线。

※ 不义之战

阖闾对各位大臣说："寡人的意图，可以明确地告诉你们，有生之年，我只想做一件事，那就是扫平诸侯，完成霸业。以目前吴国的军力、财力，都远远超过其他诸侯国，先向谁开战，诸位可以发表高论。"

"伯嚭抛砖引玉。"伯嚭出班奏道，"扫平诸侯，完成霸业，是为王道，也是为王之道。上次，我王以威武之师打败楚国，楚昭王已肝胆俱寒，提到吴王的大名，楚国的小孩儿夜里都不敢哭，楚国不足虑。越国蛮夷之邦，弹丸小国，不足挂齿。鲁国素来臣服于吴国，况且又与吴交好，友好之邦无战事，宋、魏、蔡等国虽称作国，其实还不如我国一邑之大。首先开战的应是齐国。鲁国和齐国素来不睦，时有摩擦，向齐开战，鲁国必会接应。拿下齐国后，王师班师凯旋之时，顺手牵羊，将宋、魏、蔡等诸国一起给灭了。"

阖闾击案道："好，说得好！"

伍子胥出班奏道："吴王，太宰说得不对。要开战，总得要有开战的理由，更何况完成霸业，也不一定非使用战争不可。昔日齐桓公为五霸之首，各诸侯均听令于齐公的号令，齐桓公的威望不是靠战争打出来的。正所谓以不战之兵而屈人，才是上兵。"

伯嚭反驳道："伍相国，此言差矣！不战便不能屈人之兵，各诸侯都握有重兵，都想出来一争高下，即使你不想打他，他心里还惦记着想打你呢！"

伍子胥反驳道："战是仁者之战，王者之战，霸诸侯，扫列强，应以仁德服天下，太宰所言，天下所有军队和国家都乱成一气，徒伤国力，生灵涂炭，此仁者所不取。大王应广招贤才，施仁政，休养生息。"

"好一个广招人才。"太宰伯嚭反问道，"伍相国来吴国的时间不短，请问为吴国带来几个贤才啊？"

伍子胥狠狠地瞪了伯嚭一眼，奏道："子胥正想给大王举荐一个人。"

伯嚭冷冷地问："可是个楚人？"

"正是。"伍子胥再次瞪了伯嚭一眼。转而面向阖闾说，"此人叫文种，字子禽，极具才智，颇为贤明，现为楚国南阳县令，臣已让人给他带信，请他来吴国辅佐大王。"

伯嚭讥讽道："原来文种跟伍相国是同乡。"

"同乡又如何？太宰是不是想说，子胥要结党营私？"

伯嚭道："相国的举措不能不让人做此联想，天下之大，英雄辈出，难道英雄豪杰只能出自楚国吗？昔日秦有百里，齐有管仲、晏婴，晋有介子推，鲁有孔丘，英雄豪杰数不胜数，为何专门找楚国人？"

伍子胥驳斥道："举贤遭非议，不举贤又要说闲话。"

"是否有私心，自己心里清楚。"

"烦死了，退朝。"阖闾又补一句，"相国留下。"

群臣鱼贯退去，伍子胥留了下来。

"相国请坐。"

伍子胥跪下道："大王息怒，刚才在殿上……"

阖闾打断伍子胥的话："不谈这个，不谈这个。"

"可是伯嚭他……"

阖闾笑道："我知道，伯嚭总是顺着我的意愿，不管是对还是错，他总是顺从，我孤独啊！诸侯国国君都称自己为孤、寡人，是孤寡老人啦，也不知道是谁第一个叫出来的，智慧，智慧啊！平日里，我连个说心里话的人都没有，可我心里明白，敢于直谏的只有相国你呀！"

伍子胥吃惊地看了阖闾一眼。

"伯嚭也有他的长处，国与国之间的交往，薄谁，厚谁，疏谁，亲谁，礼节啦，拜访啦，他都能做到游刃有余。说到疆场搏杀，运筹帷幄，还是非老相国莫属啊！你二人就好比我的左膀右臂，谁都少不了啊！"阖闾叹口气说，"相国老了，王也老了。"

"大王不老，大王英雄气概不减当年。"

"不！"阖闾说，"不行啦！今天早上起来，我试着舞了一下剑，不行啦！舞不动啦！真的，我真舞不动啦！"

伍子胥看了阖闾一眼，不知如何回答。

"上天留给我们的时间不多了，寡人的这次决定，请你理解。"

伍子胥知阖闾心意已决，没有再说。

不久，传来越王允常病逝的消息。阖闾命伯嚭速派使者前往越国吊唁。

伯嚭道："臣以为，吊唁的同时，应向越王新君勾践下一战表。"

阖闾问："为什么？"

"越国处在吴国后院，那里是否安定，直接关系到吴国安危，假如中原诸侯有变，吴国出兵的话，身处吴国背后的越国，将是吴国的心腹之患。"

阖闾道："太宰说得有道理。"

"越王允常去世，勾践即位立足未稳，趁其人心未定之时，大兵压境，迫使勾践臣服于吴国，以臣之见，恐怕不用交战，勾践就会乖乖投降，称臣于吴，这样后院就稳定，我王可以高枕无忧啦！"

"好！"阖闾击案而起，"太宰之言甚是，吴国大军只需到吴国走一趟，便可使越国俯首称臣。这正是孙武所说的，不战而屈人之兵嘛！我决定出兵三万伐越，吓破勾践小儿的贼胆。"

伍子胥出班奏道："大王，不可出兵啊！"

"为什么？"

"诸侯之间早有约定，举丧期间不可兴兵，如果大王兴兵，是失信于诸侯，失信于天下。伯嚭陷大王于不仁、不义之境地呀！"

伯嚭道："相国为何总与伯嚭过不去呢？"

"子胥不是跟你过不去，而是为吴国考虑，为大王考虑，不能给诸侯留下口实，谴责大王违约、失信。"

"好了。"阖闾道，"兵不伐丧，的确是诸侯国之间的约定，寡人也不想违背这个约定。但允常刚死，勾践即位，越国人心未定，这实在是天赐良机啊！我不想失去这次难得的机会。"

阖闾不顾伍子胥的强烈劝谏，亲自率兵三万伐越，命伍子胥留守姑苏，命公子波、公子山、伯嚭随军，开赴吴越边境。

勾践刚办完丧事，突然传来吴兵压境的消息，一时手忙脚乱，急召大臣们商议应对之策。大臣们有的言战，有的言和，有的言不战也不和，议而未决。

勾践坐立不安，越王后见状说："兵来将挡，水来土掩，夫君还有什么犹豫的呢？"

"父王临终前，我曾立下誓言，一定要捍卫越国每一寸土地。今吴王阖闾亲率三万精兵犯越，可集全国之兵，也不足两万，凶多吉少啊！"

"兵不在多，在勇；将不在勇，在谋；胜不在战，在气。这是吴军前将军孙武之言。"

"将不足十，兵不足两万，拿什么与吴军抗衡？"

越王后道："国家有丧，不许兴兵，吴国兴兵侵越，失信义，废礼教，我们正可利用这一点，唤起民众，同仇敌忾。"

"吴军有孙武、伍子胥等良将统领，犹如猛虎之师，越国如何应战？"

越王后道："近来，人皆传闻，孙武与阖闾不睦，已辞官离去，伍子胥也反对这场战争，不在军中。"

"吴王阖闾身经百战，何况，他又是有备而来，让我如何抵挡。"

越王后道："阖闾虽然一世英武，毕竟年过六十，已是垂暮之年。大王英雄少年，犹如旭日东升。"

"别，别吹捧，我知道自己有几斤几两，绝不是吴王的对手。"

越王后道："大王，欺老不欺少，十年就赶到，再说，好汉不言当年勇。吴王年轻时的确是顶天立地的一代君王，但如今身垂暮年，刚愎自用，越国新丧，举国哀悼，吴王乘机出兵，兴不义之战，必遭世人唾弃。打仗犹如打猎，大王要以吴军为猎物，悄然歼之。"

"照王后这么说，越军可胜？"

"只要夫君下定决心。"

勾践犹豫地说："容我思量思量。"

勾践终于下定决心——迎战。命越军连夜开往檇李，倚山安营，以逸待劳，等候吴军前来。

数日之后，阖闾率吴军抵达檇李，择地安营。

※ 兵败檇李

阖闾登高眺望，见越军营内旗帜齐整，营外砌石为城，强弓劲弩埋伏在城内，兵车绕帐列阵，守备森严。阖闾叹道："越军先至，以逸待劳，安营布防，井井有条，此次伐越，宰相没有来，寡人似乎有一种不祥的预兆。"

伯嚭道："大王伐越，子胥却说是不义之战，臣实在想不明白，伍子胥居心何在。"

阖闾不高兴地说："宰相与寡人既是君臣，也是挚友，太宰不得猜疑。"

次日天晓，阖闾率兵在山下摆开阵势。

勾践也率兵出营列阵。公子山驱马阵前大呼："越王勾践，快出阵答话。"半天之后，不见动静，公子大呼，"怎么，怕啦？怕了就下车受俘，免得我动手。"

勾践看了大夫曳庸一眼，命他前去搭话。

曳庸将手中剑抛给身边一位将领，拍马上前，大呼："来者是谁，报上姓名。"

"吴国公子山，你呢？"

"在下曳庸。"曳庸质问，"兵不伐丧，吴王为何兴不义之战？"

"大王决策，与我无关。"

"叫决策者出来答话，你给我滚，滚。"

公子山无奈退去。

曳庸大呼："吴王听着，你举兵伐越，违背天道，现在退兵还来得及，否则，杀你个片甲不留。"

阖闾冷笑道："凭你一句话，就叫吴国三万精兵退军吗？简直是痴人说梦，明日巳时决战，退兵。"

当天晚上，勾践在中军帐向众将宣布：明日作战，鸣金为进攻，击鼓收兵。命各位将领将新规传达下去，依令实行。

第二天，吴、越两军按时排下阵势，准备开战。

曳庸一声令下，越军阵中冲出三百人，人人只穿一条短裤，列成方阵，手持利剑，目示前方，勇往直前。

原来，这是越国三百名死囚，曳庸奏请勾践同意，赦免他们的罪行，让他们死在战场上，国家将厚恤他们的亲人。死囚们当然乐意，横竖都是死，前者之死，是罪犯被处决；后者之死，是英雄为国赴死。

三百人手持利剑，目示前方，走到吴军阵前，齐声大呼："阖闾老儿听着，你兴不义之战，不得好死。我们都是越国铁血男儿，有种你就从我们的尸体上碾压过去！"呼罢，三百死囚齐刷刷抹脖子自刎，三百具尸体倒在血泊之中。

吴军被眼前场景惊呆了，一阵骚动，顿时阵脚大乱，门户大开。

由一千奴隶组成的敢死队，乘机杀向吴军阵中，待吴军醒过神来，越人已冲杀入阵，东突西闯，将吴阵冲得七零八落。

阖闾立即组织反攻，越军逐渐后退。

勾践手一挥，越军立即鸣金。鸣金即是收兵，这是诸侯国通用的作战信号。吴军听到号角，以为越军收兵不战，立即停止进攻。掉转马头回撤。

越军早就得到密令，反其道而行之，鸣金不退反进，尾随吴军背后杀上去。吴军阵脚大乱，失去了控制，四处奔逃。

越国大将诸稽郢乘势驱车冲向吴阵，见前方有一乘黄旗大车，知是吴王阖闾的大车，立即驱车迎上去，挥戟便打。

阖闾只得挥戈迎战，激战十余合，终因年老力衰，气喘吁吁，已是不敌，一不留神，右脚中了一戟，大脚趾被砍掉了，痛得惨叫一声，跌落车下。幸亏公子波及时赶到，磕飞诸稽郢的大戟，救了阖闾一命。

诸稽郢手中没有兵器，不敢再战，驱车离去。公子波跳下车，将阖闾抱上大车，拔掉车上的大旗丢在地上，驱车杀出阵去。

勾践见吴军已败，下令收兵。吴军收拾残军，退归大营。

公子波清点人数，吴军伤亡过半。公子山也身受重伤，昏迷不醒。众将到大帐探望阖闾的伤情，见阖闾右足已紫肿到膝盖，双目紧闭，呻吟不止。

阖闾叹气道："悔不听子胥之言，才有今日之败。孙武曾说过，哀兵不可胜，越人视死如归，战不惜命，这样的军队很可怕。伐越不义，天神不佑，还是退兵吧！"

吴军退兵途中，公子山伤重而亡，阖闾哀痛不已，命以棺椁盛殓，运回姑苏近郊安葬。

阖闾回到姑苏，伍子胥一面请最好的郎中给阖闾诊治，一面派人四处寻找神医东皋公。

阖闾老了，加之这次受伤，该考虑接班人的问题了。

本来，太子波是当仁不让的人选，坏就坏在不该把齐女婧姜配给太子为妻。婧姜自从来到姑苏后，思乡情重，一直闷闷不乐，时间长了，积郁成疾，竟至一命归西。婧姜曾说过："如果死人有知觉的话，那一定要把我葬在虞山顶上，让我眺望齐国。"

太子波非常伤心，依照婧姜的话，将婧姜葬在虞山的山顶上，又在山上筑一亭，名"望海亭"。

太子波是一个多情种子，思念亡妻，忧郁成疾，不久竟追随亡妻去了九泉。

阖闾伤心不已：女儿死了，儿媳死了，儿子也死了，而且一死就是两个，白发人送黑发人，人生之大不幸啊！

现在还不是伤心的时候，吴国内部各方宗族势力蠢蠢欲动，立储之事迫在眉睫，迟则生变。阖闾和大臣们商量，挑选太子人选，议而未决。

夫差拜访伍子胥，请伍子胥成全自己。出于多年来的习惯，阖闾找来伍子胥，就立储之事征询他的意见。

伍子胥毫不犹豫地说："夫差。"

"夫差？"阖闾道，"夫差愚而不仁，恐怕难当此大任。"

"夫差英武伟岸，重信义，待人宽厚，承袭有序，遵守法理，则不生乱！再说，太子波已死，公子山不可再生，大王不立夫差，还有其他选择吗？"

"寡人确已别无选择。"阖闾说，"寡人即位之前，与你是挚友，你荐专诸诛王僚，助寡人得王位，荐孙武为将，并与孙武举兵克楚，为吴国立下不世之功，寡人无以为报。临死之前，寡人还有一事相托，请不要推辞。"

阖闾强撑着爬起来，伏榻朝伍子胥稽首。

伍子胥慌忙扶住阖闾道："大王折杀老臣，有什么吩咐，老臣答应便是。"

"寡人临终托国于宰相，不可不行大礼。"阖闾跪榻顿首。

伍子胥也跪在榻前泣道："老臣生为吴臣，死为吴鬼，辅佐夫差，万死不辞，如有二心，人神共诛。"

阖闾见伍子胥立下重誓，喜极而泣。

伍子胥担心阖闾身体虚弱，精神不继，称改日进宫探视，告辞而去。

夫差跪在阖闾病榻前，泣不成声。

阖闾抚摸着夫差的头，断断续续地说："寡人已嘱托宰相，寡人死后，立你为王，你要好自为之。"

"父王。"夫差抽泣。

阖闾道："宰相伍子胥是文武奇才，有恩于寡人，有大功于吴国，你一定要尊之如师、如父，不可怠慢，否则，将失吴国，失王位。"

夫差叩首道："儿臣谨记。"

"莫忘父仇。"

夫差泣道："儿臣不敢忘。"

伯嚭跪奏："伍子胥与齐大夫鲍牧私交甚厚，这对吴国可不是件好事。"

阖闾沉默片刻道："寡人行将就木，日后你去向新君说这件事吧！"

伯嚭看了阖闾一眼，不好再说。

阖闾接着说："寡人的后事，有劳太宰操办，寡人昔日将鱼肠剑埋在海涌山，且将寡人葬在埋剑之处可矣。"

夫差问道："父王为何不嘱托于宰相？"

"宰相生性节俭，寡人怕在阴间受穷啊！"阖闾又对伯嚭说，"太宰可使寡人死后无忧。"

伯嚭何等聪明，立即跪下道："臣知道怎么做了。"

阖闾显得气力不继，想抬手没有抬起来，有气无力地说："寡人言尽于此，你们去吧！"

　　近侍见夫差、伯嚭去了，问道："伯嚭进谗宰相亲齐，大王为何不责备他?"

　　"吴欲争霸，必须伐齐，这也是寡人的一丝隐忧啊!"阖闾说罢，沉沉睡去，没有再醒来。

　　依阖闾遗命，伯嚭负责操办阖闾的丧事，这是一个难得的表现机会，伯嚭当然不会放过。他秘密派人到海涌山下，找到埋剑之地，征召万名奴工建造墓地。阖闾下葬时，陪葬的金银财宝不计其数。为了防止泄密，伯嚭下令将万名奴工全部杀掉，掘坑殉葬。

第十八章

范蠡奔越

※ 好一个扶越助楚

夫差即位后，似乎忘记了在阖闾病榻前的承诺，从伯嚭之谗，选美纳妃，内宫藏娇数百余人，常常数日不朝，带近侍架鹰携犬，行猎郊野。所到之处，净街禁跸，大王出行，民怨沸腾。

伍子胥愤然进宫见夫差，当值侍卫见到伍子胥，挺胸扩肚，顿戟行礼，当值阉奴躬身拦住伍子胥道："宰相请留步，大王尚未起床呢！"

"先王刚薨，新君不思励精图治，兴国报仇，日上三竿，还在睡懒觉？"伍子胥强压怒火问道，"何人侍寝？"

"回宰相，奴才不敢言大王私事。"

伍子胥手握剑柄斥道："狗阉奴，你以为我不能杀你吗？"

阉奴慌忙跪下，以颅触地："请宰相饶命，昨夜侍寝的是王妃。"

伍子胥心里骂道：先王尸骨未寒，昏王不尽孝道，竟与王妃同宿。

伍子胥愤然离去，至宫门时对侍卫说："从今天开始，你们每次见到大王，都要长戟顿地，高声责问：'夫差，你忘了越国杀我先王之仇吗？'"

侍卫道："宰相，小人不敢。"

"你们卫君，当卫国。国亡，君何在？你们责大王，可直呼其名，大王如果怪罪，就说是老夫的安排，不执行此令，老夫便杀了你们。"

夫差头扎白布条出宫，刚走近大殿。全副武装的侍卫以手中长戟戳击脚下石板，发出咚咚一声，大声问道："夫差，你忘了越国杀我先王之仇吗？"

夫差大吃一惊，停下脚步，本能地双手一揖："父仇不共戴天，夫差不敢稍忘！"

夫差稍停，铁青着脸，继续前走，迈出几步，又停下来，转头问侍卫："你们为何要以此等口气责问寡人？可知欺君之罪吗？"

侍卫慌忙跪奏道："吓死奴才也不敢，奴才领宰相之命，如此责问大王。奴才违命，宰相剑不留人啊！"

既然是宰相命令，夫差也就不好责罚侍卫。

夫差坐殿，伍子胥出班奏道："先王之仇未报，大王当励精图治，勤政守志。先王不贪酒色，恤民爱士，明赏罚，纳善言，故得民心而使国强民富。老臣近闻大王劳民玩物，卫懿公玩物丧志，前车之鉴，不可忘啊！大王当效先王恤民勤政，三年丧满，举兵伐越，报仇雪恨。”

"宰相之谏，寡人谨记，还有什么话要说吗？"

伍子胥道："请大王在灵岩山建立军训基地，训练步兵的骑射之术，请大王命伯嚭在太湖训练水师，为出兵伐越做准备。"

伯嚭出班奏道："臣不谙水战，更不会训练水师。"

伍子胥道："老臣著有《水战内经》一书，可作为训练水师的教材。"

夫差当即命伯嚭去太湖督训水师，伯嚭虽然不愿意，但也不敢违命。

此后相当长一段时间内，伍子胥负责政务、军务、内务、外务等大大小小事务，伯嚭负责部队的军事训练，夫差什么事都不干，在宫中守孝，每天重复听一句话："夫差，你忘了越国杀我先王之仇吗？"

夫差也总是机械地回答："父仇不共戴天，夫差不敢稍忘！"

范蠡自从被楚昭王逐出宫后，回到南阳老家，过着隐居生活。这一天，南阳县令突然登门造访。范蠡试探地问："文大人光临寒舍，有何见教？"

文种道："有一只蓬间鸟，想飞出去，又不知往哪儿飞，特向先生请教！"

"范蠡不知道，为何直到今天，这只鸟才想到要飞出去呢？"

文种叹口气说："依恋故土，依恋故乡啊！热爱这生养息栖的地方，舍不得浓浓的乡音，厚厚的土啊！"

范蠡两眼盯着文种："能告诉我，这只鸟的志向，百里、千里，还是万里？"

"百里？"文种摇摇头说，"百里之地，花草枯萎，林木枯烂，都被蛀虫吃光了。"

范蠡正色道："良禽择木而栖，良臣择主而仕，此鸟抱负远大，当在千里、万里。"

"是啊！"文种点点头，陷入了沉思。

"好！千里之外，地域辽阔。"范蠡站起来，去书架上取来一张羊皮地图铺在桌子上，比画着说，"瞧，秦川百里，雄奇险峻；齐地沃野千里，美丽富饶；鲁国地域辽阔，人杰地灵；晋国处在中原核心，国富民强；吴国自是山清水秀，水草丰茂啊！"

文种看着范蠡问道："魏国、蔡国、郑国、宋国呢？"

"弹丸之地。"范蠡摇手说，"不是大鹏立足之处。"

文种问道："假如是范兄，该选择哪儿呢？"

"三王是三皇的后代子孙，五伯是五帝的末代霸主，自然的气数每轮回一次，要千年时间。黄帝的起始，依赖于土地；霸王的气数，显现于地门。我夜观天象，霸王之气在东南方向出现。天倾西北，地陷东南，地陷就在东南方向，东南恰恰是吴、越两国的交界处。"

文种迟疑地问："范兄的意思是?"

范蠡手指在地图上点了点说："越国!"

"越国?"文种惊问。

"对，越国。"范蠡肯定地说。

文种不解地问："为何要选择越国，而不是吴国?"

"吴国?"范蠡朗声道，"吴国的条件确实更优于越国，可惜，吴国已经没有立足之地了。"

"为什么?"

"吴国兵强气盛，虽然孙武已经归隐，但文有太宰伯嚭，武有相国伍子胥。伍子胥骁勇善战，普天之下无人能出其右；伯嚭长袖善舞，有超强的行政能力和组织能力，吴王在这两个人的辅佐下，国家的凝聚力处于最佳状态。一个笼子里关不住两只叫鸡公，何况吴国已经有了两只叫鸡公，文大人再去，那就是第三只叫鸡公。以文大人千里、万里之志，岂能寄人篱下?"

文种点点头，表示赞同。

"越王勾践在檇李之战中除掉阖闾，虽然有很大的侥幸因素，但不得不承认，勾践有一股不服输的精神和气质。据说吴王夫差秣马厉兵，发誓三年报仇雪恨。但凭越国的实力，勾践不是夫差的对手。"

文种瞪大眼睛，见这个平时装疯卖傻的人，对天下局势竟然看得如此透彻，敬意顿生，从心底赞叹：此人是个奇才呀!

范蠡不知道文种在想什么，继续说道："听说朝廷有意将越国作为牵制吴国的一颗棋子，不但从物资上给予援助，而且还有意向越国派出军事顾问，可有此事?"

文种大吃一惊，这是楚国的最高机密，范蠡怎么会知道。最近，他接到朝廷密旨，派他以顾问身份前往越国，他本意是要去越国，只是想听一听范蠡对时局的看法，没有想到，范蠡竟然连这样的事情都知道，看来，此人是文人不出门，能知天下事啊!

"越国地处强吴的后院，足以牵制强吴进犯楚国，这是一步高棋。扶越，实际上就是助楚。"范蠡看着文种说，"文大人，你说是不是?"

"好一个扶越助楚。"文种如梦初醒，站起来踱着步子说，"扶越，助楚!"然后大笑。范蠡跟着一起笑。

"子禽兄。"范蠡无意中改口了，轻轻地说，"该飞了!"

文种又是摆手，又是摇头，似乎很为难。

"为什么?"范蠡不解地问。

"孤雁难飞呀!"文种看着范蠡说，"少伯兄，你和我一起飞如何?"

范蠡看着文种，没有马上回答。

"你我兄弟生死与共，荣辱与共，甘苦与共，永不分离，好吗?"文种看着范蠡，等待他的回答。

"这……"范蠡有些犹豫。

文种着急地问："你还有什么放不下吗?"

"这倒没有。"

文种着急地问："到底为了什么?"

"这种事，你怎么找上我呀?"范蠡轻声问。

"只有你，才会答应去做。也只有你，才有成功的可能。"

"我也未必赢得了。"范蠡话锋一转说，"不过，我坚信，只要不死，就有机会在败中求胜。"

文种与范蠡的这一番对话，后世称为"南阳对"。他们一定不会想到，范蠡的一句"败中求胜"，竟然成了谶语。

※ 败中求胜

文种和范蠡走进大殿，向越王勾践拱手一揖，道："外臣文种拜见大王。"

"久闻楚国文种大夫是位贤士，欢迎!"

"外臣原为楚国南阳县令，今挂印赴越，前来报效大王。"

"好哇!"勾践高兴地说，"越国正需要文大夫这样的贤士辅佐，寡人仍拜你为大夫，参议国事，你意下如何?"

"谢大王!"文种指着身边的范蠡说，"这是楚国贤士范蠡，曾在郢都击鼓号歌，以傲楚王。熊轸不纳忠言，逐范蠡出宫。范蠡闻大王贤名，故而弃楚投越。"

范蠡双手一揖说："草民范蠡拜见大王。"

勾践想考考范蠡，问道："寡人于槜李之役大败吴军。今阖闾已死，夫差新立，先生以为其势如何？"

范蠡道："越国偏小，吴国域广，吴为壮汉，越若婴儿。吴虽兵败槜李，其势未衰，且有宰相伍子胥为辅，三年必举兵伐越。"

勾践问："吴人若报槜李之仇，该如何应对？"

"吴国自用伍子胥、孙武、伯嚭后，国势日盛，西克强楚，北压齐、鲁。越国欲强于吴而不被吴灭，当王有天下，或威霸诸侯。"

勾践觉得范蠡是个人才，正要给范蠡封官。

大将石买出班奏道："大王，臣有话要说。"

"你想说什么？"

"林子大了，什么鸟都有，听说范蠡在楚国只是一个无名之辈，半痴半癫，时醒时傻，是一个不折不扣的疯子，一个疯子到越国来冒充贤士，欺我越国无人吗？"

石买是一个心胸狭窄、嫉贤忌能，而且能言善辩。他知道范蠡是一个有本事的人，如果入朝为官，定会成为自己竞争对手，便站出来阻止勾践给范蠡封官。

文种奏道："大王，范蠡是不可多得的治世奇才，千里迢迢来到越国，就是想辅佐大王成就霸业。"

石买冷笑道："圣人言，君忧臣耻，君辱臣死。楚昭王被吴王所逐，漂流在外，备受艰辛。昭王返郢，赏功于陪臣，贤君之举。范蠡不知君王忧乐，击鼓谤君，乃忤逆之为。范蠡刚才之言，实为崇吴渺越，其心叵测。"

范蠡听了心中愤怒，无奈初来乍到，没有与石买叫板的本钱，瞥了石买一眼，奏道："草民不是治世奇才，但也不是疯子，投奔越国，只是想辅佐越王干一番事业。初来乍到，无功不受禄，草民有一个不情之请。"

勾践似乎来了兴趣，问道："你想得到什么？"

范蠡不卑不亢地说："草民一不要官，二不要财，请给草民一点时间，让草民走遍越国山山水水，熟悉这里的地理形势，乡风民情，或许能给大王提出一些有益的建议，到那个时候，大王如果还认为草民是个疯子，草民立马走人。天下之大，不相信没有范蠡的用武之地。"

文种大吃一惊，叫道："少伯兄！"

勾践直视范蠡，心里想，这个人虽然有些邋遢，但他不卑不亢，处事不惊，这正是自己需要的人才，正准备开口说话，范蠡又开口了。

"子禽兄不必说了。"范蠡对勾践说，"大王如果也认为草民是疯子，连替大王牵马坠镫的资格也没有，草民现在就走人。"

范蠡说罢，转身向大殿门口走去。

"少伯兄，你这是何苦呢？"文种欲拉住范蠡。

范蠡摆摆手，歉然一笑，继续向殿门口走去。

"胆怯了吧！现在走还来得及。"石买看着即将离去的范蠡，讥讽地说，"到时露馅可就惨了啊！"

"慢！"范蠡走到大门口，勾践叫住了他。

文种总算松了一口气，石买的脸色僵住了，群臣不知石买为何要与范蠡过不去，都站着看热闹，范蠡停住脚步，慢慢转过身来。

"寡人答应你，在此期间，寡人封你为特使，虽然不是一个什么官，但越国任何地方，你都可以去。"勾践接着说，"城西有两处宅子，赐给你与文大夫各居住一处。有何治国良策，可以随时来见寡人，也可以让文大夫转达，你意下如何？"

群臣听罢，大吃一惊，名义上，范蠡只是一介草民，仔细想来，却是天字第一官，随时可以进见越王勾践，朝中大臣，谁能享受这种待遇？石买的脸都气青了，文种虽然没有笑出声，但从他那绽开的笑脸，可以看出他心里多么高兴。

范蠡转过身，上前几步，双手一揖道："草民一定不负大王所望，待草民对越国做过一番调查后，一定会给大王提出一些有益的建议。"

越王勾践哈哈大笑……

"少伯兄，你这是何苦呢？"文种边走边埋怨范蠡。

"你没看到当时的情况吗？石买容不下我，与其赖着不走，不如趁这个机会对越国进行一些实地调查，或许能提出一个振兴越国的方案，岂不是更好？"范蠡见文种仍然苦着脸，安慰地说，"我暂时离开京城，并非坏事，离开，是为了更好地回来。"

"唉！"文种摇了摇头，"咱们两人一同来越国，没有你，我一个人待在这里没意思，不如我们两人一起周游越国吧！"

"那怎么行！你在京城掌握朝中动态，我到乡下调查民情，这更有利于我们帮助振兴越国。"范蠡看了文种一眼，"扶越助楚，是一番大事业，不可能一蹴而就，须历经磨难才能成功。以我看，这个时间不会短，甚至有可能要耗掉我们的毕生精力。"

"这话怎讲？"

"檇李之战，越国大胜，只是一时侥幸，以越国的国力，根本就不是吴国的对手。越王却不这样认为，他以为干掉了阖闾，可以高枕无忧了，不是外出狩猎，便是寻欢作乐，没有丝毫的危机感，而吴王夫差却在秣马厉兵，发誓要报仇雪恨，越国离祸不远了啊！"

文种着急地说："那你为何不劝说越王？"

"人微言轻，连朝堂都容不下我，我的话，他能听吗？弄不好，还真以为我是个疯子呢！"

文种叹口气说："看来也只能这样了。只是，我在京城，你却漂泊不定，我们怎么联系呢？"

"这个好办！"范蠡道，"我会定期派人给你传信，告知我的行程，你说这样行吗？"

文种苦笑道："也只好如此了。"

※ 巧解难题

吴王夫差守丧，在宫中守孝，每天重复着一件事。侍卫长戟敲击石板，大声问："夫差，你忘了越国杀我先王之仇吗？"

夫差机械地回答："父仇不共戴天，夫差不敢稍忘！"

时间一长，夫差似乎觉得有些乏味，口里虽然不说，心里却闷闷不乐。伯嚭最会揣摩夫差的心事，私下问道："大王为何闷闷不乐？"

夫差道："孔丘说，'饱食终日，无所用心，难矣哉'，寡人高兴得起来吗？"

伯嚭道："大王正值少壮年华，该乐且乐，何乐而不为？"

夫差尴尬地笑道："小白曾问管仲，寡人好酒色，害霸乎？"

"臣记得管仲当时的回答是：无害矣！"

夫差面露喜色："真的是这样回答的吗？"

"其实，大王命宫中嫔妃宫女侍饮，或命倡优歌舞，还是可以的。"

夫差无奈地说："寡人守志，目不视色，耳不闻乐，怎敢有歌舞？宰相得知，又要斥责寡人了。"

"伍子胥管得太宽，竟敢斥责大王，以下犯上。大王怎么不降罪于他？"

"宰相与先王是至交，有功于吴国，有恩于先王。先王生前托孤，让他辅佐寡人。这是先王遗命，如果降罪于他，天理难容啊！"

"大王不乐，臣也不乐，大王之乐，也是臣之乐。大王惧伍子胥责，不闻歌舞，但与宫女饮乐，还是无虞的。"

"宫中诸女，都是先王留下来的，年老色衰啊！"

伯嚭献媚地说："这个好办。我可以为大王选荐。"

伍子胥出巡州邑视察灾情回府，夫人秋菊见伍子胥面容憔悴，一身旧葛衫沾满了尘土，心疼地说："你身为宰相，代君出巡，竟然不带甲兵，一个人单独行动，万一有个闪失，如何是好？"

"我代君出巡，如果让甲士护卫，下层官员前呼后拥，就疏远了百姓，如何得知真情？我身为宰相，上事君，下为民，又何惧于民？"伍子胥边说边脱下身上的脏衣裳。

秋菊接过伍子胥脏衣，埋怨地说："你看人家太宰伯嚭，从不穿旧衣，新衣也是穿罢即弃。你这个宰相倒好，一件葛衫穿了几年，缝了又缝，补了又补，一点仪表也不讲。"

"什么叫仪表？"伍子胥问道，"穿新衣就有仪表，穿旧衣就没仪表啦？"

秋菊放下脏衣裳，随即倒碗水递给伍子胥。伍子胥接过碗，一饮而尽，问道："封儿近日读何书简？"

"前一阵读孙伯伯的《兵法内经》，近日又在读你的《水战兵法十篇》，不知怎么，竟然对舟师水战又上心了。"

"好哇！吴人以舟为车，以楫为马，当年我率兵伐楚，水师立了大功。以后伐越、伐齐，当以水师为主力，不习水战，岂能为将？"伍子胥突然想起伯嚭在太湖训练水师，不知情况如何，于是吩咐皇甫谓，"取我的戎装。"

秋菊道："在家里，穿什么戎装啊？"

伍子胥一边穿戎装，一边说："太宰在太湖训练水师一年有余，我还没去过，不知情况如何，今天去看看。"

"刚刚到家，墩子还没有坐热，又去巡视水师，你还要不要这个家？"

"我巡视水师回来，陪你和封儿去阳山住几天，好不好？"

"不要骗我了，宰相事君，心里只有国，哪有家啊！"秋菊一边说，一边去收拾行李，交给皇甫谓，吩咐道，"把这些带上，小心侍候相爷。"

伍子胥到达太湖水师时，伯嚭不在军中，水师副统领宗嬎接待伍子胥，礼过之后，宗龅请伍子胥视察"阖闾"舰。

"阖闾"舰是王舰，里面的配备齐全，装饰都属一流，自然无话可说。

看罢王舰，在众将的陪同下，伍子胥登上一艘小船，围绕水师舟舰转了一圈，然后登上一艘水师舰船，检查士兵的器械及着装。伍子胥越看脸色越冷，最终忍不住还是怒发冲冠，冲着宗龅怒斥："器械都是旧的，士兵都成了叫花子，怎么回事？"

宗龅低头不语。众将面面相觑，无言以对。

"府库拨出大批款项，给你们打造舟舰，改善装备，钱花到哪里去啦？"

宗龅胆怯地说："禀宰相，我们没有乱花一个钱。"

"没有乱花钱？钱花到哪里去啦？"伍子胥瞅瞅舰船，指着士兵说，"兵士穿得像乞丐，手中的兵器连烧火棍都不如，这哪里像是吴国水师？这到底是怎么回事？"

宗龅支支吾吾，还是没有说出原因。伍子胥认为他心里有鬼，怒斥道："到底怎么回事，难道不能说吗？"

宗龅见瞒不过去了，只得说："府库拨来的经费，都由太宰掌控，除建造王舟'阖闾'舰外，余下的尽挪用建造大王别宫了。"

伍子胥铁青着脸，一言未发。

宗龅环指一圈道："宰相请看，吴军水师的舟舰，都是当年随相爷参与灜六、淮汭作战时的旧船，没有一艘新船，士兵的兵器，也都是原来的旧兵器，几乎不能再用了。

伍子胥长叹一声，命令将舟舰划向王舟，登上"阖闾"舰，刚刚落座，大夫华元便登舰求见。伍子胥惊问："大夫赶奔水师，有什么事吗？"

"下官得知宰相回都，特地前往相府求见，得知宰相又到水师巡视，便赶到这里来了。"

"何事如此急迫？"

"请宰相屏退左右，行吗？"

伍子胥手一挥："宗龅留下，其余人退下。"

华元见众人离去，便道："先王弃世一年有余，大王名为守志，实在宫中与嫔妃淫乐，宰相难道不知道吗？"

伍子胥没有正面回答，只是请华元坐下说话。

华元意犹未尽，落座后继续说："伯嚭挪用水师军费，大造宫室，纵君淫乐，不理朝政，宰相为何不谏？"

"臣不可犯君于私。"伍子胥顿了顿，又说，"只要大王不忘越仇，沉湎于酒色也不为大过。"

华元问道："听说当年孙武曾劝宰相杀伯嚭，可有此事？"

"伯嚭军祥兵败，长卿劝我执行军法。"

"孙武识伯嚭是祸国之贼，为何不杀他呢？"

伍子胥反问："大夫既欲加罪于伯嚭，为何不直奏大王？"

华元不满地说："大王已为伯嚭所惑。宰相为国操劳，清苦自律，葛衣素食，下官敬之。但身为宰相，对宫乱不闻不问，可是失职啊！"

伍子胥大惊，躬身问道："内宫祸乱？请大夫说详细些。"

"先王昔日本洁身自好，入郢后，淫乱楚宫。返吴后，大筑华池，选美入宫。先王内有嫔妃七十，宫女三千。每位嫔妃都有数十名宫奴、阉奴侍奉。先王弃世后，这些人仍在宫中，耗费巨大。近日大王也在效先王之法，广选美女入宫。所有这些，都是伯嚭一手操盘。伯嚭不除，吴国祸乱不止。"

伍子胥沉思片刻，问道："大夫言之有理，你有什么好办法？"

正在这时，一名水师前来报告，说大王驾到。伍子胥立即起身出迎，临走时对华元说："到时见机行事。"

原来，伯嚭得知伍子胥巡察水师，担心挪用水师军费之事败露，立即进宫奏请夫差，先说从州邑选来的八百佳丽已送进宫，乘夫差高兴之时，便说宰相已前往太湖巡察水师，建议夫差亲至水师巡视。夫差得知秀女进宫，本来就很高兴，当即应允。伯嚭进宫之前就安排好了，只等夫差答应，立即出宫，登车前往太湖水师，一刻也不耽搁，故而来得迅速。

夫差驾临太湖水师，由伍子胥等人陪同登上"阖闾"舰。伯嚭献媚地说："大王你看，此王舟比先王'余皇'舰如何？"

大夫华元不待夫差开口，大声斥道："太宰只言'阖闾'王舟，怎么不说说水师那些破船旧艇？"

伯嚭被呛得哑口无言。

华元接着说："一枝独秀，风必摧之。当年先王'余皇'舰被楚军所掳，就是先例。"

夫差一惊，道："王舟过于豪华，太过显眼。大夫说得有理。"

伍子胥笑道："王舟豪华气派，方能体现一国之力，彰显吴军水师之威。大王不可无王舟，可造三艘，再造战舰七艘，以为'疑舰'，让敌人不知王居于何舟，将居于何舰。"

夫差闻言大喜，笑道："还是宰相考虑周全，寡人再拨重金，命水师多造'疑舰'便是。"

伍子胥乘机进谏道："臣闻越人以舟为车，以楫作马，善于水战，吴军如果没有强大的水师，异日伐越，恐难取胜，当务之急，要从速整顿水师。"

夫差道："宰相整肃水师，寡人许之，所需财物，由府库拨付。"

伍子胥道："具体有两个方面，一是打造战舰，配备兵器；二是加强水师训练。"

华元一旁谏道："眼下灾情严重，百姓饥食不饱，急需钱粮赈灾。如果由府库拨款打造舟舰，府库亏空，恐怕王宫费用就成问题了。"

伯嚭也说："宫中有近万人，每天的开销惊人，府库一空，那么多人，不是要坐以待毙吗？"

"宫中的日常费用当然要保证，灾民也需要赈济。但水师无论如何，都是要整建，如果没有强大的水师，怎么对越作战？大王欲图霸业，将来还要举兵向齐、晋，没有强大的水师，何能取胜？"伍子胥对华元、伯嚭说，"华大夫、太宰不必担心，老夫自有办法。"

夫差道："宰相有办法？"

"办法是有的，只要大王依老臣三请，华大夫、太宰所说的问题，都不是问题。"

"好！"夫差道，"寡人依宰相所请。"

伍子胥道："先王所遗后宫嫔妃、宫女、宫奴、阉奴有万人之多，可将这些人遣送出宫，再选择新人入宫，此一请。吴国上自王城，下至州邑，官冗吏多。臣请裁减冗员，惩治贪赃枉法，收缴赃款，用以赈灾济民，此为二请。三请便是将库存兵器全部拿出来补充到水师和陆军。"

"宰相所言三请，是在为寡人谋利，寡人哪有不允之理，请宰相安排执行便是。"

"谢大王！"伍子胥瞅一眼伯嚭，对夫差说，"臣请太宰主持内宫人员遣送、新人入宫之事。请华大夫负责裁减冗员，惩治贪官污吏之事。水师督领一职，请太宰不再兼任，由水师副领宗发将军升任。"

"寡人准了。"夫差对伯嚭、华元、宗发三人道，"你们三人，按宰相的命令执行。"

谈笑之间，伍子胥轻松地解决了吴国的军政难题。

宗岌升任水师督领，命人去库府领回兵器及军用物资，水师装备一新。宗岌又遵伍子胥之命，召集工匠打造各类战舰，率水师在太湖演练战法，热火朝天。

华元对伍子胥十分佩服，领命而去。

伯嚭虽然领命，但心里对伍子胥更是恨上加恨。

第十九章

吴越开战

※ 西施恋爱了

诸暨城南十里之外，有一座山，叫苎萝山，苎萝山下有一条河，叫苎萝江，苎萝江边有一个村庄，叫苎萝村。

范蠡走遍了大半个越国，广泛地考察了越国的自然环境、乡土民情，虽然远离都城，由于同文种保持着联系，对朝中的形势倒也十分清楚。最近，从不同的渠道传来一个相同的信息：吴王夫差准备倾全国之兵伐越，以报檇李之战的杀父之仇，此前，勾践不是外出打猎，便是贪恋后宫，没有任何紧迫感。范蠡准备结束这趟旅程，赶回京城。

这一天，范蠡、阿辛主仆二人来到苎萝山，在苎萝江边一棵大榕树底下歇脚，以解旅途疲乏。正在这时，随风传来一阵悠扬的歌声：

山上百花齐开放，水中鱼儿乐悠悠。
群芳争艳为谁容？鱼儿为何不知愁？

范蠡循声望去，见一妙龄少女正在江边浣纱，手中的木棒槌敲打着石枕上的纱线，发出嘭、嘭、嘭的响声，经过山谷传出回声，此起彼落，再伴随着少女的歌声，恰似进入仙境一般，不由发出一声感叹："好美丽的山水，好漂亮的人啊！"

浣纱溪边浣纱女，溪边浣纱不休停。
纱线能织千道锦，难织奴家恋郎情。

范蠡也是少年心性，听江边浣纱女唱起了情歌，顺口唱道：

溪边浣纱谁家妹？甜美歌喉好醉人。
大树底下偷驻足，莫怪阿哥自作情。

浣纱女突然听到有人对歌，大吃一惊，停住手上的活儿，回头一看，见身后不远处的大树底下站着两个人，一位年约二十二岁、衣着虽然一般，但生得眉清目秀，英俊潇洒，实在是一个美男子，旁边那一位，年纪不过十二三岁，肩背一个褡裢，一手拿一柄长剑，显然是一个随从。苎萝山中的少女，本来就有对歌的

220

习俗，加之大树底下的男子出言不俗，浣纱女心里有了一丝好感，冲着范蠡嫣然一笑，随口唱道：

　　哪来莽撞野小子？背后偷窥吓煞人。
　　若是不能说清楚，莫怪奴家不留情。

范蠡见浣纱女反应敏捷，心中诧异，接着唱道：

　　我本过路一狂生，偶经宝地非庸人。
　　恳求妹子发慈悲，略施小生些许情。

范蠡好生得意，正等待浣纱女续唱，突然听到扑通一声。

原来，浣纱女听到范蠡唱得有趣，准备站起来对唱，谁知蹲得时间久了，突然站起来，一阵眩晕，立足不稳，掉到水里去了。浣纱女从小生长在苎萝江边，熟识水性，即使掉进水里，也无性命之忧，由于她是因眩晕而掉进水里，猝不及防，连呛了几口水，在水里挣扎了几下，没有浮出水面，竟然沉了下去。

范蠡从小生长在白河边，深通水性，见浣纱女落水，大叫一声不好，边跑边脱掉上衣，猛跑几步，纵身跳进水里，潜入水底，抓住少女的手臂，将她托出水面，游到江边，上岸后，向大树底下走去。

落水少女只是一时眩晕，范蠡将她托出水面以后，她已经恢复了知觉，凭她的意识，她知道救她的人一定是刚才站在大树下同她对歌的那位英俊小伙子。少女情窦初开，从来没有同异性男子有过肌肤之亲，更没有被一个异性男子这样抱在怀里，而且，抱着她的这个人，又是让她怦然心动的男人，范蠡口鼻间喘出的粗气，吹在她的脸上，有说不出的舒坦，她索性紧闭双眼，依偎在范蠡怀里，将脸紧贴在范蠡的胸膛。

范蠡并不知怀里的少女已经醒了，将她抱到大树底下，坐在草皮地上，将她搂在怀里，焦急地呼叫："姑娘！没事吧？"

少女仍然佯装昏迷不醒，任由范蠡呼唤，躺在范蠡的怀里，紧闭双眼，一动也不动。

范蠡急了，顾不得男女授受不亲，将少女轻轻地放在草地上，双手搭在少女胸前，准备施救。

少女装不下去了。

因为范蠡要做的是人工呼吸的动作，双手搭在腹部，准备向上移动，将她肚子里的水挤压出来，向上挤压，即将触摸到双乳。双乳是少女最敏感的地方，不会随便让异性触摸，除非这个异性是自己的男人。尽管少女对范蠡有好感，可毕竟也只是好感而已，并不是自己的男人。加之她已经假装了很久，实在不好再装下去了，当范蠡的双手即将触摸而没有触摸到双乳的时候，少女扑哧一声娇笑，翻身坐起来，弹身而起，侧身向范蠡施礼道："多谢公子救命之恩！"

"姑娘，你醒啦？"范蠡恍然大悟，知道被少女捉弄了，哭笑不得，正要说话，突然像发现了什么，立即转过身，背对着少女说，"姑娘，快到树丛去，把衣服拧干。"

少女不知发生了什么事，低头一看，大叫一声，跑进旁边的树丛。

原来，姑娘穿着一身薄衫，落水浸泡后，紧紧贴在身上，少女全身的轮廓，赤裸裸地完全暴露出来。刚才是在救人，范蠡没有注意这些，少女更没有想到这些。玩笑过后，突然见自己赤裸裸地站在两个陌生男人面前，哪里还能站得住？

范蠡冲着一旁发愣的阿辛说："看什么？一边去。"

阿辛冲着范蠡做了个鬼脸，无精打采地转过身，眺望远山去了。

一会儿，少女拧干身上的外衣，从树丛中羞答答地走出来，衣服虽然还是湿的，总算能遮羞，湿淋淋的一头秀发拢在脑后，娇滴滴的脸上仍残留着细细的水珠，再加上羞答答的仪态，更显得妩媚动人。

范蠡忍不住，上前拉着落水少女的手，关心地问："姑娘，你是哪个村子的，叫什么名字？"

落水少女似乎很愿意让范蠡抓着自己的手，并没有打算抽回的意思，用下巴一点不远处的小山村，大方地说："我姓施，叫夷光，住在苎萝村，村子分东村和西村，我住在西村，村里人都叫我西施，叫多了，倒把真名给忘了。"

"如此说来，东村该有个东施吧？"范蠡打趣地问，"东施也像你一样漂亮吗？"

"嘻！嘻！嘻！你这人真聪明。"西施道，"东村果然有个东施，黄头发，黑皮肤，长得胖乎乎的，不过，她挺好，我很喜欢她。"

"真的吗？"范蠡打趣地说，"我还以为，东施也像你一样，是仙女下凡呢！"

"你说我是仙女？"西施见这个英俊的男人夸自己像仙女，心里如同吞蜜，甜滋滋的，抽出手，撒娇地在范蠡的胸脯轻轻擂了一粉拳说，"你这人真坏！"

范蠡一把抓住西施的小手，两眼含情脉脉地看着她的眼睛，柔情地说："你真的很美，比仙女还要美，你是我见过的最漂亮的美人。"接着转身，指着苎萝江面说，"你看，苎萝江的鱼儿见到你，都沉到水底去了，你知道为什么吗？"

"为什么?"西施好奇地问。

"怕羞!"范蠡口里这样说,眼光却盯着西施的眼睛,一刻也没有离开。

西施大笑,突然,她读懂了范蠡眼神里传递过来的信息,眼前这个男人,爱上自己了,她也爱上了眼前这个男人,真想再次扑进这个男人的怀里,让他紧紧地抱住自己,再也不分开。就在这一刹那,她突然意识到,自己对眼前这个男人还一无所知,强行收摄荡漾的心神,笑着问道:"说了半天,我还不知道你是谁呢?你是谁? 从哪里来? 到哪里去?"

"抱歉,忘了告诉你。"范蠡认真地说,"我姓范,名蠡,字少伯,楚国人。"

"你就是范蠡?"西施端详半天,摇摇头说,"不像,不像,真的不像。"

"什么不像?"范蠡说,"我就是范蠡,范蠡就是我,如假包换。"

"听人说,范蠡是楚国狂士,是个疯子!"西施看着范蠡,一本正经地说,"我看不像。"

范蠡知道自己又被西施戏耍了,不由大笑起来,笑得连眼泪都流了出来。

"我……我……"西施欲言又止。

范蠡笑着说:"想说什么,说吧! 何必吞吞吐吐。"

"我能叫你范大哥吗?"

"行啊!"范蠡微笑着说,"我年纪比你大,本来就是大哥嘛!"

"范大哥!"

"嗯!"范蠡问道,"有什么事吗?"

西施羞答答地说:"我能问你一个问题吗?"

"问吧!"

"你有家室吗?"话刚出口,西施已是满脸羞红,低下头,心突突地跳,接着又偷偷地瞥了范蠡一眼。

"我是一个人吃饱,全家人不饿。"

"真的?"西施惊喜地问。

"真的又怎么样?"范蠡故意问道,"这对你很重要吗?"

"当然很重要。"西施欲言又止。

正在这个时候,突然一人一骑沿着江边奔驰而来,老远就大叫:"前面可是范蠡范大人吗?"

"我就是范蠡?"范蠡挥挥手,"军爷从哪里来? 找范蠡有何事?"

说话间,来人已到了跟前,飞身下马,从怀里掏出一封信递上:"这是文大夫给你的信,你自己看吧!"

范蠡接过信，匆匆看过之后，对来人说："信已看过，时间紧迫，我就不写信了，你回去转告文大人，我连夜起程，后天早朝时，一定会赶回京城。"

来人答应一声，纵身上马，飞驰而去。

范蠡脸色凝重地对西施说："西施姑娘，吴、越要开战了，我得赶快回京。"

"你不能走！"西施急了，挡在范蠡身前，似乎怕他跑了。

"为什么不能走？"

"不能走，就是不能走。"西施急得哭了起来。

"姑娘，到底为什么呀？"范蠡不解地问。

西施哭着说："你走了，我怎么办？"

"回家去呀！"

"你是真不懂，还是故意装糊涂？"

范蠡看着西施，无奈地说："姑娘，我真的不知道你想说什么？"

西施见范蠡不懂自己的意思，一咬牙，说道："你将我的全身都看透了，总该有个交代吧！"

范蠡恍然大悟，立即举手发誓道："苍天在上，我范蠡绝不将今天看到的事说出去，如若违背了誓言，就……"

西施伸手捂住范蠡的嘴说："谁要你发誓了！谁要你发誓了！"

范蠡伸手抓住西施的手，问道："说吧！你想要我怎么办？"

"少女的身子，除了父母之外，任何男人也不能看。"西施两眼盯着范蠡说，"除非这个人是他的男人！"

"姑娘！"范蠡无辜地说，"我也不是故意的啊！当时是为了救人，也是迫不得已嘛！"

"那也不行，反正你看了。"西施要赖地说。

"你说该怎么办，才肯让我走。"

西施大胆地说："除非你娶我为妻。"

"姑娘！"范蠡惊喜地问，"你愿意嫁给我？"

西施从范蠡的眼神里，已经看出他喜欢自己，调侃地说："一坨泥巴沾在鲜花上，甩也甩不掉，我能怎么样？"

范蠡忘情地一把将西施搂在怀里，西施乘势偎在范蠡的怀里，两人紧紧地拥抱在一起，到了忘我的境界。

阿辛两眼看着远山，轻轻咳了一声说："好美丽的山水，好漂亮的人啊！"

范蠡极不情愿地推开西施，说："西施姑娘，吴、越要开战了，我得赶回去，办完了朝廷的事，我来接你，好吗？"

"嗯！"西施温顺地点点头，"你去吧！我等你。"

"阿辛，你过来！"范蠡冲着阿辛说，"把剑给我。"

范蠡接过阿辛递过来的剑，双手呈给西施："我身上没有什么东西，这柄剑权作信物吧！"

"剑是你的防身之器，我不能要。"西施温情地说，"记住你这份情就是了，我等你。"

范蠡深情地看了西施一眼，毅然决然地转身而去，临别时说："施妹，等着我，打败了吴国，我会再来苎萝山，向你爹娘提亲！"

范蠡走了，带着刚结识的西施姑娘的一丝眷恋，去了战场。当他离开大榕树之后，身后传来了悠扬的歌声：

山上百花齐开放，水中鱼儿乐悠悠。
群芳争艳为谁容？鱼儿为何不知愁？

浣纱溪边浣纱女，溪边浣纱不休停。
纱线能织千道锦，难织奴家恋郎情。

※ 夫差伐越

巫师在作法，祈祷上天。勾践站在一边，眼睛一眨也不眨，神情很专注。

巫师作罢法事，从怀中取出龟板，卜了一卦，兴奋地说："大王！大吉大利！大吉大利！好卦呀！"

"说来听听！"勾践有些迫不及待。

巫师神秘地说："卦象上显示，大王将从海上出兵，到时，上天会派风神前来相助，将吴国战船全部倾覆在大海中，越国大获全胜，大获全胜啊！"

"哈！哈！哈！"勾践一阵狂笑，抽出越王剑，指着苍穹大叫，"夫差小儿，去死吧！你将会比阖闾老儿死得更惨！"

越王殿上，勾践兴奋地对文武百官说："据可靠消息，吴王夫差准备向越国发起军事攻势，以报当年檇李兵败之仇。寡人准备先发制人，趁吴国没有出兵之时，来一次突袭，打夫差一个措手不及，让他永远绝了犯越之念。"

"大王英明！"石买出班，恭维地说，"夫差初登王位，大将孙武便挂印而去，大王此次御驾亲征，一定能旗开得胜，马到成功。"

勾践环视群臣一眼说："寡人命石买为大将军，灵姑浮为副将，倾全国三万之兵伐吴。"说罢，从案几上拿起用黄布包好的大将军印，授给石买。

石买接过大将军印说："谢大王，石买绝不辜负大王一片苦心，一定率兵打败夫差。"

"诸稽郢将军，文种大夫！"

"臣在！"诸稽郢、文种立即出班。

"你们二人留守京城。"

大殿外，范蠡疾步赶往越王殿。殿门外当值的守卫大声喊："范蠡晋见！"

"什么，范蠡回来啦？"勾践高兴地说，"快，快传他晋见！"

范蠡大踏步进殿，上前跪下叩拜说："大王恕罪，臣接到文大夫的传书，归来欠迟。"

"哈！哈！平身吧！"勾践高兴地说，"你到越国各地调查，传回来的情况，寡人都知道了。寡人甚为高兴，所以才叫文大夫派人急召你回来。这次攻打吴国，你再出个主意，把夫差小儿杀得伏剑自尽。"

"大王，恕臣直言。"

"什么主意，你尽管直说，只要有利于打败吴国，寡人都依你。"

"大王！国家想要保持盈泰，就得随时居安思危，避免操之过急。自古圣王最重视见机行事，当天时不属于自己的时候，决不可以人为地发动战争，当各项准备工作尚未就绪的时候，绝不付诸行动。"

勾践听了范蠡的话，不高兴地问："你是说，天时不属于越国？"

范蠡一愣，但还是继续说："臣走遍了大半个越国，总体看，越国无论是国力还是军力，都难以同吴国相抗衡，檇李之战，不会重演。"

"什么？你说什么？"勾践大声说，"你没看见，寡人兵将都点拨已定，粮草已经先行，你再晚归一天，大军已经出发了，我以为你有什么好主意，原来是这样的傻主意呀？"

"大王，恕臣直言，万万不可兴兵犯吴啊！"

勾践恼怒地问："箭在弦上，不得不发，难道你要寡人收回成命吗？"

"确实是这样。"范蠡不紧不慢地说，"不但要收回成命，而且还要备上一份厚礼，派使臣去吴国求和，然后等待时机，徐图进取，这才是良策。"

"大王！"石买出班奏道，"臣以为，大王出兵伐吴，上应天象，下顺民心，定会所向披靡，马到成功。"

"你听！你听！"勾践冲着范蠡说，"此次伐吴有神兆，一定会成功。"

"不可啊！大王。吴国檇李之战以后，夫差既感到耻辱，又怀恨在心，两年来，秣马厉兵，积草囤粮，志在复仇，一雪国耻。大王尽管英明，招兵买马，积草囤粮，但目前仍然只能采取守势，不可主动出击。如果贸然出兵，不但会伤害国家，还会危及大王的地位。"

"你要寡人等到什么时候？"

"臣听说，吴国太宰伯嚭虽然长袖善舞，但此人贪得无厌，同宰相伍子胥不和，等到吴国将相矛盾爆发、出现内乱的时候，我们就有了可乘之机，再进击也不迟。"

勾践不高兴地说："你是不是要寡人等二十年、三十年，甚至四十年，像吴先王阖闾那样等死？"

"大王，臣绝非这个意思啊！"

"不要再说了。"勾践站起来，拂袖而去。

石买朝范蠡冷哼一声，率先出了大殿。文种同范蠡对望一眼，谁也没说话，随群臣出殿去了。

※ 夫椒之战

范蠡非常郁闷，在家里弹琴解忧，阿辛进来报告，说文种来访，他立即停止弹琴，起身到门口迎接文种："子禽兄！"

"少伯兄！"

两个楚国人，手牵着手，你看着我，我看着你，似乎有好多话要说，又不知从何说起。还是文种先开口，埋怨地说："少伯兄，你不是经常劝我不要干涉太多吗？今天在朝堂上，怎么向越王提出如此强烈的谏言啊？"

"我所指的不要干涉太多，是指不宜过深地介入越国朝廷的行政组织活动，以免引起越国元老大臣的不满，到时会挤对我们，让我们无法立足。"范蠡话锋一转说，"对越王则不同，我们是来帮助他的，最重要的是要讲实话，我今天说的话，都是越国大臣想说而又不敢说的话，我讲出了他们的心声，他们从心里一定会赞成我的说法，这对我们今后的工作会有很大帮助。至于越王，无论他怎么生气，也不至于把我怎么样，尽管没有采纳我的谏言，但他一定会记住我今天说的话。"

文种叹口气说："大王也曾征求过群臣的意见，大家都有不同看法，可大王只听石买一人说教，才导致今日兴兵之事！"

"羽毛未丰，就想搏击千里，恐怕还未出巢，就要跌落在地了。"

"说这些已经毫无用处了。"文种说，"还是想想办法吧！"

"今天在朝堂上，要说的我都说了，再说恐怕也无益。"范蠡看着文种说，"能否通过王后做做工作？"

文种摇摇头说："没用了，上面好大喜功，下面必喜功好大，报喜不报忧，耕、读、樵、作、兵一齐欺骗朝廷，大王现在信心满满，谁的话也听不进去。"

范蠡气愤地说："那也不能眼睁睁地看着石买把越国往死路上引吧！"

"大王生性多疑，你劝谏得越激烈，他越怀疑你别有用心。"

"不对！"范蠡气恼地说，"如果当初石买怂恿大王出兵伐吴，你带头死谏，绝不会让石买得逞。"

文种无奈地说："我主管内政，只管宫中柴、米、油、盐，怎可死谏兴兵之事呢？"

"那诸稽郢等人呢？"

"大家都知道大王的脾气，也知道伴君如伴虎的道理，今天，你在朝堂上极谏，大王是看在你客卿的分儿上，才没有怪罪你，要是诸稽郢他们，脑袋恐怕早就搬家了。"文种看着范蠡说，"平时，大家表面上跟着石买练兵，高呼越王英明，暗地里，都在各寻退路哇！"

范蠡着急地说："照你这么说，越国陷入绝境啦？"

"那倒未必。"文种说，"我观过天象，越国气数未尽。"

范蠡焦急地说："观象、卜占，可信，不可全信，要劝大王务实勤政，练兵囤粮啊！"

文种无奈地说："事已到此，只好听天由命，让大王碰碰南墙吧！"

"这一次南墙碰惨了，碰得头破血流那还算万幸，我担心，后果会比这更惨。"

勾践不听范蠡的苦劝，一意孤行，任命石买为大将军，灵姑浮为副将，率领越军伐吴。并命灵姑浮为水军统领，率战船百余艘，水兵两万余人，经杭州湾入海，转入黄浦江，横穿大浦河，浩浩荡荡驰进太湖，欲在太湖上同吴军决战。这是巫师给勾践设计的作战方案。因为巫师说过，吴、越两军在太湖作战，风神会来相助，吴军的战船将被大风颠覆，越军将不战而胜。

吴王夫差得知越国出兵伐吴，大怒，对群臣说："勾践小儿，寡人正要找他报仇，他倒找上门来送死，寡人一定叫他有来无回，一雪国耻。"于是，命伍子胥为大将，伯嚭为副将，率二十万大军迎战越军。

伍子胥并没有按勾践预想的套路出牌，把部队部署在夫椒（今江苏苏州西南），准备在夫椒打一场歼灭战。

越国水师在太湖上长驱直入，没有遇到任何阻击，巫师所说的海战并没有发生，吴军战船倾覆的情形更没有出现。

勾践坚信巫师的话不会假，神灵会站在自己这一边，命令全军弃船登岸，踏上吴国的国土。

越军弃船上岸后，仍然没有发现吴国一兵一卒，昏了头的勾践没有意识到这是一个阴谋，命令部队继续前进，寻找吴军决战。

吴、越两军在夫椒相遇，一场旷世之战在夫椒打响。

伍子胥有心诱敌深入，开战之初，保留了实力，战场上，吴军略处下风。

越国大将军石买以为伍子胥不过尔尔，不像传说中的那样强大，于是，命令全军安营扎寨，修筑工事。

当天晚上，勾践正在军营中召开军事会议，突然听到营外有喊杀声，走出营帐一看，见军营左右两翼同时有吴军杀到。越军虽然有三万之众，其实都是临时招集起来的百姓，加之缺乏训练，根本就抵挡不了伍子胥训练的吴军。刚一交战便溃不成军，节节败退。石买虽然拼命阻止，且连杀数人，仍然止不住溃败之势，只得保护勾践向后撤。

夫差亲自擂鼓助威，吴军将士士气高涨，奋勇追杀。

勾践只得登船，向南溃逃，慌乱之中，大将灵姑浮中箭身亡，越军一直退到钱塘江边才稳住阵脚。

文种急匆匆地来到范蠡家里，递上一封信，焦急地说："少伯兄，快看，这是王后给你的信。"

范蠡接信看过之后，惊叫道："糟了！"

"怎么样？"文种问道。

"大王兵败夫椒，王后命我带兵前去增援。早知会有这种结果，没有想到来得这样快。"范蠡果断地说，"子禽兄，救兵如救火，我必须马上带兵前去支援大王，你留守京城，等候消息吧！"

范蠡骑快马，阿辛骑马紧随其后，一支数百人的骑兵部队跟着范蠡，一阵风似的向前狂奔。

越军节节溃退，吴军紧追不舍，范蠡带援军冲上去，挡住溃军的去路，大叫："站住，站住，我是范蠡，都给我站住。"

越溃军像一群无头苍蝇，到处乱窜，突然见范蠡站出来指挥，都停住了脚步。

"回过身，掉转枪头，稳住阵脚，弓箭手站到前面去。"范蠡发出一连串的指令。

越军刚排好阵势，吴军便杀上来了，范蠡挥剑大吼："放箭！"

越军弓箭手站成两排，前面一排放完箭，马上蹲下来备箭，后面一排的箭就出弦了，两排弓箭手轮番射箭，挡住了追杀的吴军。

杀退吴军后，范蠡负责断后，指挥越军向会稽山撤退。

夫椒一战，越国数万大军，几乎全军覆没，只剩下五千残兵退守会稽山。

伍子胥率领吴兵将会稽山围了个水泄不通，并且亲自和伯嚭分别坐镇左右大营，试图全歼越军。

范蠡站在山坡上，眺望吴军的军营，脸色严峻，吩咐大将胥犴加强防守。

第二十章

绝望的勾践

※ 围困会稽山

范蠡带着阿辛来到勾践的营帐外求见。

勾践正在帐中焦躁地来回走动，大将诸稽郢大声说："大王，石买根本就不会打仗，而且还同将士们结仇结怨，致使我军败得如此之惨，如果继续以他为统帅，越国就完了呀！"

"撤了石买，谁替寡人带兵打仗？"勾践指着几位将军说，"你！你！你！能替寡人分忧吗？能率兵打败吴军吗？"

在场的各位将军谁也不敢再说话。

"唉！"勾践想起了范蠡，一跺脚说，"悔不该没有采纳范蠡之言，致使寡人兵困会稽山。"

"禀大王！"卫士进帐报告，"范蠡求见！"

"什么？范蠡来啦？"勾践如同落水之人抓到了一根救命稻草，"快！快！请他进来。"

"大王！"范蠡进帐，百感交集，扑通一声跪了下去。

"起来！起来！"勾践站起来，"都什么时候了，免了这一套吧！"

"大王！"范蠡站起来说，"任何时候，君臣之礼也不可废啊！"

"好了，好了，你来了就好了。"勾践重新坐下，不等范蠡坐好，开口就说，"范蠡，我现在封你为上大夫，统领越军，打败强吴。"

勾践见范蠡脸色严峻，担心他不接受，追问一句："怎么样？"

"谢大王！"范蠡话锋一转说，"眼下形势严峻，我们只能采取守势，不可再言出击。"

"一切任凭上大夫处置，你认为该怎么打，就怎么打！"

"那……"范蠡犹豫了一下说，"大王，石买将军呢？"

"别提他了。"勾践手一挥，"传石买进来。"

打了败仗的石买垂头丧气地走进军帐，哭丧着脸叫道："大王！"

"把大将军印符交出来。"勾践见石买站在那里不动，大喝道，"快呀！拿过来。"

石买胆怯地从怀中取出大将军印，送到勾践面前，放在案几上，退出帐外。

勾践拿起大将军印，对范蠡说："寡人临危拜你为大将军，无论如何，请范大将军力挽狂澜，扭转越国的败局。"

"大王，少安毋躁。"范蠡接过将军印，跪下道，"事情总会理出个头绪。"

"大王！"士兵进帐报告，"吴军开始进攻了，胥犴将军请求增援！"

勾践霍地一下站起来，两眼看着范蠡。

"大王放心，我亲自前去督战！"范蠡说罢，转身出了大帐。

石买见范蠡铁青着脸从军帐里出来，退到一边给范蠡让路。

范蠡赶到山脚下的战场，大将胥犴已经战死。范蠡见将士们都杀红了眼，立即组织了一次反冲锋，士兵像疯了一样，大喊为胥犴报仇，向山下冲去。

吴军见越军突然像发疯一样，锐不可当，只得向后撤退。范蠡立即对部队的防守做了重新部署，对众将士说："会稽山地形复杂，只要守住要塞，吴军虽然兵多，一时也攻不进来。大家只可坚守，不得出击，违令者斩！"

越军结队来到勾践的大帐前，跪在地上请愿。

"滚！滚！滚！"石买似乎忘记自己被削去了兵权，仍然像当大将军时那样，粗暴地接连踢翻几个士兵，边踢边骂，"没用的东西！"

士兵们怒视着石买，眼睛快要冒出火来，恨不得一口吃掉他。

"你们这群没用的东西。"石买拔剑在手，"我要杀了你们！"

"住手！"一名士兵站起来，手握长剑，怒视着石买。

"是你唆使的吗？"石买呵斥道，"你想造反吗？"

"你不要滥杀无辜。"士兵拔出剑，一步一步逼近石买。

跪在地上的士兵都站起来，大喊道："杀死石买！杀死石买！"

"杀我？"石买一挥手中剑，大吼，"你们想造反？"

勾践听到帐外的吵闹声，惊问："外面发生了什么事？"

"兵谏！"一名亲兵回答，"士兵们痛恨石买，要杀他。"

勾践离座而起，来到帐外。

"大王！大王！"石买膝行到勾践面前，哭着哀求："救救我！救救我！救救我呀！"

"杀死石买！杀死石买！"士兵们纷纷跪下，请求勾践杀掉石买。

勾践看着愤怒的士兵，没有说话。范蠡从后面上来了。石买转身膝行到范蠡面前，哀求说："范大将军，救救我！救救我！"

"杀石买！杀石买！"士兵们仍然不停地叫喊。

石买转身又哀求勾践："大王！救救我！救救我！救救我！"

"兄弟们！"范蠡上前一步说，"大家冷静，请你们相信我，退后十步！"

士兵们相互看了看，站起来，向后退了十步，重新跪下。

石买绝望了，从地上站起来，将一腔怒火发泄到范蠡身上，挥剑冲向范蠡，大叫道："范蠡，我要杀了你！"

范蠡冷眼看着石买，当石买的剑刺过来的时候，突然拔出剑，轻轻一磕，将石买的剑磕飞了。

勾践和在场的所有人都惊呆了，他们没有想到，范蠡的身手竟如此了得。

石买彻底崩溃了，跪下大叫道："上大夫……"

"石将军！"范蠡看着跪在面前的石买说，"越军败得如此之惨，都是你造成的，由于你的瞎指挥，越国已面临亡国的绝境，你欠越国太多了，杀你还是轻的。欠债总是要还的，有时，要用生命，用鲜血来还。"

石买跪在地上，瞪眼看着范蠡。

范蠡继续说："你是战士，是越国的军人，要像个爷们儿一样，拿出勇气，去正视，去面对。"

石买从地上站起来，冲着范蠡一揖，从地上拾起自己的剑，一步一步地向山下吴军阵营走去。

石买单枪匹马，在吴军阵前搏杀，力竭而亡……

勾践愁眉不展，范蠡分析说："以目前的情况，如果能与吴王讲和，大王回归国都，再从长计议。"

勾践后悔不已，痛心疾首地说："石买误国，石买误国啊！"

"大王，石买死得其所，众怒已经平息，如果与吴国讲和，非文种不可。请大王迅速传讯宫中，让文种火速赶来。"

勾践着急地问："吴军将会稽山围得水泄不通，谁能突出重围？"

"让阿辛前往。"

"好吧！"勾践信赖地看着范蠡说，"这件事就由你去安排。"

山坡上，越兵站的站、坐的坐，伤员都躺在地上，伙夫也在埋锅造饭。范蠡指着山下对诸稽郢说："诸将军，天黑以后，你掩护阿辛从这个方向突围出去，事关重大，一定要小心。"

"上大夫请放心！"诸稽郢说，"保证完成任务。"

范蠡走到大铁锅旁，拿起锅铲在锅里搅了几下，忧心忡忡地对诸稽郢说："诸将军，传令各营，要节约用水，要注意鼓舞士气。"

随行一位将军说："士气可以鼓，但是，饮水不足，粮食短缺，这可是燃眉之急啊！"

"要跟将士们说清楚，现在是越国生死存亡的紧要关头，要同仇敌忾，渡过这个难关。"范蠡叮嘱说，"要严守秘密，不能让吴军知道山上缺粮少水。"

诸稽郢忧虑地说："撑不了多久，也瞒不了多久。"

"山上只有五千兵马，要抵挡吴军十万大军，形势非常严峻，将军一定要鼓舞士气。"

"士气可以鼓，但也不是长久之计，吴军围困会稽山，越国看来已是凶多吉少，要想办法保护大王。王在越国在，王去越国亡。"诸稽郢看着范蠡说，"上大夫要快想办法啊！"

范蠡看着诸稽郢，忧心忡忡地说："文大夫来了后，我们再商量吧！"

越王后焦急地在宫里来回走动，文种两手下垂，站在一边。

"请和？"越王后冲着文种问，"请和要我们这些女人何用？你们这些大男人，就没有别的办法了吗？为何要用女人？"

"王后！"文种无奈地说，"这也是没有办法的办法，前去请和，凡军中缺少的，我都要准备，请王后见谅。"

文种见王后没有出声，继续说："大王说了，女子也要为国效力。"

"好一个为国效力？"王后说，"我给你八个宫女，十双白璧，黄金五百两，锦缎三千匹，越国就交给你了。"

"王后放心，臣知道这件事的分量，如果有辱此行，文种无颜对越国。"

"翠儿！"

王后身边的一位侍女立即回答："王后，有何吩咐？"

"找一些好的衣服，给那八位侍女换上。也许，这是她们最后一次穿越国的衣服了。"王后又对文种说，"我跟你一起去。"

※ 拒绝越国求和

一支队伍在大道上匆匆而行，越王后乘坐一辆马车走在最前面，文种步行紧随车后，几个随从跟在后面，最后一辆马车乘坐八名宫女，这是文种准备送给吴国太宰伯嚭的礼物。

队伍接近吴军大营，文种命令队伍停下，紧赶几步来到马车前禀报说："王后，前面是吴国太宰伯嚭的军营，车队先停下来，卑职前往吴军大营，向伯嚭借道。"

王后看着即将被当作礼品送给伯嚭的几位宫女，不舍地说："八名宫女呢？"

"王后不必为此事难过，国家有难，匹夫有责，女人也要为国效力啊！"

"唉！"王后无奈地说，"世上的男人，有难的时候，才想到女人！"

"王后！"文种说，"这也是出于无奈，只能这样了。"

"大王不听忠言。"王后看了几名宫女一眼说，"才有今日之祸啊！"

"王后请保重！"文种吩咐随行人员找一处农舍暂避，自己带着载有八名宫女的马车去了。

"启禀太宰！"一名侍卫走进吴国太宰伯嚭的大帐说，"营外一个自称文种的同乡人求见。"

"传他进来。"伯嚭对帐中亲兵说，"你们都退下吧！"

亲兵刚退下，文种便进来了，上前一揖说："越国文种，向太宰请安！"

"你说什么？"伯嚭惊问道，"你是越国派来的？"

文种谦恭地说："在下越国上大夫文种，知道太宰操劳军事，非常辛苦，特备薄礼，前来拜会。"

伯嚭冷笑一声说："你让我贪赃枉法吗？"

"回太宰，只是略备薄礼，以表敬意，绝非让太宰枉法行事。"

"军旅之中，酒肉充足，其他的东西也派不上用场，礼物就不必了，有什么话，你就直说吧！"伯嚭身体前倾，"找我到底有什么事？"

"太宰清正，果然名不虚传。在下不敢送珍宝美玉，只是送军旅之中短缺之物，望太宰笑纳！"

"啊！"伯嚭来了兴趣，问道，"什么是军旅之中短缺之物？"

文种转身拍拍手，八名越女款款而入，来到伯嚭面前，娇滴滴地说："太宰万福！"

"免礼！免礼！"伯嚭看见八位越女，两眼发直，立即换了一副笑脸。

"谢太宰！"越女们立即围在伯嚭身边。

"文种，你开了送礼贿官的先河啊！"伯嚭笑道，"说吧！想要做什么？"

"禀太宰，文种要借道，通过太宰的防地，到会稽山见越王。"

"勾践已是笼中之鸟、网中之鱼，活不了几天了，你又何必自投罗网呢？"伯嚭看了一眼文种，"念你一片苦心和对越国的忠诚，我放你上山，不过，我可要警告你，你如果想活着下山，就没那么容易了。"

"谢太宰！"

伯嚭发出得意的笑声。

"先生！"勾践愧疚地对范蠡说，"当初，寡人没有听你的劝告，才导致兵败夫椒，被困会稽山，还望先生不吝赐教，挽救越国于危难之中。"

"大王是想听真话，还是想听假话？"

"都什么时候了，有什么话，尽管说。"

范蠡直截了当地说："吴、越之争，就是一场博弈，夫椒一博，越国输得很惨，几乎输光了所有本钱，要想继续博下去，只有一条路可走。"

"什么路？"

"求和。"范蠡说，"即使求和，夫差还不一定答应，大王要瞅准机会，想办法从后山伯嚭的防地突围出去。"

"突围又能如何？夫差二十万大军，照例可以追到京师，照样能将京师团团围住，躲得过初一，躲不过十五吗！"

"报！"一名侍卫进来说，"王后到了。"

"王后到了？"勾践面无表情地说，"知道了，下去吧！"

范蠡见勾践情绪低落，试探地说："大王，事到如今……"

勾践手一挥："说什么也没用，寡人万念俱灰，什么也不想了。"

"大王，不可以这样说啊！兵法说，哀兵必胜。只要大王振作起来，将士们同心协力，一定能够转危为安。"

勾践说："寡人与夫差有杀父之仇，只怕……"

"大王请放心，上大夫文种已经到了，等我们商量出一个妥善办法，然后再作计较！"范蠡问道，"如何？"

"那寡人就静候佳音了！"

"臣明白！"范蠡双手一揖，退了出去。

"上大夫！"勾践忧心忡忡地问文种，"你觉得范蠡的主意如何？"

文种说："越国到了生死存亡的紧要关头，如果继续打下去，越国除了亡国，恐怕无路可走。"

"你说该怎么办？"

"范大将军说得对，唯一的选择，就是以谦卑的态度，向吴王夫差求和。"

勾践两眼无神地看着范蠡，显得很无奈。

范蠡补充说："如果求和不成，大王还要做最坏的打算，这也是最后一招！"

勾践紧张地问："什么最后一招？"

"赌场上，这最后一招，叫作孤注一掷，也称为置之死地而后生。"

"怎么个孤注一掷？"

"如果夫差不接受求和，大王只好委屈自己，去吴国给夫差当奴隶，只有完全将自己置之死地，才能为越国争取一线生机。"

"给夫差当奴隶？"勾践大吃一惊，气急败坏地大叫，"不可以，不可以，绝对不可以。"

范蠡安慰地说："也许到不了这一步，还是先走第一步再说吧！"

"派谁去求和？"勾践似乎没了主意。

"让大夫诸稽郢去吧！"文种说，"我已经跟他交代过了。"

勾践点点头，什么也没有说。

"大王！"诸稽郢面对吴王夫差，谦卑地说，"下臣受国王勾践之命，前来恳求大王，从前越国天祸降临，得罪了大王，烦贵国先王御驾亲征，并不许勾践求和（指吴王阖闾率兵伐越），幸亏先王仁慈，给勾践留下一线生机（指阖闾兵败）。吴王对越国的恩情天高地厚，有再生之德，勾践不敢忘怀。如今，越国灾祸连连，勾践身陷绝境。身为小国之君，勾践惊恐万丈，惶惶不可终日，派下臣前来求和，如能得到允许，勾践将亲率满朝文武，向大王叩头谢罪！"

夫差听诸稽郢提到先王阖闾，怒从心起，大喝："真是笑话，寡人讨伐越国，难道是为了谋求越国的土地和财宝吗？吴国的土地比越国大得多，吴国的财宝也比越国多得多。越国那些东西，寡人根本看不上眼。出兵伐越，是报杀父之仇，你回去告诉勾践，叫他献上项上头颅，寡人即刻班师，允许越国另立新君。"

诸稽郢知道夫差会有如此回答，并不畏惧，进一步表示："大王在盛怒之下，恐难体会勾践的诚意，攻打越国，也在情理之中，只是这样做，对大王并没有什么好处。"

"为什么？"夫差不解地问。

诸稽郢谦恭地说："越国本来就是侍奉吴国的一个边境小邑，大王只需将越国视为奴仆驱使就可以了，何必兴师动众进行征伐呢？勾践请求同大王订立盟约，年年向吴国进贡，还将派亲生子女到吴国为奴为仆，只盼大王能消气，原谅越国。"

诸稽郢见夫差脸色有所缓和，继续说："大王志在称霸天下，如果能原谅越国，就会得到诸侯国的尊敬，各诸侯国定会称赞大王仁德。大王要灭掉越国，也是易如反掌，但却失去了一个取信天下的机会。"

"为什么？"

"因为天下诸侯会认为大王不施仁政，崇尚武力，如此一来，谁还敢来侍奉大王？"诸稽郢看了夫差一眼，"下臣该说的都说了，利弊得失，大王自己决定吧！"

春秋时期虽然礼崩乐坏，但仍然提倡仁道，即使是不仁之人，也要将仁道挂在嘴边，替自己贴一个仁道的标签。诸稽郢的说辞，让夫差有些心动，脸色也缓和了许多。

"大王！"伍子胥情知不妙，立即出班奏道，"这次上天将越国赐给吴国，天予不取，反受其咎，大王不可以答应他们的投降。"

"为什么？"夫差追问一句。

伍子胥解释说："当年，有过氏的后裔灭夏后氏，除恶未尽，故而便有了少康中兴。如今，吴国不如当年有过氏强大，而勾践则远远强大于当年的孤儿少康。大王如果允许勾践求和，一定会步有过氏的后尘。"

伍子胥是先王阖闾夺取王位的功臣，夫差被立为太子，也得到他的鼎力相助。吴国东征西讨，称霸诸侯，依赖的是孙武的谋略和伍子胥的军功。伍子胥是夫差父子两代的大功臣，他的话很有分量。

夫差采纳了伍子胥的意见，拒绝越国求和。

勾践得知夫差拒绝越国求和，绝望地说："寡人早就知道是这个结果。夫差与寡人有杀父之仇，怎么会同寡人和解呢？大不了，寡人杀掉妻儿，焚毁一切宝器和有用的东西，下山同夫差决一死战，来一个鱼死网破。"

"大王，不可以啊！"范蠡道，"事情还没有发展到鱼死网破的地步。"

"大王！"文种哀求地说，"只要活着，就有机会，只要有机会，就会有希望，千万不要绝望啊！"

勾践听了二人劝谏，渐渐从冲动中清醒过来，但仍然很气馁，抬起头，看着范蠡和文种二人，一言不发。

范蠡说："求和失败，是因为伍子胥从中作梗。伍子胥这个人，刚直威猛，油盐不进，想得到他的支持很难。但吴国太宰伯嚭，却是一个可以利用的人，听说此人贪财好色，子禽兄上山，就是得到他的帮助。"

"伯嚭即使贪腐，终究只是一个太宰。"勾践摇摇头，"在他身上打主意，恐怕也难。"

"未来不可知，大王不要预设立场，任何事情，不努力到最后，谁也不知道结果如何，完全尽人事者，才能听天命！"范蠡说，"这件事就交给臣和文大夫去办吧！"

"好吧！寡人静候你们的佳音。"勾践长长地舒了一口气。

范蠡、文种两人穿着便衣，带随从抬着礼品，来到吴军军营，以同乡身份求见伯嚭，并献上黄金千两、白璧二十双、锦缎一千匹。

伯嚭心中暗喜，只是不露形色，仍然冷若冰霜地冲着范蠡、文种说："你们带这么大的诚意前来，我没有拒绝的道理，只是，勾践只剩下数千残兵，会稽山已陷入吴军重重包围之中，吴王能答应勾践投降吗？再说，灭越之后，越国的土地、金银珠宝、女人，都是吴国的，还用得着你们送吗？"

"太宰，话不能这样说。"范蠡不慌不忙地说，"我们前来，不仅是为了越国，也是为太宰着想啊！"

"笑话。"伯嚭冷笑一声，"怎么又为我着想起来啦？"

"太宰，你想想。"范蠡说，"吴国灭越后，越国的财富，必将全部归吴王所有，太宰能得到多少呢？如果太宰在吴王面前美言，使吴王答应越王称臣纳贡，越国君臣一定不会忘记太宰的大恩大德，春秋奉献，没有送进吴王宫，就先入了太宰府，太宰独享全越之利。再说，如果吴王不同意议和，越军必作困兽之斗，全体将士同仇敌忾，据险而守，或选择太宰的防地作为突破口，杀开一条血路冲出去，太宰还能安然坐在大帐中吗？"

伯嚭听了，半天作声不得，因为范蠡说的是实话。他如果能够促成吴、越议和，数不尽的财富将会滚滚而来，当官不就是为了财吗？伯嚭的脸上露出了笑容。

"太宰，你的意下如何？"文种知道有戏，催了一句。

"我可以帮助你们，也可以劝说吴王议和，只是……"

范蠡抢着说："其他的事，请太宰放心，一定会让你满意。"

"好！"伯嚭说，"我安排你们晋见吴王，成与不成，看你的本事。"

※ 挂起了白旗

"大王！"范蠡对夫差说，"亡臣勾践命陪臣范蠡、文种前来告求，恳请大王赦免勾践之罪，让勾践有机会将越国的金玉、宝物、珍奇美女，呈献给大王。君为大王贱臣，臣为大王贱民，民为大王奴仆，任凭大王驱使。勾践本人将率越国士兵，追随大王左右，听从大王的调遣，从此，越国就成为吴国的一部分。"

"越王勾践为臣，能随寡人去吴国吗？"夫差傲慢地问。

"既为贱臣，生死在君，当然要侍奉大王左右。"范蠡说得非常诚恳。

伯嚭道："如此一来，大王没动用一兵一卒，就得到了越国。"

"如果我不答应你们投降呢？"夫差看了范蠡一眼，冷冷地问，"你们又能怎么样？"

伯嚭听罢，大吃一惊，瞪眼看着夫差。

范蠡不卑不亢地说："越国虽然不敌吴国，但尚有兵将万余，大王如果不允许投降，越军将士势必破釜沉舟，作困兽之斗。俗话说，胆小的怕胆大的，胆大的怕玩横的，玩横的怕不要命的。大王还记得，越国三百奴隶以死许国的壮举吗？越国万余兵将，以一当十，以十当百，同吴军决一死战，比那三百奴隶又如何？大王即使获胜，必然要付出惨重代价。贱臣听说大王爱兵如子，您能忍心看着将士们横尸疆场吗？而他们的死亡，本来可以避免，只在大王的一念之差，才使他们成了孤魂野鬼，以大王的仁慈，您能心安吗？"

"这……"夫差犹豫了。

"越军即使失败了，必将烧尽国中宝藏，逃往异国，图谋东山再起，大王又当如何？"范蠡看了夫差一眼说，"如此结局，大王不但什么也得不到，反而还落得个刻薄之名，于吴无益，于民无益，大王可要三思啊！"

夫差听了范蠡的分析，心中难免产生怜悯之意。为了表示自己一代君王的风范，恻隐之心顿起，脸上的表情随之温和起来。

范蠡、文种看在眼里，高兴在心里。

伯嚭也看出了夫差的变化，不失时机地说："看起来，越国的臣民已经完全臣服了。大王可以赦免越国，让勾践夫妻入吴为奴，这样一来，对吴国也是百利而无一害呀！"

夫差心中一动，正要开口说话，突然，帐外传来叫声："不可以，绝对不可以！"

范蠡、文种大吃一惊，伍子胥又来坏事了。

伍子胥在外面巡营，听说伯嚭带着越使进了夫差的中军帐，他担心夫差答应议和，急匆匆地赶往中军帐，刚走到门口，听到伯嚭的话，担心夫差听信伯嚭的谗言，立即出言阻止。

在最愤怒的时候，伍子胥最终选择了冷静，他狠狠瞪了伯嚭一眼，看着夫差说："大王难道真的忘了两年来刻骨铭心的杀父之仇吗？"

夫差本来就不是一个有口才的人，根本没法回答伍子胥提出的问题。

伍子胥继续大声说："上天将越国赐给吴国，如果不趁这次机会消灭越国，以绝后患，到时后悔就来不及了。"

夫差正沉浸于一代明君的成就感中，突然被伍子胥的大喊大叫打醒了，看到伍子胥以教训的口气对自己说话，心里的气不打一处来。伍子胥正处在亢奋之中，没有注意到夫差的脸色变化。

伯嚭是旁观者，他看到夫差脸上的细微变化，并从这些细微变化中读出了其中的信息。他本来就与伍子胥有嫌隙，更恼火伍子胥坏了他的好事，趁机说："我听说伐人之国的明君，只要对方臣服了，目的就算达到。越国君臣既然已经完全臣服，我们还要求什么呢？"接着质问伍子胥，"当年，楚国害死你的父兄，你不是也没有灭掉楚国，反而答应了楚国的求和吗？难道你自己做忠厚君子，却要让大王做刻薄小人吗？"

论兵法韬略，伍子胥自然是在伯嚭之上，可说到口才，伍子胥就不是伯嚭的对手。除了破口大骂和人身攻击，伍子胥还真的拿伯嚭没有办法。

夫差顺势说："本王将有志于讨伐齐国，不想在越国耗费太多的兵力，故而决定答应越王的求和。"

"千万不能答应啊！"伍子胥不顾一切地疾呼，"越王绝不会真心臣服，他们已经到了穷途末路，才来乞降。越国上大夫文种谋略过人，范蠡素有狂士之称，以他们的志向，绝不会甘心居人之下，一旦给他们喘息的机会，必成大患啊！"

"真不明白，吴国是大王说了算，还是大将军说了算。"文种像是对夫差说，也像是对伍子胥说，更像是自言自语。

夫差怒火中烧，只是不好发作，冷冷地说："这件事，就这么定了！"

伍子胥什么都明白了，这是一场无耻的阴谋，仅凭一己之力，无法改变目前即定的局面。

和谈势在必行，自己无力回天。

但伍子胥并不悲观，毕竟，这是一场胜利，虽然谈不上酣畅淋漓，至少赢了，胜利了。虽然没有砍死勾践，但把他押到吴国为奴，也是一件很有利的事情。伍子胥最终默认了这个结果。

勾践听说夫差答应议和，高兴得差点跳了起来，接着听说要他入吴为奴，顿时又蔫了，恼怒地说："宁可战死，决不入吴为奴！"

"大王！"范蠡很理解勾践此时的心情，劝说道，"周文王曾被殷纣王囚禁在羑里，以后却夺取了殷纣的天下；晋文公流亡十八年，最终也夺得王位；大王入吴为奴，也只是权宜之计，只是以此达到存越、存王的目的。留得青山在，不怕没柴烧啊！"

勾践铁青着脸，一言不发。

范蠡看了勾践一眼，继续说："夫差记恨杀父之仇，伍子胥为家仇酿成国恨，两人均为一怒而起。今天，夫差能同意议和，确实是上天对越国的恩赐，大王切不可错失良机，酿成亡国之灾。为越国，为越国千万百姓不受亡国之苦，以延续越国一脉，恳请大王明断。"

文种奏道："范大夫之言，臣也有同感，夫差答应议和的条件，就是要大王入吴为奴，否则，议和就免谈。"

一名侍卫进来报告说："吴将王孙雄在山下催促，要大王赶快给予答复，否则，吴军就要攻山了。"

会稽山下，夫差骑着战马，左边是伯嚭，右边是伍子胥，后面是吴国的千军万马，他们都在等待越国的答复。

"大王！"范蠡忧虑地说，"臣不是怕死之徒，但战死容易，保国难啊！"

勾践的身子突然晃了起来，接着狂喷一口鲜血，歪倒在地。

大臣们有的上前扶起勾践，有的去请太医，王后也从后帐跑出来。太医进帐立即对勾践施救，大帐内乱作一团。

探子又来催促，说吴军等得不耐烦了，再不答复，就要发起进攻了。

"王后！"范蠡只得奏请王后，"大王在，越国军民才有希望，光复越国，才有本源，吴军一旦攻山，越国面临的将是灭国之灾啊！大王病倒了，王后可得拿主意啊！"

王后虽然是女流之辈，倒还有些见识，立即吩咐范蠡、文种，叫他们两人全权处理。

会稽山上，越军降下军旗，挂起了白旗。

"越国亡了，争霸中的越国，将不复存在了。"夫差一阵狂笑。

"大王英明，恭喜大王！"伯嚭不失时机地给夫差送上一顶高帽子。伍子胥双手一揖，也表示祝贺。

范蠡只身来到山下，走到夫差马前，双手一揖说："启禀大王，贱民范蠡叩见大王。"

夫差问道："还有什么要讲？"

"贱民勾践病倒了，求大王恩准回乡养息几天，再听大王宣召入吴。"

"大王！"伍子胥骑在马上说，"勾践小儿不可轻信，鬼知道他又在要什么花招？"

"煮熟的鸭子能飞吗？"伯嚭说罢，大笑不止。

"大王……"伍子胥又要阻拦。

"好啦！不要说了。"夫差大声说，"相国留下来，率一万精兵，押送勾践回京，一个月后，押送勾践入吴为奴。"

范蠡谦恭地说："贱民谢大王不杀之恩！"

夫差大声说："一个月的期限，不可延误。"

"贱民知道，不敢有违！"范蠡小心地回答。

第二十一章

入吴为奴

※ 勾践入吴

勾践入吴为奴，有两件事情必须要解决，一是挑选一位忠心耿耿之人随驾入吴；二是安排一个得力之人留守京师，负责处理国事。

入吴为奴，有很大的风险性，能不能活着回来，有很大的不确定性，即使能够活着回来，其间所要经历的磨难，也不是一般人所能承受得了的。

别看越国国小民弱，勾践刚愎自用，可他手下的几位大臣都是好样的，人人都表现出足够的勇敢和忠心，争着要跟勾践入吴为奴。大夫诸稽郢争得最凶，最年轻的大夫计倪也不甘示弱。

勾践见几位大臣争着随自己冒险入吴，心里感到一丝暖意，可到底挑选谁，一时却拿不定主意。便想先把留守的人选确定下来。他首先想到了范蠡，于是命范蠡留守京师，处理国事。

"大王，留守京师，你还是安排他人吧！"

"为什么？"勾践非常吃惊。

"臣不能接受这个命令！"

"你敢抗命？"

"不是这样！"范蠡拜道，"我以为，驰骋疆场，率兵作战，上大夫文种不如我；处理国事，安抚百姓，我不如文种。大王将国事托付给上大夫文种，我跟随大王入吴，侍奉大王。"

范蠡的话，不仅让勾践感动得几乎掉下了眼泪，也让文种激动不已。陪同勾践入吴，是一件非常困难之事，需要有超乎常人的意志和过人的智慧，他既感慨范蠡挑选了一件最危险的任务，同时也知自己不一定有那个能耐。

于是，勾践将国事托付给文种，命范蠡陪同自己入吴。

文种道："少伯兄，入吴为奴的差事，本应当我去，却让你抢了先，难为你了！"

"子禽兄，留守的任务也不轻啊！"范蠡说，"我随大王入吴，重建越国的任务就交给你了。只是此事一定要低调、秘密地进行，要瞒过夫差和伯嚭，更要瞒过伍子胥。"

"少伯兄，你说具体些，该怎么做才好？"

"先解散越国的军队，让士兵们回家种地，以消除吴国的顾虑。"范蠡想了想说，"还有，咱们这次献给吴国的财宝，名义上是全部，实际上只有一半随大王运往吴国。剩下的一半，一定要保存好，这将是我们复国的资本。千万要记住，大王虽入吴为奴，但越国的民心不能散，要告诫所有的官吏，一定要廉洁自律，带领百姓垦荒种地，只要不失去民心，越国就没有亡国，越国就有复兴的希望。"

"嗯！我记住了。"文种含着泪水说，"少伯兄，你也要多保重，此去前途未卜，遇事要多加小心啊！"

"回去吧！"文种见时过午夜，起身道，"明天就要出远门，夫人等你呢！"

范蠡临走的时候，从怀里掏出薄绢递给文种说："这是家师带来的灭吴兴越之策，你好好研究一下，越国就靠你了。"

经过长途跋涉，勾践、范蠡终于被押送到姑苏。

姑苏城里百姓早就听说越王勾践入吴为奴的消息，纷纷涌上街头看热闹，当押送勾践的车队进城之后，议论声突然停止了，所有的目光都投向队伍前面那辆槛车。

"嗻！嗻！"的马蹄声，格外清脆，叽咔、叽咔的车轮响，格外刺耳，一个蓬头垢面的人，站在槛车上，两眼紧闭，乱发遮住半边脸，不用问，一定是越王勾践。一个披发跣足之人，紧跟在槛车后面。

"看哪！"不知谁大叫一声，"那就是越王勾践，和我们没有什么两样，还不如我们呢？"

勾践知道槛车已经进城，也知道议论声是冲着自己来的，他不想看，也不想听，此时的他，心中只有一个意念：杀死心中的那个我，世上已经没有了越王勾践，眼前的议论、屈辱，完全与己无关。

槛车临近宫城，有人传令：罪臣勾践，由太宰押赴宫中。

勾践听到叫声，脸上露出惊慌之色。范蠡紧赶几步，来到槛车旁，悄悄安慰说："大王，镇静谨思，有伯嚭在，不会有什么事。"

夫差正在就如何处置勾践，征求群臣的意见。

"大王！"伍子胥问，"你忘了每天的庭训？忘了先王之仇吗？"

"相国这话是什么意思？"

"大王英明，何须老臣明言。"

"大王！"伯嚭见苗头有些不对，立即奏道，"依臣之见，不可擅杀勾践。"

夫差看了伍子胥一眼，责备说："又是你多事！"

"大王！"伯嚭继续说，"勾践千万不可杀啊！吴越议和，天下皆知，大王如果改变初衷，勾践死不足惜，可失信于天下的是大王啊！"

夫差咬牙切齿地说："杀先王之仇，不共戴天。"

伯嚭连忙说："那些已成过去，正因为如此，方显大王虚怀若谷，以国事为重。"

"大王！"伍子胥说，"勾践绝非善良之辈，留下后患无穷啊！不如……"

"大王！"伯嚭打断伍子胥的话，"伍相国居心不良，他既然忠心于大王，为何不在越国就杀了勾践，反而把勾践安安全全地押送回姑苏，让大王斩杀。这不是明显让大王失信于天下，做恶人吗？"

"伯嚭小人！"伍子胥大声呵斥。

夫差看了伍子胥一眼，又看伯嚭一眼，宣布说："宣勾践跪行入宫晋见，听候发落！"

勾践听到跪行入宫的命令，扑通一声，双膝着地，精神几乎崩溃。

"大王！"范蠡跪在勾践身边，扶了他一把，提醒说，"镇静自如，不可乱了方寸。"

"宣勾践跪行入宫！"命令再次传来。

勾践和范蠡对望一眼，迈动双腿，向前膝行，膝行一段路程后，勾践实在爬不动了，停下来休息，范蠡轻声说道："走吧！不能耽搁太久了！"

"生不如死！生不如死啊！"勾践一脸无奈，继续向前膝行，裤脚磨破了，膝盖渗出了血，膝行过的路上，流下一行血印，进了吴王殿，两人已是筋疲力尽。

范蠡快速将大殿扫了一眼，见白袍银须的伍子胥坐在右边班首，手握剑柄，双目圆睁，眼睛里快喷出火来，不由打了一个冷战，再看左边班首的伯嚭，面无表情，心里稍微轻松了些，趁挪动身子的机会，顺势碰了一下勾践，提醒他注意。

"罪臣范蠡，叩见大王！"范蠡跪在地上，不住磕头。

"东海贱臣勾践，上愧皇天，下负后土，自不量力，污辱了大王的将士，造孽于吴国的边境。大王赦免我的罪过，让罪臣入吴为奴。为大王执箕帚。承蒙厚恩，得以保全性命，不胜感激之至。罪臣勾践，给大王磕头！"勾践说罢，连磕三个响头。

"勾践！"夫差大声叫道。

"臣在！"

"樵李之战，致使我先王不幸身亡，罪不可恕；夫椒之战，又无端犯境，十恶不赦。"

"贱臣知罪！贱臣知罪！"勾践不住地磕头。

"寡人要杀你，易如反掌。"夫差怒视着勾践，"念你也是一国之君，又自愿入吴为奴，尚有悔改之心，暂且饶你不死。"

勾践可怜巴巴地说："大王厚恩，罪臣做牛做马，侍……侍……侍奉大王。"

"夫差！"伍子胥离座而起，目光如电，声如雷霆，"你忘了勾践杀父之仇吗？"

"不会，誓不敢忘！"夫差神经质地站起来，垂手而答。

范蠡早就预料到伍子胥不会善罢甘休，但没有想到局势会变得这样快，他将眼光投向伯嚭，希望他能够出面解围。谁知伯嚭还没有开口，夫差便拔出宝剑，掷到阶下，大声喝道："勾践，你杀了先王，此仇不共戴天，念你是一国之君，不忍杀戮，你自尽吧！"

勾践本想入吴为奴可以苟且偷生，见夫差掷下宝剑，知道已经没有活下去的希望，顿时万念俱灰，伸手去抓地上的宝剑，想结果自己的性命。

范蠡跪在勾践的身边，时刻注视着勾践的一举一动，勾践的手还没有抓到宝剑，范蠡一个蛙扑，先将宝剑抢到手，重新跪在地上，直起腰，冲着夫差说："大王可知道君辱臣死的道理吗？今天，大王命寡君自刎，臣当先死，但是，临死之前，贱臣有话要说。"

夫差不露声色地说："想说你就说，寡人没有封你的嘴。"

"大王在会稽山已经赦免越王死罪，允许越王入吴为奴，此事天下皆知。如今，越王践约而来，大王却要杀他，难道大王说话形同儿戏，反复无常，出尔反尔吗？"范蠡以讥讽的口吻说，"越王生死事小，大王恐怕要遭天下人耻笑。范蠡愿代我王一死，请大王赦免越王不死。"

伯嚭受越国重贿，当然不会袖手旁观，出班奏道："大王答应赦免越王死罪，入吴为奴三年。这件事不仅吴越两国知道，天下诸侯也尽知晓，大王突然反悔，这不是失信于天下吗？大王既然已经败越，勾践也入吴为奴，先王之仇已报。臣恳请大王饶勾践、范蠡不死，取信于天下。"

伍子胥狠狠瞪了伯嚭一眼，奏道："大王，飞鸟在天，人们尚且想用箭将它射下来；鱼游在水中，人们想用钩子将它钓上来；猛兽在山林里，人们尚且要猎杀。如今，鸟落在庭院，鱼围在网中，兽已在刀俎，怎么能轻易放过？勾践不是小鸟，是折了翅膀的大鹏，只要还有命在，一旦养好了伤，仍然能一飞冲天。大王，杀了勾践吧！"

伯嚭针锋相对地说："勾践只是大王的奴仆，杀一个奴仆，惹天下人耻笑，不仅失信于诸侯，也有损大王仁义贤德的名声啊！"

范蠡冷笑一声说："小国小臣，见识浅薄，不知大国风范，吴王殿上，君说君的，臣说臣的，不知是王说了算，还是相国说了算？"

"范蠡，你找死！"伍子胥咬牙切齿。

范蠡继续说："早就听说伍相国权倾朝野，想当初，相国为报私仇，鞭挞楚王坟，扶他国而自重，领强兵攻打自己的故国，罪名恶名并举，如今，挟天子以令诸侯，也让大王出尔反尔。怂恿大王杀了勾践，好让大王也留下威名恶名，来冲淡世人对相国的恶感，用心何其毒也！"

"范蠡！"伍子胥忍无可忍，拔剑大叫道，"我杀了你！"

伯嚭似乎预料到伍子胥有这一手，举剑架住伍子胥的剑。

夫差一拍案几，大叫："放肆！"

伯嚭、伍子胥各退一步，收剑入鞘。范蠡也退后一步，站立当场。

"吴王殿上，寡人说了算。"夫差指着范蠡说，"范蠡，你是在找死！"

范蠡重新跪下，俯伏于地。

夫差念在伍子胥是两朝元老，并没有当庭责怪他，只是说道："我听说，诛杀投降臣服的人，将祸及三代。我并非因为痛惜越王而不杀他，而是不想失信于天下，不想违背天理，这才赦免他。"

伍子胥听罢，急火攻心，掷剑于地，转身离去，临走时，仰天长叹道："夫差今日不杀勾践，他日必死于勾践剑下，后患无穷啊！"

夫差不为所动，大声说："送囚犯勾践去御马厩，住则为先王守陵，事则给寡人喂马，行则为寡人牵马执镫。"

夫差和伯嚭来到马厩，示意站岗的士兵不要出声，悄悄地走进去，向里张望。

院子里，勾践坐在地上，手抓一把稻草向轧刀里喂，范蠡站着弓步，双手紧握刀柄，用力向下压，君臣二人，聚精会神地干活，没有发现夫差的到来。范蠡偶尔回头，见夫差和伯嚭站在身后不远，停下手中的活，慌忙跪下说："不知大王驾到，有失远迎，请大王恕罪！"

勾践也翻身跪在地上："望大王恕罪！"

夫差双手背在后面来回走动，没有搭理他们，伯嚭看了一眼夫差，对勾践君臣二人说："你们二人埋头干活，大王不会怪罪你们。"

夫差停住脚步，转过身，看着跪在地上的勾践、范蠡说："起来吧！"

"谢大王！"君臣二人从地上站起来。

"勾践！"夫差说，"寡人看你喂起马来，兢兢业业……"

"役臣不敢怠慢!"

"勾践!"夫差看着勾践说,"君王当不好,喂马倒是喂得不错呀!"

伯嚭在旁边献媚地笑了笑。

"是能力,还是天意啊?"夫差讥讽地问。

勾践犹豫了半天才说:"役……役臣能力低微,只可喂马,上天之命,让役臣侍奉大王。"

夫差冷哼一声:"你也学会说话啦?我看不如说,人在屋檐下,不得不低头吧!"

"大王!"范蠡说,"我们君臣二人,对大王的英明,佩服得五体投地,过去的不智之举,让我们懊悔终生。"

"范蠡呀!范蠡!"伯嚭说道,"你是聪明反被聪明误啊!"

范蠡双手一揖,躬身说:"聆听太宰教诲!"

伯嚭没有再说什么,夫差来回走了几步说:"走吧!"

伯嚭离去的时候,一挥手说:"干活吧!"

勾践目送夫差君臣二人走远后,丧气地坐在地上,范蠡立即蹲下身子说:"大王,就这样应付。"

"唉!"勾践沮丧地说,"人在屋檐下,怎能不低头啊!"

"不!"范蠡劝慰说,"今天低头,是为了明天出头。"

※ 范蠡忠贞

吴王殿上摆下了庆功宴,夫差端起酒杯,向群臣敬酒。

正当大家喝得高兴的时候,伍子胥突然嗡声嗡气地说:"勾践不死,越国仍有可能死灰复燃,大王要三思啊!"

夫差摆宴讨的是一个乐,双手一拍,示意宫女起舞,双手搭在左右美女的肩上说:"现在不提这个。"

伯嚭眼睛看着舞池,两耳却在听他们两人的对话。

夫差在美女脸上亲一口,继续说:"我要像猫玩耗子一样,玩他们三年再说。"

"勾践这人,大王可以玩,玩够了,就把他杀掉。"伍子胥说,"但范蠡是一个难得的人才,会稽山之战,越军只有五千人马,吴军有十万之众,可我们一时却拿他没办法。如果大王不计前嫌,让范蠡归顺我王,为吴所用,那将会使大王如虎添翼。"

"有道理！"夫差说，"如今，诸侯之间不再是拼实力、国力、财力的年代，拼的是人才，相国的话，容我三思！"

勾践、范蠡进殿，双双跪在地上，谦卑地说："大王在上，罪臣叩见！"

"范蠡！"夫差叫道。

"罪臣有！"

"伍相国夸你是个人才，寡人想要重用你，你意下如何？"

"谢大王的美意！"范蠡想都没想就说，"罪臣不敢接受。"

"大胆范蠡！"伯嚭大吼。

夫差用手势制止了伯嚭，接着说："范蠡呀！"

"罪臣在！"

"我听说，贞妇不嫁给破败的人家，贤臣不侍奉灭绝之国。勾践无道，致使越国走上亡国之路，你们君臣二人囚禁在石室里，不感觉到是一件耻辱、悲哀的事情吗？"

"罪臣不这样认为。"

"寡人听说你在南阳被称为狂人，投奔越国，是想施展你胸中的才华，不想勾践是个大草包，让你失去了一展胸中抱负的机会，寡人想给你一个机会，委以重任，给你施展才华的机会，如何？"

夫差见范蠡跪在地上没有出声，以为他心动了，说道："从此以后，去忧患而富贵，你可愿意？"

"小人拙见，请大王恕罪！"

"但说无妨。"

"罪小臣听说，亡国之君，不敢言政；败军之将，不敢言勇。罪小臣在越国不忠不信，没有辅佐好越王，以致得罪了大王，幸亏大王不加罪小臣，反而让罪小臣陪罪臣勾践在马厩里轧草、喂马、赶车，当大王的奴仆，罪小臣已经很满足了，不敢再有其他非分之想。"范蠡看了夫差一眼，继续说，"再说，亡家之妇，若改嫁他去，何称贞妇？已经在一个国家做了臣子的贤士，如果再另投新主，又怎么称得上贤士？一女不嫁二夫，一臣不事二主，这是周天子的教诲，小人不敢违！小人虽然愚昧，但向往仁义，越王勾践得罪了大王，但并没有失德于越民，我如果背叛故主，投奔吴国，就成了不贞不贤之人，这对吴国也不利，请大王明鉴，收回成命！"

夫差大怒，喝令把范蠡拉出去打五十大板，然后冲勾践大吼："滚！快滚！"

勾践从地上爬起来，仓皇地跑了。

"大王！"伯嚭见夫差满脸怒气，劝说道，"何必为一个匹夫生气呢？前些时，伍相国向大王举荐范蠡，臣就觉得这里面有什么不妥。"

"你觉得哪里不妥？"

"范蠡性格倔强，与孙武有相似之处，再说，范蠡是楚国人，伍相国也是楚国人，伍相国极力向大王举荐范蠡，是否有营私之嫌？"

"嗯！"

"臣不敢断言，但冥冥之中，总觉得有点不妥呀！"

夫差脸色突然一变，重新露出一股杀气，气恨恨地说："那我干脆把他杀了。"

"不可！不可！"伯嚭连忙制止。

"为何不可？"

"刚才，臣琢磨出伍相国向大王举荐范蠡，有另外一层意思啊！为臣更觉得可怕。"

"什么意思？"

"伍相国了解范蠡的性格，故意在大王面前赞扬他，大王求才若渴，一定会召见勾践、范蠡，并招揽范蠡。以范蠡的性格，必然会拒绝，他想让大王在一怒之下，杀掉勾践，把大王置于不仁不义的境地。"

夫差冷哼一声说："太小看寡人了，我偏不杀勾践，逗逗老鼠，多有趣呀！你看刚才勾践滚出去的样子，形态猥琐，活像个落汤老鼠。"

※ 文种献美

伯嚭在灯下反复察看越国送给他的珍珠宝玩，越看越爱，情不自禁地笑了起来。家人进来凑到他的耳旁，悄悄地说了几句话。伯嚭立即收拾起宝玩，正襟危坐："让他们进来！"

越国上大夫文种在伯嚭家人的引领下，带着几个身穿黑衣的人走进来，上前一揖道："太宰万福！"

"罢了！罢了！"伯嚭打起了官腔。

文种察言观色，知道伯嚭为何不高兴，指着身后几个黑衣人说："在下为了掩人耳目，才让她们打扮成这样。"

伯嚭紧盯着那几个黑衣人看了半天，点点头，表示满意。

"在下另外给太宰准备了几样东西。"文种讨好地说，"十双白璧、十镒黄金，望太宰笑纳！"

伯嚭两眼紧盯着文种身后那几个黑衣人，脸上有了笑容，嘴里也发出了笑声。

文种回头吩咐："快把白璧、黄金献上，快！"

几个黑衣人捧着锦盒走到伯嚭身边，娇滴滴地说："太宰万福！"

"万福！哈！哈！万福啊！"伯嚭发出得意的笑声，立即吩咐下人，带这几个黑衣女子去沐浴更衣。然后笑着对文种说，"文大人如此厚礼，意欲何为呀？"

文种真诚地说："受人点滴之恩，必当涌泉相报，太宰美言，使罪臣勾践能够保全性命，就是倾越国全部珍玩给太宰，也是理所当然。"

伯嚭收了厚礼，似乎觉得要给文种办点事，于是问道："你是不是想见勾践哪？"

文种惊喜地说："谢太宰明察秋毫。"

伯嚭说："臣有个小小的请求，不知大王是否愿意听？"

"有什么话，你就直说吧！"

"臣看大王劳累，请了两个绝色美人，给大王捶捶腰背，活动活动筋骨，不知大王是否乐意？"

"世间还有如此手段的女子？"

"哎呀呀！大王恩威震天下，上苍有眼，特地派了两位仙子下凡，侍奉大王啊！"伯嚭发出一阵媚笑。

"真的吗？"

"臣已经派人去请这两位仙子，大王是否要略备水酒，与两位仙子同饮？"

"好！"夫差立即吩咐备酒上菜。

伯嚭拍了三巴掌，悠扬的乐声响起，不一会儿，侍从送上美酒、点心、水果，几名彩衣女子从侧门迈着碎步，翩翩起舞，进了大殿。

夫差脸上露出了笑容，问道："从哪里弄来这样漂亮的美女呀？"

"大王！"伯嚭献媚地说，"越国已经归降吴国，勾践已是笼中之鼠，其实，这些美女全是越女，越国为了感谢大王的恩典，特意选送这些美女来侍奉大王。"

"好！"夫差的身子随着美女的跳动而左右晃动。

"大王！"伯嚭看到火候差不多了，谦恭地说，"越国文种想到马厩探望勾践，这件事可以批准吗？"

"你的意见呢？"

"臣以为，让他们君臣见一面，更能体现大王的仁慈。"

"这也不是什么大不了的事情。"夫差并没有看伯嚭，"你看着办吧！"

"大王！"伯嚭没有想到夫差这么爽快地答应了，投桃报李，献媚地说，"让这几个女子为大王舒筋捶背，更是美不胜收啊！"

"好！好哇！"夫差大笑。

"来！来！来！"伯嚭立即招呼几个美女说，"你们都到大王身边去！"

几位美女一声娇笑，口中叫着大王，一齐围到夫差身边。有人捶背，有人摇扇子，夫差闭上双眼，仿佛进入仙境一般。

勾践在扫地，范蠡正在给马槽里添料，突然见伯嚭过来了，拉了一下勾践说："大王，太宰来了！"

勾践立即鞠躬相迎。

"你们看！"伯嚭让开身子，指着身后一人说，"谁来啦？"

"文大夫？"勾践、范蠡惊叫。

"大王万福！"文种先是躬身施礼，然后跪下磕头。

勾践一脸的无奈。

"好吧！"伯嚭识趣地说，"你们慢慢聊，我还有事。"走了几步后，又吩咐站岗的士兵，过一会儿将文种带到太宰府去。

范蠡躬身说："谢太宰！"

文种见伯嚭走远了，站起跑到勾践身边，重新跪下，双手一揖，叫道："大王！"

范蠡也跟着跪下。

"大王！"文种说，"越国臣民，都在盼望大王回归啊！"

"王后身体还好吗？"勾践问。

"王后让臣转告大王，请大王以国事为重，多多珍重，越国臣民各司其职，朝政井然有序，请大王放心。"

勾践陷入沉思。

文种挪动一下身子，对范蠡一揖道："多谢上大夫！"

范蠡慌忙扶住文种。

文种继续说道："多谢上大夫侍奉大王，越国臣民，永远不忘上大夫奉公守节的赤胆忠心。"

"这个时候，不要说这些话呀！"

文种本来还有很多话要说，可这时却由不得他，只得拜别勾践、范蠡，起身离去。勾践、范蠡看着渐渐远去的文种，一脸的依恋。

文种回到太宰府，对伯嚭表示真诚的谢意。

"怎么样？"伯嚭问道，"勾践还安心吗？"

"在太宰的荫庇下，罪臣勾践安心劳动，不敢有负太宰的期望。"

"好吧！"伯嚭来回走动了几步说，"过一段日子，我禀明大王，让你们王后来吴与勾践相会。"

文种感激地说："望太宰多多关照。"

"你速回越国，再选几个美女送给大王，也表示你们对大王的忠心。"

"在下一定尽力办好！"

伯嚭吩咐侍卫送文种出城。

伯嚭带人到了越国，文种出城十里迎接。伯嚭走进越王宫，四下看了看，问道："宫中的摆设，为何如此简陋哇？"

"回太宰！"文种可怜巴巴地说，"愚君不知天高地厚，抗拒大吴天兵，劳民伤财，致使国家财款匮乏，国穷民贫啊！"

伯嚭哼了一声，转身走到空着的王位旁边。越王后看了文种一眼，立即说："太宰请坐！"

伯嚭哈哈大笑。

文种与王后对视一眼，说："太宰上座！"

"君王之尊，天子之位，是我等随意坐的吗？"伯嚭看着犹疑不定的王后、文种，调侃地问，"再说，我坐王位，王后坐哪里呀？"

王后大吃一惊，立即回答说："罪臣之妻，如同糟糠，理应站在一边侍奉太宰。"

"唉！"伯嚭叹口气说，"勾践有如此贤德的王后，遭今日之祸，也算是天意啊！"

"太宰夸赞，让贱妃无地自容。"

"不是王后无地自容，而是越王愧对世人哪！"太宰说罢，坐了下去。

"太宰义薄云天，越国臣民，永世不忘。"文种恭维地说。

"太宰仁德，贱妃铭记于心。"王后也跟着说。

"既然如此。"伯嚭说，"何不把老夫当作朋友，推心置腹地谈一谈，这样毕恭毕敬，会在我们之间留下一条鸿沟，显得太生疏了。"

"这……"王后看了文种一眼，欲言又止。

"不必拘束！"伯嚭一挥手说，"有话不妨直说。"

文种双手一揖："谢太宰宽宏大量。"

"文大夫还是不了解老夫啊！"伯嚭说，"我此次来越，的确手握生杀大权，可以为所欲为，你们也明白，故此百般逢迎。我们见过几次面了，在你们的印象中，老夫是一个懒、馋、贪的人吧！"

文种慌忙说："在下不敢！"

"不可再狡辩。"

"太宰误解了，我们只有感激太宰才是，怎么有其他的想法呢？"

"别再说了！"伯嚭站起来说，"老夫对朋友推心置腹，可你们却不把我当朋友。我现在坦诚地对你们说一下我的处世之道。"

伯嚭看了大家一眼说："这一次吴越之争，越国到了这个地步，并非文大人送珍玩美女与老夫，就能使老夫在吴王面前力保越王，当然，礼仪之交不可缺，如果不是文大人那么不顾生死，几次前往吴国，老夫也不会轻易在吴王面前力保越王，但是，归根结底还是人的善性所使。老夫想，要使吴越百姓免遭涂炭之苦，只有让吴王宽恕越王，反之，则吴越百姓就要再遭战祸之乱，千万人头就要落地，无数家庭就会妻离子散。你们想一想，这样恩泽百姓的事情，是送几件珍玩、几个美女能换得来的吗？"

文种与王后对视一眼，想回答，却又不知怎么说。

"当然，老夫也想过，等到越王返归越国时，能否也会想到天下苍生，不再起兵向吴讨伐，但那都是后事，老夫不敢断言，但起码在短时间内，吴越两国能化干戈为玉帛，吴越两国百姓，都能过上安定的日子。"

"叩谢太宰大恩大德！"文种、王后先后跪下了。

"别这样客气了。"伯嚭说，"你们准备一下，明天起程，王后和老夫一起走。"

"真的吗？"王后惊问。

"老夫会开这种玩笑吗？"伯嚭说，"不过……"

"不过什么？"文种紧张地问。

"献给大王的礼物，可要花点心思哟！"

"这个知道。"文种说，"太宰的那一份，在下也早准备好了。"

第二十二章

勾践归越

※ 子胥抗议

伍子胥主张杀掉勾践，遭夫差训斥后愤然离去，回府后大病一场。夫差命大夫华元前往探望，传话让伍子胥专心养病，不必过问国政。伍子胥干脆将相印交给华元，请他奉还吴王，然后举家搬往郊外阳山庄园。

郊外空气清新，加之远离朝政，伍子胥心情大好。经过一段时间休养，病竟然奇迹般地好了。伍子胥深居简出，或湖边垂钓，或上山打猎，或下地干农活，大部分时间则是读史书简，将历年率吴军作战的经验加以总结，重修《水战内经》，新书取名为《水师兵法内经》，洋洋一十二卷。

光阴似箭，日月如梭，勾践、越王后、范蠡入吴为奴，转瞬已有三年时间。

三年里，夫差经常派人暗中观察，反馈回来的信息是：勾践君臣竭力做事，一日三餐，都要唱颂吴王的恩泽，白天，听不到抱怨之声，晚上也听不到哀怨之声。

夫差决定亲自去看一看。

这一天，夫差带着伯嚭又来到文台，居高临下，见勾践君臣仍然是轧草、喂马、挑马粪，洒扫马厩，忙得不亦乐乎，不由动起了恻隐之心，回身问道："太宰，勾践来吴为奴，有多长时间了？"

"回大王，已经有三年了！"

"好快呀！转眼之间，已经三年了。"

"是啊！三年吴越事，弹指一挥间！大王，当初吴越言和，以三年为限。"伯嚭说罢，伸出了三个指头。

"是吗？"

"是啊！"伯嚭说，"大王亲口所言，以三年为期。"

"寡人讲过吗？"

"不但说过，盟约上也是这样写的。"

"寡人不会让天下人说我言而无信。"

"是啊！"伯嚭接着说，"言而无信，不知其可，再说勾践，已彻底臣服了。"

"那好吧！"夫差说，"传令太使，择吉日，赦勾践归越！"

"大王！"范蠡推开门，走进勾践的石屋，递上一片竹简说，"你看！"

勾践接简，念出声来："赦免已定，即日回国！"

越王后激动地说："总算是熬出头了！"

范蠡说："伯嚭报信，是喜，也是忧。"

"此话怎讲？"

"喜的是总算是熬出头了，忧的是夫差生性多疑，事情还存在很大变数，加之，伍子胥一定会从中作梗，是否真能如愿，还不得而知。"

"那该怎么办？"勾践着急地问。

"这件事我们左右不了，大王唯一要做的，就是像以前那样，该做什么，还是做什么，像什么事也没有发生一样，只要没有离开吴国，就没有安全可言。大王和王后，千万不要喜形于色。"

这一天，伍子胥正在教授伍封击剑，突然，华元大夫来访。伍子胥惊问："老夫归田养疾，一晃三年，未有客至，不闻朝中事。阳山通往姑苏的道路杂草丛生，大夫车马行走不便吧？"

华元叹道："宰相不闻'国难思贤相'吗？近来大王淫荡后宫，久不临朝。近闻大王不日将释放越王勾践和范蠡归国。下官知此事重大，特来阳山禀报宰相得知。"

伍子胥道："大王亲伯嚭，疏百官，荒淫荒政，又欲放虎归山，这是自取灭亡啊！老夫已奉还相印，空有宰相之名。大王被美色所迷，为奸佞所惑，忠言难入耳啊！"

"难道宰相就眼睁睁地看着勾践归越，让他兴兵灭吴吗？"

伍子胥仰天叹道："不是我坐视不管，而是夫差难进老夫忠言啊！"

"老宰相有大功于吴国，有大恩于大王，只有老宰相能劝谏大王。"华元双手作揖道，"如果老宰相也不谏言，吴国是真的完了。"

伍子胥叹道："看来只能如此了，明天老夫去上朝。"

"启禀大王！"伯嚭出班奏道，"是否传令太使，择吉日赦勾践归越？"

"你慌什么呀？"

"启禀大王，不是臣慌，臣是为大王着想。"伯嚭说道，"君无戏言，臣是担心大王落人口实啊！"

"好吧！"夫差吩咐道，"你就去办这件事吧！"

"大王！大王！"伍子胥立即出班奏道，"勾践放不得。当年，夏桀囚禁商汤而不杀；殷纣拘禁文王而不诛，并都纵而归之，因之而埋下隐患，天道反转，由祸转福，夏桀为商汤所诛，殷纣王为周文王所灭。"

夫差质问道："夏桀、殷纣是残暴无道的昏君，你拿他们来比寡人，是说寡人也是残暴无道的昏君，吴国要重蹈夏、殷两朝覆辙吗？"

"不是呀！大王！"伍子胥以额磕地，"臣是说，大王把勾践囚而不诛，恐有夏桀、商纣之患啊！"

"大胆！"夫差大喝。

"老臣不敢，只是勾践为人狡诈，范蠡、文种又是多谋之士，勾践一旦归越，犹如猛虎归山，蛟龙入海哟！"

"勾践有如此本事吗？"

"大王息怒，容臣细禀。"伍子胥直起腰说，"勾践鹰鼻鼠眼，从相学上讲，是阴险狡诈之相，宁可信其有，不可信其无，大王万万不可掉以轻心啊！"

"寡人还以为你抓住勾践有什么图谋不轨的把柄呢！原来还是那几句陈谷子烂芝麻的老话。"

"老臣受先王之托，不敢忘先王之仇哇！"

伯嚭站在旁边，脸上露出不屑之色。

夫差冷冷地说："勾践是只老鼠，不是一只老虎，寡人是吴王，也不是夏桀，不是殷纣王，况且，勾践也不是商汤，他既无商汤之才，也无商汤之德。再说，寡人也不是夏桀、殷纣那样残酷暴虐之君。"

"老臣只是列举前例，让大王引以为戒。"

"近日流言蜚语甚多，有人说相国以报先王之仇为名，欲废寡人而代之，不知相国对此传言，有何见教？"

"老臣对大王之心，苍天可鉴。"伍子胥再次以额磕地，咚咚声响。

"伍相国忠于大王，苍天可鉴！"伯嚭话锋一转说，"可开口夏桀，闭口殷纣，难道不知道大王英明果断，对吴、越臣民以慈爱为本吗？把勾践比作德才兼备的商汤、文王，而把大王比作残暴不仁的夏桀、殷纣，到底居心何在？"

"呸！"伍子胥狠狠地唾了一口。

夫差虽然很恼火，但头脑并未发热，冲着伍子胥说："寡人不相信流言蜚语，才说给你听，相国有功于吴国，寡人心里也知道，再说，吴国强盛，问鼎中原，首先要以信义为本，当初，吴、越结盟，言明勾践入吴为奴三年。赦免勾践，寡人意已决。小国小君能有什么作为？伍相国不必多虑了。"

"勾践固然不可虑，但范蠡、文种却都是不世之才，诸侯立国，谋士都不过三五人而已，勾践有此二人相助，确实是心腹大患，大王要三思啊！"伍子胥再次提醒说，"勾践是虎，不是鼠，而且比虎更可怕。此时，他隐藏了虎的威猛、凶残，露出鼠的狡猾、奸诈，如鼠一样装死，哄骗世人，大王千万不要纵其归越啊！"

夫差似乎有些动摇了。

"大王！"伍子胥继续说，"前朝之失，后朝鉴之，一念之差，系于国运，大王欲北进中原，后院一定要安全、再安全啊！"

伯嚭奏道："大王……"

"好了！好了！不要争了！"夫差打断伯嚭的话，"此事以后再说吧！"

"大王！"伍子胥哭着说，"不忘先王，不忘先王啊！"

夫差刚从吴王殿出来，突然传来一声好久没有听到的声音："夫差，你忘了越国杀我先王之仇吗？"

夫差一愣，转身一看，伍子胥手执长戟，直挺挺地站在殿前的台阶旁，慢慢凑过去，说道："老相国一片苦心，请容我……"

"夫差，你忘了越国杀我先王之仇吗？"

夫差只得像过去一样，谦恭地站好，庄重地回答："夫差铭记在心！"

夫差在宫内徘徊走动，两种声音不停地在耳边转换："夫差，你忘了越国杀我先王之仇吗？勾践放不得。""人无信不立，夫差，你要做一个背信弃义的小人吗？勾践必须放。"

时而，这个声音占了上风，时而，那个声音又占了上风。夫差烦躁不已，终于，他还是停住脚步，大叫："来人！"

"在！"内侍应声而入。

"传勾践明日上殿！"

※ 尝粪便问疾

第二天早朝，勾践早早地被士兵押送到吴王殿外，等候夫差接见。

伍子胥上朝，从勾践身边经过，略一停步，径直走了过去，刚走近殿门，侍卫大声传呼："今天大王不上朝，有事明天再议！"

伍子胥略一停顿，转身离去，再次路过勾践身边的时候，停住脚步，狠狠地瞪了勾践一眼，一跺脚，愤然离去。

传旨官大呼："今日大王不上朝，勾践仍回马厩，听候传召！"

吴王殿外，群臣聚集一起，等候上朝，伍子胥越过人群，走上殿前台阶，侍卫上前挡住他，伍子胥一脸无奈地退下来。不一会儿，伯嚭出来当众宣布："大王身体不适，今天不上朝，有事明天再说，大家请回吧！"

伍子胥无奈地随大家一同退去。

勾践、王后、范蠡在马厩里席地而坐，勾践担忧地说："听说夫差久病不愈，放我们归越之事，恐怕要告吹了。"

"大王！"范蠡说，"臣有个想法，不知该不该讲？"

"都到什么时候了，有什么不能讲的，有话就直说吧！"

"按说，臣巴不得夫差一命呜呼，以雪大耻。可是，臣仔细揣摩，夫差还真的死不得，如果夫差真的死了，咱们君臣恐怕就无生还的希望了。"

"为什么？"

"夫差如果死了，吴国必定大乱，听说夫差的儿子太子友是伍子胥的高徒，非常崇拜伍子胥，如果他继承王位，伍子胥重兵在握，伯嚭恐怕也难逃一死，咱们君臣就更不用说了。"

"上大夫的意思……"王后问道。

"臣思索半天，琢磨夫差的病情，试想，夫差身强体壮，偶染风寒，不至于数月不起，想必是宫中庸医用药无方，该泄不泄，反而大补，堵塞了肠胃，久而久之，将一个平常小病，治成了痼疾。"

勾践奇怪地问："夫差生病，同我们三个人有什么关系吗？"

范蠡道："臣认为，我们君臣要想平安归越，首先必须保住性命，如果夫差死了，咱们君臣必死于伍子胥之手。"

"你有什么办法救夫差？"勾践问道。

"臣想自荐给夫差治病。"

"上大夫精通医道？"王后问道。

"臣的家乡有一个叫三河口的小镇，是南阳境内的水旱码头，八百里伏牛山所产的药材，都在那里集中，然后分散到四面八方。有一天，臣在那里碰到一位游方老者，是一位雌黄高手，他给人治病，一定要看一看粪便，对于危重病人的粪便，甚至要用舌头亲口尝一尝，然后才对症下药。"

勾践看了看王后，再看着范蠡。

范蠡接着说："当时，很多人觉得不解，臣也觉得不可思议，向他询问。"

"他怎么讲？"勾践也动了好奇之心。

"老者回答说：病从口入，结于内腑，征兆在粪便。臣又问他，你不知道这很脏吗？老者回答，我只知道替人治病，忘记了其他的。"

勾践夫妻惊讶地看着范蠡。

范蠡继续说："老者的医术暂且不论，臣敬佩他的医德，便跟随老者，学了几手。"

"给夫差治病，可不是儿戏，出了半点差错，你我君臣如飞蛾扑火，自取灭亡。"

"臣也知道此事关系重大，自会妥善处理，恐怕到时要委屈大王。"

"三年来，寡人什么委屈没有受，再受一次委屈，又有何妨？"

范蠡冲着勾践神秘地一笑说："这件事由臣来安排，到时，大王一定要全力配合，否则将前功尽弃，再无生机。"

范蠡冲着马厩站岗的士兵叫道："军爷！"

"干什么？"

范蠡双手一揖说："请军爷转告太宰。"

"什么事？"

"前几天听军爷们议论，说吴王有病，这两天，在下仔细回味病理药味，觉得在下能治好大王的病！请军爷转告太宰，在下请求给大王治病，如果治不好大王的病，甘愿受重罚。"

"太宰！"夫差有气无力地说，"如果寡人一病不起，你就将勾践押到我的床前，杀了他！"

"臣一定照办！大王！"伯嚭说，"臣突然想起一件事。"

"什么事？"

"罪臣范蠡，颇通医道。"

"不！不！不！"夫差喘息未定地说，"勾践巴不得寡人死，他们能为寡人治病？"

伯嚭说："范蠡让守卫兵士带来口信，声言能为大王治病，如果治不好大王的病，甘愿接受大王的任何处罚。"

"寡人最信不过的就是范蠡。"

伯嚭说："依臣之见，还是让范蠡诊治一下，如果范蠡图谋不轨，有失诺言，那就趁机杀了他，也可让天下人知道，并不是大王失信于人，而是范蠡咎由自取呀！"

夫差心动了，同意让范蠡给他诊治，但心里仍然不踏实。

伯嚭看出了夫差的担忧，安慰说："大王请放心，范蠡开出的药方，煎熬成汤后，把勾践也叫来，跪在这里，让他君臣两人先尝。"

范蠡在军士的带领下进殿，跪下向夫差请安。

"快为大王诊病。"伯嚭以带有威胁的口吻说，"如果出了差错，你颈上人头也保不住。"

范蠡站起来，跪在病床前，拉过夫差的一只手把脉。伯嚭睁大眼睛站在旁边，神情非常紧张。

范蠡把过脉后，退到一边，叫一声："太宰！"

"快说！"

"是！"范蠡重新跪下说，"大王之疾，是内有虚火，外受冷气，致使阴阳失调，外冷内热，食瘀汗禁，大小便不通。所幸大王吉人天相，加之身体康健，才将邪气压住，但是，由于拖的时间太长，邪气越积越浓，再不急治，恐会有性命之忧哇！"

"废话少说，有什么良方？"

"太宰放心。"范蠡说，"罪臣和越王、王后性命，都是吴王所赐，罪臣将尽全力效忠大王，一定将大王的痼疾治愈。"

夫差坐在床上，脸上露出惊讶之色，因为范蠡说中了他的症状。

范蠡察言观色，知道自己判断不错，接着说："大王的病是虚火攻心，应先泄后补，据罪臣诊治，以前，太医给大王用药，全是大补，如同火上浇油，大王龙体数月尚健，真是万幸啊！"

夫差看着范蠡，没有出声。

"罪臣开一药方，迅速煎熬成汤，让大王饮下。"范蠡看着夫差说，"大王服了罪臣开的药，不出一个时辰，必须腹泻，便一出，罪臣定能诊断出大王的病源所在，然后对症下药，根除痼疾。不过……"

"不过什么？"伯嚭紧张地问。

"有……有……有一件事很难办。"范蠡吞吞吐吐。

"什么事难办？"夫差坐起来了。

"快说。"伯嚭也在一旁催促。

范蠡吞吞吐吐，还是没有说。

伯嚭看过太医递过来的药方，命太医赶快去点药煎熬，回头对范蠡说："先不说难办的事，药煎好后，必须由你和勾践先尝一尝。"

范蠡双手一揖道："大王英明，太宰明断。"

夫差点头示意。

伯嚭大声说："将勾践带上来！"

内侍答应一声，带勾践去了。

伯嚭冲着范蠡说："你再说难办的事吧！"

范蠡看看伯嚭，再看看夫差，似乎有些为难。夫差一挥手说："但讲无妨！"

"谢大王！"范蠡对伯嚭说，"喝药之后，一个时辰，大王便要腹泻，必须有一位忠于大王的人，用舌头尝尝大王拉出来的粪便，然后将气味告诉罪臣，罪臣才能对症下药，根除痼疾。"

伯嚭头脑嗡的一响，半天没有出声，夫差似乎也陷入了深思。粪便乃污垢之物，怎么能用舌头去尝呢？如果不尝，就不知其味，不知其味，就找不出病源，找不出病源，就治不好病，这都是连锁反应，这件事情太难办了。

"太宰！"范蠡说，"这尝粪便之人，必须是对大王忠心不二之人，反之，味道说不准，罪臣开下一剂药时，就难以把握火候，万一克反，大王……大王就有性命之忧哇！请太宰谨慎处之。"

"大王！"伯嚭瞥了一眼夫差说，"是否传伍相国来商量一下？"

夫差点点头，表示同意。

伯嚭立即传话，让人召伍子胥进宫。

伍子胥没有来，勾践先到了，给夫差请安后，跪在床前。这时，宫女端来煎好的药汤，伯嚭让勾践、范蠡二人尝药。

范蠡接过来，先尝了一口，交给勾践，勾践接过药碗，也喝了一口，再交给宫女。

宫女将汤药送到床边，伯嚭接过来，亲自送到夫差手上。夫差接过药碗，一饮而尽。

范蠡悄悄地叮嘱勾践："不要忘了老者尝便之事。"

"伍相国晋见！"

伍子胥快步走进来，双手一揖说："大王龙体安好？"

夫差正想回话，忽然脸上现出痛苦的样子。伍子胥问道："不知大王传召臣来，到底为了何事？"

"哎哟！哎哟！快，太宰。"夫差翻身从床上站起来，"快，快来扶寡人，哎哟！哎哟！肚子不行了，快！快！"

两位宫女也赶紧上前，左右扶着夫差，向后去了。

范蠡站起来叮嘱说："大王便溺，要好生侍候。"

伍子胥看着夫差离去的背影，再看看跪在地上的勾践、范蠡，一脸疑惑。

夫差如厕之后，被两名宫女搀扶回来，重新坐到床上。

"不要忘了老者尝便之事。"范蠡再次悄悄叮嘱勾践。

夫差上床后对范蠡说："你这药方倒还灵验，寡人现在轻松多了。"

"大王！"范蠡说，"此方是小人和罪臣勾践共同研究了多日，只要大王龙体康复，我们二人，虽死无憾。"

"好！好！好！"夫差整个人都虚脱了，说话也是有气无力。

"大王！"范蠡催促道，"让忠心之人尝便吧！小人好再开第二剂药，保证药到病除。"

"好！好哇！"夫差只是说"好"，再不说下文。

"相国！"伯嚭知道夫差的心思，对伍子胥说，"大王召你进宫，是有一件重要的事情需要相国定夺。"

"什么事？"伍子胥从伯嚭的神态中，预感到有了麻烦。

"范蠡，你将难办之事，讲给相国听听吧！"

"也好！也好！"夫差仍然只是说好，不说下文。

"相国！"范蠡跪在地上，朝伍子胥一揖说，"小人给大王开的第一剂药，是先泻后补，第二剂药则以补为主，只是不知大王痼疾根源，不好用药，需要有一个忠于大王的人尝一下大王刚泄出来的粪便，告诉小人是什么味道，小人好对症下药，不至于误诊而影响大王的身体康复。"

伍子胥难住了，半天没有说话。夫差两眼盯着伍子胥，一言不发。伯嚭看看夫差，转身对伍子胥说："相国，这件事你决定吧！"

"大王！"伍子胥急忙说，"老臣常为忠贞之事与太宰争论，惹大王心烦，今天之事，非太宰莫属，太宰忠心可嘉呀！"

"那好吧！"夫差看着伯嚭。

"大王！"伯嚭急忙说，"伍相国是吴国老臣，为表忠心，经常老泪纵横，可谓感天地，泣鬼神，何况相国为人耿直，常在大王面前直言不讳，臣以为，尝便之事，非相国莫属哇！"

"今天之事，非太宰莫属，太宰忠心可嘉呀！"

伍子胥与伯嚭两人推来推去，谁也不愿尝便。

夫差不耐烦地说："别再说了！"

"臣该死！"伍子胥和伯嚭不约而同地说。

夫差看着大家，眼光在众人身上扫来扫去。

范蠡用眼神向勾践示意。勾践似乎不怎么愿意，并没有什么反应。范蠡无奈，只得说："启禀大王！"

"嗯！"夫差坐起来，"还要说什么，说吧！"

"小人见相国和太宰面有难色，想罪臣勾践，对大王忠贞不二，时时讴歌，祝大王万寿无疆，为表达对大王的忠心，罪臣勾践愿尝便。不知大王是否同意？"

"啊！"夫差狠狠地盯了伍子胥、伯嚭两人一眼，问道，"他能行吗？"

"大王！"勾践说，"君病臣忧，父痛子代，囚臣的性命是大王所赐，无以为报，愿尝粪便以报大王活命之恩。"

夫差很感动，似乎有些不忍："你毕竟是一国之君啊！这样的事，怎么能让你做呢？"

"大王！"勾践叩头说，"大王如果不让罪臣尝粪便，就是不相信罪臣的忠心，与其这样，臣不如死了算了。"说罢，站起来就要撞墙。

"大王！"伯嚭说，"不要辜负了勾践一片忠心啊！"

夫差点点头，表示同意。

侍人将便桶移到门口，勾践跪行到便桶前，揭出盖子，伸出手，到桶内挖了一坨粪便，用舌头舔了舔。

夫差瞪大眼睛看着勾践，脸露惊讶之色，伍子胥和伯嚭羞愧地低下了头，范蠡从心底笑了。

勾践咂咂嘴，发出响声，意在告诉现场所有的人，他正在品尝。

"快！快！快快快！"夫差命令说，"快去拿水，给越王漱口，快！"

"多谢大王！"范蠡接过宫女递过来的一碗水，递给勾践。

"大王！"范蠡问勾践，"味道怎么样？"

"酸中带苦，奇臭无比。"

"恭喜大王！"范蠡冲着夫差说，"粪便酸中带苦，苦中有酸，说明体内毒气已经排出，再服一剂药，定可痊愈。"

夫差对勾践君臣二人的戒心一扫而光，感叹地说："勾践尝便，比子事父、臣事君还仁义，伍子胥做不到，伯嚭也做不到。"

伍子胥、伯嚭二人惭愧地低下头。

夫差冲着他们二人一挥手说："你们下去吧！"

"谢大王！"伍子胥、伯嚭向范蠡投过怨恨的一瞥，退了下去。

"大王！"范蠡说，"罪臣开出第二剂药，煎熬好后，请大王服下，不出三日，大王将康复如初。"

"寡人深知二位的忠心。"夫差说得有气无力。

范蠡、勾践立即恭维地说："大王英明无比！"

"送他们二人出宫吧！"夫差吩咐说，"准备酒菜，犒赏勾践。"

勾践、范蠡走出王宫大门，勾践回头望了望，仰望天空，暗暗发誓："只要我勾践不死，誓报今天奇耻大辱。"

※ 勾践归越

吴王殿上，夫差对君臣说："寡人的病能够痊愈，全赖越王和范蠡的忠心，寡人今天向全国宣告，赦免越王君臣，允许他们回国。"

"大王！"伍子胥出班。

"大王！"伯嚭抢着说，"此举上合天意，下应民心，近日城中有传言说，大王德仁，赦免越王，威加诸侯，声名远播。"

"大王……"伍子胥正要说话，夫差打断了伍子胥的话头，手一挥说："宣勾践君臣上殿。"

"宣勾践君臣上殿。"声音马上传了出去。

夫差宣布："越王勾践，仁德之人，入吴三年，改过自新，寡人宣告，免罪放归！"

"大王英明！"

"大王！大王！"伍子胥大声说，"不可呀！"

夫差不顾伍子胥的劝阻，大声说："今天特为越王君臣，设北面之座，以客礼待之。"

夫差这一决定，不但赦免、释放勾践，而且还恢复了勾践的越王身份，勾践一步登天，从奴仆而变为宾客，由宾客而恢复为一国之君。

"大王！大王！"伍子胥说，"你相信勾践对你的忠心吗？"

夫差怒视着伍子胥。

"大王，勾践君臣，万万不能放啊！"说到这里，伍子胥跪下了，"勾践内怀虎狼之心，外装死鼠之貌，大王切不可轻信其言，留下后患啊！吴越两国，你死我活，勾践一旦回国，必欲灭吴而后快呀！大王，老臣恳求大王收回成命，立诛勾践！"

"伍相国！"夫差道，"寡人如果杀了勾践，这次寡人之病，何人诊治？"

"大王！老臣忠心，苍天可鉴，诛杀勾践，为的是大吴江山社稷啊！"

"你口口声声对寡人忠心，寡人卧床三个月，没听到你一句安慰的话，这是不仁，没有进献一点寡人爱吃的东西，心里根本就没有寡人，这是不爱，不仁不爱，怎么能说忠心啊！勾践离开越国，来吴国为奴三年，是忠；寡人有病，亲口尝便诊治疾病，是仁。相国却死死苦谏，要寡人诛杀忠仁之士，欲把寡人置于何地呀？"

"大王！勾践为奴是无奈，也是韬略，他尝的是大王的粪便，吃的是大王的心啊！大王明察，千万不要中了勾践的奸计啊！"伍子胥说罢，磕头不止。

"好了！以前，相国的说教，倒叫寡人心动，可是今天，相国，你能尝寡人的粪便吗？"夫差站起来说，"你伍相国做不到，太宰也做不到，侍人、家人都做不到，勾践他却做到了，勾践和范蠡治好了寡人的病，救了寡人的命，寡人已宣告天下，放勾践回国，你还想让寡人食言、失去做人的信义吗？即使将来勾践反叛，置寡人于死地，寡人也不后悔今天所为。"

"大王！大王！"伍子胥哭了，哭得很凄惨。

侍卫来报："勾践君臣求见！"

夫差手一挥："宣他们二人晋见！"

"大王！大王！"伍子胥再次凄惨地哭叫。

"相国，不要多说了！寡人告诉你，吴国是寡人之国，寡人已是而立之年，不是相国怀里的小娃娃。"

伍子胥站起来，一声一声地叫着大王，丧魂落魄地走出了吴王殿。

"祝大王万寿无疆！"勾践、范蠡跪下向夫差叩首。

夫差说："今天，本王特为你们二人设宴，以客礼相待。"

吴王殿里，立即奏起了音乐。

伯嚭看着伍子胥的背影说："大王仁者之心，赦仁者之过，今天之宴，是仁者之宴，今天之酒，是仁者之酒，仁者留，不仁者去。伍相国不肯留仁者之宴，是自愧不仁啦！"

"太宰言之有理，今天之宴，仁者之宴，今天之酒，仁者之酒，好！"夫差端起酒杯，高兴地说，"是仁者，干此盏。"

伯嚭附和着说："来，干！"

君臣干过一盏后，伯嚭又说："大王大病痊愈，举国臣民无不欢呼雀跃，各位仁者，让在下代表吴国臣民，敬大王一盏，祝大王万寿无疆。"

伯嚭继续说："大王龙体安康，归功于越王君臣忠心，大王恩准越王君臣回国，今天，两国仁君相聚，结为兄弟之好，实为两国之大幸，请举盏，为吴、越两国世代修好祝福，为英明的仁君祝福。"

夫差对勾践、范蠡二人说："你们君臣，不念囚禁之怨，救寡人性命于垂危之中，此情此德，夫差谨记。寡人提议，让旧日的怨恨随之而去，我愿和越王永结兄弟，明天，送你们君臣返国，但愿不要忘了今日之情。"

勾践端起酒杯，谦恭地说："罪臣勾践，今天借大王之酒，祝大王万寿无疆！"

范蠡端酒走到夫差桌边说："罪臣特为大王祝福，呈献微辞！"

"好！好！"夫差不停叫好。

范蠡随口吟道：

天帝在上，四季兴旺。
明察慈爱，仁德吴王。
洪恩广布，义播八方。
高德洁行，臣民信仰。
至善至美，传承天疆。
天神感念，普降吉祥。
吴王延寺，国运永昌。
四海宾服，诸侯无强。
一爵祝酒，恭顺大王。

范蠡吟罢，亲自将酒呈献给夫差，夫差高兴地接过去，一饮而尽。

吴王殿前广场上，夫差给勾践举行了一个送行仪式。勾践仍然和往常一样，跪下给夫差请安。夫差连忙扶起勾践说："你是越王，为人君，不能行臣礼。"

勾践感激地说："大王可怜贱臣，放贱臣归故国，贱臣当生生世世报效大王，苍天在上，贱臣如果有负大王，皇天不佑。"

"寡人赦君回国，君当念吴国之恩，不要记吴国之怨，回越之后，好自为之呀！"

"大王！大王！"范蠡向两位君王各叫了一声，然后对勾践说，"臣不走，王不安，别让大王太劳顿了，咱们还是上车吧！"

夫差扶住范蠡说："真舍不得让你离去呀！"

范蠡一揖道："罪臣会常来拜见大王。"

"好！你记住了！"夫差来到越王后身边，越王后躬身说："臣妾祝大王安好！"

"好贤淑的王后啊！"夫差手一挥，"送越王起程！请，请吧！"

勾践出了姑苏城，大有一种困兽出笼、猛虎下山、蛟龙入海的感觉，吩咐加快速度。

"大王！不可以！"范蠡说，"大王不要心急，说不定伍子胥派出的人正在跟踪我们，请大王目光直视前方，沿着大道，装作若无其事的样子，仍然以这个速度向前走。"

勾践看了一眼范蠡，打心眼里佩服他的判断，没有多说什么。

勾践一行进入山区，范蠡突然吩咐，以最快的速度赶路，正当他们飞速前进的时候，突然看见一队人马迎面而来，范蠡拔剑在手，勾践也抓紧了越王剑，对面的人马越来越近，范蠡惊叫道："是文大夫！"

大家紧张的心情，顿时松了下来。文种一马当先，大叫道："是大王吗？"

"文大夫！"范蠡迎了上去，"大王在这里。"

"大王！"文种翻身下马，"大王辛苦了，臣去过姑苏，从伯嚭那里得知，大王即将归越，特地在此恭迎大王！"

"文大夫！"范蠡急促地说，"这里不是说话的地方，你赶快和大王换衣服，让大王骑马先走，防止后有追兵。"

"夫差不会反悔吧！"文种有些不相信。

"只要没有进入越国境内，什么事情都可能发生。"

"不！你和大王骑马先行，我陪王后断后。"文种说，"前面是三津渡口，那里停靠两艘船，你们到了三津渡口，乘那艘大船先走，后面的事交给我。"

"也好！"范蠡说，"大王，快和文大夫换衣服吧！"

勾践和文种互换了衣服、范蠡也和一名随从换了衣服，然后和勾践翻身上马，绝尘而去。

文种陪着王后，继续慢慢地向前行进，突然，后面传来清脆的马蹄声，王后紧张地说："文大夫，后面有人追来了，怎么办？"

"王后不必担心！"文种安慰地说，"大王已走，追兵不会把我们怎么样。"

"站住，勾践小儿，快下来受死！"追兵大喊。

文种命令车队停下来。

"勾践小儿呢？"几骑蒙面骑兵追上来，将王后的马车团团围住。

文种从声音里听出，说话的人是伍子胥，大声说："伍相国，不可欺人太甚，我们可是吴王赦免回国的，不是逃走。"

"勾践小儿逃得好快呀！"伍子胥见勾践、范蠡不在车上，手一挥，"放他们过去。"

文种命令大家继续前进。

"吴国休矣！吴国休矣！吴国休矣！"身后传来伍子胥绝望的叫声。

第二十三章

韬光养晦

※ 卧薪尝胆

"大王回来啦！大王回来啦！"

越国京城沸腾了，市民、商人、贩夫、走卒，全都涌到街头，大家相互间传达一个相同的消息：越王勾践回来了。当他们看见勾践和范蠡骑着快马进城之后，齐刷刷地跪了一地，大声祈祷："大王万福！大王万福！"

勾践、范蠡翻身下马，牵着马，一边走，一边不住地向跪在街两旁的人们挥手致意。跪在地上的人们不停地欢呼："越国有救了！越国有救了！"

勾践回到宫城，见有人在扫院子，想到自己在马厩扫地的情景，停住了脚步。

"大王回来了！"不知谁喊了一声。

几个扫地的役从，慌忙跪下恭迎勾践。

勾践走过去，躬身捡起地上的扫帚，发疯一样地扫起来。

"大王！大王！"在场的人一齐跪下。

勾践发泄一通后，将扫帚扔到地上。

"大王！"范蠡紧张地叫了一声。

"起来，起来吧！"勾践手一挥，"都起来吧！"

"大王！"范蠡知道勾践担心王后和文种的安全，安慰说，"王后和文大夫不会有什么危险，不要担心。"

"出了危险怎么办？"勾践神情仍然很紧张。

"臣已派人前去迎接他们了，不会有事。"范蠡见勾践仍然愣在那里，走近一步说，"大王，王后和文大夫回来之后，再制定下一步方略，一定要平心静气，不要在人多的场合说一些对吴国不友好的话，免得引起吴国的怀疑，带来不必要的麻烦。"

勾践从鼻子里"哼"了一声，算是回答，转身四处张望，似乎要看一看，离开三年后的越王宫有什么变化。

"大王！大王！"有人报告说，"王后回来了！"

"王后回来了？"勾践惊问。

"是，王后回来了！"

范蠡走过去，想说什么，还没有开口，勾践就拦住他的话头说："上大夫，你也回府去吧！"

"是！"范蠡看了一眼勾践，点头答应。

"老爷！老爷！你回来了？"

"阿辛！"范蠡跑过去，一把抱住阿辛，两人大笑。

"快，进屋去，夫人知道你回来了，正等着你呢！"阿辛推了范蠡一把。

范蠡转过身，突然看见百里淑琴站在门口，四目相对，略一愣神，慢慢走过去，范蠡一把拉住百里淑琴的手，深情地叫一声："淑琴！"

"少伯！你回来了？"百里淑琴说罢，两人忘情地拥抱在一起。

阿辛悄悄地退出去了。

夜已深，提铃报更已敲三更，勾践躺在松软的御床上，盖着锦被，翻来覆去，就是睡不着。王后坐在旁边，一脸的担忧，勾践索性翻身坐了起来。

"大王！"王后关心地问，"怎么了？"

"我命休矣！我命休矣！"勾践不停地唠叨。

"大王！心静则安，少安毋躁啊！"

勾践摸了摸床板，抓了抓柔软的锦被，不停地说："不行！不行！不行！"

一名宫女端一碗热汤进来。王后接过热汤，递给勾践。勾践喝了一口，张口喷了出来，大叫："好臭！好臭！好臭啊！"

"大王！大王！大王！"王后接过汤碗递给宫女，着急地叫了起来。

勾践翻身下床，在屋内来回走了几圈，坐在床边踏板上，刚坐下去，又站了起来，焦躁地来回走动，口里不停地说："好臭！好臭！好臭哇！"后来，干脆抓起床上的枕头，扔到地板上，倒地便睡，不一会儿，竟然打起了呼噜。

王后看着躺在地板上打呼噜的勾践，不知如何是好。

"老爷！老爷！"

"何事如此慌张？"范蠡打开门。

"老爷！"阿辛指着身边一人说，"宫中来人，说有急事找你。"

"范大夫！"来人说，"王后急传范大夫进宫。"

"有什么事，如此紧迫？"

"昨天晚上，大王神情恍惚，久久不能入睡，茶饭入口便呕吐，说有粪便气味，连叫好臭，好臭，王后非常担心，特派小的来请范大夫入宫，为大王诊病。"

"啊！"范蠡心里犯嘀咕了，问道，"后来呢？"

"后来，大王睡到地板上，居然就睡着了，而且还睡得很香。"

“好吧！”范蠡吩咐说，“你先回去，我随后就到！”

范蠡皱着眉头，在屋内踱来踱去，突然停下脚步，对阿辛说：“你快去屠宰铺，给我找一个猪的苦胆来。”

“是！”阿辛出门去了。

范蠡还在那里思索着怎样治好勾践的病。

百里淑琴端一碗汤面，从厨房里走出来，边走边说：“少伯，快吃一点吧！吃完了好进宫议事！”

“大王水米不进，我放心不下，怎么吃得下去呢？”

“老爷！老爷！”阿辛兴冲冲地回来了。

“怎么样？”

“苦胆找来了！”

“好！好！好！”范蠡接过苦胆说，“淑琴，我进宫去了！”

勾践从地板上翻身坐起，王后立即走过去，帮他穿好鞋袜，宫女端一碗清水进来，王后接过来递给勾践说：“来，漱漱口！”

勾践坐在地板上，漱口之后，伸伸懒腰，起身坐到床前踏板上。

王后见范蠡到了寝宫门口，立即上前说：“快请！”

“王后！”范蠡叫了一声。

“上大夫！”王后指着坐在踏板上的勾践，忧虑地说：“你看！”

“大王！大王！”范蠡走上前，轻轻地叫两声。

勾践回过头，冷冷地问：“你不禀报，敢擅闯宫阙？”

“啊！”范蠡一愣神，惶恐地跪下说，“大王恕罪！大王恕罪！”

“大王！”王后也跪下说，“怪臣妾不好，别怪罪上大夫。”

“请起！请起！”勾践站起来，看了一眼跪在地上的范蠡，脸上露出了笑容。

勾践重新坐回踏板说：“上大夫，刚才，寡人只是一句戏言，你怕吗？”

“臣忽略了臣规，理应受到责罚。”

“上大夫！”勾践转换话题说，“寡人命休矣！”

“大王！”王后说，“为何要说如此不吉利的话呢？”

范蠡站在那里，想了想说：“恭喜大王！贺喜大王！”

“寡人都烦死了，何喜之有呀？”

“大王听臣下说。”范蠡解释说，“大王软榻上不能成眠，是上天警示，告诫大王不忘石室之苦；饮食呕吐，是让大王不忘尝便之辱，好让大王率全越臣民奋发图强，激励灭吴之志。另外，也可告诫国人，大王与民同苦，倡导节俭的风气。故此，臣贺大王率先垂范，给臣民树立了奋发的形象。越国有如此发奋的大王，还能不振兴吗?"

"让你这么一说，寡人就必须睡在地板上了?"

"习惯成自然，只要能睡得好，睡在哪里并不重要。"范蠡反问道，"大王，你说是吧?"

"好！好！睡地板就睡地板。"勾践又说，"可吃什么，吐什么，不吃饭，寡人不是要饿死了吗?"

"不！不！大王!"范蠡说，"臣已经给大王准备了一个仙人所赐的物品，只要大王吃饭之前，用舌头舔一下，呕吐即止，吃啥，啥香。"

范蠡说罢，从怀里掏出苦胆，递给王后。王后拿着苦胆，呈给勾践。

勾践接过苦胆，闻了闻，不知是什么东西，疑惑地看着范蠡。

"大王!"范蠡说，"昨天晚上，臣在睡梦中受仙人提示，让臣给大王准备卧睡的柴草，将此物悬挂大王头顶上，饭前饭后，大王用舌头舔一下，叫作'卧薪尝胆'。"

勾践提着苦胆，看着范蠡，仍然疑惑不定。

"大王!"范蠡说，"此物味苦性甘，明目壮神，除异消邪，悬挂在大王睡觉的地方，每天吃饭之前舔一舔，再吃饭，必有奇香。"

勾践站起来，犹豫了半天，终于还是伸出舌头，舔了一下苦胆，舔过之后，大叫："好苦！好苦！快拿饭来!"

"大王要用膳!"内侍立即将旨意传了出去。

"上大夫!"勾践提着苦胆问范蠡，"此物出自何地，叫什么名字?"

"大王!"范蠡故弄玄虚地说，"此物是仙人所赐，只要大王管用，臣自会及时操办。"

正在这时，侍从将饭送进来了。

勾践将手中的苦胆交给王后，从托盘里端起饭碗，抓了一把塞进嘴里，连声赞道："嗯！好香！好香!"接着，狼吞虎咽地大吃起来。

王后感激地对范蠡说："全赖上大夫!"

"折煞臣！折煞臣!"

"上大夫!"勾践问道，"依你之见，将这苦胆悬挂在寡人房内，每天品尝，可以消除口中的臭味?"

"大王每天尝胆，自甘吃苦，不忘仇辱，可以促使大王发奋图强，越国臣民知道大王卧薪尝胆，一定会激奋起来，为复兴越国，赴汤蹈火。臣恭贺大王，这是其中的一个原因。"

"大王英明！"王后高兴地说，"大王卧薪尝胆，越国复兴有望啦！"

"好一个卧薪尝胆！"勾践说，"范蠡，你的鬼点子真多啊！"

事后，勾践让人在宫外盖了一座茅屋，做了一个简易的木床，铺上稻草，然后搬出越王寝宫，住进了茅屋。

茅屋的屋梁上，悬挂一个苦胆，勾践每天睡觉之前，都要舔一口，起床之后，也要先舔一口，再洗漱，这就是著名的成语"卧薪尝胆"的由来。

※ 两道法令

范蠡坐在书桌旁，夫人百里淑琴给他沏了一杯茶，忽然，外面传来呼叫声："少伯兄！少伯兄！"

"啊！"范蠡站起来迎接，"文大人！来，快请坐！"

百里淑琴给文种沏上一杯茶，文种谢过之后，两个老朋友坐在一起，你看看我，我看看你，心里虽然有很多话要说，但却不知从何开口。还是文种打破了沉寂说："三年一梦，不堪回首哇！"

范蠡叹了口气说："当初，你我二人从南阳绕道赴越，本想干一番大事业，不想却遭如此磨难，此时此境，真叫人感慨啊！"

"愧对家乡父老！"

"不！"范蠡说，"应该说是愧对天下父老。"

"既然有此感慨，以后怎么办，少伯兄，说说你的打算吧！"

"这一次，越王入吴，虽然受尽了屈辱，总算挺过来了。"范蠡感慨地说，"据我看，只要你我协同一心，所有将臣同心同德，商讨具体的复国方略，越国一定能够战胜强吴，报仇雪恨。不过，时间可能要长一些。"

"是啊！"文种同意范蠡的看法，问道，"十年如何？"

"不行！"范蠡说，"会稽山战败之后，且不说粮食匮乏，人丁也不旺，青壮年死亡该有十之八九吧！"

"这些天，我仔细地琢磨了几个方案，等有机会，再禀报大王，看大王如何决断。"

范蠡也说："午后议事，我也有几项谋略要向大王禀报。"

"少伯兄！"文种紧盯着范蠡问，"你同大王相处这长时间，感觉大王这人怎么样？"

"子禽兄！"范蠡说，"君臣之道啊！为人臣者，岂能言君之过？"

"少伯兄！"文种说，"你我情同兄弟，又是楚人，从南阳一起来到越国，为何不能对我说一点真话呢？"

"子禽兄！"范蠡有些为难地说，"三年来，我日夜伴随在大王身边，虽然悟出了许多为官的道理，但你我同殿为臣，怎么能议论君王呢！望子禽兄不要见怪！日后，你也会悟出其中的道理。"

勾践面对范蠡、文种这两位最得力的臣子，感慨万千，特别是范蠡，三年患难与共，对范蠡的信任无可复加，他看了一眼范蠡，真诚地说："入吴三年，受尽了侮辱，寡人日夜苦心焦虑，寝食不安，思谋着怎样让越国强大起来，你们两人是寡人的股肱之臣，快说说你们的想法。"

范蠡、文种都陷入了沉思，他们知道，自己虽然有很多想法，但都还不成熟，需要再琢磨琢磨，于是，谁也没有先开口。

"范大夫，你有何高见？"勾践见二人都没有出声，只好点名。

"修改国政，发展生产，成立新军。"范蠡脱口而出。

"修改国政？"勾践问道，"怎么修改？"

"修改国政，就是要从实际出发，时机不至，不可强求，不可妄动。要想尽一切办法，劝导农耕，广开田地，充实府库，让百姓富起来，百姓富，越国就富，再伺机而动，瞅准机会灭吴，以报三年为奴之耻。"

"入吴为奴三年，如果不是你，寡人没有今天，越国，是寡人的越国，也是你的越国，请和寡人一起，治理越国吧！"

"臣是一个山野闲散之人，知道自己有多大能耐，所以才陪伴大王去吴国图谋生存。领兵打仗，处理复杂的外交关系，在复杂的环境中求生存，这是我的专长，但处理朝政，劝导农耕，让老百姓不违农时，我就不如文种。大王还是把处理国政的任务交给文种吧！"

"嗯！上大夫说得有理。"勾践听后，心中的焦虑减少了不少，接着问道，"寡人巴不得明天就出兵，消灭吴国，一雪国耻。"

"要想同吴国掰手腕，必须要有一支强大的军队，而强大的军队，必须要有雄厚的经济基础为后盾，否则，灭吴就是一句空话。"范蠡看了勾践一眼说，"要想一雪国耻，必须走富国强兵之路。"

"有理！有理！"勾践不住地点头。

范蠡继续说："我们的图谋，骗不过一个人。"

"谁?"勾践惊问。

"伍子胥！"

"这个人确实是心腹大患。"文种说，"上一次，大王回归，如果不是范大夫棋高一着，大王恐怕要遭伍子胥的毒手。"

范蠡一握拳头说："一定要寻找机会，除掉伍子胥。"

勾践又转换了话题："寡人想将都城迁回会稽山中，你们以为如何?"

原来，越国都城本是在会稽山西麓的诸暨，勾践即位之后，为拓展对外势力，将都城迁到沿海一带的平原地区会稽，从吴国归来之后，他一直想将都城重新迁回山中。今天，趁两位重臣都在，他又提出了这个想法。

"大王！这样做，不利于发展。"范蠡解释说，"夏朝末年，公刘离开故都邰，迁移到幽而功德彰显；古公亶父为了躲避戎狄的侵夺，举族迁到岐山脚下而扬名。现在，大王想要重整国力，都城如果不建立在地势平坦开阔、交通四通八达的地方，如何创建霸王之业呢?"

"文大夫！"勾践觉得范蠡说得有理，征询文种的意见，"你说呢?"

"我赞成范大夫的意见！"文种不假思索地说。

"筑新城的事，就由范大夫负责。"勾践又问文种，"治国施政，最重要的是什么?"

文种回答："爱民，就是最好的治国之道。"

"怎样才能做到爱民呢?"

"让人民有利可图，不要伤害他们；使人民成功而不使他们失败；保护人民的安全；尽量让人民有所得而不要去剥削他们。能做到这些，就是真正爱民了。"

"嗯！有道理。"勾践问道，"如何才能做到这一切呢?"

"不剥夺人民的喜好，让他们获得利益；不夺农时，让人民能正常生产；轻刑罚，让人民得到生存；薄征赋税，让人民得到好处；君王率先倡导节俭之风，让人民安居乐业。这样就可以了。"

勾践不住地点头，吩咐范蠡，文种拟订一套完整方案，廷议时再交由群臣讨论。

"三年噩梦，恍如隔世。"勾践对群臣说，"今天，咱们君臣再次相聚，过去之过，都是寡人之过，寡人会自省，不再犯同样的错误，可是，以后该怎么办？越国要复兴，需要在场各位群策群力，出谋划策呀！"

群臣面面相觑，没有人出声。

"你们还不原谅寡人吗？"勾践着急地问，"为何都不说话呀？"

"大王！"范蠡出班奏道，"臣这几天想了很多，思之再三，有两个方略，想请求大王当法令公布，不知是否可行？"

"什么方略，快说出来，让大家讨论。"

"国家要复兴，一切要从头再来，要从最基础的工作做起。经济的复苏，需要投入大量的人力，未来的复国战争，也需要大量的兵员。"

"有道理。"勾践看着范蠡说，"继续说下去。"

范蠡说："越国大量的人口死于战争，特别是青壮年男丁，十之八九都在战争中死亡，人丁匮乏，是一个非常严重的问题，没有人，谈何复兴。因此，当前一个重要的工作，就是要鼓励生育，让人口尽快增加，请大王颁布一个《生育令》，女子十七岁当嫁，男子二十岁当娶，女子十七岁未嫁，男子二十岁未娶，父母都有罪；孕妇到了临产期，要告诉官府，官府派医生前去接生；生男孩子，奖励一只犬，生女孩子，奖励一头猪；生两个儿子，由官府抚养一人，生三个儿子，由官府抚养两人。臣以为，王者之尊，在于地广人密，没有人，王的尊严又在哪里？有了人，王才有王的尊严。臣以为，人丁兴旺，越国就能兴旺，要想人丁兴旺，就必须鼓励生育。人丁兴旺，必须'十年生聚，十年教训'才行，即十年的生长过程，十年教育培训过程。所以说，要想灭掉吴国，非二十年不可。"

"二十年？二十年？"勾践惊叫道，"寡人一年都不想等！"

诸稽郢出班奏道："臣理解大王的心情，然而，灭吴要有兵，越国战败之后，军队都解散了，我们的兵在哪里，没有兵，谈何灭吴，吴国有精兵十万，总不能咒死他们吧？范大夫请大王颁布《生育令》，正是要扩充兵源，为打败吴国做准备。"

"好！有理！"勾践宣布，"颁布《生育令》。"

《生育令》是勾践归越后，颁布的第一道法令，这项法令看似荒谬，却拉开了越国历史上著名的"十年生聚，十年教训"施政方针的大幕，后面的精彩故事，演绎了二十年。

范蠡见《生育令》得到批准，心里很高兴，再次建议说："臣还有一个方略，请大王决断！"

"你说！还有什么方略？"

"请大王颁布一个《免谷税令》!"范蠡说,"臣知道,国家财政这几年入不敷出,只有免去谷税,百姓才能踊跃种粮食,其他国家的人民,也会因为越国的赋税低,而迁移到越国来。百姓富足,君王才富足。有谷,才有人,有谷,才养人,有粮食,才能富国,富国才能强兵。国家有四宝:人、谷、财、土,缺一不可。然而,无谷则无人,无财,无土。谷能活人,也能杀人。如果税赋重,百姓就会弃田不种,流落异乡,如此一来,国家向谁征税?臣恳请大王,再颁一道《免谷税令》,使百姓安居乐业,人丁兴旺了,则吴国可图。"

"免了谷税,朝廷军费、行政费用从哪里来呢?"

"臣按十年无战事谋划,简兵减政,留下的精兵,屯田耕种,自给自足,宫廷朝臣的俸禄,可以向商人征收,但要另立章法,予以约束,让商人也有利可图。"

"嗯,这个办法可行,那免税以几年为限呢?"

"月有阴晴残缺,天道也有轮回。"范蠡说,"岁在金时,能够丰收;岁在水时,有水灾之害,可能歉收;岁在木时,可能出现饥馑;岁在火时,则会出现旱灾。每隔六年会有一次丰收,每隔六年有一次旱灾,每隔十二年,有一次大饥荒。"

"嗯!那到底以多少年为限才适宜呢?"

"臣以为,免税以七年为限。"范蠡解释说,"短了,百姓不足;长了,国库太空虚。"

"好!"勾践听范蠡说得有理,而且也符合越国的国情,立即宣布,"颁行《免谷税令》,以七年为限。"

"大王英明!"群臣击笏,表示赞同。

勾践忽然想起了一个新问题,问道:"朝政费用,可以节敛再节敛,可向吴国进贡的贡品、贿赂,从哪里来呀?"

文种看了范蠡一眼,范蠡点点头,文种出班奏道:"大王!臣以为,今后,送给吴国的礼品,多送一些不能吃,不能用,只能看的珍宝,等到灭吴的那一天,咱们重新拿回来。"

"好!好哇!这个主意好。"

范蠡又奏道:"具体送吴的珍品,可以让文大夫列出一个清单。"

文种早有准备,从袖里取出奏折,呈给勾践。

※ 灭吴九术

"灭吴九术?"勾践看过文种呈上的奏折,惊叫起来。

"对!"文种说，"大王还记得越国战败的时候，范大夫的夫人千里迢迢从楚国来越之事吗？"

"伍子胥命范大夫的喜事当丧事办，这件事刻骨铭心，怎能忘记啊？"

"范夫人来越的时候，带来了她父亲百里潭先生的灭吴之策，这几年，大王与范大夫入吴为奴，臣在国内主持国政，一直琢磨这件事，根据百里潭先生的灭吴之策，思谋出灭吴九术，对付强吴。"

"文大夫论述精辟，灭吴有术呀!"勾践随手将奏折递给范蠡，"请范大夫宣读，大家再讨论，看是否还有需要修改的地方。"

范蠡接过文种的奏折，当众宣读：

一、尊天地，奉鬼神，求保佑，专信仰；二、厚礼送吴君臣，骄其心，灭其气；三、高价购吴粮，虚其积聚；四、进美女与吴王，乱其心，虚其体；五、进巧工，送良材，使吴王大兴土木，耗其财，疲其民；六、遗奸细入吴，以乱其谋；七、挑起佞臣、直臣矛盾，伺机除掉伍子胥，以弱夫差之辅；八、富民强兵，准备灭吴利器；九、整修军备，以待时机。

范蠡读罢，赞叹地说："太好了! 文大夫不愧是治国良才，所举九条，犹如绳索，环环都扣住了夫差的脖子，灭吴九术实施之日，便是夫差灭亡之时，请大王推行'灭吴九术'。"

勾践接过范蠡递过来的奏折，问道："两个法令同灭吴九术，有冲突之处吗？"

"日月合璧，九星连珠，这就是兴越灭吴之本啊!"范蠡兴奋地说。

"十年生聚，十年教训，二十年之大略；灭吴九术，灭吴有望，寡人无忧矣!"勾践当场宣布，"文种治国政，推行灭吴九术；范蠡为相国，掌管军队，统一法令，整训新军。"

"大王英明!"群臣再一次击笏赞同。

勾践继续说："舌庸辅助文大夫，治国政，诸稽郢辅助范相国，统兵布阵。"

"遵命!"诸稽郢、舌庸出班领命。

"谢大王! 大王如此信任臣，臣肝脑涂地，在所不辞。"范蠡出班奏道，"还有一件事，请大王决定。"

"什么事？"

"越国战败后，军队都解散了，招兵买马，必然会引起吴国的怀疑，这件事，必须防患于未然。"

"范相国有何妙策?"

"请让诸稽郢将军出使吴国。"

"干什么?"勾践不解地问。

"请吴国出兵越国。"

"请吴国出兵?"勾践大吃一惊。

"对!"范蠡说,"诸将军到吴国后,先重金贿赂伯嚭,然后求见吴王夫差,说越国盗贼茹毛,社会很不安定,请求吴国派兵来越剿灭乱贼。"

勾践不解地问:"这不是引狼入室吗?"

"不会的。"范蠡说,"夫差忙于称霸中原,吴国的部队正在征伐陈国,下一个目标是讨伐齐国,无暇派兵支援越国。再说,会稽山地形复杂,当年,吴国十万大军围困会稽山,我们只有残兵五千,也难奈我何,他怎么会派兵来越国剿匪呢?"

"夫差不出兵,诸将军去又有何用?"

"当然有用!"范蠡说,"越国是吴国的属国,越国有事,夫差不能不管,可他又无暇他顾,一定会让我们自己解决。剿灭盗贼要有军队,只要夫差开口,我们就可以名正言顺地组建新军。"

"诸将军!"勾践问道,"范相国的话听清楚了吗?"

"听清楚了!"

"寡人命你出使吴国。"

"是!"诸稽郢领命。

"文大夫!"

"臣在!"

勾践吩咐说:"诸将军出使吴国,所需贡品,你去准备一下,千万不可大意。"

"臣遵命!"

第二十四章

范蠡布局

※ 美人计

"太宰！"夫差威严地问，"伍相国血书上奏，说勾践归越之后，颁布两项法令，意在生息教训，培养兵丁，又兴办各种工场，图谋不轨。难道你一点风声也没有听到吗？"

"我……我……"伯嚭慌忙跪下，不知说什么好。

"荒唐！"夫差愤怒地在大殿内来回走动，突然停下脚步，"你说，这到底是怎么回事？"

"大王！"伯嚭跪在地上说，"勾践返越之后，的确颁布了两项法令，我以为这并无不妥之处啊！"

"什么？"夫差怒问。

"大王！越国连年征战，人丁伤亡惨重，男丁缺乏，刀耕火种，没有男丁怎么能行啊！"伯嚭看了一眼夫差，"再说，越国月月朝贡，不开办一些工场，扩大生产，那些珠宝珍奇、土特产品，从何而来呀？"

伍子胥一甩袖："一派胡言。"

"大王英明，一定能洞悉原委。"伯嚭说，"伍相国向来同我有隙，大王心知肚明，他诬告我与勾践私通谋反，欲加害于臣。为人不做亏心事，半夜叫门心不惊，我很坦然，想必大王也不会相信。至于越国有何异变，按时间推算，今天应该是越国朝贡的日子，等越国朝贡的人来了，大王亲自审问，我无须多言。"

伍子胥冷冷地说："听说太宰收受了越国大量贿赂，当然要替越国说话，吴国将败在他的手上啊！"

"相国说话，要有点分寸。"夫差冷冷地说，"不要什么话，上嘴唇与下嘴唇一碰就出来了。"

"是！"伍子胥狠狠地瞪了伯嚭一眼。

伯嚭也不甘示弱，同样怒目相视。

"启禀大王！"门吏跪在殿门外说，"越国押送贡品的使臣求见！"

"让他进来吧！"夫差冲着跪在地上的伯嚭说，"太宰也起来吧！"

夫差重新回到座位上。

文种迈步进殿，跪下说："小国使臣文种，叩见上国大王，祝大王万寿无疆！"

夫差故意停顿了一会儿才说："起来吧！"

"谢大王！"文种谢恩后站起来。

"赐坐！"

文种坐下后，夫差问道："转眼几年了，范蠡为何不来朝拜寡人啦？"

"大王！"文种一揖说，"范大夫走遍越国每一个角落，寻找到两位绝世美人，正在加紧训练，待二女精通礼仪后，亲自带来吴国，呈献给大王，以报大王的大恩大德！"

"好！好！好！"夫差哈哈大笑。

"文种小儿！"伍子胥怒喝道，"休得胡来。"

夫差手一挥说："相国不得无礼！"

"小臣不敢，小臣不敢。"伍子胥只得闭嘴。

"文种！"夫差问道，"寡人听说越国在训练军队，可有此事？"

"大王明鉴，确有此事。"文种直言不讳地回答。

夫差大吃一惊。

伍子胥怒视伯嚭，意思是说，我说得没错吧！

伯嚭一脸惊愕，不知文种为何要这样回答。

"大王！"文种双手一揖说，"越国训练兵丁，为的是维护越国的社会治安，保卫吴国的越国，而且，人数也在大王规定的五千之内。"

"那么，兴建各种工场，又做何解释？"

"大王真是英明！连这些都知道了。"文种双手一揖说，"越国如果不兴办各种工场，那孝敬大王的各种珍奇宝玩、土特产品、布匹，从何而来呢？小臣今天呈送的各种贡品，都是这些工场生产出来的，都在殿外堆放着，请大王过目！"

"好！"夫差站起来说，"走，看看去。"

西施一双泪眼看着范蠡，不知是怨、是恨还是爱。

"你们这次入吴，可免越国千万男儿的流血之灾，包括你们的父母，也包括我。越国复兴，全靠你们了。"范蠡看着西施说，"有时间我带你们去看一看，越王和王后也都亲自拉犁播种，全越臣民同心协力，为的是自强，你们赴吴，也是为了越国，为了越国千百万父老乡亲啊！"

西施幽怨地点点头。

美人宫里，越国准备送往吴国的美女向勾践做汇报表演。西施、郑旦穿着宫服，在乐曲声中，翩翩起舞，歌词是范蠡量体裁衣、专为夫差创作的颂歌：

姑苏山水兮，富饶无比。

雄武吴王兮，宇内第一。

文治武功兮，谁与争锋？

贤德仁义兮，何人能比。

霸业巍巍兮，江山永固。

祝愿大王兮，万寿万福。

两人举手投足之间，一颦一笑，一举一动，是那么的恰到好处，那么的妩媚动人。

勾践深深地被西施的美色所吸引，失态地说："不送了，不送了，越国送给夫差的东西太多了。这次，寡人决定，不送了，不送了，不送了。"

"大王！这恐怕不妥。"文种说，"臣已将献美之事告诉夫差了。"

"再去一趟，告诉夫差，说她们病死了，怎么说都行，反正，不送了。"

王后惊愕地睁大眼睛，向范蠡投去求助的眼光。

"大王！"范蠡说，"如果不送二女入吴，夫差一怒之下，什么事情都做得出来，大王要三思啊！"

勾践又没了主意，梦呓似的说："送……送一个行了吧？"

王后说："要送，两个都送。"

勾践愣在那里，不说话。

"大王！"王后说，"你要的是吴国的江山、夫差的人头，是雪耻，是复仇。再说，无论送给夫差什么，总有一天，我们会全部拿回来。"

"东西可以拿回来，可人送去之后……唉……"勾践冲着二女摆手说，"你们去吧！"

吴王殿前广场上，举行了一场别开生面的受礼仪式，夫差高坐在正面摆设的一张大椅子上，左边站立伯嚭等一众大臣，右边站立太子友等一批王室成员。仪仗队伍则威严地排列在两边。

随着一声嘹亮的号角声响，鼓乐之声大起，吴国大行人里斯高声唱道："越国使臣进献礼单！"

范蠡、勾无苟迈步上前："下国小臣范蠡、勾无苟叩拜上国大王，我等受下国越王勾践之命，向上国呈献贡品，呈上礼单。"

里斯上前接过礼单，递给夫差过目后，回交给勾无苟，由勾无苟唱礼。范蠡退至一旁。

勾无苟接过礼单，大声唱道："越王勾践，给吴国大王进献贡礼！"随后冲着台下的彩棚唱道："一号、二号叩拜大王！"

两名越女，一个手捧一张七弦古琴，一个手捧一柄五弦古筝，分别从东、西两边彩棚内走出来，随阶而上，来到夫差面前，莺声说道："越王勾践向大王贡献七弦古琴一张、五弦古筝一柄，祝大王万寿无疆！"

"好！好！收下了。"夫差高兴地说，"下一个。"

勾无苟唱道："三号、四号叩拜大王！"

两名越女各牵着一只小白鹿，分别从东、西两边彩棚内走出来，随阶而上，来到夫差面前，莺声说道："越王勾践向大王贡献瑞鹿两只，祝大王龙体安康，万事吉祥！"

夫差看到过不少的鹿，但浑身洁白、无一根杂毛的白鹿，还是第一次看到，不由得心花怒放，大笑道："好！好！真是天降祥瑞啊！"

勾无苟待献礼的越女退下后，继续唱下去，顷刻之间，各种珍玩珠宝，摆放在夫差的面前，夫差虽然心里高兴，但心里却记挂着没有出场的两位绝世佳人。终于，他等来了最后两位美人出场。

这一次，勾无苟不叫编号，而是直呼其名："美人郑旦进献贡礼！"

郑旦手捧一个玉盘，从东边彩棚里走出来，随阶而上，来到夫差的面前，娇滴滴地说："越王勾践向大王贡献深海宝珠一颗，祝大王福如东海，寿比南山！"

伯嚭上前，揭去玉盘上的红纱，一颗硕大如拳、洁白如玉的珍珠展现在眼前。在场所有的人，不由发出一阵惊叹。

夫差的心不在珍珠上，他的眼光只在郑旦的脸上、酥胸间晃来晃去，脸上明显呈现出一种亢奋的神色，呼吸也渐渐地粗了起来。

范蠡看到了夫差这些细微的变化，暗暗地朝勾无苟点点头。

勾无苟唱道："美人西施进献越王剑！"

西施手捧一柄入鞘的宝剑，从西边彩棚走出来，随阶而上，来到夫差的面前跪下，娇滴滴地说："越王勾践向大王进献传国之宝'谭夫属镂剑'，祝大王雄霸天下，江山永存！"

夫差被西施的美艳惊呆了，几乎屏住了呼吸，眼睛圆睁，嘴巴大张，西施刚才说了些什么，他一句也没有听进去。

范蠡和勾无苟对了一下眼光，暗暗点点头。

伯嚭见夫差失态，只得出来圆场，上前一步说："大王，西施姑娘进献越王剑，宝剑与美人兼得，岂不快哉？"说罢，接过"谭夫属镂剑"，呈给夫差。

夫差回过神来，接过宝剑一看：鞘是犀牛皮做成，饰以金镂银丝；剑柄由金铜做成，柄头镶嵌白玉；抽出一看，剑是一柄双刃利剑，剑身有纹如流水细波，毫光闪烁，光彩夺目。

夫差早就听说，越国先王允常请铸剑师欧冶子铸造了八柄宝剑，其中湛卢、纯钩、胜邪、鱼肠、巨阙五柄剑，都是削铁如泥的宝剑，但仍不及干将、莫邪两柄剑吹毛断发之利，而干将、莫邪虽然锋利无比，与眼前这柄谭夫属镂剑相比，却又是小巫见大巫。

夫差看着手中这柄剑中之宝，突然发出一阵狂笑："吴王钩，越王剑，天下至宝，再加上西施、郑旦这两位亘古未有的绝世佳人，夫复何求？"

伯嚭见夫差如此高兴，带头祝贺道："恭喜大王，大王万寿无疆，吴国江山永存！"

台上台下，欢声雷动，祝贺之声不绝于耳。

勾无苟继续唱道："西施、郑旦献舞！"

乐声渐起，西施、郑旦进入场中，唱着范蠡专为夫差创作的颂歌，翩翩起舞：

姑苏山水兮，富饶无比。

雄武吴王兮，宇内第一。

文治武功兮，谁与争锋？

贤德仁义兮，何人能比。

霸业巍巍兮，江山永固。

祝愿大王兮，万寿万福。

夫差高兴得手舞足蹈，一曲终了，不住地向西施、郑旦招手说："快、快过来！"

西施、郑旦走近夫差，一左一右地坐在他身边。

夫差左拥右抱，对两个美人说："听说随你们同来的还有四十八位美人，是吗？"

"嗯！"西施娇声说道，"都是来侍候大王的！"

"哈！哈！哈！"夫差大笑着说，"寡人有你们两人就够了。你们先各挑一人作为侍女，其他的，寡人要赐给大臣和王室成员。"

西施挑选一个名叫移光的女子，郑旦挑选了与自己性情相近的旋波。

"太宰！"

"臣在！"伯嚭立即出班。

夫差吩咐说："你将其他越女列一个分配清单，分赐给大臣和王室成员吧！"

"遵命！"

大行人里斯大声宣布："献礼仪式结束。"

随之，夫差封勾无苟为吴国大司仪，划给越国二百里土地。

※ 文种借粮

勾践对群臣说："一个美人计，击不垮夫差，寡人想再给夫差下个套，你们有什么办法吗？"

范蠡微笑着说："臣倒有一个办法。"

"什么办法？"

范蠡笑道："暂时保密。"

西施身入吴宫，心里却抹不去范哥哥的身影，虽然被夫差搂在怀里，心里却在想着范哥哥，尽管自己的身子要被夫差占有，但自己的心永远属于范哥哥。

夫差得到西施、郑旦以后，封西施为贵妃，郑旦为偏妃。有了西施、郑旦相伴，留恋后宫，不理朝政。

这一次，又有几天没有上朝，群臣站在殿外候见，一直没有听到上朝的声音，伯嚭在殿前踱步，等候宫中消息。伍子胥怒气冲冲地走上台阶，准备强行进殿，被两位卫士挡住，只得重新退到台阶下。伯嚭冷嘲热讽地说："伍相国进殿，是不是又要上奏血简哪？"

"两个女人，换走了二百里土地。"伍子胥怒斥，"都是你干的好事。"

"这是大王的主意，相国既然不满意，为何不去对大王说，在这里发什么牢骚？在我面前发威，无济于事啊！"伯嚭讥讽地说，"相国手握重兵，为何不横刀立马，拦截范蠡，将地图夺回来？再呈献大王，岂不是大功一件？"

伍子胥气得浑身发抖，一言不发。

伯嚭冷笑道："当年，相国蒙面拦路，截杀勾践，我是知道的，念及你我同殿为臣，我没有向大王告发你，相国还没有感谢我呢？"

"你……"伍子胥气得甩袖而去。

"大王后宫议事，今日不再临朝。"内侍出来传话。

群臣听了口谕，立即散去。

内侍又传呼："宣太宰后宫议事。"

伯嚭匆匆赶往后宫，夫差正在那里把玩一块越国进贡来的宝玉，伯嚭凑过去，坐在夫差的身边，暧昧地问道："大王！两个美人如何？"

夫差放下手中的宝玉，赞叹地说："人间尤物，妙不可言哪！"

"大王！"伯嚭调笑地说，"可要注意身体呀！"

"壮着呢！"夫差接着说，"丽人宫太小，美人不能长期住在这里。姑苏台扩建工程进展如何？"

"正等越国的两棵巨木呢！"伯嚭接着又说，"姑苏台工程浩大，最后完工，得七八年时间。"

"这个时间太长。"夫差想了想说，"除扩建姑苏台之外，寡人想在灵岩山给两位美人建一座寝宫，名字就叫'馆娃宫'，这件事交给你督办，有什么困难吗？"

"没有，没有。"伯嚭讨好地说，"臣一定办好这件事，一定会让大王满意。"

"太宰！"夫差笑着说，"两位美人想要试一下舞技，所以寡人传你晋见，你看这后殿之上，怎样装饰一下，才能让美人尽展舞姿啊！"

"大王！"伯嚭笑着说，"想让美人展现她的风采，重要的是让光线和谐，将宫中的帷幔全部放下来，将光线遮挡严实，点亮灯，灯光下观美人，别有一番情趣哟！"

说话间，侍女送来美酒，帷幔先后放下，蜡烛点亮了，昏暗的灯光下，夫差如醉如痴地欣赏着西施、郑旦的舞技，伯嚭也不失时机地赞扬几声。

"大王！"侍卫进来奏报。

伯嚭问道："有何事？"

"伍相国在外面吼叫，要见大王！"

夫差叹了一口气，气恼地说："快！快！快！都收起来。"

西施、郑旦立即停止舞步，双双来到夫差的身边，琴师们匆忙退下，伯嚭也退到一边去了。

"大王！"伍子胥进殿后跪下说，"你又有三天没有上朝了，近段时间以来，大王经常不上朝，即使去了，也只是点个卯，应付了事，长此下去，非吴国之福啊！"

"老相国！"夫差尴尬地说，"寡人这几天偶染风寒，故而没有上朝，用得着大惊小怪吗？"

"恕老臣直言，据臣看来，大王根本就没有病，只是被这两个妖女迷住了。"

"老相国！"夫差说，"太危言耸听了吧！"

"自古女人是祸水，勾践献美女，居心叵测，大王不可不防啊！"伍子胥狠狠地瞪了西施、郑旦一眼，眼中充满了愤怒，大声说，"大王千万不能接纳这两位女子。缤纷的色彩，会使人目盲；动人的乐曲，会让人耳聋。从前，夏桀就是因宠幸妹喜而葬送了江山；殷纣王因溺爱妲己而自焚；周幽王因博得褒姒一笑而招致犬戎之祸。前车之鉴，后事之师，大王接受这两位美人，日后必然会遭遇大祸。"

夫差听伍子胥又拿自己与夏桀、殷纣王、周幽王相比，心里很恼火，强按住心中的不快说："西施、郑旦都是山里的女子，就像一潭纯净的水，有你说的那么阴险恶毒吗？刚才，西施还劝寡人要勤政呢！能将她们与妹喜、妲己、褒姒这些祸国殃民的蛇蝎妖狐相比吗？再说，寡人也不是夏桀、殷纣王、周幽王那样的昏君呀！"

伍子胥膝行几步，大声说："臣听说，越王勾践每天早晨奋笔疾书，不知疲倦，每天都工作到深夜，还要诵读古训，同时还聚集了数万敢死队，只要他不死，凭他这股毅力，一定能达成复仇的心愿。勾践在越国坚持诚信，推行仁政，听从劝谏，选贤任能。勾践卧薪尝胆，志在报仇，大王难道看不出来吗？"

"那以你之见，寡人该怎么办？"

伍子胥狠狠地瞪了西施、郑旦一眼，一道寒光从她们脸上扫过，咬牙切齿地说："为了吴国的长治久安，老臣以为，杀了这两个女人。大王如果于心不忍，也可以将她们遣送回越国，让勾践的阴谋落空。"

"一派胡言。"夫差发怒了。

"哎呀！吓死人了！"西施、郑旦同时发出惊叫，一半是真的害怕，一半是假装。

伍子胥见眼前的情景，知道再说也无用，一甩袖子，愤然而去。

当天晚上，夫差宿在西施的寝宫，西施试探性地问："大王，伍相国好凶啊！他到底是个什么样的人哪！"

"伍相国是吴国两朝元老，肱股之臣，没有他，就没有吴国的强盛，也没有寡人的今天，他对寡人一片忠心。"

西施听出来，伍子胥在夫差心中有相当的地位，此时如果挑拨他们君臣之间的关系，恐怕会引起夫差的怀疑，于是柔声说："小女子知道，伍相国对大王是一片忠心，他与我们这些越女，并无私怨，他要杀我们，完全是为了大王、为了吴国着想。小女子非常敬重他的刚直和忠诚，请大王好好待他，君臣和衷共济，吴国才能强盛啊！"

夫差听了西施的话，格外高兴，心想，伍相国如此对她，她竟然帮他说好话，世上有这样的奸细吗？于是，对西施更加体贴。

文种又来吴国了，给吴国送来两根巨木，供吴国建大殿之用。夫差亲自到殿前广场察看，夸赞地说："越王勾践事事考虑周全，忠心可嘉啊！"

伍子胥冷哼一声说："勾践没安好心啊！"

"伍相国，又怎么啦？"夫差不快地问。

"两棵巨木确实不错，但却是祸害。"伍子胥指着两根巨木说，"昔日夏桀修灵台，商纣筑鹿台，都因为规模浩大，耗尽了百姓的膏血和库存的钱粮，以致落得身死国亡的可悲下场。吴国如果使用这两棵参天巨木，大殿高台筑成之日，也是国库耗尽之时。这正是勾践的奸计呀！"

"伍相国开口夏桀，闭口商纣，是什么意思？"伯嚭讥讽地说，"你是不是想说，大王是夏桀、商纣王，你就是比干哪？"

"太宰，你……"伍子胥气得脸色铁青，几乎要一口吞掉伯嚭。

"好了！好了！"夫差不高兴地说，"这件事不必再说了。"

"大王！"文种双手一揖说，"小臣还有一件事要奏。"

"什么事？"夫差手一挥说，"说吧！"

"越国地势低下，水旱不调，粮食歉收，饿死了不少人。恳求大王借谷万石，帮助越国渡过这道难关，旺年谷熟之后，如数奉还。"

夫差的心情不错，对伯嚭说："越王早已臣服于吴，越国百姓的饥荒，也是吴国百姓的饥荒，寡人怎么会爱惜积年存谷，不去救急呢？"

"不可！不可！"伍子胥火气又上来了，"今日之势，是有吴没越，有越没吴。我仔细观察过越国的使者，并不像文种所说的吃了上餐没下顿、饿肚子的样子。他们借粮，一定有所图谋，臣以为，他们的目的，是想掏空我们的国库，使我们少粮。我们即使借给他们万石粮食，他们也不会和我们亲近，不借给他们，也不致成仇。这件事影响太大，大王千万不能答应啊！"

夫差不以为意地说："勾践在吴囚禁了三年，给寡人牵马坠镫，天下诸侯都知道。寡人让他归越，恩同再造。勾践归越后，月月贡献不绝，他怎么会背叛寡人呢？"

"臣听说越王勾践体恤百姓，重用文人，立志向吴国复仇。大王却还要资助他粮食，臣担心，越国的麋鹿将会游窜到姑苏台来。"

夫差有些不高兴地说："勾践已经称臣，难道会有臣伐君的事情吗？"

"商汤伐桀，武王伐纣，不都是臣伐君吗？"

"相国！"伯嚭怒斥道，"你出言太甚，大王怎么能和夏桀、商纣王相比？你是不是对大王收受二女，怀有嫉妒之心哪？"

"你……"伍子胥愤怒地站起来，怒视着伯嚭，几乎要将他一口吞下。

"相国，你想干什么？"夫差逼视着伍子胥。

"唉……"伍子胥一跺脚。

"太宰！"夫差说，"安排文大夫到驿馆休息，借粮之事，让寡人考虑考虑吧！"

伯嚭正要开口，夫差手一挥："去吧！"

"太宰大人！"文种说，"借粮之事，还望太宰在大王面前多多美言啦！"

"本来没有问题。"伯嚭无奈地说，"偏偏伍子胥这个老匹夫从中作梗，这件事还真有点难办了。"

"看来只有等了。"文种说，"有件事，还要请太宰成全。"

"什么事？"

"越王后亲自手织黄丝布百匹、缝制香花狸皮袍两件，想送给西施、郑旦两位娘娘，太宰能安排一下吗？"

"这……"伯嚭似乎有些为难。

"太宰的那一份，下官也带来了。"文种立即吩咐随从抬进一口大箱子。

"不是这个意思。"伯嚭说，"西施娘娘住在丽人宫，不久将要搬往灵岩山的馆娃宫，我们这些外臣，没有大王宣召，进不去。"

"不能想想办法吗？"

伯嚭想了想说："我去找宫中侍卫长，看能不能想想办法。"

西施的使女移光刚出现在丽人宫侧门，文种上前一揖道："移光姑娘，你好！"

"文大夫不必客气。"移光嘻嘻地说，"小女子可承受不起。"

"西施娘娘、郑旦娘娘可好？"

"都好！都好！"移光姑娘说，"西施娘娘不便出来，她叫我向文大夫问好，有什么需要帮忙的尽管说，娘娘一定会尽力而为。"

文种让人送上黄丝布百匹、香花狸皮袍两件，悄声说："这都是越王后亲手缝制的。"

"小女子代西施娘娘谢了!"移光悄声问,"还有什么吩咐吗?"

文种附在移光耳边,悄悄地说了几句,移光不住地点头。

夫差回到宫中,见西施坐在床边流泪,掏出手帕给西施擦泪,吃惊地问:"发生了什么事,为何如此悲伤?"

西施推开夫差的手,失声痛哭起来。

"什么事?"夫差着急地问,"快说,我一定给你解决。"

"我在这里过着饭来张口、衣来伸手的生活,我的爹娘在家里连饭都吃不饱,我能不伤心吗?"西施哭得更伤心了。

"越人受饥,寡人也很同情,文种已经到了姑苏,向寡人借粮。"夫差安慰地说,"不要哭了,寡人明天就借给他,行了吧?"

"小女子来吴的时候,范相国叫小女子不要干预朝政。"西施问道,"大王,我这不是干预朝政吧?要是让伍相国知道了,他会杀了我的。"

"没那么严重。"夫差说,"借粮的事,寡人本来同意了,碍于伍相国的面子,才没有当场批准,明天,寡人便让太宰去办。"

"大王,你真好!"西施撒娇地扑进夫差的怀里。

※ 西施传书

丽人宫,夫差同西施、郑旦在闲聊,突然,伍子胥怒气冲冲地进来了,跪下大呼道:"大王!大王!"

"嗯!"夫差转过身,冷冷地问,"又有什么事呀?"

"老臣冒死谏言,大王就是杀了老臣,老臣也要说。勾践用范蠡之谋坐大,颁布募兵令,招募兵丁数万,并和陈、齐、鲁等六国结盟,欲起兵伐吴啊!"

夫差似信非信,两眼盯着伍子胥,一言不发。

"大王如果不信老臣的话,可以派人到越国去查探。"

夫差踱来踱去,急速地思索着。

"大王!"伍子胥焦虑地说,"勾践一旦乘虚而入,吴国祸不远矣!"

夫差想了想说:"相国平身!"

"谢大王!"

"传太宰晋见。"夫差踱了半天,问道,"相国,此消息从何而来?"

"鲁国的使者透露出来的。"伍子胥见夫差没有出声，接着说，"大王，美女遗祸，大王可得三思啊！"

"相国！"夫差手一挥，"这件事不要说了。"

"是！"伍子胥无奈地退到一边。

"大王！"伯嚭匆匆而入，惊疑地看着夫差。

夫差沉声说："还不跪下！"

伯嚭不知发生了什么事，慌忙跪下。

"勾践与六国结盟，这件事，你知道吗？"

"不知道哇！"伯嚭吃惊地看着夫差。

"越国募兵数万，你知道吗？"夫差大吼道，"说！"

"不知呀！"伯嚭被连珠炮似的发问震晕了。

夫差质问道："你既然什么也不知道，为何屡次替越国辩护？"

"大王！"伯嚭分辩说，"臣常对大王说，大王英明，应兼听臣和伍相国之言，臣听说越国募兵五千，意在守疆。细想起来，越国臣服于吴国，守疆也是为吴国啊！大王明察，大王屡赐越国土地，有土地没有兵丁守卫，能行吗？至于六国结盟之事，也是一面之词，是否属实，还不一定。大王不如派人去越国察看，如果真有其事，臣愿代大王出征，将勾践捉拿归案，仍让他喂马坠镫。"

"大王！大王！……"伍子胥又要说话。

"好啦！"夫差打断了伍子胥的话说，"不要再争了，越国的事情，寡人马上派人前去核查。"

勾践展开一块薄绢，看着上面写的几行字，面色凝重。王后关心地问："大王！发生了什么事？"

"快！快！"勾践急促地说，"传范相国、文大夫晋见。"

王后问道："到底发生了什么事？"

"西施传书，说夫差已经知道越国招募兵丁之事，并要派人来越国探查。"

"大王！"范蠡匆匆进殿问道，"急召臣，有何事嘱咐？"

勾践递过手中的薄绢。

"吴王知道招募兵丁之事？"范蠡想了想说，"既然如此，不如从明天起，大张旗鼓地训练五百兵丁。至于结盟之事，由臣来应付。另外，藏谷之事，必须严守机密，不可有丝毫疏忽。"

"对!"勾践说,"上次我们已经呈报吴王,言训兵五千,守卫吴王所赠的二百里土地,是为了守卫吴国的越国。"

"大王!"范蠡说,"吴国来使,要好好接待,一定要像马厩石室那样应付。"

"也只能这样了!"

"大王!"范蠡说,"从鲁国传来消息,齐、鲁两国都在调动军队,战争一触即发。"

勾践不以为意地说:"齐、鲁之争,无论谁胜谁负,与我们何干?"

"这可是千载难逢的好机会啊!"范蠡神秘地说,"我们要想办法将这潭水搅浑,让吴国去蹚浑水。战争最耗钱,吴国无论是胜是败,国力都会大大削弱,如此一来,越国就可以浑水摸鱼。"

"相国有什么办法将这潭水搅浑呢?"勾践也来了兴趣。

"我们当然没有办法出面让夫差出兵。"范蠡说,"但这件事可以让鲁国去做。"

"鲁国有难,他们自己可以向吴国求援,用得着我们出面吗?"

"鲁国当然会求援,但他们未必敢向吴国借兵,可能会向晋国求助。"范蠡说,"如果鲁国向晋借兵,我们的计划就落空了。"

"是吗?"勾践不解地问,"鲁为何要向晋借兵,而不向吴求救呢?"

"鲁国对吴国有歉疚。"

"有歉疚?"勾践不解地问,"为什么?"

"前些年,鲁、吴联合攻打齐国,吴国的水师遭到齐国水师的伏击,损失惨重,鲁国因当时没有及时救援吴军,一直觉得有愧于吴国。"

"嗯!"夫差说,"夫差对鲁国怀恨在心,可以理解。"

"鲁国也是这样想,所以,他们可能不会向吴国求援。"范蠡话锋一转说,"其实,他们都错了。"

"错啦?"勾践不解地问。

"对!"范蠡解释说,"夫差最恨的是齐国,是齐国在那一战中让吴国颜面尽失,损失惨重,如果能与鲁国再次联手,既可报一箭之仇,也可以在诸侯中提高声望。只要鲁国派一能言善辩之士前往吴国求援,夫差绝不会袖手旁观。"

"谁去执行这个任务?"

"还是我亲自去一趟吧!"范蠡说,"这中间有很多不确定因素,需要见机行事,别人去我不放心。"

第二十五章

把水搅浑

※ 馆娃宫

夫差自从得到西施、郑旦后，心理上、生理上都得到了极大满足。为了讨得美人欢心，他下令扩建姑苏台，可姑苏台工程浩繁，据王孙雄讲，三五年之内未必能竣工。他觉得时间太长，让美人住在狭小的丽人宫，太委屈了她们，于是决定在灵岩山先建一座别宫，吴人称美女为"娃"，因此，夫差就把这座建在灵岩山的别宫称为"馆娃宫"。

灵岩山位于姑苏城东南，山上怪石林立，奇峰叠起，苍松翠柏，郁郁葱葱，人称"吴国第一峰"。

这一天，夫差带着西施巡视姑苏台，遥望灵岩山方向，心里异常兴奋，心想，等到姑苏台的离宫竣工，灵岩山的馆娃宫落成之后，他将携西施往返于姑苏台和馆娃宫，那该是一件多么美妙的事情啊！可是，当他一想到从姑苏台到灵岩山，需坐车绕道几十里，峰回路转，会让西施旅途疲劳的时候，心里又有些担忧。突然，夫差有了一个大胆的想法，如果在姑苏台与灵岩山之间开一条水道，乘船往返，既可以缩短路程，也可免去车马颠簸之苦。夫差毕竟是夫差，只要是他想到的，就能干出来，何况是为了心爱的美人，没什么干不出来的事。他命人取来弓箭，站在姑苏台上，朝着灵岩山的方向，嗖地射出一箭，接着命令："沿着这个方向，开凿一条水道，直通灵岩山。"

几天之后，成千上万的民夫上了工地，三个月后，一条从姑苏台直达灵岩山的小河挖通了，由于是勾践一箭定的方向，吴人便将这条小河道取名"一箭泾"，也称"一箭河"。

吴国的百姓知道姑苏台、馆娃宫、一箭泾都是为西施而建，便将这三项工程称为"西施三工程"。伍子胥曾极力劝阻，说兴建三工程，掏空了国库，累垮了百姓，真正是劳民伤财。无奈夫差对伍子胥已经产生了厌烦情绪，听不进他的谏言，对他的话是左耳朵进，右耳朵出，只当是耳边风，还是想怎么干就怎么干。

馆娃宫竣工后，一箭泾也通航了，夫差带着西施，乘游船前往馆娃宫，一路上，看到两岸的青山绿水，听到鸟语，闻到花香，兴奋异常，他对西施说："爱妃，这几年，让你住在窄小的丽人宫，实在委屈你了。你在苎萝山里长大，这次让你住进灵岩山的馆娃宫，重新回到大自然中去，高兴吧？"

"大王！"西施有些失望地说，"该把郑旦妹妹也带来，把她一个人留在丽人宫，多孤单啊！"

夫差叹了口气说："郑旦的心眼太小，成天愁眉不展，让人有些受不了啊！"

"大王，这不能怪她。"西施说，"大王冷落了她，总让她独守空房，她怎么高兴得起来呢？"

原来，这几年，西施与郑旦的关系逐渐疏远，甚至出现僵持。原因在于，郑旦好胜心强，事事想拔头筹，可事事却又都落在西施之后，西施封为贵妃，她被封为偏妃，心里老大不高兴，刚开始，夫差隔三岔五地还到她那里去过夜，后来去的次数越来越少，郑旦经常独守空房。西施也发现了这个问题，常劝夫差要雨露均施，特别是对郑旦，更不可冷落。夫差听不进去，说到郑旦那里，除了性欲得到满足外，精神上得不到任何慰藉，而郑旦的性需求无休无止，让他生厌。西施得知夫差不去郑旦那里的原因，曾试图向郑旦解释，可这种事，越描越黑，越说越说不清楚。范蠡和文种绝对不会想到，西施和郑旦之间会出现这样的事情。

夫差见西施闷闷不乐，着急地说："爱妃，高兴点嘛。过几天，寡人将郑旦接过来就是了。"

"真的？"西施高兴得几乎跳了起来，伸出一小指说，"来，拉钩！"

"拉就拉。"夫差就喜欢西施这种天真烂漫的性格，和她在一起，除了快乐，还是快乐，像小孩儿一样伸出手指，同西施的手指钩在一起，大笑不止。

龙舟顺风扬帆，很快就到了灵岩山脚下。一行人弃舟登岸，由太宰伯嚭在前面引路，先探访灵岩山的奇峰异石、幽深古洞，然后观赏灵岩山的翠竹古松，最后回馆娃宫休息。

游览期间，伯嚭附在夫差耳边嘀咕着什么，夫差不住地点头，望着西施，脸上露出神秘的微笑。然后，伯嚭离开人群走了。夫差充当起引路人，带着西施在前面缓缓而行，移光和一众人等，拖后几步，不急不缓地跟着。

馆娃宫是灵岩山建筑群的总称，由大小数十间宫殿组成，虽然没有姑苏城的宫殿那样宏大壮观，但一殿一式，构筑得玲珑典雅，巧夺天工，宫与宫之间回廊相连，回廊依山势而建，斗折婉转，更显得别有一番情趣。

夫差指着山顶的建筑群对西施说："这里统称'馆娃宫'，主殿是你的寝宫，寡人给它取了个名字，叫'苎萝宫'。"

"苎萝宫？"西施惊叫起来。

"你不是生长在苎萝山吗？寡人就将这座殿命名为'苎萝宫'，让你有一种回家的感觉，还有，"夫差指着西边花园中的一个水池说，"那个水池，命名为'浣纱池'，爱妃当年不是浣纱苎萝江吗？以后，你在浣纱池边散步，在浣纱池中采莲，就可以找到当年在苎萝江浣纱的感觉。"

"太好了！太妙了！"西施忘情地跳起来，伸手钩住夫差的脖子，又是叫，又是笑。

夫差让西施笑够了之后说："走吧！让你更高兴的事还在后头呢！"

"真的?"西施松开手，重新站到地上。

夫差神秘地一笑说："走吧！你走前面。"

伯嚭站在苎萝宫的长廊里，见夫差和西施过来了，向夫差一眨眼，大声喊："大王、娘娘驾到!"

话音刚落，乐声骤起。

夫差一伸手说："爱妃，你先去寝宫看看，寡人同太宰说几句话。"

西施以为夫差真有什么话要对伯嚭说，轻挪莲步，独自进了长廊。伯嚭手一挥，乐声骤停。

西施抬脚踏进长廊，脚步慢慢向前移动。

突然，传出一种奇妙的声音，声音时而似缥缈的神乐，来自天外；时而似叮咚的泉水，就在身边；时而似马蹄声响，金鼓雷鸣；时而似钟磬之声，婉转悦耳。西施不知声音从哪里来，停住脚步，侧耳细听，可当她停下脚步的时候，一切声音又戛然而止，她又慢慢地迈开脚步，各种声音相继又起。

西施惊呆了，惊慌失措地跑出长廊，一头扑在夫差的怀里，气喘吁吁地问："大王！怎么回事?"

夫差大笑不止，指着伯嚭说："你去问他吧!"

"西施娘娘!"伯嚭堆着笑脸说，"这条长廊是臣按照大王的旨意，聘请吴越两国的能工巧匠精心设计而成，名字叫作'响屦廊'。"

"响屦廊?"西施惊问。

"对，响屦廊。"伯嚭解释说，"长廊地板下面，设置了各种不同的机关，人在上面走动的时候，就会踩动机关，发出不同的声音，刚才的声音，就是娘娘踩动机关所发出的声音。由于声音是踩出来的，所以就叫'响屦廊'。"

夫差没有食言，几天之后，果然派人把郑旦接到灵岩山，安置在离苎萝宫不远的花蕊楼，然而，夫差仍然总是在苎萝宫过夜，去花蕊楼的次数少之又少，西施虽然着急，但也无可奈何，夫差每天晚上只缠着她，她无法拒绝。

※ 子贡说吴

齐国屯兵汶上，对鲁国虎视眈眈，山雨欲来风满楼，黑云压城城欲摧，鲁国都城曲阜被一股浓烈的战争气氛所笼罩。鲁君本想向吴国借兵，觉得对人家有所歉疚，不敢开口，又想向晋国求援，却又有些举棋不定，大战在即，谁也没有什么好办法能让鲁国逃过这场劫难。

一个神秘人物到了曲阜，这个神秘人物并没有去造访朝廷政要，而是在一个夜晚，拜访了曲阜的孔子，至于神秘人物与孔子说了些什么，外人无从知道。

第二天，孔子陪同这个神秘人物晋见鲁国国君。此后发生一连串的事情，都与这个神秘人物有关。这个神秘的人物就是范蠡。

范蠡秘密前往曲阜，目的就是一个，给夫差下套，把水搅浑，将吴国拉入诸侯混战的泥潭。

在通往姑苏城的大道上，行走着一匹枣红色的骡子，骑在骡背上的人，姓端木，名赐，字子贡。子贡是卫国人，孔子晚年周游列国时，在卫国收的得意门生。

子贡是一个商人，在历史上的名气，不是文才，而是经商之道。他曾说过一句很著名的话："君子之所以贵玉而贱珉者，何也？为夫玉之少而珉之多耶！"意思是说：玉的价格之所以贵，是因为玉很稀缺；珉的价格之所以低贱，是因为珉很多，这就是中国历史上著名的"物以稀为贵"论。

子贡这次到姑苏，不是做生意，而是执行一项特殊的使命，说服吴王夫差出兵伐齐，拯救鲁国于危难之中。

本来，孔子的另外几名门生子路、子张、子石都自告奋勇地请求执行这个任务，孔子最终却选择了子贡。因为子贡不但见多识广，而且能言善辩，除了子贡，很难有人能完成这个任务。即使是这样，子贡在出发前，孔子也是千叮咛，万嘱咐，到了姑苏，先要拜见太宰伯嚭，然后再见吴王夫差，千万要避开相国伍子胥。

子贡到姑苏来，最想见的人当然是伯嚭，最不想见的却是伍子胥，谁知越怕什么，什么就越要找上门，刚走近姑苏城门，就被一个人拦住了去路："什么人？下来！"

子贡见此人身材魁梧，白发银须，就知道此人就是自己最不想见的伍子胥。凭自己的名声，隐瞒肯定是不行，只得直说："小人姓端木，名赐，字子贡，卫国人。"

"原来是大名鼎鼎的子贡先生。"伍子胥似乎预料到子贡来姑苏，一定没什么好事情，讥笑地说，"鲁国已是大兵压境，你还有心思到姑苏来游山玩水，是来做说客吧？"

"伍相国果然明察秋毫。"子贡见伍子胥一语道破天机，知道在伍子胥面前，想隐瞒是不可能的，再说，这件事迟早他还得知道，吴国出兵打仗，是不可能避开他的，于是就说了实话。

"齐军伐鲁，与吴国何干？自家院子起火自己灭，何必要往他人的屋子里引呢？"伍子胥不由分说，大叫一声，"来人！"

几名士兵应声而至。

伍子胥指着子贡说："将这个人逐出姑苏，押送到二十里之外，让他出境。"

子贡是秀才遇到兵，根本就没有反抗的余地，被几名士兵遣送到姑苏城二十里之外，弃于荒山野岭之间。

子贡懊丧不已。进不了姑苏城，见不到伯嚭，更不能说服夫差，对鲁国不好交代，对恩师也无法交代，神通广大的子贡，竟然一筹莫展。

正在这时，从树林里闪出一个乡下老头，见面就问："请问是子贡先生吗？"

"你怎么知道我叫子贡？"子贡提高了警惕。

"我不但知道你叫子贡，而且我还知道，你到吴国来，是请求吴王出兵攻打齐国，以解鲁国之围，刚到姑苏，就被伍子胥赶了出来，是不是？"

"你到底是谁？"子贡大吃一惊。

"我是谁并不重要。"乡下老头说，"我可以帮你找到太宰伯嚭。"

"真的？"

"当然！"乡下老头看着子贡说，"你还是相信我。吴王夫差不在姑苏城内。"

"在哪里？"

"灵岩山馆娃宫，先生要见吴王，请到灵岩山去。"乡下老头叮嘱道，"快去，太宰伯嚭在那里等你。"

"你到底是谁？"

"一个想帮你的人！"乡下老头说，"去吧！祝你马到成功。"

子贡走了。乡下老头笑了。

这个乡下老头不是别人，正是被范蠡安插在吴国卧底的勾无苟。多年来，勾无苟在吴国出任大司礼，恪尽职守，努力工作，取得吴国君臣的信任。他早就得到范蠡派人送来的密报，说子贡近日要来姑苏，范蠡让他暗中配合，帮助子贡见到伯嚭。几天来，他一直在城门口转悠，等待子贡到来，子贡走近姑苏城门时，他就看到了，只是碍于伍子胥在场，不敢贸然出面，当伍子胥让人将子贡逐出姑苏的时候，他一直暗暗跟在后面，待押送子贡的人走远后，他才出来同子贡见面。

子贡依照勾无苟的指点，立即转道灵岩山。刚到灵岩山脚下，果然见伯嚭在那里等候。有伯嚭从中周旋，子贡很快见到了夫差。礼过之后，子贡单刀直入地说："大王，强大的齐国屯兵汶上，欲吞灭弱小的鲁国，小人求见大王，请大王发兵救鲁。"

夫差早有征伐齐国之意，见子贡来求，故意问道："寡人为什么要帮助鲁国？"

"大王发兵救鲁，等于是在帮自己。"

"什么？什么？"夫差吃惊地问，"发兵救鲁，怎么就变成帮自己啦？"

"大王如果发兵救鲁，打败齐国，就可以扬名立威，安抚泗水之滨的诸侯，威慑强大的晋国，还可以保存鲁国，又获得一个忠实的盟友，算得上名利双收。"子贡问道，"大王你说，发兵救鲁，是不是帮助自己。"

"好一个能言善辩的孔子门生，"夫差哈哈大笑道，"果然名不虚传。"

"大王！"子贡充满期待地问道，"你答应发兵救鲁啦？"

"扶危济困，仁义之举，锄奸除暴，兴正义之师。"夫差哈哈大笑地说，"寡人……"

"大王！使不得！"伍子胥风风火火地赶来了，气喘吁吁地说，"万万使不得呀！"

子贡暗暗叫苦，眼看吴王即将答应出兵，不想伍子胥又前来搅局。

夫差看着这个不速之客，不高兴地问："伍相国，又怎么啦？"

"子贡先生，不是将你赶走了吗？是谁带你到灵岩山来的？"伍子胥狠狠地瞪了伯嚭一眼，按他的估计，这件事一定是伯嚭干的。

"伍相国……"子贡正要解释。

"不用说了。"伍子胥说，"这一定是越国和鲁国合谋设下的一个套，勾践欲趁我出兵之际，乘虚而入。"

"你怎么老是越国、越国。"夫差说，"越国早已臣服多年，侍奉寡人一直小心谨慎，唯忠唯孝，相国不要疑神疑鬼、风声鹤唳了。"

"大王！"伍子胥叫道，"吴国最大的敌人不在北边，而是南面的越国。越国是躺在吴国身边的一头狼，只要吴国出兵伐齐，越国随时都有可能在背后咬我们一口。并非老臣危言耸听，勾践这几年日夜练兵，打造战车、巨舰，一直不忘石室养马之耻，志在灭吴。其亡我之心，昭然若揭，路人皆知，越国才是吴国的心腹大患。即使真的要发兵救鲁，也要等灭掉越国以后。否则，我们千里迢迢出师远征，等于是挺胸迎齐之剑，袒背受越之矛，吴国腹背受敌，亡国不远矣！"

伍子胥说得唾沫四溢，夫差显然有些不以为意。子贡早就听说伍子胥不但作战勇武无敌，进谏也毫不留情面，今天一见，果然名不虚传。他知道，伍子胥担心越国从背后捅刀子，吴王夫差虽然对越王勾践的忠心深信不疑，但却说服不了伍子胥，灵机一动，双手一揖，冲着夫差说："大王，小的有话要说。"

"子贡先生有什么话，尽管说。"

"越国的力量超不过吴国，鲁国的力量超不过齐国，吴国如果不顾齐而去伐越，等凯旋之日，鲁国恐怕就不存在了，这样，齐国就更加强大，吴国再想剪灭齐国，那就难上加难。吴国不灭越，更能向诸侯展示大王的仁义之心；而救鲁伐齐，更能威慑晋国，让诸侯臣服于吴国，则吴国的霸业可成。孰重孰轻，凭大王的睿智，定能判断得清楚。"子贡话锋一转说，"伍相国的话，不是没有道理，为了让伍相国放心，大王也不为难，小人愿去一趟越国，说服越王，让越国的军队随大王出征伐齐，这样，大王就不用担心后院起火了。"

"好！"夫差大喜，"如果真能这样，寡人就发兵救鲁，出兵伐齐。"

※ 伯嚭使奸

范蠡接到密报，说悦来客栈来了两个神秘人物，亲自前往悦来客栈察看。

悦来客栈店主悄悄推开门，引范蠡进店，指着内屋的两个人说："就是他们。"

范蠡悄悄地走到门边，偷偷地向里张望，见里面有两个人正在用餐，立即退后一步，悄声说："原来是子贡先生到了！"

勾践来回走动，突然停下来问道："相国认为这件事情怎么办？"

范蠡说："子贡有纵横捭阖之才，常游说于诸侯国之间，为鲁国效力，此前，他已经去了吴国，我们还没有得到他去吴国的情报，他又悄悄到了越国，我们还是要以礼相待，看他有何话说。"

"子贡并没有以使者的身份同我们取得联系，我们凭啥要以礼相待？"

"子贡是孔子门生，去吴国后再来越国，一定与臣秘密拜访孔子有关。"范蠡推断说，"也许，吴王夫差给他出了一道什么难题，我想，还是见见的好。"

勾践思索了半天，仍然拿不定主意。

文种说："既然没有正式投牒，我们就来一个非正式拜访，如何？"

"你说呢?"勾践征求范蠡的意见。

范蠡点点头说:"我看这样也行。"

子贡用过晚餐,正准备出去见识一下会稽城的夜景,文种、范蠡、勾践三人推门而入。

"在下文种。"文种上前介绍说,"不知子贡先生大驾光临,有失远迎,请先生见谅。"

"哎呀!"子贡不满地说,"越国全民皆兵,这间店是家黑店啊!"

"先生取笑了。"勾践尴尬地说,"越国是个僻远落后的小国,高贤怎么屈尊光临啊!"

"特来为越王吊丧!"

勾践、范蠡、文种三人大吃一惊,一时不知怎么回答。文种双手一揖说:"先生……"

子贡向屋内一伸手说:"请!"

勾践、范蠡、文种三人进入客房。彼此介绍后,勾践接着刚才的话题说:"我听说'灾祸和幸福相提并论',我虽曾遭过灾祸,但却没有死,先生前来吊丧,是什么意思?"

子贡说:"齐国屯兵汶上,鲁国强敌压境,自知不敌,在下去吴国求救,请求吴王伐齐救鲁,吴王倒是答应了,偏偏相国伍子胥从中作梗。"

"为什么?"勾践紧张地问。

"伍子胥说越国私募兵丁,欲图谋不轨,主张吴国要征伐齐国,必须先灭掉越国。"子贡看着勾践说,"如此一来,鲁国危在旦夕了。"

范蠡非常吃惊,想了想说:"先生来越,意欲何为?"

"大王!"子贡问道,"越国可有图吴良谋?"

"越国不敢图吴,也没有能力图吴。"

"如果没有图吴之志,却让吴国怀疑自己,这是很愚蠢的做法;如果有图吴之谋,却又让吴国知道了自己的意图,这样就很不安全;事情还没有做,就闹得满城风雨,这样就危险了。这三种情况,都是成大事者之大忌啊!"

勾践脸色凝重,双手一揖说:"请先生赐教!"

子贡微笑着说:"你自己有良臣出谋划策,还要我这个局外人掺和吗?"

勾践转身问范蠡:"相国有何高见?"

范蠡想了想说:"先生为鲁而来,越国可助吴伐齐。"

"百闻不如一见。"子贡夸赞地说，"一语道破天机，范相国果然是狂士奇才啊！"

"先生过奖了！"

"英雄所见略同啊！"勾践大笑道，"我可是诚心求教！"

"吴王贪图功利，好大喜功，完全不考虑将来的事情。连年征战，耗费国力，劳民伤财，将士们疲于奔命，大臣们都不敢违逆君王的命令。只有伍子胥心地坦诚，品格高洁，而且洞察一切，遇事能掌握时机，绝不顾个人安危地劝谏君王，但伍子胥却有一个致命的弱点。"

"什么弱点？"勾践关心地问。

"伍子胥刚而无柔；太宰伯嚭这个人看似聪明，其实很愚蠢，他的外表看似柔弱，但却很有心计，能找到别人的弱点投其所好，卑躬屈膝，奴颜婢膝，阿谀奉承，并以此得到夫差的宠幸，他是一个祸国殃民的谄谀之臣。"

范蠡点点头，赞同子贡的观点。

子贡建议说："大王不要吝啬贵重的宝器，把它们献给吴王，以讨得他的欢心；大王也不要因向吴王说卑躬屈膝的话而感到耻辱，而要用谦恭而合乎情理的语言来推崇他，并亲率越兵，跟随吴王伐齐。吴国攻打齐国，齐国一定会应战，如果吴国战败，则是大王的运气；如果吴国获胜，夫差一定会再攻打晋国。如此一来，吴国的骑兵和精锐部队将会在齐国战场上搞得疲惫不堪，贵重的宝物、车辆、马匹、羽翎之旗，都会消耗在战场上。军队也成了疲惫之师，越国乘虚而入，大事可成啊！"

"好！"勾践显得非常高兴。

"越国强盛之后，"子贡问范蠡，"相国何去何从？"

范蠡不知如何回答，勾践看了范蠡一眼，眼中露出疑惑之色。

"楚国狂士，能在越国受到重用，越王礼贤下士，终成霸业，可喜可贺！"子贡说罢，转身欲去。

"先生请留步。"勾践出言相留。

子贡回头说："越王不要忘了率兵入吴的承诺啊！"

范蠡看着子贡的背影，问勾践："大王意下如何？"

"我已经答应子贡，率军入吴。"勾践略一停顿，又担心地说，"只是，夫差性情暴虐，伍子胥亡越之心不死，去了之后，能安全地回来吗？"

"大王！"范蠡说，"不必亲自去。"

"子贡去吴国，必定要转告吴王夫差，我如果不去，一定会引起夫差的怀疑，这如何是好？"

范蠡说："以子贡的智慧，必能说服夫差，许师辞君，显其仁义。我们应该马上派特使入吴，询问吴国出兵伐齐的日期，并言明大王要亲率越军助吴，看吴王夫差如何处理。"

文种自告奋勇地说："相国要抓紧训练军队，不宜远行，这件事就由我去办。"

勾践问道："让何人率军入吴？"

"让诸将军去吧！"范蠡说，"到时让他见机行事。"

勾践点头赞同。

范蠡冲着文种一揖说："文大夫此去，关系重大啊！"

"文种不敢辱没王命！"

"大王！"子贡对夫差说，"越王勾践募兵五千，实为守卫大王所赠的两百里疆域，在下去越，说大王欲兴师问罪，越国君臣惊慌失措，坐卧不安，近日之内，必派人来吴谢大王，并一再声称，如果大王兴兵伐齐，勾践愿亲率越军助阵。"

子贡之所以这样说，是因为他知道，范蠡是个高人，他一定会劝勾践派人来吴。

"寡人相信高贤说的话，请高贤暂留姑苏五天，五天之内，越国如果有人来，寡人就答应你的请求。"夫差拖长了语气说，"否则……"

"没有否则，就以五天为限。"子贡打断了夫差的话头，信心十足地说，"五天之内，如果越国使臣不到，大王起兵伐越，在下再不言伐齐救鲁之事；如果越国来人，在下恭请大王确定伐齐日期，好让勾践率兵前来助阵，如何？"

"好！"夫差说，"依你之言，一言九鼎之诺！"

三天之后，文种果然到了姑苏，他先去拜会太宰伯嚭，然后由伯嚭引见吴王夫差。

文种来得如此及时，让有些人产生了怀疑，伍子胥率先发难："请问子贡先生，越国使臣文种，是不是与你同行？"

子贡回答说："这是没有的事啊！"

"为何高贤刚到，文种就接踵而至呀？"夫差也提出了疑问。

"先生是否同勾践串通好了，游说吴王伐齐救鲁，戏弄吴王？"伍子胥逼问。

子贡瞥了伍子胥一眼，觉得有必要杀杀他的锐气，冲着夫差哈哈大笑道："越王臣服强吴，越国的土地，就是吴国的土地，大王对自己的臣下也疑心重重，可见教导无方，怎么强大的吴国，尽出奸佞之臣呢?"

"你……"伍子胥大喝一声，霍地从座位上站起来。

"相国，"夫差制止说，"不得无礼。"

"越使文种，前来探听伐齐的日期，好让勾践统领越军入吴，有何惧怕?"子贡反问伍子胥，"伍相国对臣服于强吴的越国如此戒备，实在让人费解，是否唯恐天下不乱，怕老将军兵械入库，马放南山吗?"

"你……"伍子胥气得连话也说不出来。

子贡连珠炮似的说:"伍相国勇猛盖世，不听金戈铁马声，就以为自己无用武之地，既然如此，何不助大王北伐，一举荡平齐、鲁。"

子贡的精彩演讲，换来一片叫好声。

夫差大笑道:"好一副伶牙俐齿，好一个高贤之士!"

子贡双手一揖说:"谢大王夸奖!"

文种进殿，叩拜道:"越国下臣文种，叩见上国大王，祝大王万寿无疆!"

"平身! 平身!"

"谢大王!"文种站起来。

夫差说:"文大夫来得迅速，令人惊讶呀!"

"大王!"文种说，"东海贱臣勾践，听说大王不高兴，寝食不安，蒙大王不杀之恩，活着回到越国，虽肝脑涂地，也不足以报答大王活命之恩，训练壮丁，是为了保卫吴国的土地。得知大王兴大义，诛强扶弱，伐齐救鲁，特派小臣向大王献上先王珍藏精甲二十领，以及屈卢之矛、步光之剑，让吴军装备起来。大王发正义之师，越国非常佩服，越国虽小，但愿意倾全力协助大王。勾践让下臣询问大王，吴国何时起兵，他将亲率境内五千精兵，前来助阵。勾践愿披挂上阵，为大王打头阵，死而无憾。"

"好! 好!"夫差连声叫好。

"大王!"伯嚭说道，"臣早说过，越国训练兵丁，是为了保卫吴国的土地。"

夫差高兴地说:"赏越使文种十金，送他去驿站休息吧!"

"谢大王!"

文种退出。

夫差高兴地说:"勾践已经臣服，各位没有什么话说了吧?"

"勾践率兵五千，随吴伐齐，还有什么担心的呢?"伯嚭显得非常高兴。

"高贤!"夫差冲着子贡问，"有何高见，不妨赐教!"

子贡突然冒了一句:"太宰欲陷大王于不义啊!"

"什么？"伯嚭大惊失色。

"大王既然对越国臣服于强吴深信不疑，为何既要征用他的军队，还要让越王亲自披挂上阵呢？"子贡摇摇头说，"这样做太过分了，显得很不仁义。传出去，有损大王和吴国的声誉啊！"

"有道理，有道理。"夫差问道，"以高贤之见，该如何处理？"

"以我看来，大王可以接受越国的物资帮助，让他们的军队随军作战，越王却没有必要亲自上阵了。勾践留在越国，没有军队，何患之有？这样，既能防止越国趁机袭击吴国，又加固了吴、越之间的友好关系，更显示了大王的仁慈。"

"好！好！"夫差高兴地说，"依高贤之言，寡人决不食言。诏告天下，起兵伐齐。"

在伍子胥的心里，越国才是吴国最大的敌人，他见吴国上下都在紧锣密鼓地筹备伐齐之事，脾气火暴的他终于忍耐不住了，找到夫差，极力劝谏道："越国才是吴国最大的心病，齐国不过是疥癣。今大王兴十万之师，行军千里，以争疥癣之患，而忘大毒就在心腹之中。臣以为，伐齐不一定能胜，越祸就要到了。"

夫差对伍子胥早已不满，这回真的恼了，怒斥道："寡人已颁布伐齐之令，三军也已经调动，老贼何故出此不祥之语？"

"大王！"伍子胥见夫差动了真怒，竟也豁了出去，不顾自身安危，愤然说道，"上天如果要灭吴国，便会让大王在伐齐之战中获胜，如此一来，大王便会很快转攻晋国，那个时候，吴国离灭亡也就不远了。如果上天不想吴国灭亡，就会让大王吃败仗，这样，大王就可以反省吴国的全盘战略，吴国反而会得救。"

伍子胥的谏言，将夫差推到一个非常难堪的境地：出兵，胜，则预示吴国灭亡；败，自己才能反省。

伍子胥态度如此激烈，实际上就是想激怒夫差，借以引发朝廷的争议，或许这样可以延缓伐齐的时间。

夫差一心想称霸中原，让伍子胥这么一搅和，不由怒火中烧，大喝道："寡人出兵在即，你竟敢阻挠大计，该当何罪？"

伍子胥此时如果服软的话，也许就没事了，可他的偏脾气也上来了，怒气冲冲地说："就是死，臣也要说，出兵伐齐，是自取灭亡之道。"

"伍子胥！寡人已经不是小孩子，用不着你来教训。吴国没有你，照样能称霸中原。"夫差大喝道，"来人，将伍子胥推出去斩了！"

"大王！"伯嚭立出班奏道，"伍相国是两朝元老，兴吴破楚，居功至伟，临阵杀将，不祥之兆啊！"

伍子胥怒视着伯嚭，似乎不领情。

伯嚭瞥了伍子胥一眼说："臣倒有一个主意。"

夫差问道："什么主意？"

"不如派伍相国到齐国去下战书，让他将功补过。"

"你……"伍子胥气得几乎要跳起来。

"好！"夫差竟然采纳了伯嚭的建议，"伍相国听令！"

伍子胥只得忍气吞声地说："臣在！"

"辛苦你跑一趟，到齐国去下战书，约期会战。"

"是！"伍子胥狠狠地瞪了伯嚭一眼。

其实，伯嚭这是使了一个阴招，用的是借刀杀人之计。他认为，伍子胥到齐国去下战书，一定会惹恼齐君，如此一来，伍子胥必死无疑。

第二十六章

夫差伐齐

※ 公孙圣解梦

伍子胥接受出使齐国的任务，彻夜难眠，面对孤灯，思绪万千，自己早年弃楚投吴，曾在吴市吹箫，野田耕种，后来为吴王阖闾赏识，委以重任。因受到吴王恩宠，才得以杀回楚国，报了杀父兄之仇。吴国是他的第二故乡，但一想到吴国的前途，他又非常悲观，按照夫差的政策路线走下去，再加伯嚭屡进谗言，吴国迟早要走上亡国之路。自己年事已高，死不足惜，但让唯一的儿子给吴国陪葬，实在是没有任何意义。思来想去，他做出一个惊人决定：将儿子伍封混杂在出使齐国使团的队伍里，秘密带往齐国。

伍子胥到齐国后，晋见齐王，呈上战表。战表是伯嚭起草的，语言充满了挑衅侮辱之词，齐王看罢大怒，喝令将伍子胥推出斩首。

"大王！"大夫鲍牧劝道，"伍子胥是一个大忠臣，在吴王面前屡屡直言相谏，君臣关系闹得很僵。大战在即，让相国前来下战书，本身就很不正常，看战书上的言词，似是有意激怒大王，这中间有蹊跷。"

"什么蹊跷？"

"有人想借刀杀人！"鲍牧不假思索地说。

"借刀杀人？"

"对，借刀杀人。我怀疑有人别有用心，想借大王之手除掉伍子胥。"鲍牧说，"大王何必要做别人的枪手呢？"

"那寡人该怎么办？"

"两国相争，不斩来使，我们没有必要受人利用。"鲍牧说，"放伍子胥回去吧！让他们自己去窝里斗，我们不必做这个恶人。"

齐王采纳鲍牧的建议，按正规礼仪接待伍子胥，约定两国来春相战。

伍子胥办完公事，当晚秘密拜访鲍牧，将儿子伍封托付给他，改名王孙封。自己准备回吴国，誓死报国。

夫差派伍子胥去齐国下战书，其实是伯嚭的阴招，没有等伍子胥回来，便留下太子友监国，亲率十万吴军和诸稽郢率领的三千越兵，五百乘战车，三百艘战船，分水陆两路出发了。

伍子胥在回国途中与出征队伍相遇，大军已经上路，再劝也是无益，向夫差交差后，请求回姑苏。

夫差命伍子胥为姑苏留后，负责吴国的军事防务和国内安全。

伍子胥不想出征，他不想参与这场不应该发生的战争，更担心勾践在背后捅刀子，迅速返回姑苏。

夫差的内心其实没有表面那么自信，他很清楚，吴国没有称霸中原的绝对实力，伍子胥的激烈谏言，对他的触动很大，临出发时还是心神不宁。日有所想，梦有所思。夫差率吴军和越将诸稽郢所率的三千越军，从胥门出发，经过姑苏台时，稍作休息，和西施云雨一番，小睡了一会儿。谁知刚一打瞌睡，便做了一个梦：

梦见自己进了章明宫，宫内空无一人，殿角落有两口大铁锅，锅内热气腾腾，烟火燃尽了，饭还没有煮熟；一黑一白两条狗在吠叫，一会儿向南，一会儿向北；两把铁锹竖插在宫墙上；宫内水流四溢；后房传来风箱声和打铁声；前面的园子里，横长着一棵梧桐树。他身不由己地想到后房去看个究竟，忽然，所有的声音都消失了，不一会儿，又传来女子悲切的哭声。夫差凝神静听，听出是郑旦的哭声，一时慌了神，拔腿就要离开这个诡异的地方。忽然一个趔趄，一头栽倒在地，惊醒了。

夫差将这个奇怪的梦境告诉西施，询问吉凶。

"大王！"西施笑着说，"我可不会解梦，何不请太宰来，看他怎么解？"

夫差派人找来伯嚭，向他说了梦境，让他解梦。

"大王起兵伐齐，这个梦是预兆。"伯嚭最会察言观色，迎合夫差的心思，解释说，"章、明，表示这次讨伐齐国，一定胜利；两口锅中热气腾腾，却不烧火，表明大王的气息旺盛有余；两条狗在吠叫，一会儿向南，一会儿向北，表示四方各族已经归顺；两把铁锹插在宫墙上，表示农民下地翻土，指君王亲近农夫，拥有百姓；流水表示四方的贡品像水一样滚滚而来；风箱声、打铁声，是宫女喜爱音乐而琴瑟应和；前园横长的梧桐树，象征吹奏乐器的技艺高明。"

夫差大为高兴，赏伯嚭四十匹杂丝织物。过后有些将信将疑，又找来王孙骆，将梦境告诉他，叫他解梦。

王孙骆说他不善此道，向夫差推荐了东掖门亭长公孙圣。

公孙圣看过王孙骆的信，趴在地上失声痛哭，好长一段时间没有起来。妻子奇怪地问："怎么这样胆小？平常总希望能见到大王，苦无机会，如今机会来了，怎么哭起来了呢？"

"你真是妇人之见啊！"公孙圣说，"我修道十年，一直隐蔽避祸，就是希望延年益寿。想不到突然被吴王召见，刚步入中年，就要自断性命，我是为即将与你永别而悲伤啊！"

"为什么会这样呢？"

"今天壬午，这个时辰在南方，我的性命就交给上天了，这是没有办法回避的，吴王喜欢听奉承话，而我却不好那一套，直言相谏，必遭杀身之祸，所以才哭泣。"

公孙圣告别妻子，前往姑苏台觐见夫差。

夫差将梦境再次向公孙圣叙述了一遍。

"大王！"公孙圣问道，"想听真话，还是想听假话？"

"当然是真话了。"

"好！"公孙圣说，"草民知道，如果我不说话，或者说假话，既可以保全性命，也可以保住名声，可是，草民还是要说真话。"

夫差睁大眼睛看着公孙圣，不知他到底要说什么。

公孙圣抬头望天，叹了口气说："我听说，喜欢驾船的人，一定会溺死在水中；喜欢打仗的人，一定会死在战场上，草民喜欢直说，大王不要见怪呀！"

"你说吧！"夫差预感到公孙圣说话会不中听。

"大王梦境中的章明宫，'章'，是指打了败仗，仓皇而逃；'明'，是指丧失清醒的头脑，走向昏庸愚昧。进门看到锅中热气腾腾而不烧火，是指大王吃不到火煮的熟食；黑、白两条狗，暗合越、齐两国，黑狗是越国，黑属阴，说明大王将败于越国，死后灵魂迷乱不知所向。两把铁锹插在宫墙，预示越国将要攻进来，破坏吴国的宗庙，掘毁吴国的社稷台；流水入殿，穿过大堂，预示王宫将会被掠夺一空；后房的风箱声，表示长长的叹息；哭泣声，是说大王的嫔妃、宫女都成了俘虏而哭泣；梧桐树一般用来做棺材，院中横长着的梧桐树，比喻殉葬。"公孙圣完全不看夫差的脸色，继续说，"大王如果要破此噩梦凶兆，请按兵不动，推行德政，不要攻打齐国，那么，灾祸就可以消除。再派伯嚭、王孙骆脱掉帽子，解开头巾，袒胸露腹，光着脚板，向勾践磕头谢罪，那样，国家就可以长治久安，大王也可以长命百岁。"

伯嚭、王孙骆听后，吓得面如土色。

夫差击案而起，气急败坏地吼道："大胆匹夫，竟敢与伍子胥串通一气，妖言惑众，乱我军心。"

公孙圣早有心理准备，并无惧色。

"来人，将这个妖人推出去。"夫差声嘶力竭地吼道，"用铁杖打死他。"

公孙圣仰天长叹道："上天知道我冤枉吗？我直言相谏，无功而遭杀戮，不要让我的家人安葬我，将我的尸体扔在山里，让我在后世化为声响吧！"

"寡人成全你。"夫差咬牙切齿地说，"让虎狼吃掉你的肉，让野火烧了你的骨，让风将你的骨灰吹散，看你还能不能变为声响。"

夫差命人将公孙圣拖出去，用铁杖打死，并将他的尸体扔到阳山的荒山野岭间。

※ 艾陵之战

西施和移光信步出了馆娃宫，走向不远处一片树林，树林里传出百鸟的叫声，完全是鸟的世界。两人来到树林边，移光让西施在林外等候，自己纵身进了树林，一会儿便没了身影。

西施站在树林边四处张望，突然，看见山石后转出一个人，只见他身材魁梧、满头银发，沿着青石台阶拾级而上，向树林走来。这不是伍相国吗？他怎么到这里来了？他一直反对大王建筑馆娃宫，非大王召唤，从不到馆娃宫来，今天大王不在，他为何要到这里来呢？一连串的疑问，让西施不解。西施对伍子胥一直存有畏惧心理，本想躲避，可人已经快走到面前了，想避已是不及，只得站到路边，向伍子胥施礼说："西施给伍相国请安！"

"西施娘娘！"伍子胥说，"你是娘娘，我是臣，向我施礼，有失礼数吧？"

"伍相国说对了一半。"西施似乎豁出去了，朗声说，"相国是吴国的擎天砥柱，元老重臣，吴国的安危兴衰，系于相国一身，我拜的不是你个人，是为吴国的江山永固而拜。"

"哈！哈！哈！"伍子胥大笑地说，"一个越国的间谍，本是为倾覆吴国而来，竟然为吴国的江山社稷而拜，真是滑天下之大稽，实话告诉你，今天我上山来，就是要杀了你。"

"老相国，"西施冷静地说，"东西可以乱吃，话可不能乱说，小女子虽然是越国人，但现在却是吴王的人，如果因为我是越女，就说我是越国派来的间谍，那相国是楚人，难道也是楚国派来的间谍吗？老相国要杀我的理由可以有很多，但要以间谍的名义杀我，我死不瞑目。"

"好一个伶牙俐齿的女妖孽。"伍子胥冷漠地说，"你敢看着我的眼睛吗？"

西施虽然惧怕同伍子胥对上目光，但事已至此，也就顾不了那么多，勇敢地抬起头，两眼盯着伍子胥的眼睛，没有丝毫惧色。

"你确实很漂亮，漂亮到连我这个古稀之人也怦然心动，可你却以姿色媚君，姑苏台、馆娃宫、一箭河，耗费了吴国多少人力、物力、财力。"伍子胥怒喝道，"你说，是不是你受了勾践的指使，唆使夫差大兴土木，借以消耗吴国的钱财？"

"冤枉啊！"西施委屈地说，"这些都是大王的主张，我怎么左右得了？"

"伐齐救鲁！"伍子胥继续质问说，"是不是你吹的枕头风，暗助越国，怂恿夫差这样干的？"

"头上有青天，地下有神灵，相国更是冤枉我了。"西施几乎要掉下泪来，"小女子连伐齐救鲁这件事压根儿就不知道，怎么能把责任推到我身上呢？"

"那你为何不劝阻夫差，让他不要出兵？"伍子胥话一出口，就觉得这句话问得无理，但话已出口，无法收回，只得逼视着西施，看她如何回答。

"老相国，听说你老人家冒死进谏，大王听了吗？"西施说，"连相国都做不到的事，怎么能把责任推到小女子的身上呢？再说，小女子来吴的时候，范相国就嘱咐我，不要干预朝政，不要说不该说的话，小女子来吴后，也是这样做的。"

西施看了伍子胥一眼，见他怒容渐消，真诚地说："不管怎么说，有一点我可以向老相国保证，我西施深受大王恩宠，绝不做对不起大王、对不起吴国之事。我并不是一个不知好歹的木偶。"

"如此说来，西施三工程，真的与你无关啦？"

"也不完全是这样。"西施说，"西施三工程虽然不是我的主意，却是因我而起，相国如果以此定罪，西施甘愿受罚，任凭老相国处置。"

"你以为我不敢吗？"伍子胥挥舞着手中的宝剑说，"我手中这柄剑，刻有'阖闾'二字，是先王所赐，自大王以下，无论是谁，只要犯在我的手里，定斩不饶。"

西施闭上眼睛，等待伍子胥的剑砍向自己的脖子，可等了半天，剑没有砍到脖子上，但听"咔嚓"一声响，睁眼一看，路边一棵碗口粗的树齐腰而断。

西施紧张，还有一个人比西施更紧张，她就是进树林捉鸟的移光。伍子胥上山的时候，她就看到了，她担心伍子胥对西施不利，抽出两枚袖箭抓在手里，隐身在大树后面，双眼一眨不眨地死盯着伍子胥握剑的手，只要伍子胥敢对西施姐姐不利，她手中的袖箭就会狠狠钉在他的太阳穴上。她可不管你是不是吴国的擎天砥柱，她的任务就是保证西施的安全，只要谁敢对西施不利，她绝不手下留情。

伍子胥狠狠地将宝剑插入剑鞘，凶巴巴地说："任你花言巧语，也休想瞒过我的眼睛，你就是勾践派来的间谍，这一点，我深信不疑。念在你对大王不错，我今天不杀你，假如有一天，有什么把柄被我抓住，我一定要你像这棵树一样，齐腰而断。"说罢，头也不回，怒气冲冲地下山去了。

　　夫差率领吴、越联军，命胥门巢率上军，王子姑曹率下军，自领中军，伯嚭为副，浩浩荡荡，向齐、鲁进发，并派人约鲁国合兵攻打齐国。

　　齐国上将国书，率十万齐兵和千乘战车，屯兵汶上，面对战力明显弱于自己的鲁国，在战场上并没有占到什么便宜。得知吴国出兵救鲁，立即率军迎战，在鲁国北部一个叫艾陵的地方与吴军相遇。

　　吴国将士认为自己是天下无敌的必胜之师，是救鲁国于水火的正义之师，只要击败了齐军，便可称霸中原。千里奔袭，虽然十分疲惫，但他们被一种虚荣的爱国热情所支撑，斗志仍然高昂。胥门巢急功冒进，不等后继部队赶到，贸然对以逸待劳的齐军发起进攻。

　　齐将公孙挥率本部兵马迎战吴军，同胥门巢战在一处，双方你来我往，激战三四十合，不分胜负。

　　齐军主帅国书见两军杀得难解难分，令旗一挥，率中军掩杀过来。

　　胥门巢战公孙挥已是吃力，再遭齐国中军的夹击，吴军阵脚顿时大乱，立即溃不成军，大败而逃。

　　国书本来就有些刚愎自用，初战告捷后，更是忘乎所以，给每个士兵发一根八尺长的绳子，骄横地说："吴人断发文身，头发短，砍下来的首级不好提，发给每人一根绳子，用来拴敌人的脑袋。"

　　夫差见首战失利，愤怒异常，欲斩胥门巢以正军威，由于伯嚭及众将求情才免其一死，让他戴罪立功，削夺胥门巢上将兵权，由大将军展如接替他率上军。

　　正在这时，鲁国大将叔孙州仇引兵前来会战，夫差让他为向导，引领吴、鲁大军在离艾陵五里的地方扎下营寨，派人向齐军下战书，约定决战日期。

　　夫差调整部署，命叔孙州仇打头阵，展如率上军打第二阵，王子姑曹率下军打第三阵，越将诸稽郢率本部随王子姑曹行动，他自己则率中军驻扎在一片高丘上策应。

　　齐军将士面对咄咄逼人的吴、鲁联军，似乎感觉到形势有些不妙，除主帅国书充满信心之外，很多人都露出消极的想法，认为这一战凶多吉少，大将公孙夏甚至下令士兵们唱起了送葬的挽歌《虞殡》，以表示必死的决心。

越将诸稽郢依从范蠡的锦囊妙计，在艾陵之战开始阶段，只是游弋观望，静观时局的变化，后来见吴军胜券在握，才命令士兵投入战斗。这是范蠡妙计的第一计；第二计则是：如果吴军战败，越军则临阵倒戈，配合齐军消灭吴军，并策动齐军攻打姑苏。到时，越国境内的军队也将闻风而动，与齐军南、北夹击，一举消灭吴国。

艾陵之战，吴军大获全胜。

齐军主帅国书、大将公孙挥战死，公孙夏等将做了俘虏，十万齐军几乎全军覆没。吴军缴获战利品包括八百辆兵车和三千余甲首。

夫差颇为得意地问诸稽郢："将军看吴、齐之战，到底谁更强？如果吴军攻越，越国又能怎么样？"

"吴军之强，天下无敌。"诸稽郢恭维地说，"如果换成越国，更是不堪一击。"

夫差一阵狂笑，大有天下舍我其谁的架势。下令重赏越军，并让诸稽郢先回姑苏报捷。

艾陵战败之后，齐国一片混乱，齐简公忙与执政的相国田常商议处理善后。

田常见高氏、国氏两大集团的势力在这一战中几乎丧失殆尽，见好就收，加之子贡从中斡旋，派人给夫差送去大批金银珠宝，请求休战和谈。几个来回之后，终于达成和议，双方各自收兵。

艾陵之战，吴军扬威中原，战场上的胜利，不仅让齐国称臣，鲁国感泣，对其他诸侯国也是一个强大的震慑。

吴、齐交战期间，楚国曾派兵埋伏在邹国一带，准备半途截击吴军，见吴军气势如虹，有所忌惮，只得偃旗息鼓，将部队悄悄撤了回去。

越王勾践虽然也蠢蠢欲动，由于有伍子胥留守姑苏，加之范蠡力谏，也只好作罢。

※ 范蠡又到姑苏

夫差凯旋，没有回王宫，也顾不上接受群臣朝贺，直接驱车去了灵岩山，他要去与朝思暮想的西施相会。

几个月来，西施无时无刻不在惦记着远征的夫差，忧虑、焦躁、恐惧，几乎夜夜都做噩梦。得知夫差凯旋，兴奋得像个孩子，在苎萝宫门口跪迎夫差，献上美酒，喜极而泣地说："恭喜大王凯旋。"

夫差接过酒，一饮而尽，扶起西施，不顾周围有很多人，紧紧地将她搂在怀里。

久别胜新婚，这一夜的缠绵，洗尽了夫差一路的征尘和浑身的疲劳。

第三天，夫差才起驾回姑苏城，升殿接受百官朝贺。

伍子胥也在场，但却一言不发。夫差看了他一眼，叫道："伍相国！"

伍子胥本来就在生闷气，不想说话，见夫差点名，只得答道："臣在！"

"从前，先王圣德昌明，垂留功绩，为了你与楚国结下了世仇，先王像个农夫一样，砍掉四周的蓬草，扬名于荆楚，你确实居功至伟。可此一时，彼一时，如今，你年老糊涂，却又不安分，惹是生非，制造谣言，心里不满还要到处游说。"夫差带着讥讽的口吻说，"当初，你劝阻寡人伐齐，如今，寡人得胜而回，众将在功劳簿都有记载。你还能做什么呢？难道不感到羞愧吗？"

伍子胥挽袖捋臂，解下佩剑放在地上，愤然说道："历代先王都有辅政大臣，决断疑难，考虑得失，使国家不陷于大的波动。如今，大王却抛弃元老大臣，只与缺乏经验和智慧、野心勃勃的权臣商议国策，还下令不得违背大王的命令，这是吴国灭亡的先兆。上天要想放弃谁，必定先让他得到一点小甜头，然后让他惹上严重的祸患。大王如果能够醒悟，吴国可以继续生存下去，如果继续执迷不悟，吴国离灭亡就不远了。"

"很久不见相国，耳朵清静多了，怎么又絮叨个没完？"夫差用手指塞住耳朵，闭上眼睛，摇头说，"寡人不想听你胡说八道。"

突然，夫差大叫起来："怪事！怪事！"

"怎么啦？"群臣关心地问，"大王看见什么啦？"

"寡人看见四个人背靠背地站在一起，听到人的声音，四散逃走了。"夫差眼前出现了幻觉。

"照大王这样说。"伍子胥硬邦邦地说，"四个人逃跑，象征着背叛。"

"伍相国！"夫差怒斥道，"你说话怎么这样难听啊？"

"何止是难听？"伍子胥不依不饶地说，"大王还要灭亡呢！"

"大王！"伯嚭瞥了伍子胥一眼，恭维地说，"四方离散，象征着投奔吴国，吴国将称霸天下，将有代周之象啊！"

夫差正要说话，恍惚中又看见两个人面对面吵了起来，突然，面向北的人拔刀杀了面向南的人，大叫道："你们看见了吗？"

群臣也搞晕了，莫名其妙地说："我们什么也没有看到啊！"

夫差语无伦次地说："两个人面对面，面朝北的人，杀了面朝南的人。"

群臣面面相觑，不知说什么好。

伍子胥冷冷地说："面向北的人，杀了面向南的人，象征着臣杀君啊！"

"伍子胥，你闭嘴。"夫差大声呵斥。

"大王！"伯嚭站出来说，"臣以为，这是吉兆。"

"是吗?"夫差问道，"怎么讲?"

"吴王是臣，周天子是君，吴王欲取而代之，当然是臣犯其君啊！"

"哈！哈！哈！"夫差大笑，"太宰之言，正合我意，相国老糊涂了，说了等于没说。"

数天之后，越王勾践率范蠡、文种等人，亲自到姑苏朝拜夫差，祝贺吴国打败齐国。勾践不但带来例行的贡品，还给吴国的朝中大臣，每人都送了一份厚礼，伯嚭的那一份，当然更是例外，弄得姑苏城上下一团喜气。

夫差大喜，在文台设宴款待越国君臣。

"大王！"伯嚭恭维地说，"越王来朝，正好应验了'四方离散，投奔吴国'之说。"

在场所有的人，也都欢呼吴王神勇盖世。

夫差有些飘飘然了，高兴地说："君不忘有功之臣，父不忘有力之子，今太宰为寡人治兵有功，赏为上卿；越王孝侍寡人，始终不倦，寡人将再增其土，以酬助伐之功，各位爱卿以为如何?"

群臣慑于伯嚭之威，私底下又得了越国的好处，没有人提反对意见，只是一个劲儿地盛赞夫差英明。

"好！"夫差冲着伯嚭一招手说，"把地图拿过来。"

伯嚭将一卷羊皮地图呈上。

"来，兄弟，你来看。"夫差叫勾践过来，在地图上比画一下说，"这一片土地方圆三百里，都划归越国。你我是兄弟，不能总是当一个小国君王啊！"

范蠡心中一惊，他没有想到夫差会在这个时候赠地，转念一想，夫差可能是在耍花招，试探越国是否有野心，于是轻轻咳了一声。

勾践听到范蠡的咳嗽声，似有所悟，立即说："大王，一个小小的越国我都管不好，这么多的土地，我没这个能力去管理啊！"

范蠡松了一口气。

"不要这样说。"夫差说道，"你有范蠡、文种辅佐，即使比这更多的土地，也一定管理得好，你一定要收下。"

"大王！"勾践谦恭地说，"越国是吴国的越国，勾践是吴王的越王，天底下，只有大王才有资格统领诸侯，拥有更多的土地，给勾践一百个胆子，也决不敢要。"

"无君不爱土，无人不爱财。"夫差瞥了坐在不远的伍子胥一眼，说，"总有人说越王有不臣之心，今天，寡人赠地你不要，足见你的忠心，有些人可以闭嘴了。"

勾践听了此话，立即翻身跪倒，惶恐地说："越国永远是吴国的越国，越王永远是吴王的越王，勾践永远是大王的臣子。"

"平身吧！"夫差笑着说，"寡人从来没有怀疑过你对寡人的忠心。"

勾践重新回到座位，惊出一身冷汗。

范蠡与文种对看了一眼，不易觉察地点点头。

伍子胥见勾践夸张的动作，早就有些忍耐不住，听到夫差如此说，立即伏地哭奏："大王！养虎为患，再这样下去，吴国离灭亡不远了呀！"

伍子胥的哭谏，犹如给欢庆的气氛泼了一瓢冷水。

夫差觉得很没面子，大喝道："伍相国，你倚老卖老，专权擅威，欺寡人太甚，因为先王的原因，不忍心惩罚你，你回家好好反省去吧！不要再来阻碍吴国的谋略。"

"大王！"伍子胥哭着说，"老臣如果不忠不信，就不可能做先王的臣子，比干遇上纣王，有口难辩啊！既然大王听不进老臣的谏言，老臣请辞。"说完甩袖而去，连头也不回。

范蠡看了文种一眼，脸上露出一丝不易觉察的笑容。

勾践回到驿站，仍然心有余悸，对范蠡、文种说："今天好险哪！幸亏相国及时咳嗽示警，不然，寡人就中了夫差的圈套。什么时候让夫差也跪在我的面前，向我磕头认罪啊！"

"大王！"范蠡说，"忍一忍，会有这么一天。"

"忍！忍！"勾践气恼地说，"我的头发都忍白了。"

勾践君臣刚用过晚餐，伯嚭便来登门拜访。

"太宰！"范蠡试探地问，"吴王伐齐，凯旋班师，吴国的气势，如日中天，明年黄池会盟，难道吴王没有打算吗?"

"黄池会盟，怎能少得了吴王?"伯嚭哈哈大笑。

"黄池会盟，盟主之位，非吴王莫属啊!"范蠡恭维地说。

"为了北进，吴王有意开凿去中原的水路。"伯嚭说，"这样一来，挺进中原就更加便捷了，只是吴王的决心还没有下。"

"大王!"范蠡冲着勾践说，"臣建议越国派一万劳工，助吴国开凿河道，以表越国对吴国的忠心。"

"好!"勾践虽然心里不愿意，但想到范蠡提出这个建议，一定有他的道理，立即表示赞同。

伯嚭高兴地说:"有了越国的支持，想必吴王不会再犹豫了。"

伯嚭走了之后，勾践不解地问:"越国要发展，自己的人手都不够，为何要主动派民工助吴啊?"

"开凿这样一条水路，耗费将是一个天文数字，吴国虽然强盛，也经不起如此折腾，耗尽了吴国的财富，我们的机会就来了。"

"啊!"勾践如梦方醒，"寡人明白了。"

第二天，勾践君臣向夫差辞行，勾践看了范蠡一眼，范蠡点点头，勾践转向夫差说:"大王，听太宰说，大王欲开凿一条通往中原的水路，不知何时开工?"

夫差看了伯嚭一眼说:"工程浩大，寡人还没有最后下决心呢!"

"开工的时候，请大王通知一声。"

"为什么?"

"越国将征调一万名劳工，助吴开河。"

"好! 好! 好! 有越国相助，马上就可以开工了。"夫差高兴地说，"太宰!"

"臣在!"

夫差大手一挥说:"立即发布命令，征调民工，筹备物资，准备开工!"

第二十七章

温柔乡里忘樵李

※ 虞丝王后

历时八个春秋、耗用财力、动用人力、物力不计其数的姑苏台扩建工程终于竣工了。雄伟壮观的姑苏台，高三百丈，宽八十四丈，登上姑苏台，方圆二百里之内的湖光山色、田园风光尽收眼底。

姑苏台是吴国规模最大的建筑，也是天下诸侯国亘古未有的离宫。夫差在这座离宫内修建了东、西两座主宫，东边一座叫王后宫，为虞丝王后所设；西边一座叫西子宫，为西施而建。离宫内议事厅、宴饮厅、游乐场等场所，应有尽有。

虞丝王后喜静厌动，嫌姑苏台太热闹，仍然住在姑苏城王宫，没有搬过来，西施却不能不搬进西子宫，因为这是夫差专门为她而建，且为此还引来不少非议，她不能再让夫差伤心。

这一天，夫差在王子地、王孙雄等一班武将的陪同下，去西山狩猎。

西施没有去，她和移光在离宫内游玩，突然有宫女来报，说虞丝王后到了，正在王后宫等她。

西施到吴国七八年了，先住在丽人宫，后住到馆娃宫，平时和虞丝王后见面的机会不多。虞丝王后原说不来姑苏台，怎么今天突然又来了呢？而一来就召见自己，这可是从未有过的事情，难道会有什么事吗？西施心里忐忑不安。

西施来吴国的时候，范蠡曾一再告诫她，千万不可得罪虞丝王后。几年来，她一直牢记这句话，对王后小心翼翼，生怕出半点差错，在丽人宫的时候，西施见夫差很少去王后那里过夜，不知劝说过多少次，谁知夫差上半夜去了王后宫，下半夜又回到丽人宫，弄得西施哭笑不得。

虞丝王后其实是一个知书识礼、深明大义的贤淑女子，当年也曾是吴国第一美人。自从生下太子友，便身染疾病，身体每况愈下，夫差虽然对她关怀备至，延请良医，但病总不见好。她自知韶华已逝，病弱之体难以满足夫差的床笫之欢，对于夫差与年轻的嫔妃寻欢作乐，并不作苛责。听说越国献来两个美人，几天后便封为贵妃，心里虽然有些不悦，但也没有过多计较，只要她们能一心一意地侍奉大王，不惑乱后宫，不干扰朝政，封贵妃就封贵妃吧！反正大王得有几个漂亮的女人陪伴。因此，这些年来，她并没有刁难西施。

西施怀着忐忑不安的心情来到王后宫，见到王后恭敬地说："不知王后娘娘驾到，有失远迎，请王后见谅。"

"平身吧！"虞丝王后倒还随和，叫宫女给西施搬来一个绣墩，让她坐下。虞丝王后看着西施，忽然问道，"西施，有人告诉我，说你是越王派来的间谍，这话怎么解释？"

"王后娘娘！"西施一下子从头凉到脚，这是伍子胥说的话，王后怎么也这样问呢？她立即起身跪下，不解地问，"伍相国也曾这样问过贱妾，但贱妾实在不知道，间谍到底是干什么的。"

"起来吧！"虞丝王后问道，"你离开越国的时候，勾践、范蠡难道没有交代过你什么吗？"

"交代过的。"

"他们怎么讲？"虞丝王后身子前倾。

"范相国嘱咐贱妾，不要擅专宫闱，不要过问朝政，一心侍奉好大王，不该说的话不要说，不该做的事不要做。"

"噢！"虞丝王后问道，"你都做到了吗？"

"贱妾是这样想的，也是这样做的，不知贱妾哪方面做得不好，请王后娘娘明示。"

王后略一停顿，问道："你恨伍相国吗？"

"伍相国是吴国的擎天玉柱，我怎么敢恨他呢？"西施胆怯地说，"但很怕他。"

"这不奇怪，别说是你，我对伍相国也是敬畏有加，就是大王，也要让他三分。"王后见西施有些不安地站在当场，语气缓和地说，"坐下吧！不必局促。"

"谢王后！"西施重新坐回绣墩。

"西施姑娘！"虞丝王后认真地说，"有句话我要提醒你，你既是贵妃，又很爱大王，但也要顾惜大王的身体，不能放纵他日日寻欢，夜夜作乐，长此下去，就是铁打的身子，也有被抽空的时候。俗话说，女人是卤罐子，可不能把大王卤干了啊！"

"娘娘教训的是。"西施霎时间脸色通红，嗫嚅地说，"贱妾知道了，今后一定要劝大王勤朝政，少房事，常去王后那里。"

"你个小妮子！"王后笑了起来，"你以为我和你争风吃醋哇？男欢女爱，那是你们年轻人的事，我这把年纪，才不稀罕呢！"

"什么不稀罕哪？"夫差突然闯了进来，随口问道。

原来，夫差从西山打猎回来，听说王后来了，而且还把西施也叫去了，他担心西施受委屈，连忙赶了过来，听到王后的话尾，没头没脑地就问了一句。

王后与西施对看了一眼，扑哧一声，都笑了。

这一夜，在夫差、西施的挽留下，虞丝王后留宿在姑苏台，由于西施的力劝，夫差破天荒地同虞丝王后同宿一晚，这可是多年未有之事。

※ 奇怪的歌谣

范蠡出使吴国，从伍子胥对夫差的苦谏中看出，伍子胥是兴越灭吴的最大障碍，只要伍子胥在，兴越灭吴的计划就难以实现。临回国的时候，他秘密约见了勾无苟，面授机宜，让他通知西施，想办法除掉伍子胥。回越国后，一直等待吴国那边的消息。

不久，勾无苟传回消息，说西施认为，伍子胥是吴国重臣，如果从中挑拨他们君臣之间的矛盾，担心弄巧成拙。

范蠡隐约地感觉到，西施可能爱上了夫差，不忍心除掉他的股肱之臣，故意以此为搪塞。其实，范蠡也是打心眼里敬佩伍子胥的勇武和忠心，如果不是为了兴越大计，他还真不忍心算计这样一位顶天立地的人物。但这些想法只能埋在心里，不能对其他人说。他立即去见勾践，报告了勾无苟传回来的消息。

"西施时刻待在夫差身边，为何不能想办法呢？"勾践不解地问。

"西施的担心有道理。"范蠡说，"伍子胥在吴国有极高的声望，他既是阖闾时代的功臣，对夫差也有扶立之功，尽管夫差对他的谏言很恼火，但念他是两朝元老，事事对他也是忍让三分。如果屡进谗言，就有暴露身份的危险。"

"噢！"勾践说，"那可怎么办？"

"这事恐怕还得我亲自去一趟。"

勾践问道："相国有办法啦？"

"我想到姑苏去，先散布谣言扰乱人心，然后再找机会，给他致命一击。"

这一天，夫差带西施去西山打猎，在回宫的路上，看到一群小孩儿在姑苏台不远处的一块草地上围着圈子唱歌，先还不在意，突然，一阵风将歌声传了过来：

吴宫秋，
桐花落了逐水流。
吴王愁，
水流一去不回头。

吴宫秋，

万民怨恨泪水流。
吴王愁，
流水何时是尽头。

吴宫秋，
劫后余生四漂流。
吴王愁，
社稷将倾到尽头。

西施听到歌声，吓得心惊肉跳，回头看看夫差，见他气得脸色发青，连忙命驭手驾车快走。

"停下！"夫差大叫，"寡人倒要听听，他们还唱些什么？"

孩子们并不知道危险正在逼近，继续玩他们的游戏，一边拍巴掌，一边唱：

姑苏台，
三千尺，
劳民伤财为西施。
一人笑，
万民泣，
温柔乡里忘樵李。

夫差听到这里，肺几乎都气炸了，怒吼道："把那几个小儿抓过来。"

七八个小孩儿被押到夫差车前，夫差纵身跳下车，怒吼道："说，刚才的歌谣，是谁教你们唱的？"

小孩子哪见过如此阵势，都吓傻了，谁也不敢出声。夫差见他们都不出声，气得抓住一个年纪稍大孩子的衣领，拽到一边，喝问："说，谁教你们唱的？"

小孩儿壮着胆子比画说："一个跛脚疯老头，披头散发，敞襟露背，浑身都是泥土，一手拿一根竹竿，一手拿一只破碗，成天又蹦又跳，又哭又笑，口里不停地叫喊：'天数已尽，吴国将亡。'他给我们糖吃，教我们唱了这些歌谣。"

"他人呢？"夫差气急败坏问，"在哪里？"

"不知道！"小孩儿们吓得大哭起来。

"寡人是天之子，有什么愁？"夫差怒吼，"把他们拉下去，砍了！"

"大王!"西施扑通一声跪下,劝阻道,"大王息怒。"

"爱妃有什么话说?"

"春天来了,百花盛开,则万物喜;秋天到了,秋风扫落叶,则万物愁,这是天道。大王的悲与喜和天同道,有什么担忧的呢?"西施看了夫差一眼说,"再说,这些小孩子不懂事,不过是替人做了传声筒,罪不当死。大王想想,如果歌谣灵验,杀再多的小孩儿也于事无补,还空惹民怨;如果不灵验,妄杀无辜只能落一个不仁不义的恶名,恰恰中了造谣者的诡计。大王三思!"

夫差见西施为小孩儿求情,心软下来,冲着小孩儿们怒吼:"看在西施娘娘的面子上,饶你们不死,还不快滚!"

孩子们一哄而散。

夫差回到姑苏台,仍然怒气未消,他认为,这事一定是伍子胥干的,除了他,吴国没人有这个胆量。

西施一想起伍子胥在灵岩山对自己气势汹汹的样子,心里就感到害怕。从来到吴国的那一刻起,伍子胥就怀疑自己是越国派来的奸细,一直想除掉自己。越国密使多次催促,要自己在夫差面前进言,想办法除掉伍子胥。目前倒是一个极好的机会,只要稍稍浇点油,夫差心中的怒火就会爆发,一怒之下杀了伍子胥,不是没有可能。可转念一想,伍子胥是夫差的股肱之臣,杀了伍子胥,等于断了夫差一臂,毁了吴国的干城。自己虽然是为了倾覆吴国而来,可八九年的朝夕相处,自己打心眼里爱上了这个男人,杀了伍子胥,等于毁了自己的男人,真要这样做了,自己与蛇蝎又有什么区别?伍子胥性情耿直,刚直不阿,他可以当面顶撞夫差,同夫差争得面红耳赤,但要说使阴招,似乎没有可能。想到伍子胥的为人,西施意识到,歌谣之事,绝非伍子胥所为。然而,除了伍子胥,谁又处心积虑地这样干呢?西施脑子突然一闪念,莫非有人故意挑拨吴国君臣之间的矛盾,借刀杀人?除了越国,谁又会干这种事呢?

当局者迷,旁观者清,西施果然猜中了,那个传播谣言的人,就是范蠡。

范蠡化装成一个浪迹江湖的疯老头子,在姑苏城教一帮孩子唱了几首歌谣,然后悄然返回越国去了。

西施虽然想到了这一点,但却不能对夫差言明,自己没有进谗言,要夫差杀掉伍子胥,已经是愧对越国,如果将越国的谋略告诉夫差,那就成了越国的叛徒,这也是她不愿干的事情。

西施为难了,不知怎么办才好,想了半天,才绕着弯子委婉地对夫差说:"也许是其他别有用心的人所为，与伍子胥无关吧！"

"寡人修建姑苏台，他拼命反对，成天在寡人耳边唠叨，提防越国，提防越国，'社稷将倾到尽头'，除了他，谁敢说这样的话？"

"伍相国性情耿直，刚正不阿，对吴国赤胆忠心，日月可见，他只会劝谏大王，绝不会诅咒吴国。也许有人故意这样做，欲嫁祸于他也说不定。"

夫差本是一怒之下，才有了这种想法，经西施一劝慰，怒气渐消。夫差突然想起了一件事，问道："听说寡人出兵伐齐的时候，伍相国去灵岩山找过你，可有其事？"

"是啊！"西施说，"伍相国那次路过灵岩山，同我不期而遇。"

"他骂你是越国间谍，说要杀了你。"夫差问道，"有这回事吗？"

"伍相国是指挥千军万马的大将军，怎么会杀我这个弱女子呢？"西施笑着说，"他去灵岩山，是检查馆娃宫的安全保卫工作，没有别的意思。"

"西施，你太善良了。"夫差伸手将西施搂在怀里。

※ 郑旦之死

秋天的季节，馆娃宫菊花盛开，姹紫嫣红，释放出沁人心脾的芳香，引来无数的蜂飞蝶舞。

这一天，太子友喝得醉醺醺的，来到馆娃宫。

几年来，他是这里的常客，自从与郑旦勾搭上以后，两人也算是如胶似漆，你贪我爱，再也割舍不下。他实在不明白，像郑旦这样天仙般的美人，父王为何弃之如敝屣。夫差伐齐回来的头几个月，他不敢来馆娃宫与郑旦幽会。时间一长，还是割不断那段情思，在一个漆黑的夜晚，悄悄地潜入花蕊宫，两人如同干柴遇上烈火，熊熊地燃烧了一夜，一切平安无事。夫差迷恋西施，仍然很少到花蕊宫来，太子友早就买通了侍女旋波，有她站岗放哨，通风报信，倒也平安无事。只是觉得，这毕竟不是一件光彩的事，还是有些顾忌。

今天，酒精在体内燃烧，两条腿似乎不听使唤，身不由己地便上了灵岩山。本来，他应该悄悄地溜到花蕊宫去与郑旦幽会，可上山之后，突然发现西施逗留在花丛中，竟然鬼使神差地进了花圃，蹑手蹑脚地溜到西施的身后，趁其不备，突然从背后抱住她，手便在她胸前不老实起来。

西施万万没有想到，在馆娃宫竟然有人胆敢对她非礼，吓得大叫起来，回头一看，见是太子友，更加恐惧，尖叫道："太子殿下，你要干什么？"

太子友并没有松手的意思，反而抱得更紧。

"好哇！光天化日之下，竟然干出这种偷鸡摸狗之事。"突然，身后传来一阵尖叫。

太子友慌忙松开手，抬头一看，见郑旦站在不远处，一下子愣住了，酒也醒了大半，张大嘴，想说什么，可终究还是没有说出来，因为他不知道该说什么。

西施更是羞得无地自容，以袖掩面，冲出花圃，逃回苎萝宫去了。

"不要脸，不要脸。"郑旦指着西施的背影，尖刻地叫骂着。

太子友知道花蕊宫不能去了，跌跌撞撞地逃下灵岩山。

事情如果到此为止，不过一场小小的风波而已，太子友毕竟只是酒后失礼，并没有发生什么实质性的事情。可郑旦被妒火烧昏了头，心想，你西施也太霸道了，独占大王，害得我守活人寡，好不容易一个相好，你又来勾引，做得太绝了吧？既然不让我过好，我也不让你好过，索性就将这丑事晒出去。

夫差回到灵岩山，刚走近馆娃宫，郑旦便拦在马前，把在花圃看到的事情，添油加醋地述说了一遍。

"什么？"夫差听了这些话，犹如五雷轰顶，乱箭穿心，他对西施倾注了全身心的爱，到头来竟然给自己戴绿帽子，堂堂一国之君，怎能咽下这口恶气，他手握剑柄，指着马前的郑旦怒吼道："让开，滚开，滚得远远的。"

郑旦惊呆了，看到暴怒而去的夫差，她这才意识到，这次祸闯大了。

"贱人，你出来，滚出来！"夫差走近苎萝宫，站在门口大吼起来。

西施吓坏了，自入吴以来，夫差从来没有对她发火，更没有像今天这样暴跳如雷，她知道一定是郑旦从中挑拨，只得走上前去，颤声说道："大王，你冷静些，坐下来，听我慢慢解释。"

"滚开！"夫差怒喝，"你这贱货、婊子，竟然背着寡人，做出那样的丑事。"

"大王！"西施乖乖地跪下，哭着说，"请你把事情弄清楚，要杀要剐，凭大王一句话，小女子绝无怨言。"

"还有什么好说的？"夫差伤心地说，"事情都做出来了，绿帽子也给寡人扣上了，想我夫差一世英名，还有何脸面见天下人？小贱人，你辜负了我呀！"

夫差说到这里，竟然痛哭起来。

"大王！"西施膝行到夫差面前，抱住夫差的腿，手指着窗台上一盆盛开的菊花说，"窗台上的这盆花特别漂亮，路过的人，都想看一看，闻一闻，甚至摸一摸，你说，这是花的错吗？"

"你是说这是太子的错？"夫差咬牙切齿地说，"这个浑蛋，竟敢跑到父王的宫里来拈花惹草，做出如此乱伦之事，看我不宰了他。"

西施一听，更急了，如果真的把太子叫来对质，那他与郑旦的奸情就会穿帮，到时，太子、郑旦都得死。太子是夫差的儿子，郑旦却是从越国一起来的姐妹，两个人都不能死。一想到这里，西施连忙说："大王！花无罪，过路的行人又有什么罪呢？太子殿下就是那个过路的行人，今天，他喝醉了酒，神志不清，路过这里，见我正在那里赏菊，酒后失态，一时失控，也只是看看花，闻闻花，情不自禁地伸手摸了一下，其实也没有做出什么事来，当他看清是贱妾后，已是羞愧难当。太子是王位继承人，也没有犯下十恶不赦的大罪，大王何必较真儿呢？"

夫差听到这里，胸中的怒火烟消云散，进而感动不已。西施受了那么大的委屈，在自己的性命受到威胁的时候，竟然还不忘吴国的江山社稷，不忘保护太子，这表明了她对自己的爱，对吴国的爱，既然有如此宽阔的襟怀，如此博爱，怎么会心有旁骛，红杏出墙呢？一想到这里，夫差将手中的剑扔在地上，上前扶起西施，将她紧紧地搂在怀里，几乎是泣不成声地说："爱妃，是我错怪了你！"

西施像一只受惊的小绵羊一样，依偎在夫差的怀里，痛哭不已。

移光站在不远处，将刚才的一幕尽收眼底，直到这时，她才松了一口气。她见西施哭得如此伤心，眼中也饱含了泪水。如果夫差真要杀西施姐姐，她还真不知该怎么办才好。

西施以她博爱的襟怀，将一场滔天大祸消弭于无形，馆娃宫又恢复平静。

花圃事件之后，夫差对西施更宠幸，几乎是夜夜专宿。

花蕊宫夫差本来就去得少，此事之后，花蕊宫几乎看不到夫差的身影。

稍后不久，郑旦死了。

关于她的死因，有几种不同说法，有说是因病而逝，有说是吞金而亡，无论何种原因，郑旦真的死了。

郑旦临死的时候，西施和移光曾去花蕊宫探望她，郑旦看着西施，只是流泪，嘴巴张了张，似乎想说什么，可什么也没有说出来。

夫差对太子友与郑旦的奸情完全不知情，郑旦死后，倒觉得对她有所亏欠，下令按王妃礼安葬。

西施很伤心，也很悲哀。这就是越国的美女、越国的间谍，担负着兴越复仇的重任，到头来却客死他乡，死的时候，身边没有一个亲人，没有一个知音。以身、以心相许的两个男人，对她是那样的冷漠，一个躲得远远的，连照面都不敢打，一个虽然主宰一切，生前却将她弃之如敝屣。她的祖国呢？那些派她来吴国的人呢？恐怕早就把她忘了，她已经做了她该做的事，再也没有用处了，就像一块扔在烂泥中的石头，人们踩着它过了烂泥潭，连看都不看它一眼。

　　郑旦悲惨的命运怨谁呢？怨夫差吗？他早就对郑旦没有了兴趣；怨太子友吗？他们只是一对野鸳鸯，上不得台面；怨勾践、文种、范蠡吗？他们远在越国，鞭长莫及。似乎谁都该怨，又似乎谁都怨不着，只能怨命运。命运又是谁造成的呢？是仇恨，是战争，是无休无止的战争，多少无辜的生命，在这些无休无止的战争中死去。

　　一种巨大的悲哀，袭遍了西施的全身，郑旦的今天，也许就是她的明天。如果不是碰到夫差的痴情，自己的下场也会和郑旦一样。自己也有人老珠黄的那一天，夫差也会弃之而去，想到这些，西施不寒而栗。

第二十八章

伍子胥之死

※ 天外飞石

夫差伐齐凯旋之后，信心陡增，称霸之心更加强烈。这一天散朝之后，夫差正欲乘车回宫，突然，一名侍卫飞马来报，说昨天夜里，姑苏台发生了一件怪事。

"什么怪事？"夫差好奇地问。

侍卫绘声绘色地说："昨天晚上，小的和几名士兵巡夜，突然看见天上掉下一个大火球，火球拖着长长的尾巴，落在姑苏台北面的山岗上。今天早上，小人命士兵在火球掉落的地方掘地三尺，挖出一块方方正正的大石头，上面还刻有字。"

"什么字？"夫差深感惊讶，不知是福是祸。

"回大王！"侍卫说，"我们斗大的字不识一箩筐，不知写的是什么。"

"走，前面带路！"夫差手一挥，带着伯嚭等人，要现场看个究竟。

姑苏台围满了人，有守卫姑苏台的士兵，也有周围的百姓。大家见夫差到了，纷纷跪下恭迎王驾。

夫差跳下车，三步并作两步走过去，见地上有一个丈许见方的大土坑，土坑旁躺着一块巨石，石头上沾满了泥土，泥土下，隐隐约约现出文字。夫差命人洗去泥土，一排篆体字立即映入眼帘：

桐花舞，莲花举，吴王霸主。

伯嚭连续念了三遍，转身跪下对夫差祝贺道："恭喜大王！这是上天的旨意，大王要做霸主了！"

夫差听到伯嚭的祝贺，看到围观的士兵和百姓呼啦啦地跪下一大片，高呼："恭喜大王，吴国万岁，大王万岁！"

夫差激动得满脸通红，高兴得大叫："苍天有眼啊！恭谢上天垂爱，我夫差敢不顺应天命？"说罢，缓缓跪下，向上天拜了三拜。

转眼间，黄池会盟的日期越来越近，围绕"去不去黄池，争不争霸"这个议题，吴国君臣展开了一场激烈的争论。伯嚭、王孙雄等人坚决支持夫差北上争霸；伍子胥、太子友、门胥巢等人则持反对意见。

伯嚭等人认为，吴国兵强马壮，国库充盈，国力空前强盛，正是入主中原、称霸天下的绝好机会。

伍子胥等人则认为，盟主只是虚名而已，周室四分五裂，连周天子都名存实亡，那个徒有虚名的盟主没有什么意义。吴国最重要的事情是防越，勾践亡我之心不死，对吴国一直虎视眈眈，心怀叵测，如果出兵北上，越国有可能乘虚而入，如此一来，吴国的江山就危险了。

"伍相国！"夫差对伍子胥的说教很腻烦，冲着伍子胥，不高兴地说，"越国、越国，你在寡人耳边絮叨了十来年，你不腻烦，寡人腻烦了，上次伐齐救鲁，相国喋喋不休，说越国必乘虚而入，结果呢？"

"伐齐之战，吴国阵亡将士三万余人，遗下了多少孤儿寡母、老父弱母？还有，国库几乎被掏空了，那可是百姓的血汗啊！"伍子胥说到这里，眼里充满了绝望。

"打仗是要死人的，你身为三军统帅，难道连这个也不知道吗？"夫差大声说，"霸主之位，寡人要定了，谁也阻挡不了。"

"大王！万万不可呀！"伍子胥痛苦地说，"霸主只是一个虚名，越国才是心腹大患。据老夫得到的情报，近来，越国的使者在齐国、楚国、晋国、秦国来回穿梭，频频展开外交活动，他们到底想干什么？三个月前，越国大将诸稽郢以巡边为名，派兵驻扎在富阳、余杭，迄今未退。"

"这有什么奇怪的？"夫差说，"富阳、余杭是越国的土地，勾践在他自己的地盘调动兵马，难道还要向你请示吗？"

"依据两国协议，越国不得在这一带驻军。"伍子胥着急地说，"前些时候，越国的巡逻兵，频繁出现在太湖一带，这可是吴国的地界。我们曾捉到几名越境的越兵，同越国交涉，勾践虽然表示道歉，只是说士兵因为迷路，才误入吴境，这也太离奇了吧！士兵迷路虽然不可避免，但迷入吴国境内一百多里，那真是奇了怪了。"

"几个巡逻兵，不必大惊小怪。"夫差手一挥说，"寡人亲自去黄池，你还是和太子坐镇姑苏吧！料想勾践也不敢轻举妄动。我们总不能因噎废食吧！"

"大王执意要去中原，吴国祸不远矣！我身为相国，绝不能眼看着先王创下的基业、我一生拼死杀出来的疆土，在大王手上毁于一旦。"伍子胥解下佩剑，摘下头盔，重重地放在夫差面前的案几上，愤然说道，"大王如果一意孤行，请先解除我的相国之职。"

"伍子胥，你……"夫差气得脸发青，他真想削去伍子胥的相国之职，让他回家休息，但一想到伍子胥是吴国国柱元勋，真要是罢了他的官，将会举国震动，只得忍下了。

大殿内鸦雀无声，死一般寂静，静得连一根针掉到地上也能听见，僵持了一会儿，夫差气恼地说："退朝!"说罢，起身而去。

※ 伯嚭告讦

"太宰!"勾无苟看着伯嚭说，"下官听到一个消息，不知当讲不当讲?"

"什么事?"

勾无苟犹豫了半天，还是没有说。

"说呀!"伯嚭见勾无苟吞吞吐吐，更是好奇。

勾无苟想了半天，像是下了很大的决心，说道："有一件事，我可是听人说的，是真是假，没有核实。"

"说吧!"伯嚭问道，"到底是什么事?"

"伍相国有一个儿子，名叫伍封，太宰知道吗?"

"听说过。"伯嚭问道，"怎么样? 出了什么事吗?"

勾无苟神秘地说："下官听说，伍相国将他唯一的儿子送到国外去啦?"

"什么?"伯嚭大吃一惊，"送到哪国去了?"

"齐国!"勾无苟吞了口唾沫说，"听人说，伍相国出使齐国的时候，将儿子秘密带往齐国，托付给齐国大夫鲍牧，改名王孙封。"

"有意思，真有意思! 到齐国去下战书，却将儿子安置在齐国。"伯嚭反问道，"确有其事吗?"

"消息来源绝对准确。"勾无苟说道，"太宰如果不信，尽可以派人去核实。"

夫差铁青着脸，在偏殿里来回走动，停下来问道："真有其事?"

"千真万确。"伯嚭信誓旦旦地回答。

"太宰!"夫差威严说，"寡人知道，你与相国素来不和，这件事，你要是诬陷相国，寡人要灭你的九族。"

"大王!"伯嚭跪下说，"伯嚭敢用颈上人头担保，此事千真万确。"

"伍子胥!"夫差怒目圆睁，眼中射出两道凶光，咬牙切齿地叫道，"来人，传伍子胥!"

伍子胥匆匆赶往吴王殿，刚走到殿门口，夫差便从里面出来了，伯嚭紧随其后。夫差在台阶上，伍子胥在台阶下，双方都站住了。

"相国，伍相国。"夫差冷冷地说，"寡人准备点兵赴黄池之会，老相国以为如何呀？"

"大王，不可啊！"

"为什么？"

"大王！"伍子胥说，"如果大王出兵，越国一定会趁我后方空虚，兴兵来犯，后果不堪设想啊！"

夫差冷冷地问："恐怕还有别的原因吧！"

"大王英明。"伍子胥说，"即使勾践没有这个胆识，可那范蠡，绝不是等闲之辈，任何具有军事常识的人，都不会放过这千载难逢的好机会。"

"相国。"夫差冷冷地问，"你也不会放过这个机会，对吧？"

"老臣不懂大王的意思。"

"老相国！"伯嚭上前一步说，"别装糊涂了。"

"伯嚭！"伍子胥呵斥道："你又在大王面前搬弄是非？"

"哼！哼！"伯嚭冷笑两声说，"不做亏心事，不怕鬼叫门。"

"奸臣，你滚开！你不配和我说话。"

"我是奸臣。"伯嚭反问道，"请问，你敢自诩是不二的忠臣吗？"

"老夫对吴国忠心耿耿，天日可昭哇！"

"忠臣！"伯嚭讥讽地说，"忠臣是你自诩吧？天下人都知道，你伍相国膝下有一个宠爱有加的公子，敢问伍相国，你家公子现在何处？"

"伯嚭！"伍子胥怒吼道，"你不配和我说话，滚开！"

"你只要回答我这个问题，我自然走开。"

"好一个伯嚭呀！"伍子胥咬牙切齿地说，"你敢暗中算计老夫？"

"伍相国！"夫差冷冷地问，"鲍牧是怎么回事？王孙封又是怎么回事？"

"好，老夫可以对大王讲。"伍子胥说，"老夫是有一个儿子。"

伯嚭追问道："他现在哪里？"

"在齐国！"

夫差问："不再回来了吧？"

"除非……"伍子胥伤心地说，"除非大王能够回心转意。"

"这就是你对吴国的忠诚？"夫差质问，"你对吴国都没有信心了，还奢谈什么忠诚？你怎么不随你儿子一起去齐国呀！凭你的威望，也许还会受到齐王的重用。"

"大王所言不差！"伍子胥说，"正因为老夫对吴国的危险看得太清楚了。大王，勾践不是您，一旦让勾践的阴谋得逞，他不会给大王留下任何机会，牵马为奴的机会都没有。"

"不要再说了，寡人听腻了。"夫差怒喝道，"上次，你阻挠寡人伐齐，就是怕吴军伐齐，齐人要杀你儿子，是吗？"

"大王!"伍子胥说，"事情不是这样啊!"

"相国!"伯嚭插嘴说，"你不是口口声声地说，对吴国忠心耿耿，天日可昭吗？"

"伍相国!"夫差质问道，"是寡人对不起你，还是吴国对不起你？"

伍子胥无话可说。

"寡人在等你解释。"夫差怒吼道，"说，你是怎么想的？"

"大王!"伯嚭见伍子胥不说话，插嘴说，"臣倒是能猜出伍相国在想什么。"

夫差看了伯嚭一眼，没有出声。

伯嚭冷冷地说："伍相国此时一定是在想大王的属镂剑。"

夫差看看伯嚭，冲着伍子胥摆手说："你回去吧!"然后，转身进殿去了。

※ 属镂无辜戮忠良

伍子胥忐忑不安地回到相国府，等候夫差对他的惩罚。

第二天午饭过后，突然听到一阵声嘶力竭的喊叫："伍相国，伍相国，你在哪里？"

伍子胥知道，该来的，总是要来，正要迎出去，却见王宫侍卫领班宋宗跌跌撞撞地跑过来，扑通一声跪下，大哭起来。

"将军，怎么啦？"伍子胥扶起宋宗问道，"发生了什么事，站起来，慢慢说。"

"伍相国，你快逃吧!"宋宗哭着说，"逃得越远越好。"

"为什么要逃？"

"老相国，你怎么还不明白。"宋宗有意无意地晃了晃手中的宝剑，他之所以不抽出宝剑，是因为剑抽出鞘，伍子胥必死，这是给伍子胥一个暗示。

伍子胥明白了，有些凄婉地说："我伍子胥曾在郑国、楚国的边界拉弓射箭，横渡淮河、长江，来到这里。先王阖闾采纳我的谋略，打败了楚国这个欺凌过我的仇敌。我要报答先王的恩德，生是吴国的人，死是吴国的鬼，吴国的青山绿水，便是我的葬身之地，除了吴国，我哪里也不去。"

这时候，伍子胥的家臣、幕僚都闻讯赶来了，他们都听出了眉目，纷纷劝伍子胥暂避一时，或许大王会回心转意。

"胡说。"伍子胥怒目圆睁，训斥道，"君要臣死，臣不得不死，老夫早就料到会有这么一天，或许我一死，会唤醒大王，让他迷途知返。"

家臣、幕僚一齐跪下，痛哭起来。

"将军！"伍子胥冲着宋宗说，"将军美意，伍子胥来生再报，请宣旨吧！"

"老相国，你这是何苦呢？"

"宣旨吧！"伍子胥昂首说，"我伍子胥忠心为国，不怕死。"

宋宗拭去脸上的泪水，毅然决然地说："伍子胥跪听圣旨！"

伍子胥慢慢跪下。

"赐伍子胥自裁！"宋宗宣旨后，泣不成声。

"老臣接旨，谢恩！"伍子胥摘冠、脱袍，叩拜，伸手接属镂剑，银白的须发，随风飘荡。

"老相国，你对吴国，功盖寰宇。属镂剑寒气太重，小的先替老相国暖剑。"宋宗说罢，将属镂剑横在颈项，奋力一抹，立即鲜血四溅，扑地而亡。

众人目瞪口呆，想救也来不及。

伍子胥站起来，捡起地上还在滴血的"谭夫属镂剑"，来到院子里，仰天长叹："我伍子胥在破楚灭越的战役中，立有大功，并使吴国威震诸侯，成为霸主之国。大王在被立太子之前，诸公子明争暗斗，是我在先王面前以死力争，协助大王得到王位，导致各位公子对我非常不满。当初，大王要将吴国的一半江山赐给我，我不肯接受。想不到今天大王听信谗言，反而要将我置于死地，我死不瞑目啊！"

伍子胥看了众人一眼，说："我死后，你们将我的眼珠挖出来，悬挂在姑苏城的城楼上，我要亲眼看到越国的军队攻进姑苏城的情形！"

说罢，举剑自刎。

夫差念在伍子胥劳苦功高，打算厚葬他，当听到伍子胥的临终遗言，立即带人去了相国府，站在伍子胥尸体边，咬牙切齿地说："你死了，看你还知道什么？还能看到什么？"

夫差骂罢，命人割下伍子胥的头，拿到姑苏城南门挂起来，将伍子胥的尸体装进一种叫作"鸱夷子皮"的生牛皮袋子，抛到钱塘江去喂鱼。

夫差吩咐完这些事，仍然余怒未尽，咬牙切齿地骂道："伍子胥，寡人要让日月烤你的骨，鱼鳖吃你的肉，让你的骨头变成灰，什么也看不见！"

据说，装着伍子胥遗体的"鸱夷子皮"抛入钱塘江后，没有沉没，随着钱塘江的潮水，撞击着江堤，发出"哗！哗哗"的响声，不知是"鸱夷子皮"发出的声音，还是大浪发出的响声，不知是"鸱夷子皮"冲击大堤，还是大浪冲击大堤，堤岸的土块，大块大块地崩塌，堤岸上的树，一棵一棵倒下，眼见长坝就要决口。

百姓认为这是伍子胥的英灵不散，在向夫差发出怒吼，很多人跪在钱塘江边，对着潮水叩拜，不知是天神相助还是巧合，浪头竟然骤减。不知是谁带的头，推船下水，将"鸱夷子皮"捞上岸，将这位爱国忠臣的遗骨，埋葬在吴山。

为了纪念伍子胥，后人便把挂过伍子胥首级的城门叫作"胥门"，把投入尸体的那条河叫"胥江"，把湖口称为"胥口"，把安葬伍子胥的吴山改称"胥山"，至今，胥山上还有胥王庙。后人作古风一篇叹伍子胥：

将军自幼称英武，磊落雄才越千古。
一旦蒙谗杀父兄，裹流誓济吞荆楚。
贯弓亡命欲何之？荥阳睢水空西迟。
昭关锁钥愁无翼，鬓毛一夜成霜丝。
浣女沉溪渔丈死，箫声吹入吴人耳。
鱼肠作合定君臣，复为强兵进孙子。
五战长驱据楚宫，君王含泪逃云中。
掘墓鞭尸吐宿恨，精诚贯日生长虹。
英雄再振匡吴业，夫椒一战栖强越。
釜中鱼鳖宰夫手，纵虎归山还自啮。
姑苏台上西施笑，谗臣称贺忠臣吊。
可怜两世辅吴功，到头反把属镂报！
鸱夷激起钱塘潮，朝朝暮暮如呼号。
吴兴越衰成往事，忠魂千古恨难消。

伍子胥死了，范蠡的反间计大功告成。
伍子胥被赐死的消息传到了越国。
勾践一阵狂喜，认为伍子胥一死，越国复仇的时间就不会长了。
范蠡不但高兴不起来，而且心情还显得格外的沉重。当天晚上，他在会稽山的一个小山坡上，点亮蜡烛，摆下供品，朝北方吴国的方向拜了三拜，有些凄凉地说："伍老将军，我们都是楚国人，楚王无道，杀了你的父兄，让你有家难归，避难吴国，你为吴国的兴旺、富强，贡献了毕生精力，到头来却死在属镂剑下。范蠡我敬重你的忠直、侠义、才华。只是造化弄人，我们各为其主，吴国有了你，越国复仇就无望，我不得不处心积虑地策划反间计，处处给你设陷阱，一切办法都用遍了，仍然不能达到目的，无奈之下，只得让勾无苟将你儿子的事捅出来，给你致命一击。伍老将军，范蠡对不起你，向你磕头了。"

范蠡向北磕了三个响头，接着说："伍老将军，我知道，你唯一放不下的是你的儿子，如果有机会，我一定会帮助你的儿子，你安息吧！"

其实，范蠡祭拜伍子胥，还有另外一层意思，就是兔死狐悲。一想到伍子胥对吴国的贡献，竟然落得如此下场，就有一种兔死狐悲的感觉，也许，伍子胥的今天，就是自己的明天，一想到这里，范蠡愁肠寸断，忧心忡忡。

后来，范蠡秘密派人到齐国，给伍子胥的儿子王孙封送去一笔抚恤金，并写了一封没有署名的信，告诉王孙封，他父亲埋葬的地方。

伍子胥死了，但故事还没有完——故事永远不会完。

越军赶在伍子胥挂在城门上的眼睛还没烂干净之前，打进了姑苏城。作为一个纯爷们儿，夫差没有选择逃跑，也没有选择投降——他选择了自杀。

吴败，夫差求勾践免死，勾践心软几乎应允，范蠡劝止。勾践赐夫差百户人家之王，夫差羞愧难当，自刎身亡。

伯嚭，也没有好下场，被勾践给予了特别照顾——乱刀分尸，外加灭门。